ZBUNTOWANA EWOLUCJA

Aby ocalić duszę, trzeba złamać zasady natury.

Caryssa Cole

Shenanigans Press

Spis treści

ROZDZIAŁ PIERWSZY

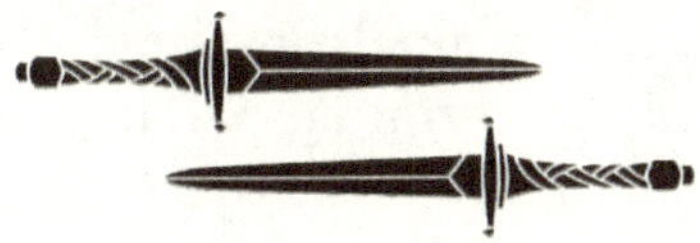

MOJE OCZY ROZCHYLAJĄ SIĘ niechętnie, mrużąc się przed ostrym blaskiem jarzeniówek nad głową. Próbuję się podnieść, ale ostry ból skroni wciska mnie z jękiem z powrotem. Głowa pulsuje, jakby ktoś urządził na niej trening kijem baseballowym. Mrugając powoli, ogarniam wzrokiem obce, sterylne pomieszczenie i przytłaczający zapach ostrego środka dezynfekującego, który szczypie mnie w nos.

Gdzie ja jestem? Pytanie odbija się echem w obolałej głowie, gdy ostrożnie poruszam kończynami. Każdy mięsień protestuje przy najdrobniejszym ruchu, sztywny i obolały. Gardło pali, gdy próbuję przełknąć, a język jest suchy jak papier ścierny.

Gdy mgła w moim mózgu zaczyna się rozwiewać, rozbłyska panika. Surowe białe ściany i uszczelnione drzwi krzyczą jedno — uwięzienie. Jestem w pułapce. Pojmana przez nieznanego wroga.

Ćwiczenia oddechowe, przypominam sobie, próbując uspokoić galopujące serce. *Nie panikuj teraz, Artemis. Oceń sytuację i poszukaj wyjścia. Wychodziłaś już z gorszych opresji.*

Ale czy na pewno? Wątpliwość owija lodowate macki wokół mojej klatki piersiowej, grożąc wyciśnięciem ze mnie ostatniego tchu. Zmuszam się, by stłumić narastającą panikę. *Na nic się nie przydasz, jeśli spanikujesz. Skup się.*

Wytężam obolały umysł, próbując poskładać w całość, jak tu trafiłam, ale moje najświeższe wspomnienia są rozmazane. Ostatnie, co pamiętam, to jak razem z Declanem włamaliśmy się do laboratorium, nasze buty dudniły o zimną metalową podłogę, gdy szukaliśmy serum, które może być moją jedyną szansą, by przeżyć niepełną ewolucję, do której zmuszono moje ciało. A potem wszystko jest mgliste, jak sen wymykający się spomiędzy palców w chwili przebudzenia.

Declan. Serce podskakuje mi ze strachu o partnera. Czy jego też pojmali? A może uciekł? Niech będzie cały, proszę, błagam w duchu, kurczowo trzymając się nadziei, że Declan zdołał uciec i już jedzie mi na ratunek. Tylko to powstrzymuje mnie przed czystą, nagą paniką.

Nie mogąc wyciągnąć nic z mętliku we własnej pamięci, biorę pod lupę otoczenie. To mała, pozbawiona okien cela, pusta poza wąskim pryczą, na której leżę. Ściany z bezszwowego białego plastiku. Nawet ciężkie drzwi nie mają od tej strony klamki ani oznaczeń. Ktokolwiek mnie tu wsadził, zadbał, by ucieczka była niemożliwa.

Zaciskając z frustracji zęby, przesuwam dłońmi po każdym centymetrze, szukając choćby najmniejszej niedoskonałości. Ale cela jest wkurzająco doskonała, zaprojektowana, by trzymać coś niebezpiecznego. Mnie.

Zastygam, gdy ściana naprzeciwko nagle ożywa, wyświetlając ekran z uśmiechniętą twarzą Diany Foxberry, mojej odwiecznej przeciwniczki. Na widok jej triumfującego wyrazu w piersi zapala się biały, gorący gniew.

— Wygodnie? — pyta z udawaną troską. — Chcę mieć pewność, że twoje warunki ci odpowiadają.

— Idź do diabła — warczę, zaciskając dłonie, by powstrzymać odruch posłania w obraz kuli ognia.

Diana tylko szerzej się uśmiecha, najwyraźniej doskonale się bawiąc. — No, no. Czy tak traktuje się swoją łaskawą gospodynię?

— Jeśli liczysz na wdzięczność, to sobie poczekasz — odcinam kąśliwie.

Ignoruje jadowity ton, oglądając paznokcie. — Naprawdę powinnaś mi dziękować. Tyle zachodu, żeby urządzić ci tę przytulną klateczkę...

— Czego ode mnie chcesz? — przerywam ostro, a bijące serce zdradza, jak bardzo walczę o zachowanie spokoju.

— Od ciebie? Nic. — Diana wzrusza ramionami. — Pomyśl o sobie jak o... prezencie dla kogoś, kto nie może się doczekać, żeby cię poznać.

Tłumię dreszcz, który przebiega mi po plecach na myśl o złu skrytym pod tymi niedbałymi słowami. Ktoś chce właśnie mnie? To nie jest przypadkowe uwięzienie. To coś gorszego.

— Kto? — pytam, nie potrafiąc ukryć lekkiego drżenia w głosie.

Uśmiech Diany się poszerza. — A jakże, twój największy fan. Mój ojciec jest bardzo chętny, żeby położyć na tobie ręce, Artemis. Fascynują go twoje wyjątkowe talenty.

Krew zamarza mi w żyłach. — Doktor Foxberry — wyszeptuję, zaciskając pięści. Oczywiście, że stoi za tym koszmarem.

— Ma wobec ciebie takie ekscytujące plany — ciągnie Diana, wyraźnie rozsmakowana moim strachem. — Ale nie martw się. Pozwolę mu samemu wyjaśnić szczegóły. Bądź grzeczna dla tatusia.

Ekran nagle gaśnie, zostawiając mnie samą z lodowatą świadomością tego, co mnie czeka z rąk doktora Foxberry'ego. Strach ściera się we mnie z wściekłością, zanim brutalnie wpycham emocje z powrotem pod pokrywkę. Nie mogę się rozsypać. Declan mnie znajdzie. Musi.

— Cholera — mruczę, waląc pięścią w ścianę. Dźwięk rozchodzi się w kościach, ale nie koi frustracji. — Nie wygrasz, Diano. Nie pozwolę.

Choć najchętniej kopnęłabym te drzwi i poszła ją znaleźć, wiem, że potrzebuję planu. Nie stać mnie na działanie po omacku. Ale z każdą sekundą czuję, jak ściany zaciskają się coraz ciaśniej, dławiąc moje możliwości.

— Głębokie oddechy — mówię do siebie. — Musi tu być jakieś wyjście. Szukaj dalej.

Więc zaciskam zęby i szukam jakiejkolwiek słabości w tej pozornie nie do sforsowania celi. Musi tu być jakieś wyjście. A kiedy je znajdę, nawet nie będą wiedzieli, co ich trafiło.

— Declan — szepczę, mając nadzieję wbrew nadziei, że jest bezpieczny i planuje moją ewakuację. — Proszę, pospiesz się.

Gdy Diana znika, rozważam opcje. Mój niebieski ogień jest moją kartą atutową, odkąd go opanowałam, i może teraz jest idealny moment, żeby go użyć. Pomieszczenie jest sterylne i puste, więc nie ma tu co płonąć poza ścianami. Zginam palce, czując znajome ciepło zbierające się na opuszkach. No to jedziemy.

— No dalej, Artemis — mówię przez zaciśnięte zęby, wyciągając dłoń w stronę ściany. Z mojej dłoni buchają niebieskie płomienie, omiatając powierzchnię. Ale coś jest nie tak. Zamiast kojącego trzasku płonącego materiału, słyszę syk, gdy płomienie duszą się brakiem tlenu.

— Cholera! — sapnę, uświadamiając sobie, że pomieszczenie musi być szczelne. Ogień pożera tlen szybciej, niż mogę oddychać, a moje płuca krzyczą o powietrze. Tłumię kaszel, zmuszając się, by zdusić płomienie, zanim się uduszę. — Oczywiście, że o tym pomyśleli — jęczę, masując skronie. — Co to by była za cela, gdybym mogła po prostu przepalić sobie wyjście?

— Myśl, Artemis — mruczę, gorączkowo szukając innego planu ucieczki. Żaden nie przychodzi do głowy, ale nie mogę pozwolić sobie na rozpacz. Dopóki żyję, jest szansa. Declan uciekł - czyli muszą mieć gdzieś słaby punkt. Muszę go znaleźć.

— Dobra, ogień odpada — cedzę, zaciskając zęby. Jeśli nie mogę się wypalić, będę musiała wykazać się kreatywnością.

Przechodzę przez pokój, przesuwając opuszkami po zimnej, gładkiej powierzchni ściany. Wydaje się bezszwowa i nieprzenikalna, ale coś tu musi być — jakiś drobny niedopatrzenie, które wykorzystam. Serce wali mi w piersi, gdy myślę, co Diana i jej pokręcony ojciec mogą mieć wobec mnie w planach.

— No dobrze, sukinsyny — szepczę, a determinacja rysuje się w każdej linii mojej twarzy. — Zobaczmy, jak dobrze mnie naprawdę zamknęliście.

Uważając, by nie narobić hałasu, opukuję ścianę kostkami, nasłuchując choćby cienia pustego pogłosu. Do moich uszu dociera tylko tępy stuk.

— Do diabła! — wykrzykuję, waląc pięścią w ścianę. Ostry ból ledwie rejestruję, gdy nieprzerwanie szukam drogi ucieczki. Desperacja drapie mnie od środka, podgryzając determinację. Ale nie dam się rozpaczy.

— Dobra, poczekam — mamroczę, osuwając się po zimnej, sterylnej ścianie. — Ale mnie nie złamiesz, Foxberry. W żadnym cholernym wypadku.

Rozglądam się po pokoju, a wzrok przyciąga mały wentylator na suficie. Jest za wysoko i zbyt wąski, żebym się przecisnęła, ale daje szept nadziei. Jeśli jest choćby maleńki otwór, może Declan i reszta znajdą sposób, by się tu dostać.

— Declan — mruczę, a serce boli na samą myśl o nim. Wyobrażam sobie jego rozczochrane brązowe włosy, piwne oczy pełne ognia i determinacji. — Lepiej, żebyś się wydostał, uparty draniu.

— Boże, jeśli tam jesteś czy cokolwiek — szepczę tak cicho, że ledwie sama siebie słyszę, — spraw, żeby był bezpieczny. I niech im porządnie skopie tyłki za mnie.

Uśmiech przemyka po moich ustach, gdy wyobrażam sobie Declana przetaczającego się przez lab jak mściciel, zostawiającego po sobie tylko zniszczony sprzęt i nieprzytomnych naukowców. To kojąca myśl, choć wiem, że rzeczywistość może wyglądać inaczej.

— No już, Artemis — przywołuję się do porządku. — Bywało gorzej. Pamiętasz, jak utknęłaś w płonącym budynku? Wyszłaś z tego cało, prawda?

— W pewnym sensie — przyznaję niechętnie. Wspomnienie płomieni liżących skórę i dymu dławiącego płuca wciąż potrafi mną wstrząsnąć. — Ale to co innego. Tu nie chodzi tylko o mnie; chodzi o wszystkich, którym wyrządzili krzywdę, i o wszystkich, którym zamierzają ją wyrządzić.

— Cholera — klnę, jeszcze raz waląc pięścią w ścianę. Ból jest ostrzejszy, ale dobrze robi — przypomina, że wciąż żyję, wciąż walczę. — Nie pozwolę im wygrać. Nie mogę.

— Declan — szepczę, z sercem ciężkim od troski. — Proszę, znajdź sposób, żeby mi pomóc. Nie wiem, jak długo jeszcze sama wytrzymam.

—◆—

Ściana-ekran znów miga i włącza się z cichym brzękiem, a tam stoi on — sam doktor Terrence Foxberry, szalony naukowiec stojący za tym całym szaleństwem. Na twarzy ma przyklejony ciepły uśmiech, jakbyśmy byli starymi znajomymi umawiającymi się na kawę, a nie katem i więźniem w jakimś pokręconym laboratorium.

— Ach, panno Blackwell — mówi, machając na powitanie, co ostentacyjnie ignoruję. — Miło mi wreszcie Panią poznać.

— Nie mogę powiedzieć tego samego — odpowiadam, krzyżując ramiona i unosząc brew. Jego dziadkowa, dobroduszna maniera działa mi na nerwy; jak wilk w owczej skórze. Pod zmarszczkami i łagodnym uśmiechem czai się potwór.

— Proszę, proszę mówić mi Terrence. — Rzuca mi zawiedzione spojrzenie, gdy nie reaguję. — Rozumiem, że sytuacja nie jest idealna, ale mam nadzieję, że odłożymy na bok różnice i będziemy współpracować dla wyższego dobra.

— Wyższe dobro? — parskam, pilnując, by złość mnie nie poniosła. Ostatnie, czego chcę, to dać mu satysfakcję. — Co dobrego jest w porywaniu ludzi i przerabianiu ich na Pana prywatne króliki doświadczalne?

Wyraz jego twarzy nie drga. Zamiast tego wzdycha cicho i kręci głową. — Widzi Pani jedynie skrawek obrazu, Artemis. Stoimy na progu niezwykłych odkryć, odblokowujemy pełen potencjał zdolności paranormalnych. Proszę sobie wyobrazić, co moglibyśmy osiągnąć.

— Torturując niewinnych ludzi? Podziękuję. — Mój głos jest zimny, nieustępliwy. — I niech Pan sobie nie myśli ani przez sekundę, że będę grała w Pana pokręcone gierki.

Oczy doktora Foxberry'ego lekko się zwężają, ale ten irytujący uśmiech zostaje. — Cóż, wygląda na to, że na razie pozostaniemy przy swoich zdaniach. W każdym razie, witamy w naszym ośrodku. Jestem pewien, że uzna go Pani za... pouczający.

— Darujmy sobie uprzejmości — ucinam, tracąc cierpliwość. — Nie jestem tu z własnej woli, a Pan mnie nie kupi fałszywymi uśmieszkami i pustymi słówkami.

— Bardzo dobrze — wzdycha, jakbym to ja była nierozsądna. — Nie będę Pani zabierał więcej czasu. Ale proszę rozważyć to, co powiedziałem, Artemis. Może się okazać, że nasze cele wcale nie są tak różne.

Zaciskam pięści, paznokcie wbijają mi się w dłonie, gdy patrzę na doktora Foxberry'ego. — Nikogo Pan tym teatrem nie zwiedzie — warczę. — Proszę przestać ściemniać i powiedzieć, czego Pan ode mnie chce.

— Ach, przejdźmy zatem do rzeczy — mówi, zacierając dłonie z oczekiwaniem. — Muszę przyznać, że Pani zdolności mnie fascynują, Artemis. Tak niezwykłe na tle naszych przyjaciół paranormalnych.

— To miało być komplementem? — mój głos ocieka sarkazmem, choć nie potrafię powstrzymać dreszczu niepokoju. Jeśli ekscytuje go moja moc, to nie wróży nic dobrego.

— Oczywiście! — Promienieje, jakbyśmy omawiali błahostki, a nie moją niewolę. — Nie codziennie spotyka się kogoś takiego jak Pani. Tak wiele możemy się od Pani nauczyć.

— Nauczyć? To znaczy: poeksperymentować, prawda? — odbijam, a serce huczy mi w piersi. — Nie jestem Pana królikiem doświadczalnym, Foxberry.

— Tyle w Pani wrogości — cmoka z dezaprobatą, kręcąc głową. — Ale to bez znaczenia. Zapewniam Panią, że chcę tylko tego, co najlepsze dla nas wszystkich.

— Akurat — syczę, a gniew wybucha na nowo. — Myśli Pan, że można tak po prostu porywać ludzi, rozkładać ich na części i nazywać to „tym, co najlepsze"? Jest Pan obłąkany.

— Ach, cóż. — Wzrusza ramionami, niewzruszony moją tyradą. — Każdy ma swoje sposoby osiągania postępu, prawda?

— Postępu? — prychnę. — To jest zwykła tortura.

— Być może — przyznaje, a w oczach błyszczy coś, czego nie umiem nazwać — ekscytacja? ciekawość? — Ale czasem wielkie odkrycia wymagają wielkich poświęceń.

— Proszę to opowiadać komuś, kogo to obchodzi — pluję słowami, a obraz zamazuje mi się od kipiącej złości. — Nie będę częścią Pana pokręconych eksperymentów, Foxberry.

— Pani opinia została odnotowana — odpowiada chłodno, lustrując mnie jak fascynujący okaz pod mikroskopem. — Nieistotna. Ale odnotowana.

Nieistotna. Dreszcz wstrząsa mną mimo woli. Na szczęście chyba tego nie zauważa. Nie chcę, żeby ten człowiek znał jakiekolwiek moje słabości.

— Ten Pani niebieski ogień jest naprawdę wyjątkowy — mruczy doktor Foxberry, a jego oczy błyszczą chorym zachwytem, jakby trafił na nieodkryty skarb. — Nie widziałem czegoś takiego u innych paranormalnych. Gdzie nauczyła się Pani go kontrolować?

— Aż by Pan chciał, prawda? — odszczekuję, krzyżując ręce na piersi i nie ustępując mu ani na cal.

Chichocze cicho, a ten dźwięk szlifuje mi nerwy. — Och, z pewnością. I zamierzam się dowiedzieć.

— Powodzenia z tym — mrużę oczy. — Bo nic Panu nie powiem. I może Pan być tego pewien jak w banku, że moi przyjaciele po mnie przyjdą.

— Ach, tak, Pani przyjaciele — mówi, zamyślony, stukając się w brodę. — To temat, który również bardzo mnie interesuje. Czy są równie... wyjątkowi jak Pani? Declan Reed był z pewnością interesującym okazem.

Na myśl o tym człowieku i o tym, co zrobił Declanowi, zalewa mnie krew. Zrywam się na równe nogi i muszę się powstrzymać, by nie ciskać w ekran niebieskim ogniem. To oczywiste, że drzwi otworzą tylko, jeśli będą musieli, więc to jedyny sposób, by się z nimi komunikować. Nie jestem jeszcze gotowa odciąć tej drogi.

— Tyle w Pani wrogości — cmoka z dezaprobatą, kręcąc głową. — Naprawdę powinna być Pani bardziej współpracująca, panno Blackwell. Będzie Pani o wiele przyjemniej, jeśli taka Pani będzie.

— Jak już mówiłam: gnij w piekle — syczę, zaciskając pięści przy bokach. Sama myśl o poddaniu się temu człowiekowi — o tym, by pozwolić mu mnie szturchać, kłuć i rozcinać jak jakiś próbkowy eksponat — przewraca mi żołądek.

Na jego twarzy rozlewa się chytry uśmiech i wiem, że dałam z siebie więcej, niż chciałam. — Bardzo dobrze, Artemis. Możemy zrobić to po trudniejszemu, jeśli takie Pani woli. Ale zapewniam Panią, że zdobędę odpowiedzi, których szukam — tak czy inaczej.

— Niech Pan dalej śni, panie doktorze — warczę, wkładając w te słowa resztki buntu. Serce bije mi o żebra, ale nie dam mu zobaczyć strachu. — Bo mnie Pan nie złamie. Ani moich przyjaciół.

— Doprawdy? — odpowiada, mrużąc oczy na widok mojej determinacji. — Cóż, przekonamy się, prawda?

Zmuszam się do spokojnego oddechu. — Myśli Pan, że zdoła mnie Pan zmusić, żebym robiła to, czego Pan chce?

— Och, Artemis, moja droga — chichocze złowieszczo — nie docenia Pani potęgi nauki i perswazji.

Parskam, przewracając oczami na jego arogancję. — Powodzenia. Jeśli Pan nie zauważył, perswazja to nie jest Pana mocna strona.

Mroczny uśmiech szarpie mu kąciki ust, gdy powoli kręci głową. To aż niepokojące — przysięgłabym, że temperatura w pomieszczeniu spada o kilka stopni.

— Może nie w tradycyjnym ujęciu — przyznaje — ale mam inne metody. — W jego głosie plącze się niepokojąca mieszanina groźby i ciekawości. — Niedługo sama Pani będzie paliła się do współpracy.

— Śnij Pan dalej, staruszku — prychnę, wbijając w niego mordercze spojrzenie i dławiąc resztki niepokoju gniewem.

— W takim razie bardzo dobrze — wzrusza ramionami, jakbyśmy rozmawiali o pogodzie. — Zostawię Panią, by rozważyła Pani swoje opcje. Ale proszę pamiętać: czas ucieka, a im szybciej Pani zacznie współpracować, tym lepiej dla wszystkich zainteresowanych.

— Gnij w piekle — warczę, a on tylko się uśmiecha, jakbym życzyła mu miłego dnia.

Ekran znów gaśnie i znowu zostaję sama, z sercem łomoczącym w piersi. Spokojna, przyjacielska maska doktora Foxberry'ego tylko utwierdza mnie w przekonaniu, że to prawdziwy potwór. A teraz do mnie należy, by znaleźć sposób, jak go powstrzymać — zanim będzie za późno dla nas wszystkich.

Krążąc po sterylnym pokoju, gorączkowo myślę. Doktor Foxberry może nie wiedzieć wszystkiego o moich mocach, ale ewidentnie pali się, by się dowiedzieć. A to może oznaczać kłopoty dla mnie i wszystkich, na których mi zależy. Muszę uciec — i to szybko — zanim zdąży przerobić mnie na kolejnego królika doświadczalnego.

Jedno jest jednak pewne: cokolwiek się stanie, nie dam doktorowi Foxberry'emu satysfakcji, by mnie złamać.

ROZDZIAŁ DRUGI

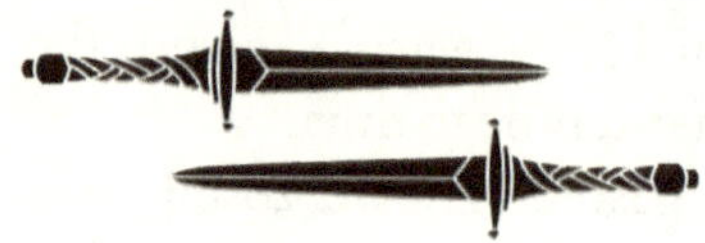

— Artemis, moja droga — dr Foxberry mruczy, a jego głos kapie trującym miodem. Wzdrygam się na sam jego dźwięk, doskonale wiedząc, że łagodna fasada skrywa w środku potwora. — Mam nadzieję, że czuje się Pani lepiej.

— Daj sobie spokój, doktorku. Mój głos brzmi ostro i cierpko, gdy podnoszę się do siadu, patrząc na ekran ścienny rozświetlony jego postacią w naturalnej wielkości.

— Dobrze. — Wzdycha, udając rozczarowanie. — Skoro mamy chwilę dla siebie, pozwoli Pani, że wyjaśnię kilka spraw. To ja byłem prekursorem opracowania serum hybrydyzacyjnych i wzmacniania zdolności parapsychicznych.

— Gratulacje — warczę sarkastycznie, serce mi łomocze z nienawiści. — Musisz pękać z dumy.

Ignoruje mój sarkazm, pochylając się bliżej. Do nozdrzy wciska mi się zapach środka dezynfekcyjnego, od którego zbiera mi się na wymioty. — To doprawdy niemałe osiągnięcie. A Pani, Artemis... sama w sobie jest Pani nie lada cudem.

— Dzięki, ale nie potrzebuję twojej aprobaty. Mój umysł pędzi, szukając wyjścia z tego koszmaru, ale wiem, że ucieczki nie ma. Jeszcze nie.

— Pani wyjątkowe moce fascynują mnie, zwłaszcza ten Pani niebieski ogień. — Oczy dr Foxberry'ego błyszczą złowieszczo, a ja niemal czuję jego perwersyjną uciechę na myśl, że rozkroiłby mnie jak jedną z laboratoryjnych szczurów.

— Odwal się — pluję, zaciskając pięści. Najchętniej przywołałabym ten niebieski ogień i spaliła jego nadętą gębę. Ale przeczekam, zaczekam na idealny moment, żeby uderzyć. Nie będą mnie wiecznie trzymać zamkniętej i odizolowanej. Nie, jeśli chce urządzać ze mną swoje małe eksperymenty.

— Ach, cóż za temperament! — chichocze dr Foxberry, a jego śmiech działa mi na nerwy. — Naprawdę jest Pani jedyna w swoim rodzaju, Artemis Blackwell.

— A jakże — cedzę przez zaciśnięte zęby, kipiąc ze złości i frustracji. Muszę jednak grać mądrze. Jeśli mam przetrwać to piekło, muszę zachować zimną krew i nie dać się ponieść emocjom.

— Istotnie — zgadza się dr Foxberry lodowato spokojnym głosem. — I właśnie dlatego tak bardzo pragnę Panią badać.

„Badania" to tylko ładne słówko na tortury i oboje o tym wiemy. Ale nie pozwolę, żeby mnie złamał. Nie mogę. Zbyt wielu na mnie liczy — Declan, Malcolm, Nadia... wszyscy oczekują, że stawię czoło pokręconym eksperymentom tego szaleńca.

— Powodzenia — szydzę, każdą komórką ciała krzycząc sprzeciw. — Nigdy nie dostaniesz tego, czego chcesz ode mnie.

— Ach, ależ Artemis — ripostuje gładko — sądzę, że przekona się Pani, iż mam sposoby, by skłonić Panią do współpracy.

Zagrożenie wisi w powietrzu ciężkie i bezlitosne jak ostrze kata. Ale nie dam się zastraszyć temu zwyrodnialcowi. Cokolwiek dla mnie zaplanował, stawię temu czoło i wyjdę z tego silniejsza.

— No to dawaj, doktorku — rzucam wyzywająco, płonąc determinacją w oczach. — Z gorszymi od ciebie sobie radziłam.

— Czas pokaże, moja droga. — Uśmiech dr Foxberry'ego jest wilczy, drapieżny. — Czas pokaże.

Serce wali mi w piersi, ciężko i dudniąco jak młot pneumatyczny, gdy zmuszam się, by odwzajemnić drapieżne spojrzenie dr Foxberry'ego.

— Dobra, skończmy te bzdury — warczę zachrypniętym, lecz pewnym głosem. — Czego tak naprawdę, do cholery, ode mnie chcesz? Po co to wszystko przez jedną hybrydę?

Dr Foxberry przechyla głowę na bok, mrużąc oczy, jakby badał fascynujący okaz. — Cóż — mówi powoli, przeciągając słowo tak, że aż mam gęsią skórkę — Pani wyjątkowe moce niezwykle mnie interesują. Pani niebieski ogień jest jak nic, z czym się dotąd zetknąłem. To rzadki, fascynujący dar, niespotykany u żadnego innego hybrydowego obiektu.

— Taa, tylko nie mam ochoty urządzać z tego powodu imprezy — odcinam się, nawet nie próbując ukryć obrzydzenia. — I na pewno nie znaczy to, że będę twoim królikiem doświadczalnym.

— Jakaż nieustępliwość. — Pochyla się bliżej, mrużąc oczy z zainteresowaniem. — Ale nie mogę powiedzieć, żebym był zaskoczony. To część tego, co czyni Panią tak... wyjątkową.

„Wyjątkowa" nie jest słowem, którego bym teraz użyła. Bardziej pasuje „uwięziona", „przerażona" i „wściekła do granic" — ale nie dam mu satysfakcji oglądania, jak się miotam.

— Słuchaj, doktorze Frankenstein — warczę przez zęby — mam gdzieś, jak bardzo wyjątkowe wydają ci się moje moce. Nie będę grała w twoje popieprzone gierki.

— Ach, cóż za szkoda — wzdycha, udając zawód. — Naprawdę mogłaby Pani być kimś niezwykłym.

— Nowinka, doktorku: już jestem — odszczekuję, serce dudni mi w piersi. — I prędzej mnie szlag trafi, niż pozwolę komuś takiemu jak ty mi to odebrać.

— Doskonale, Artemis — mówi z lodowatym uśmiechem. — Pani upór jest godny podziwu, ale ostatecznie daremny. Weźmie Pani udział w moich eksperymentach, czy zechce Pani, czy nie.

— Po moim trupie — syczę, mierząc go spojrzeniem, które mogłoby zabijać. On tylko chichocze, wyraźnie rozbawiony moimi próbami postawienia się.

— Cóż za ogień — zauważa niemal czule. — To naprawdę przyjemność oglądać. Obawiam się jednak, że nie zostawiła mi Pani wyboru.

— No dawaj, skurwielu — myślę, gdy odwraca się ode mnie, a moje ciało napina się w oczekiwaniu na kolejne okropności, które dla mnie przygotował. — Mierzyłam się już z gorszymi od ciebie i zrobię to znowu, jeśli trzeba, żeby ochronić tych, na których mi zależy.

— Świetnie, nie zgłaszaj się dobrowolnie — mówi chłodno, ledwie zwężając oczy. — Pani współpraca nie ma znaczenia. Mam sposoby, by skłonić Panią do posłuszeństwa.

— Spróbuj — wypluwam wyzywająco, krzyżując ręce na piersi.

— Bardzo dobrze — odpowiada szeptem groźby. Podnosi rękę i naciska przycisk na ścianie. Niemal natychmiast znajomy zapach gazu usypiającego zalewa celę. Cholera, tylko nie to znowu.

— Wal się, popieprzony sukinsynie! — wrzeszczę, gdy obraz rozmazuje mi się przed oczami. Wiem, że mam tylko sekundy, zanim gaz mnie uśpi, ale i tak wyrzucam z siebie każdą obelgę i przekleństwo, jakie przychodzą mi do głowy. To wszystko, co mi teraz zostało.

Dr Foxberry tylko stoi, spokojny jak zawsze, patrząc na mnie chłodnymi oczami, podczas gdy gaz wypełnia pomieszczenie. Nawet nie drgnie, gdy mój słowotok staje się coraz bardziej desperacki, a słowa zlewają się w bełkot. Nogi mi się uginają; czuję się, jakbym stała na dwóch zapałkach.

— De... Declan... ci nie pozwoli... — udaje mi się wychrypieć, myśląc o mężczyźnie, którego kocham, i o tym, jak zaciekle mnie broni. Ale głos cichnie, gdy ciemność nachodzi na pole widzenia, i wkrótce pochłania mnie bez reszty.

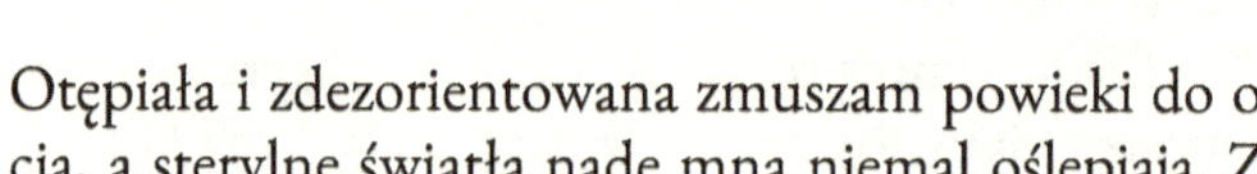

Otępiała i zdezorientowana zmuszam powieki do otwarcia, a sterylne światła nade mną niemal oślepiają. Zimna powierzchnia pod plecami mówi mi, że nie jestem już w celi, tylko przypięta do stołu badań. Serce tłucze mi się w piersi, gdy próbuję się poruszyć — nie mogę jednak drgnąć nawet palcem.

— Ach, już Pani nie śpi — głos dr Foxberry'ego wślizguje mi się do uszu jak olej. — Mam nadzieję, że jest Pani wygodnie.

— Jak dzień w spa — odszczekuję przez zęby. Jak na zawołanie dostrzegam metalowe karwasze obejmujące moje dłonie, uniemożliwiające użycie niebieskiego ognia. Próba zapłonu tylko spaliłaby mi własne ciało — sprytny sukinsyn.

— Są zablokowane — mówi z samozadowoleniem, machając mi przed nosem małym kluczykiem. — Nie możemy przecież pozwolić Pani podpalać nam tu wszystkiego, prawda?

— Pierdol się — warczę. Panika bulgocze pod gniewem, ale nie dam mu tego zobaczyć.

— Urocza jak zawsze, Artemis — odpowiada, zdawałoby się, niewzruszony moją wrogością.

Zrywając się do wysiłku, szarpię więzy, licząc na to, że pękną albo chociaż poluzują. Jestem teraz silniejsza niż zwykły człowiek. Kajdany jednak wyraźnie stworzono z myślą o wzmocnionych hybrydach — trzymają mocno, drwiąc z mojej bezsilności. Pot perli mi czoło, a frustracja kipi.

— Czuje się Pani uwięziona? — pyta dr Foxberry z nutą rozbawienia, ten nadęty gbur.

— Odwal się — sykam, piorunując go wzrokiem. Chichocze cicho, doprowadzając mnie do szału.

— Pani nieugiętość naprawdę robi wrażenie — mówi, krążąc wokół stołu jak sęp. — Ale ostatecznie to daremne. Podda się Pani, tak czy inaczej.

— Po moim trupie — warczę, wciąż szarpiąc więzy, które trzymają mnie jak w matni.

— Miejmy nadzieję, że do tego nie dojdzie — mówi z cienkim uśmiechem, a ja nie wiem, czy to szczera troska, czy kolejna jego chora gierka. Jakby cokolwiek w tym człowieku mogło być szczere.

— Wiesz, Declan mnie znajdzie — mówię, bardziej dla własnego uspokojenia niż czegokolwiek. — Nie ujdzie ci to na sucho.

— Ach, tak, Pani rycerz w lśniącej zbroi — zamyśla się dr Foxberry, mrużąc oczy. — Zobaczymy, jak wielkim bohaterem okaże się, kiedy przyjdzie co do czego.

— Uwierz mi, będzie nieporównanie bardziej bohaterski, niż ty kiedykolwiek będziesz — warczę, cedząc jad.

— Czas pokaże, Artemis — odpowiada lodowato. — Czas pokaże.

Sterylna woń środka dezynfekcyjnego wisi w powietrzu, gdy dr Foxberry zaczyna przygotowywać serię eksperymentalnych serum, a szklane fiolki łapią zimne, górne światło. Czuję się jak szczur laboratoryjny, osaczona i zdana na łaskę jakiegoś spaczonego naukowca. Co, biorąc pod uwagę okoliczności, wcale nie mija się z prawdą.

— Doktorze Foxberry — zaczynam, chwytając się ostatniej próby — proszę, przemyśl to, co robisz. To... to nie jest w porządku.

— Przemyśleć? — parska, z aptekarską precyzją ustawiając fiolki w szeregu. — To ukoronowanie mojego życia zawodowego, Artemis. Teraz nie ma już odwrotu.

— Twoje „dzieło życia" to dręczenie niewinnych ludzi — wyrzucam z siebie, próbując utrzymać głos w ryzach.

— Nie musisz tego robić. Możesz wybrać inną drogę.

Nawet nie raczy na mnie spojrzeć. Moje słowa są dla niego tylko białym szumem. To jak gadanie do ściany — złej, sadystycznej ściany.

— Dość — mówi tonem niemal znudzonym. — Wkrótce zobaczy Pani, jak niezwykłe mogą stać się Pani moce pod moim kierunkiem.

— Idź do diabła — syczę, nie mogąc już dłużej trzymać gniewu na wodzy. Sama myśl, że będzie grzebał przy moich zdolnościach, przyprawia mnie o dreszcze obrzydzenia.

— Jaka wrogość — cmoka, wreszcie odwracając się do mnie. Jego oczy są zimne, pozbawione cienia emocji czy empatii. — Ale można się było tego spodziewać, biorąc pod uwagę okoliczności.

— Jeszcze jak — mruczę pod nosem, wciąż walcząc z więzami, które mnie krępują.

— Zacznijmy więc, dobrze? — mówi dr Foxberry nienaturalnie spokojnym tonem, sięgając po pierwszą strzykawkę wypełnioną serum.

— Czekaj! — wołam, desperacko starając się zyskać na czasie. — Po prostu... pomyśl, co robisz. Musi być inny sposób.

— Artemis — mówi tonem ociekającym protekcjonalnością — to jedyna droga. Im szybciej to Pani zaakceptuje, tym łatwiej będzie nam obojgu.

Zaciskam zęby, przeklinając swoją bezsilność w tej chwili. Chcę tylko się wyrwać i sprawić, by zapłacił za wszystko, co zrobił. Na razie jednak pozostaje mi mieć nadzieję — i modlić się — że Declan mnie znajdzie, zanim będzie za późno.

— Proszę się przygotować, moja droga — mówi z mdlącą słodyczą, wbijając igłę w moją rękę. — Może trochę zapiec.

Nie mam nawet czasu przewrócić oczami na tę żałosną próbę żartu, zanim serum nie zaleje mojego ciała, rozpalając każdą komórkę. Czuję, jakby w moich żyłach płynęła stopiona lawa, wypalając mnie od środka. Nie jestem w stanie powstrzymać krzyków, które rozdzierają mi gardło — surowych, desperackich.

— Przestań! Błagam, przestań! — szarpię się w zimnych metalowych okowach, które wrzynają się w nadgarstki i kostki.

— Interesujące — zauważa dr Foxberry, zupełnie niewzruszony moją męką. — Pani reakcja na serum jest... intensywna.

— Intensywna? — syczę przez zaciśnięte zęby, pot perli mi czoło. — Ty sadystyczny skurwysynu!

— Język, Artemis — strofuje, nawet nie próbując ukryć rozbawienia. — Nie chciałaby Pani urazić czyjejś delikatnej wrażliwości, prawda?

— Delikatnej wrażliwości? — warczę, odwracając głowę, by złapać jego nadęte spojrzenie. — Ty to dopiero jesteś okaz, co? Myślisz, że torturowanie ludzi to wielkie osiągnięcie? Jesteś zwykłym potworem!

— Potworem? — parska śmiechem, unosząc brew. — Być może. Wolę jednak myśleć o sobie jak o artyście, który z surowego, niewykorzystanego potencjału lepi arcydzieła.

— Niewykorzystany potencjał? — pluję, ból rozrywa mi myśli. — Jak się kiedyś uwolnię, to ci pokażę, jaki mam potencjał—

— „Obiekt wykazuje skrajny niepokój i wzmożoną wrażliwość na ból" — mruczy dr Foxberry, bazgrając notatki w dzienniku, jakbym była tylko ciekawym obiektem laboratoryjnym.

— No jasne, że jestem w rozsypce! — parskam, próbując ignorować palący ból. — Nie jestem twoim pieprzonym królikiem doświadczalnym!

— Ach, ale właśnie nim Pani jest, Artemis — mówi lodowato spokojnie. — I im szybciej to Pani zaakceptuje, tym łatwiej będzie nam obojgu.

— Idź do diabła — warczę, zaciskając szczęki.

— Jaka wrogość — cmoka, kręcąc głową. — A teraz kontynuujmy, dobrze?

Odkręca kolejną strzykawkę, wypełnioną ohydnie zieloną cieczą, od samego widoku której przewraca mi się w żołądku. Serce tłucze mi w piersi jak oszalałe, gdy się zbliża, a ja walczę z odruchem wymiotnym.

— Proszę się przygotować, droga Pani — ostrzega, wbija igłę w moje ramię.

Ból jest nie do opisania, jakby przejechał po mnie pociąg towarowy zrobiony z kwasu i potłuczonego szkła. Widzenie mi się zamazuje, a z ust wyrywa się zduszony krzyk. Kosztuje mnie to resztki sił, by nie stracić przytomności na miejscu.

— Niezwykłe — mruczy dr Foxberry, notując kolejne obserwacje. — To serum powinno już Panią uśpić. A jednak wciąż Pani tu jest, nadal nieustępliwa.

— Pierdol się — udaje mi się wysyczeć przez zaciśnięte zęby, a ciało drży pod nawałą agonii.

— Pani odporność naprawdę imponuje — przyznaje, niemal z niechęcią. — Ale zobaczmy, jak długo to potrwa, dobrze?

Przez następne kilka minut jestem poddawana bezlitosnej serii zastrzyków, każdy boleśniejszy od poprzedniego. Każdy mięsień krzyczy o wytchnienie, kości czują się, jakby pękały pod ciężarem męki. Moja przytomność umysłu strzępi się jak stara lina, gotowa pęknąć w każdej chwili.

— Doprawdy fascynujące wyniki — komentuje dr Foxberry, a jego głos ledwie przebija się przez ból, który zaćmiewa mi umysł. — Spodziewałem się, że Pani tolerancja spadnie, a Pani wciąż mnie zaskakuje, Artemis.

— Przestań! — wykrztuszam, łzy płyną mi po policzkach. — Proszę... po prostu przestań!

— Dobrze — mówi wreszcie dr Foxberry, w głosie nuta rozczarowania, jakbym odmówiła mu wielkiej nagrody. — Dokończymy to później. — Z trzaskiem zdejmuje lateksowe rękawiczki i ciska je do pobliskiego kosza.

— Już się, kurwa, nie mogę doczekać — wypluwam, głosem ledwie chrapliwym szeptem.

Rzuca mi ostatnie, oceniające spojrzenie, po czym odsuwa się od stołu. — Zostawię Panią teraz, niech Pani odpocznie, Artemis. Ale proszę mi wierzyć: daleki jestem od tego, by z Panią skończyć.

— Z wzajemnością — warczę, choć moje ciało drży od długotrwałego działania jego eksperymentalnych serum.

Nonszalanckim gestem dr Foxberry odwraca się na pięcie i wychodzi z pomieszczenia, zostawiając mnie znów samą w moim zimnym, sterylnym więzieniu. Metalowe drzwi zatrzaskują się z donośnym szczękiem, który złowieszczo niesie się po komorze.

Oddycham płytko, łapiąc oddech krótkimi spazmami, dryfując na granicy świadomości; czarna otchłań omdlenia kusi tuż obok, lecz wciąż pozostaje poza zasięgiem. Za każdym razem, gdy wydaje mi się, że zaraz przekroczę tę krawędź, ból pulsujący w żyłach szarpie mnie z powrotem w okrutne światło przytomności.

Proszę, niech mnie szybko znajdą — modlę się w milczeniu, a myśl o przyjaciołach daje choćby mały promyk nadziei pośród nieustannej męki. Potrzebuję ich pomocy jak nigdy dotąd.

Nowa fala agonii zalewa mnie, wciągając z powrotem pod swój miażdżący napór. Obraz znów się rozmazuje i przez chwilę nie mam pewności, czy nie śnię.

— Artemis... — szepcze odległy głos, a ja wytężam słuch, rozpaczliwie łowiąc jakikolwiek znak od przyjaciół. Ale głos cichnie, pochłonięty przez ciemność, która chce mnie ogarnąć.

— Declan — szepczę, chrypiąc ledwie dosłyszalnie. Potrzebuję go teraz jak nigdy, jego ciepła i siły, gdy bierze mnie w ramiona. Obraz jego twarzy pojawia się pod zamkniętymi powiekami — latarnia nadziei pośród ciemności, która chce mnie pochłonąć.

— Trzymaj się, Artemis — wyobrażam sobie, że mówi, a jego piwne oczy pełne są troski. — Przetrwasz wszystko, co dr Foxberry ci zafunduje.

— Łatwo ci mówić — burczę w duchu, choć wiem, że Declan też przeszedł przez własne piekło eksperymentów tych potworów. Ale myśl o nim, a także o moich przyjaciołach, daje mi siłę, by dalej walczyć.

— Doktorze Foxberry! — wołam, głosem napiętym, lecz nieugiętym. — Myślisz, że twoje śmieszne eksperymenciki mnie złamią? Nie masz pojęcia, do czego jestem zdolna.

Odpowiada mi cisza, ale nie pozwalam, by mnie zniechęciła. Skupiam się na myśli o przyjaciołach, o ludziach, których kocham. Nie pozwolę, by dr Foxberry ani ktokolwiek inny ich skrzywdził. Zniosę wszystko, co dla mnie szykują, jeśli to ich ochroni.

— Artemis — znów słyszę miękki pomruk głosu Declana, tym razem wraz ze wspomnieniem jego palców muskających moją skórę. — Nie zapominaj, kim jesteś. Nie pozwól im ci tego odebrać.

— Nigdy — ślubuję, a serce pęcznieje determinacją. Mimo bólu i bezsilności, które grożą, że mnie zasypią, trzymam się myśli o Declanie i naszych przyjaciołach. Są moją liną ratunkową, powodem, dla którego nie mogę — i nie chcę — się poddać.

— No to dawaj, dr Foxberry — rzucam wyzwanie, głosem ledwie ponad szept, ale rozżarzonym ogniem przekonania. — Nigdzie się nie wybieram.

Ciemność, która mnie otacza, dusi, napiera ze wszystkich stron jak ciężar. Ciało mnie boli, a zimny blat pod plecami nie przynosi ulgi posiniaczonej skórze ani ogniowi, który wciąż tli się pod powierzchnią. Ledwo łapię oddech, każdy wdech jest urywany i bolesny. Straciłam rachubę, ile dostałam zastrzyków. I ile dni tu jestem.

— To naprawdę wszystko, na co cię stać, dr Foxberry? — chrypię, słabym, lecz ociekającym sarkazmem głosem. — Miewałam gorsze oparzenia słoneczne.

— Pani nieustępliwość jest godna podziwu, Artemis — odpowiada gładko, jego głos drażniąco spokojny wobec mojego. — Lecz ostatecznie daremna.

— Niezła próba, ale nie wejdzie mi pod skórę. — Parskam gorzkim śmiechem, ignorując łomot w głowie. — A nie, czekaj — już wszedłeś. Dosłownie.

— Istotnie. Pani odporność jest doprawdy fascynująca. — Brzmi niemal znudzony, jakby torturowanie mnie było kolejnym, nudnym punktem na liście rzeczy do zrobienia.

Zaciskam zęby, nie dając mu satysfakcji. Myśli uciekają do Declana, do ciepła jego ramion i tego, jak jego dotyk zawsze rozpędza moje lęki. To drobna pociecha, ale wystarcza.

— Cokolwiek planujesz, nie zadziała — ostrzegam, słowa przeciekają przez zaciśnięte zęby. — Zadarłeś z niewłaściwą wiedźmą.

— Całkiem możliwe, i właśnie to czyni to tak intrygującym — uśmiech, który słychać w jego głosie, wywołuje dreszcz na moich plecach. — Nie mogę się doczekać naszej następnej sesji, Artemis.

— Ustaw się w kolejce — mamroczę, ale mój bunt zaczyna się wyczerpywać. Każda mijająca sekunda zostawia mnie słabszą, bardziej bezbronną.

— Proszę spać smacznie, moja uparta badana. — Pożegnalne słowa dr Foxberry'ego wiszą w powietrzu jak złośliwa chmura, gdy sala znów pogrąża się w ciszy.

Zmęczenie skrada się do mnie, oplatając świadomość zimnymi palcami i wciągając w otchłań. Próbuję z tym walczyć, ale moje skatowane ciało odmawia posłuszeństwa. Ciemność połyka mnie w całości i przez krótką chwilę zostaje tylko błoga ulga od bólu.

— Trzymaj się, Artemis — głos Declana rozbrzmiewa mi w głowie jak lina, której mogę się chwycić, gdy wszystko inne gaśnie. — Znajdę cię. Przetrwamy to.

— A jakże, że przetrwamy — szepczę do siebie, gdy sen mnie pochłania, a zimny stół nie daje prawie żadnej ulgi mojemu poobijanemu i wyczerpanemu ciału.

ROZDZIAŁ TRZECI

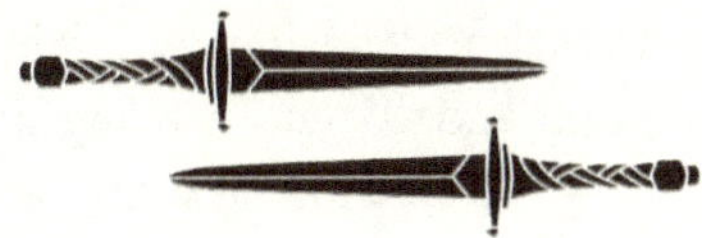

AZNOWU. SAMA. ŚCIANY CELI zwężają się wokół mnie jak imadło i przysięgłabym, że z każdą sekundą suną bliżej. Eksperymenty dr. Foxberry'ego zostawiły w ustach kwaśny posmak i nie mogę się pozbyć wrażenia, że coś się we mnie zmieniło.

Dreszcz przebiega mi po kręgosłupie, gdy zginam palce i czuję nowo odkrytą siłę pulsującą w żyłach. Mięśnie mi tężeją, a ciało pobrzmiewa mocą, jak u drapieżnika tropiącego zdobycz. I to mnie cholernie przeraża.

— Artemis, jak się dziś czujemy? — głos dr. Foxberry'ego wpełza do pomieszczenia, tłusty i nieszczery.

— Jakbym została zamieniona w szczura laboratoryjnego — warczę, przewracając się na bok, by wlepić wzrok w ekran.

— Ciekawe sformułowanie — mruczy, a na sam jego ton jeży mi się skóra. — Powinna Pani dziękować za te ulepszenia.

— Dziękować? Przecież zmienia mnie Pan w potwora — warknę, a gniew bulgocze tuż pod powierzchnią. Cała moja samokontrola idzie w to, by nie pozwolić mu wykipieć.

Zwierzęce instynkty, które teraz we mnie buzują, są niepokojące, obce, ale niezaprzeczalnie potężne. Część mnie chce je przyjąć, użyć ich siły przeciwko tym, którzy mnie uwięzili. Ale nie dam dr. Foxberry'emu satysfakcji, że mnie złamał.

— „Potwór" to takie surowe słowo, Artemis — upomina. — Wolę myśleć o Pani jako... o kimś ewoluowanym.

— Ewoluowana czy nie, i tak jest Pan sadystycznym sukinsynem — odwarknę, zaciskając pięści.

— Ach, zawsze taka zadziorna — mówi, a w głosie kapie fałszywy zachwyt. — To się Pani przyda.

— Niech Pan idzie do diabła — mruczę, kończąc rozmowę. Odwracam się od ekranu i zsuwam po ścianie, siadając na zimnej posadzce.

Myśli pędzą, gdy próbuję ogarnąć moje nowe zdolności. Czy mogę ich użyć do ucieczki? A może tylko jeszcze bardziej zaplączą mnie w pokręconą pajęczynę dr. Foxberry'ego?

— Skup się, Artemis — szepczę do siebie, próbując przytemperować chaotyczny wir w głowie.

Nie wiem, ile jeszcze dam radę. Ale jedno jest pewne — nie padnę bez walki.

Dreszcz przebiega mi po plecach, gdy rozważam możliwość wykształcenia zmiennokształtnej postaci jak u Declana. Czy stałabym się smukłym drapieżnikiem jak on, czy czymś zupełnie innym? Ta myśl znów przeszywa mnie chłodem, choć nie całkiem nieprzyjemnym. Właściwie jakaś część mnie jest ciekawa, co kryje się pod tą nową warstwą mnie samej.

— Dobra, Artemis — karcę się miękko. — Nie ma sensu tonąć w gdybaniach. Czas się skupić.

Siadam po turecku i wchodzę w techniki medytacji, których nauczyła mnie Athina, starając się uciszyć pędzące myśli i adrenalinę, która wciąż we mnie krąży. To trudniejsze niż kiedykolwiek, z tymi zwierzęcymi instynktami czającymi się tuż pod powierzchnią, ale zmuszam się do wolnych, głębokich oddechów.

— Znajdź swój środek, Artemis — powtarzam w milczeniu, pozwalając, by spokojny, matczyny głos Athiny prowadził mnie w mojej głowie. — Wdech, wydech.

Gdy medytuję, napięcie w ciele zaczyna odpuszczać, choć nie całkiem. Zostaje we mnie czająca się niepewność, zwinięta jak sprężyna, czekająca na okazję do skoku. Ale na razie znajduję ukojenie w bezruchu i pozwalam myślom odpłynąć.

— Declan — myślę, a na samą myśl o nim ściska mnie w piersi. — Co też dr Foxberry Ci zrobił?

Przed oczami przeskakują obrazy jego jaguara — potężne mięśnie falujące pod płowym futrem, drapieżna gracja, gdy poruszał się w cieniu. Jeśli rozwinę własną zmiennokształtną postać, czy będę mogła stanąć u jego boku jak równa z równym?

— Dość — upominam się i strząsam fantazję. — Spekulacje nic mi nie dadzą. Skup się na tym, co realne, na tym, co dzieje się tu i teraz.

Ale nawet gdy wracam do medytacji, nie mogę przestać się zastanawiać, czy w tych nowych mocach nie kryje się więcej, niż zdaję sobie sprawę. I czy mogą być kluczem do odblokowania mojej wolności.

— Cholera jasna, Artemis — mamroczę pod nosem, gdy skupienie się rozsypuje. — Musisz utrzymać środek. Skup się na oddechu — przypominam sobie, nabierając głęboko powietrza i wolno wypuszczając. — Wdech... i wydech...

Na razie tyle mogę — oddychać i mieć nadzieję, że cokolwiek dr Foxberry we mnie obudził, uczyni mnie silniejszą. Dość silną, by wyrwać się i wrócić do Declana.

— Trzymaj się, Declan — szepczę w zimne powietrze mojej celi. — Znajdę Cię.

Gdy mój oddech synchronizuje się z niemą rytmiką serca, zatracam się w medytacji, której nauczyła mnie Athina. Chłód celi blaknie, zastępowany poczuciem wewnętrznego ciepła i spokoju. Do chwili, aż ich słyszę.

— Cholera, ona wciąż medytuje — chrapliwy głos wypełnia mi głowę, wytrącając z koncentracji. Otwieram oczy, przeczesując mrok w poszukiwaniu źródła, ale nikogo tu nie ma.

— Kto to powiedział? — mamroczę do siebie, uświadamiając sobie, że chyba tracę rozum. A potem kolejna myśl wślizguje się do mojej świadomości — tym razem razem z brzękiem kluczy gdzieś za drzwiami celi.

— Trzeba było obstawiać, ile wytrzyma — odzywa się drugi głos, z samozadowoleniem. — Dorobiłbym się fortuny.

— Chwila — myślę, serce przyspiesza, gdy składam to w całość. — Ja... czytam im w myślach? Przecież cela jest absolutnie dźwiękoszczelna. Jedyne odgłosy, jakie tu słyszałam, pojawiały się, gdy ekran komunikacyjny był włączony.

— Próba. Raz, dwa, trzy — kieruję myśli na zewnątrz, celując w strażników tuż za ścianami mojej celi. — Słyszycie mnie?

— Zamknij się, dobra? Próbuję się skupić na krzyżówce — warknie pierwszy głos, wyraźnie poirytowany. Ale nie ma żadnego znaku, że usłyszeli moją próbę kontaktu.

— No świetnie — parskam, sfrustrowana, lecz zaintrygowana. Jeśli jeszcze nie potrafię kontrolować czy wpływać na ich myśli, to przynajmniej mogę podsłuchiwać i zbierać informacje. A kto wie, może odrobiną treningu przebiję się przez ich mentalne bariery.

— Skoncentruj się, Artemis. Nie daj im poznać, co potrafisz — upominam się, wracając do pozycji medytacyjnej. Tym razem jednak pozostawiam zmysły wyostrzone na myśli dryfujące wokół mnie jak strzępy mgły.

— Dwie godziny do zmiany warty — myśli jeden, a jego tęsknota za końcem zmiany jest niemal namacalna. —

Nie mogę się doczekać, aż wyniosę się z tego przeklętego miejsca.

— Jeszcze tylko dwa tygodnie i znów zobaczę córkę — rozważa inny, a błysk ciepła i miłości przecina chłód ich myśli.

— Interesujące — notuję w pamięci te urywki na przyszłość. — Ci strażnicy mają życie poza tym piekłem. Może nie wszyscy są tak bezduszni, na jakich wyglądają.

— Skup się, Artemis — coachuję się, próbując zignorować narastający ucisk u nasady czaszki. — Nie pokazuj im słabości.

— Trzecie w dół: sześcioliterowe słowo oznaczające mały, obły kamień — rozważa jeden, a jego irytacja narasta.

— Pe...bble? — szepczę w myślach odpowiedź, mając nadzieję, że jakoś przebije się przez jego mentalne obrony. Ale nie ma żadnej reakcji, żadnego znaku, że mnie usłyszał.

— Cholera — klnę w duchu, sfrustrowana brakiem postępów. — Potrzeba mi więcej czasu, więcej praktyki.

Ale gdzieś w głębi wiem, że czas się kończy — i z każdą chwilą moje szanse na ucieczkę z tego koszmaru maleją.

***

— Artemis, skup się — strofuję się, gdy myśli znów odpływają. Zimny beton pod sobą boleśnie przypomina mi o niewoli, ale nowo odkryta telepatia dotrzymuje mi towarzystwa w ciszy.

— Może jest tu coś jeszcze do odkrycia — rozważam, wypychając świadomość na zewnątrz. Dłoń zawisa nad podłogą, a ja koncentruję się na drobince piachu leżącej tuż przy drzwiach celi, zapewne strząśniętej z buta strażnika albo dr. Foxberry'ego, gdy ostatnio ktoś tu ze mną był. Nabieram głęboko powietrza i przywołuję błękitny ogień wewnątrz mnie, czując, jak jego znajome ciepło rozpiera ciało. Ale zamiast, jak zawsze, objąć moją dłoń, ogień tylko rozbłyska wokół drobinki. Nie wychodzi ze mnie wcale.

— Cholera — szepczę pod nosem, zszokowana tym nowym zjawiskiem. Ziarenko żarzy się upiornym błękitem, po czym rozsypuje się w popiół. — Kiedy mój błękitny ogień stał się taki... zdalny?

— Hej, co to było? Słyszałeś coś? — pyta jeden ze strażników towarzysza, ich kroki niosą się korytarzem, gdy zbliżają się do mojej celi.

— Pewnie jakiś skok napięcia czy coś — odpowiada drugi, wyraźnie znudzony sytuacją. Idą dalej, niczego nieświadomi.

— O mały włos — myślę, czując, jak strach wciąż dudni mi w żyłach. Mija chwila, nim odzyskam panowanie nad sobą. — Ale to zmienia postać rzeczy.

— I to jak — mówię do siebie, tłumiąc uśmiech. Właściwie trudno mi ukryć odrobinę satysfakcji z tego nowego ulepszenia. — Jestem praktycznie chodzącym miotaczem ognia. Co za siła ognia, co?

— Skup się, Artemis — ganię się znowu. Moja sytuacja jest wciąż dramatyczna i nie mogę pozwolić sobie na pychę. — Ale jak mogę to wykorzystać? Czy to pomoże mi uciec?

— Jasne, po prostu wysadź sobie drogę na wolność — odzywa się sarkazm w mojej głowie. — Co najgorszego może się stać?

— Świetny pomysł — odcinam się w myślach, przewracając oczami. — Poza tym drobnym szczegółem, że rozstrzelają mnie strażnicy.

— Dobrze, dobrze — burczę do siebie, przewracając w głowie różne scenariusze. Musi istnieć sposób, by użyć tych nowych mocy na swoją korzyść, nie podnosząc na alarm całego ośrodka.

— Może gdybym zrobiła małą, kontrolowaną eksplozj ę... — rozważam, ale stopuję się. — Nie, zbyt ryzykowne.

Skąd mam wiedzieć, czy nie monitorują każdego mojego ruchu? — Zerkam na ekran w ścianie. Większość czasu jest czarny, ale nie mam pojęcia, czy zestaw kamer w środku nie jest cały czas włączony i nie patrzy mi na ręce.

— Trzymaj to w sekrecie. Trzymaj w bezpiecznym miejscu — decyduję, przywołując mojego wewnętrznego Gandalfa. Przynajmniej dopóki nie nauczę się tego lepiej kontrolować — albo nie trafi się okazja, by to wykorzystać.

— Kto wie, jakie jeszcze sztuczki dr Foxberry ma w zanadrzu? — przypominam sobie, dygocząc na myśl, co jeszcze mógł mi zrobić. — Potrzebuję każdej przewagi, jaką mogę zdobyć.

— Dobra, koniec tych autorecitali motywacyjnych — beszczę się, próbując odzyskać koncentrację. Wracam do pozycji medytacyjnej i zamykam oczy, pozwalając zmysłom znów nastroić się na myśli krążące wokół.

— Niech mnie lekceważą — ślubuję w milczeniu. — Kiedy przyjdzie pora, pokażę im, jakiego potwora stworzyli.

◄◄—◆—►►

Nagle przebiega mi przez głowę myśl i nie mogę się powstrzymać od pytania — skoro mam te wszystkie nowe zdolności, czy mogę rozwinąć zmiennokształtną postać jak Declan? Jest tylko jeden sposób, by się przekonać. Kierując uwagę do wewnątrz, dotykam zwierzęcych instynktów, które teraz szemrzą tuż pod powierzchnią świadomości.

Mięśnie mi tężeją, skupiam się i nagle to się dzieje. Ciało się przesuwa, kości trzeszczą, z mojej skóry wyrastają pióra i nim się orientuję, jestem wielkim krukiem siedzącym na zimnej posadzce celi. — O cholera — kraczę zaskoczona, a mój głos brzmi jednocześnie ludzko i ptasio.

— No, to mamy odpowiedź — myślę, lustrując swoje gładkie, ciemne upierzenie. Głęboki wdech, i wracam do ludzkiej postaci, krzywiąc się przy upiornym wrażeniu, jak pióra wsuwają się z powrotem pod skórę.

— Ach, panno Blackwell — głos dr. Foxberry'ego przecina moje myśli, gdy ekran rozbłyskuje, a jego zimne oczy mnie lustrują. — Widzę, że odkrywa Pani kolejne swoje nowe zdolności.

— Świetnie — mruczę w duchu — właśnie tego mi trzeba — widowni. A jednak nie potrafię stłumić perwersyjnego ukłucia dumy na widok jego zadowolenia. Jak często dziewczyna może zaimponować szalonemu lekarzowi umiejętnością udawania ptaka?

— No cóż, to Pan mi to zrobił — syczę, krzyżując ramiona. — Czego Pan chce?

— Jedynie obserwować — odpowiada, wyciągając z kieszeni fartucha notatnik i długopis. — Pani postępy są... nader intrygujące.

— Nigdy bym nie pomyślała, że dostanę rolę w Pana skrzywionym eksperymencie naukowym — odwarknę, mierząc go wzrokiem. — A jednak, proszę, oto jestem.

— Istotnie — przytakuje dr Foxberry, notując coś szybko. — Okazuje się Pani niezwykle cennym atutem, panno Blackwell.

— Atutem? Tyle dla Pana znaczę? — prychnę. — Ot, kolejny królik do Pana chorych eksperymentów?

— Pani potencjał daleko wykracza poza jakiegokolwiek szczura laboratoryjnego — ucina. — Może Pani stać się naprawdę niezwykła — gdyby tylko zechciała Pani współpracować.

— Współpracować? — nie mogę powstrzymać gorzkiego śmiechu. — Dlaczego miałabym grać w Pana pokręconą grę?

— Bo, moja droga — odrzuca chłodno dr Foxberry, mrużąc oczy — oboje wiemy, że stawka jest tu większa niż tylko Pani własna wolność.

— To groźba? — warczę, zaciskając pięści u boków.

— Zaledwie spostrzeżenie — odpowiada lodowato. — A teraz radzę skupić się na szlifowaniu nowych zdolności. Mogą okazać się... przydatne w nadchodzących dniach.

— To już wszystko? — pytam, ledwie panując nad wściekłością.

— Na razie — rzuca, po czym odwraca się na pięcie i znów zostawia mnie samą w celi.

— Skurwysyn — mamroczę pod nosem, czując, jak wściekłość bulgoce we mnie jak wulkan przed erupcją. Ale spycham ją w dół, wybierając, by przekuć ją w determinację.

— Dobrze, Foxberry — myślę, zaciskając zęby. — Chcesz zobaczyć, jakiego potwora stworzyłeś? To poczekaj.

Zimny metal stołu zabiegowego wżyna mi się w plecy, gdy leżę, wpatrując się w sterylny, biały sufit. Niemal czuję wzrok dr. Foxberry'ego, jak przesuwa się po każdym centymetrze mojego ciała, kiedy bazgrze w tym swoim przeklętym notesie.

— Interesujące — mruczy, krążąc wokół mnie jak sęp. — Szybkość Pani przemiany jest doprawdy godna uwagi.

— Dzięki, nienawidzę tego — paruję sarkazmem. On nawet tego nie zauważa, zbyt pogrążony w perwersyjnej fascynacji moimi świeżo odkrytymi zdolnościami.

— Pani struktura komórkowa zdaje się dobrze adaptować do tych ulepszeń — ciągnie, szturchając mnie jakimś narzędziem, którego dobrze nie widzę. Jego lodowaty dotyk posyła mi wzdłuż kręgosłupa kolejne ciarki. — Zobaczmy teraz, jak daleko da się przesunąć Pani granice.

— Słucham? — syczę, unosząc głowę, by mu się przyjrzeć. — Co to, do cholery, ma znaczyć?

— Tyle tylko, że kontynuujemy Pani leczenie, panno Blackwell — odpowiada, unosząc strzykawkę wypełnioną złowieszczo wyglądającym płynem. — W końcu musimy dopilnować, by osiągnęła Pani pełnię potencjału.

— Przez zrobienie ze mnie dziwadła? — warknę, ale on tylko wzrusza ramionami.

— Postęp wymaga poświęceń — oznajmia chłodno i bez wahania wbija igłę w moje ramię. Ból jest ostry i natychmiastowy, a ja syczę przez zaciśnięte zęby, gdy surowica rozlewa się po żyłach.

— Ty su... — urywam, niezdolna dokończyć przekleństwa, kiedy pokój zaczyna wirować. Serce bije mi w piersi tak głośno, że niemal ogłusza.

— Spokojnie — mamrocze dr Foxberry niewzruszonym tonem. — Skutki uboczne powinny być przejściowe.

— Dobrze wiedzieć — myślę jadowicie, marząc, by zetrzeć mu z twarzy ten pobłażliwy grymas. Ale na razie mogę tylko znosić ból i czekać. Pewnego dnia pokażę jemu — i wszystkim zamieszanym w ten pokręcony eksperyment — jak niebezpieczną broń stworzyli.

— Nadzwyczajne — powtarza dr Foxberry, bazgrząc coś w notesie, gdy patrzy, jak walczę o przytomność. — Absolutnie nadzwyczajne.

— Daruj Pan sobie — warczę, ledwie ponad szept. — Jeszcze Pan niczego nie widział.

Ból nie odpuszcza, jakby tysiąc igieł kłuło mnie od środka. Zaciskam zęby i pięści, gdy fala rozpaczy próbuje mnie zalać. Czy moje życie kiedykolwiek stanie się czymś więcej niż ta cela i chore eksperymenty dr. Foxberry'ego?

— Trzymaj się, Artemis — mruczę pod nosem, próbując skupić się na czymkolwiek innym niż agonia w żyłach.

— Coś nie tak, Blackwell? — parodiuje troskę jeden ze strażników, przechodząc obok mojej celi. Powstrzymuję się, by nie napluć mu jadem — coś mi mówi, że to by mi nie pomogło.

— Nic, z czym bym sobie nie poradziła — odpowiadam zamiast tego, zmuszając się do uśmiechu, który bardziej przypomina warknięcie. Gdy odchodzi, wyciągam się ku jego umysłowi moją nowo odkrytą telepatią, ciekawa, jakie sekrety może kryć.

— Rządowa marionetka — myślę z goryczą, przesiewając jego myśli. A potem, zakopana pod warstwami pogardy i arogancji, wyczuwam coś jeszcze — niepokój. O mnie.

— Co? — mrugam zaskoczona, zatrzymując się na moment. Czyżby nie każdy, kto tu pracuje, był bezdusznym potworem? Może w niektórych została jeszcze resztka człowieczeństwa.

— Skup się, Artemis — przypominam sobie, strząsając szok. Fałszywa nadzieja to ostatnia rzecz, której potrzebuję. Ale może... tylko może... da się znaleźć sprzymierzeńca w tych murach.

— Hej, strażniku! — wołam, starając się brzmieć swobodnie. — Ma Pan chwilę?

— Szybko — odburkuje, nie odrywając wzroku od korytarza.

— Zastanawiał się Pan kiedyś, dlaczego tu jesteśmy? — pytam, starając się, by mój głos zabrzmiał niewinnie. — Nie tylko ja, ale i cała reszta paranormalnych, których tu zamknęli.

— Słuchaj, Blackwell, nie płacą mi za zastanawianie się — ucina. — Płacą mi za utrzymywanie takich jak ty w ryzach.

— Jasne — parskam śmiechem. — Głupia ja. Chciałam tylko pogadać, tyle.

— Cholera — myślę, jak narasta frustracja. Ale nie odpuszczę — jeszcze nie. Jeśli jest choć cień szansy, że ktoś mi tu pomoże uciec, muszę próbować. Dla Declana... i dla wszystkich, których Biuro zaplątało w swoją sieć kłamstw.

— Trzymaj się, Artemis — szepczę do siebie, opierając się z powrotem o zimną kamienną ścianę. — Znajdziesz wyjście z tego piekła. Musisz.

◆◇◆

— Dobra, Artemis, maska na twarz — mamroczę. Czas zanurkować głębiej w głowę tego strażnika — tego, który zdawał się o mnie martwić. Skupiam nową telepatię i delikatnie muskając powierzchnię jego umysłu, szukam śladu winy albo zwątpienia.

— Hej, Panie! — rzucam, gdy przechodzi obok mojej celi, starając się utrzymać równy głos. — Jak Pan ma na imię?

— Nie ma to znaczenia — burczy, zerkając na mnie, po czym wraca wzrokiem do korytarza. Idealnie, zwróciłam jego uwagę. Teraz pogłębić wejście.

— Ależ ma — mówię z wymuszonym uśmiechem. — W końcu jesteśmy już prawie współlokatorami. Najmniej, co mogę zrobić, to poznać Pana imię.

— Dobra. Alex. — Ton szorstki, ale jego umysł zdradza krótki błysk emocji — winy, może żalu? Trafione.

— Miło poznać, Alex — odpowiadam, wślizgując się głębiej w myśli. — Wie Pan, kiedy zgłaszałam się do tej roboty, myślałam, że będę pomagać ludziom, a nie gnić w celi.

— Życie nie zawsze idzie zgodnie z planem, co? — Alex mruży oczy, a w jego głowie staje mur. Ale tak łatwo mnie nie spławi.

— Prawda — przyznaję, zmieniając taktykę. — A jeśli
da się to jeszcze zmienić? Jeśli da się coś naprawić?

— Teraz już nic nie zrobimy — mówi zbywająco, ale
czuję, jak w jego umyśle kiełkuje ziarno wątpliwości.

— Może i nie — zgadzam się, posyłając mu smut-
ny uśmiech. — Ale warto spróbować, prawda? Dla tych
wszystkich paranormalnych, którzy potrzebują naszej pomocy?

— Blackwell, nie wiem, do czego zmierzasz, ale radzę
przestać mówić — ostrzega Alex, głosem niskim i
groźnym. Lecz za murem jego umysłu ziarno już kiełkuje.

— Dobrze, dobrze — ustępuję, unosząc ręce w geście
poddania. — Proszę tylko nad tym pomyśleć, dobrze?
Tyle proszę.

— Jak chcesz. — Alex odchodzi korytarzem, zostawiając mnie samą z myślami — i planami.

— Cholera — syczę pod nosem, zaciskając pięści z
frustracji. Umysł Alexa był o krok od pęknięcia, a teraz czuję się, jakbym próbowała przebić się przez stalowy
mur. Zdołał utrzymać swoją błędną lojalność wobec dr.
Foxberry'ego, mimo winy, która go gryzie.

— Artemis, co ty wyprawiasz? — znany głos dr.
Foxberry'ego przerywa mi, a ja szybko staram się wygładz-
ić z twarzy złość.

— Nic — rzucam niedbale. — Po prostu... myślę.

— Myślenie jest tu niebezpieczne — odpowiada z kpią-
cym uśmieszkiem. — Zwłaszcza dla kogoś takiego jak
Pani.

— Dzięki za ostrzeżenie — mruczę, przewracając oczami. Muszę ukryć przed nim nowe zdolności. Jeśli dowie
się o telepatii czy zmiennokształtności, kto wie, co jeszcze
spróbuje mi zrobić?

— W każdym razie — ciągnie dr Foxberry, nieświadomy
mojej wewnętrznej burzy — powinna się Pani skupić na
treningu. Mamy wobec pani Blackwell wielkie plany.

— Już nie mogę się doczekać — mówię sucho, tłumiąc dreszcz, który przebiega mi po plecach. Mam dość bycia ich królikiem doświadczalnym, ale dopóki nie zdobędę sojusznika, jestem zmuszona grać w ich pokręcone gierki.

— Dobrze. W takim razie do jutra. — Tym samym dr Foxberry odwraca się na pięcie i znika z mojej celi, przekręcając zamek za sobą.

Gdy tylko znika, wypuszczam długi, powolny oddech. Nie pozwolę im wygrać — nawet jeśli oznacza to skrobanie po okruchach człowieczeństwa pod ich zrogowaciałymi skorupami. Coś z niego musi w każdym z nich zostać; muszę to znaleźć i wykorzystać.

— Dobrze, Artemis, plan B — szepczę do siebie, sięgając po nowo odkryte telepatyczne zdolności. Ostrożnie wyciągam czujki myśli, szukając tych najbliżej mojej celi.

— No to znajdźmy sobie sojusznika, co?

⬥◦⬥

Głowa mi pulsuje od wysiłku rozchylania umysłów tych strażników. Jakbym próbowała sforsować sejf gołymi rękami — i idzie mi marnie. Frustracja mnie podgryza, ale nie ustępuję. Gdyby tylko dało się trafić na jakiś ślad człowieczeństwa w ich duszach, który mogłabym wykorzystać. Jedna osoba i może, tylko może, wyszłabym z tego piekła.

Spragniona choćby odrobiny ukojenia, odpływam myślami do Declana — jego ciepłego uścisku, figlarnego błysku w piwnych oczach i tego, jak jego szorstki zarost łaskotał mnie w policzek, kiedy przyciskał wargi do moich. Zamykam oczy i jakby znów był obok, czuję dotyk jego opuszków kreślących bliznę na moim policzku.

— Artemis — szepcze w mojej głowie — znajdziemy sposób.

Kurczowo trzymam się tej nadziei, choć zmęczenie mnie dopada. Ciało boli po zastrzykach i niekończącej się serii testów, którym poddał mnie dr Foxberry. W końcu, poddając się znużeniu, zwijam się na cienkim materacu, czując, jak chłód przesącza się przez tkaninę ubrań. Oddech zwalnia, a sen otula mnie jak woal, ściągając w dół.

— Declan — mamroczę, odpływając, z nadzieją, że gdziekolwiek jest, jest bezpieczny.

W krainie snów stoję w świetle pełni, którego srebrzysta poświata rzuca długie cienie na opustoszałą ulicę. Znajomy pomruk mojego motocykla wibruje pod nami, kojący i elektryzujący zarazem. Declan obejmuje mnie na siedzeniu, ramiona ciasno wokół mojej talii.

— Gotowa? — pyta, a jego oddech parzy mnie w uchu.

— Zawsze — odpowiadam, odkręcając manetkę i czując, jak dreszcz pościgu wzbiera we mnie falą.

Przecinamy puste ulice, nasz śmiech odbija się w nocnym powietrzu. Czuję się żywa i wolna, napędzana mocą maszyny i ciepłem ciała Declana przyciśniętego do mojego. Jesteśmy nie do zatrzymania, siła, z którą trzeba się liczyć — razem.

— Artemis — mruczy Declan, muska wargami moją szyję — kocham cię.

— Ja ciebie też — odpowiadam, a głos mi grzęźnie w gardle.

Sen się zmienia i jesteśmy spleceni w pościeli, nasze ciała poplątane jak bluszcz. Jego dotyk jest czuły i dziki jednocześnie, ogień, który rozpala mi duszę. Nasze spojrzenia się spotykają i przez ułamek chwili świat jest na właściwym miejscu.

— Obiecaj mi — szepcze, a jego piwne oczy lśnią — obiecaj, że już nigdy nie pozwolimy im nas rozdzielić.

— Obiecuję — ślubuję, pieczętując pakt palącym pocałunkiem.

Ale gdy nasze usta się rozdzielają, fantazja zaczyna blaknąć, wysypując się z dłoni jak piasek. Desperacko chwytam resztki snu, wyciągam ręce po Declana, lecz już go nie ma.

— Declan! — wołam, ale mój głos wraca do mnie echem, pusty i zagubiony.

I tak po prostu budzę się — znów uwięziona w surowej celi, a pamięć o uścisku Declana jest już tylko okrutnym przypomnieniem tego, co straciłam.

ROZDZIAŁ CZWARTY

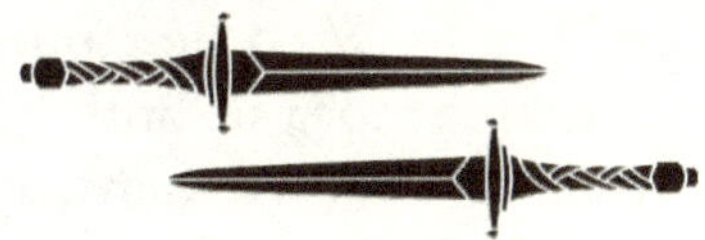

TĘPY ODÓR ŚRODKÓW ODKAŻAJĄCYCH i zimny, metalowy stół pod moim ciałem to ponure przypomnienie tego piekielnego miejsca. Zaciskam zęby, walcząc z więzami, które trzymają mnie na uwięzi. Słyszę zbliżające się kroki i serce zaczyna mi walić. Potem pojawia się w progu, a jej zielone oczy błyszczą jak zatrute szmaragdy.

— Artemis, minęło stanowczo za dużo czasu — mówi Diana z okrutnym uśmiechem, krzyżując ramiona i opierając się o framugę drzwi. — Wyglądasz... na bardzo nieswoją.

Warczę na nią, wściekłość płonie we mnie jak pożar stepów. — Daruj sobie te gadki, Diana. Jakie chore moce masz teraz? Wiem, że nie zadowoliłaś się pozostaniem człowiekiem po tym wszystkim, co zrobił twój ojciec.

Parska mrocznym śmiechem, wchodzi do pokoju i staje nade mną. Jej ruda grzywka okala twarz, podkreślając złowróżbny blask wokół niej. — Och, Artemis, naprawdę myślałaś, że tak łatwo zdradzę wszystko? — Wydaje z siebie niski, szyderczy chichot. — Muszę przyznać, że bezradność wyjątkowo ci pasuje.

— Powiedz mi — warczę przez zaciśnięte zęby, nie spuszczając z niej wzroku. — Zasługuję, by wiedzieć, w jakiego pokręconego potwora się przeistoczyłaś.

— Zasługujesz? — kpi Diana, mrużąc oczy z rozbawieniem. — Na nic nie zasługujesz, chyba że na powolną, bolesną śmierć za to, co zrobiłaś z pracą mojego ojca.

— Twój ojciec to potwór, ty też — pluję, szarpiąc się w więzach. Mięśnie bolą mnie od wysiłku, ale nie zamierzam się poddać. — W co się zamieniłaś, Diana? Jaką chorą, nienaturalną mocą się posługujesz?

— Dobrze, Artemis — mówi Diana, a na jej ustach tańczy nikczemny uśmiech. — Pozwól, że zademonstruję.

Zanim zdążę zareagować, czuję nagły nacisk w głowie, jakby imadło zaciskało się na mojej czaszce. To nieznośnie bolesne i mimo najszczerszych chęci nie udaje mi się stłumić krzyku, który wyrywa mi się z ust.

— Czujesz coś? — drażni się Diana, a jej oczy lśnią złośliwą uciechą.

Ból narasta, zaciskam zęby, by nie dać jej satysfakcji. Tak szybko, jak się pojawił, nacisk znika, zostawiając mnie z dyszeniem. Ale coś jest nie tak — jakby ktoś wyrwał ze mnie kawałek duszy.

— No dalej, spróbuj — ponagla Diana tonem ociekającym samozadowoleniem. — Spróbuj zmienić się w tę swoją ukochaną kruczą postać.

Skupiam resztki energii, próbując dotknąć moich zdolności zmiany kształtu, ale nic się nie dzieje. Panika wzbiera we mnie; nie mogę uwierzyć, że naprawdę mi je odebrała. Z ostatnich sił zmuszam się do spokoju, a twarz układam w wyraz ledwie skrywanej pogardy.

— Zadowolona teraz, Diano? — wypluwam, rozpaczliwie kryjąc przerażenie. — Udowodniłaś, co chciałaś.

— Zachwycona — odpowiada, a jej uśmiech się poszerza. — Teraz widzisz, jak naprawdę jestem potężna.

— Naciesz się tym, póki trwa — mamroczę pod nosem, zbierając siły na to, co wiem, że muszę zrobić.

— Słucham? — unosi brew Diana, a jej uśmiech na moment gaśnie.

— Nic — kłamię gładko, przyklejając do twarzy sztuczny uśmiech. — Tylko podziwiam twoje... talenty.

— Dobrze — kiwa głową, najwyraźniej usatysfakcjonowana. — Będziesz miała mnóstwo czasu, by je docenić, gdy już całkowicie będziesz pod moją kontrolą.

— Już się nie mogę doczekać — odpowiadam, a mój sarkazm sączy się jak jad. W środku myśli pędzą na oślep, szukam sposobu, by zyskać na czasie, by znaleźć słaby punkt w jej spaczonej mocy. Nie mogę pozwolić, by zobaczyła, jak blisko jestem załamania.

— Odpocznij — mówi Diana, ruszając ku drzwiom mojej celi. — Jutro czeka nas mnóstwo pracy.

— Już się nie mogę doczekać — kłamię przez zaciśnięte zęby, patrząc, jak znika w korytarzu.

Sama w słabo oświetlonej celi pozwalam sobie na chwilę słabości, ciało drży po brutalnym naruszeniu mojej istoty mocą Diany. Ale nie poddam się — nie teraz, nie nigdy. Muszę pozostać silna, dopóki nie znajdę sposobu, by ograć ją w jej własnej, spaczonej grze.

Ostry odór silnych środków odkażających kąsa moje zmysły, a bezlitośnie zimny metal stołu pod moim ciałem stale przypomina mi o ponurej sytuacji. Szarpię się bez skutku przeciwko nieustępliwym pasom krępującym kończyny, a gniew i frustracja gotują mi krew. Ostry stukot zbliżających się kroków sprawia, że serce mi zamiera. I wtedy staje w drzwiach, sylwetka odcina się na tle światła, a jej szmaragdowe oczy migoczą okrutną radością.

— Artemis, minęło zdecydowanie zbyt długo — mruczy Diana, a pełne usta wykrzywiają się w złowrogi uśmiech, kiedy niedbale opiera się o framugę i przygląda mi się jak naukowiec ciekawemu okazowi w laboratorium.

Szarpnęłabym więzy, by zacisnąć palce na jej smukłej szyi, by na zawsze zetrzeć ten pobłażliwy grymas z jej pięknej twarzy. Zamiast tego całą wściekłość wlewam w głos. — Daruj sobie fałszywe uprzejmości, Diano — cedzę przez zęby. — Obydwie wiemy, po co tu jesteś. Po prostu powiedz, jakich nowych, nienaturalnych mocy się dorobiłaś. Wiem, że nie zadowoliłaś się byciem zwykłym człowiekiem po tym, jak twój obłąkany ojciec cię „stworzył".

Diana odrzuca głowę i śmieje się; dźwięk jest melodyjny, a jednak mrozi mnie w kręgosłupie. Powoli, z rozmysłem, odpycha się od drzwi i zaczyna krążyć wokół stołu, przeciągając długim paznokciem po metalowej powierzchni.

— Och, Artemis, naprawdę myślałaś, że tak łatwo zdradzę wszystkie sekrety? — pyta kpiąco, zatrzymując się przy mnie. Gwałtownie chwyta mnie za podbródek w żelaznym uścisku i zmusza do spotkania jej hipnotycznego spojrzenia. — Muszę przyznać, ta bezradna pozycja bardzo ci służy.

Szarpnięciem wyrywam brodę z jej dłoni, nie pozwalając jej zobaczyć, jak głęboko mnie dotknął sam jej dotyk. — Zasługuję, by wiedzieć, w jaką ohydę się przeobraziłaś — żądam przez zaciśnięte zęby, wtapiając całą nienawiść w spojrzenie.

Diana znów się śmieje, a dźwięk szarpie mi nerwy. — Zasługujesz? Jedyną rzeczą, na którą zasługujesz, jest długa, agonalna śmierć za spustoszenie, jakie siałaś w wizjonerskiej pracy mojego ojca. — Jej paznokcie boleśnie wbijają się w moją rękę; piękna twarz na moment skrzywia się w maskę furii, po czym znowu wygładza w lodowate rozbawienie.

Nie daję jej satysfakcji reakcji. — Twój ojciec to zwyrodniały szaleniec. A ty wcale nie lepsza, Diana, jego spaczone protegowana — odcinam się ostro. — No to powiedz: jaką plugawą, nienaturalną moc kryjesz za tą ładną buzią?

Diana przygląda mi się długą chwilę, nieruchoma jak zwinięty do skoku wąż. Potem pełne usta rozciągają się w powolnym, złowrogim uśmiechu. — Wiesz, sądzę, że pokaz będzie znacznie bardziej pouczający niż same słowa.

Zanim zdołam się przygotować, miażdżący nacisk uderza w mój umysł, jakby rozpalone metalowe imadło zaciskało się na czaszce. Tłumię zduszony krzyk, zaciskając szczękę tak mocno, że czuję smak krwi. Ból narasta, aż czarne plamki tańczą mi przed oczami. W chwili, gdy zaczynam odpływać w błogą nieświadomość, nacisk znika.

Łapię gwałtownie powietrze, dysząc, gdy ból ustępuje. Mimo że w głowie nadal huczy, czuję, że coś jest strasznie nie tak. Jakby ktoś wyrwał część samej mojej istoty, zostawiając bolesną pustkę.

Diana pochyla się nade mną, twarz rozświetla jej złośliwa uciecha. — No dalej. Spróbuj — szepcze. — Przemień się w tę swoją małą kruczą postać, z której jesteś taka dumna.

Przymykam oczy, rozpaczliwie próbując sięgnąć do wewnętrznego źródła, które pozwalało mi się przemieniać. Tam, gdzie kiedyś kipiała rzeka mocy, teraz jest tylko pył. Panika ściska mi pierś, choć zmuszam twarz do obojętności. Nie może zobaczyć, jak głęboko mnie naruszyła.

Śmieje się, dźwięk mrozi krew mimo szczerej wesołości. A potem znika — w miejscu, gdzie stała, unosi się czarny kruk. Z jej dzioba wydobywa się szydercze krakanie.

Zaraz mnie zemdli. Ukradła mi zdolność przemiany, jak jakiś potworny wampir psychiczny, po prostu ją sobie zawłaszczyła tak łatwo, jakbym zgarnęła batonik ze sklepu osiedlowego.

Mrugnięcie i znów się zmienia — stoi nade mną, śmiejąc się pogardliwie z przerażenia, którego nie potrafię ukryć.

— Usatysfakcjonowana? — pytam chłodno, mierząc ją wzrokiem.

— Och tak, i to bardzo. — Diana uśmiecha się powoli, niebezpieczna i zniewalająca jak kobra tańcząca do melodii zaklinacza węży. — Właśnie zobaczyłaś jedynie przedsmak moich prawdziwych możliwości. Zaledwie ułamek mocy, którą władam.

Uczepiam się maski znudzonej pogardy. — No to gratulacje. Naciesz się tym, póki możesz. — Nawet kiedy te zuchwałe słowa spływają z moich ust, umysł gorączkowo pracuje, ocenia opcje, szuka choćby najmniejszej słabości do wykorzystania. Nie może zobaczyć, jak bliska jestem załamania. Jak bardzo jej atak wstrząsnął mną do rdzenia.

Wykrojone brwi Diany unoszą się ze zdumienia. — Słucham? Czyżby w tych słowach wciąż tliła się bezczelna zuchwałość?

Zmusiłam się, by wytrzymać jej przenikliwe spojrzenie bez mrugnięcia. — Ależ skąd — odpowiadam najgładziej, jak potrafię. — Tylko doceniam twoje... niebywałe talenty. — Fałszywie słodkie słowa palą mnie jak kwas.

— Hm, tak, oczywiście. — Diana zdaje się na razie udobruchana. Przeciąga palcami po moich włosach niemal czule. Muszę walczyć z odruchem, by nie odskoczyć. — Wkrótce będziesz miała aż nadto czasu, by w pełni docenić moje dary, kiedy będziesz całkowicie pod moją wyśmienitą kontrolą.

— Już przebieram nogami z radości — ripostuję, ładując w słowa tyle sarkazmu, na ile się ośmielam. W środku myśli mi się rozbiegają. Potrzebuję czasu, czasu, by znaleźć sposób na opór, by jakoś obrócić jej moce przeciw niej. Ale jej zdolności wykraczają daleko poza wszystko, co sobie wyobrażałam. Może poza wszystko, co jestem w stanie pokonać.

Diana wygładza nieskazitelnie biały kitel, znów ucieleśnienie chłodnego profesjonalizmu. — Na razie odpocznij, Artemis — poleca rzeczowo. — Jutro czeka nas dużo pracy.

Wymyka się bez choćby jednego spojrzenia za siebie, zostawiając mnie znowu samą w surowej, sterylnej celi.

Dopiero gdy jej kroki zupełnie cichną, pozwalam sobie na moment słabości. Ciało drży niekontrolowanie po jej zajadłym ataku. Ale nie zamierzam skapitulować ani dać jej satysfakcji, że wreszcie zdławiła mój bunt.

Z zaciśniętą szczęką robię w głowie inwentarz wewnętrznych rezerw, oceniam, jakie oręża mi zostały. Nie pokonam jej w jej własnej grze czystej siły. Ale mam jeszcze spryt i wolę. I, co najważniejsze, czas. Czas, by studiować tego nowego wroga, odkrywać skazy i słabości czające się pod powierzchnią jej potężnych zdolności. Muszę przeczekać i uderzyć, gdy przyjdzie właściwy moment. Nie wierzę, że jest naprawdę niezwyciężona. Nic i nikt nie jest, jeśli doprowadzi się go do ostateczności.

Jakoś, w taki czy inny sposób, przysięgam sobie w tym niekończącym się milczeniu... znajdę sposób, by ją zakończyć.

Gdy tylko drzwi trzaskają, nie tracę ani chwili. Zamykam oczy i skupiam się na tlącej się w mojej głowie obecności myśli Diany, jej złośliwa uciecha pobrzmiewa we mnie jak pokręcona symfonia. Przesiewam chaos, zdeterminowana, by znaleźć jakąkolwiek przewagę.

— No dalej — mamroczę pod nosem, a napięcie we mnie spręża się jak zwinięta sprężyna. Moje moce psychiczne jak dotąd działają raz tak, raz nie, ale teraz, jak nigdy, muszą zadziałać.

Migotliwa informacja przykuwa moją uwagę i gdy się na niej skupiam, dostaję w nagrodę wiedzę, że skradzione przez Dianę zdolności utrzymują się tylko kilka godzin. To odkrycie rozbłyska jak iskierka nadziei w mroku — jeśli tylko wytrzymam wystarczająco długo, może odzyskam przemianę w kruka.

— Artemis — głos Diany rozcina moją koncentrację, a gdy otwieram oczy, widzę, jak szyderczo się do mnie uśmiecha z ekranu po drugiej stronie celi. — Mam wobec ciebie wielkie plany.

— Fascynujące — odpowiadam, starając się utrzymać głos na równym poziomie mimo łomotu serca. — Oświeć mnie.

— Twoja siła, twój spryt — wszystko to marnuje się na twoje błędne próby czynienia dobra — mówi, a z każdego słowa kapie pogarda. — Ulepię z ciebie broń doskonałą — potężnego superżołnierza pod moją kontrolą.

— Brzmi jak niezła impreza — odcinam się, maskując strach sarkazmem. — Jaki haczyk?

— Proste — mówi, mrużąc zielone oczy. — Będziesz wykonywać każdy mój rozkaz, pomożesz mi zmieść resztki Biura i ich żałosnych sojuszników. A kiedy skończymy, przekształcimy świat na nasze podobieństwo.

— No proszę, ktoś tu ma kompleks boga — sarkam, zyskując na czasie. W środku aż kręci mi się w głowie na myśl o tym, że mogłabym być marionetką w jej spaczonej układance. Ale nie może się o tym dowiedzieć — jeszcze nie.

— Śmiej się, ile chcesz, ale wkrótce zobaczysz prawdę — mówi Diana, a jej głos nabiera lodowatego tonu. — Będziesz moja, Artemis. Całkowicie i bez reszty.

— Już nie mogę się doczekać — mówię z wymuszonym uśmiechem, choć żołądek ściska mi się na samą myśl. Kiedy ekran znowu gaśnie, nie mogę powstrzymać dreszczu i zastanawiam się, jak długo zdołam jeszcze utrzymać tę maskaradę, zanim ona mnie pochłonie.

Gdy tylko znika, wypuszczam wstrzymywany oddech i zamykam oczy, a rozpacz grozi, że pochłonie mnie w całości.

Serce mi galopuje, myśli pędzą jeszcze szybciej. Potrzebuję planu, wyjścia z tego koszmaru. I to szybko, zanim Diana wbije pazury zbyt głęboko. Na razie jednak mogę tylko mieć nadzieję, że Declan i reszta nad czymś pracują — czymkolwiek — co uratuje mnie przed losem gorszym niż śmierć.

Próbuję myśleć o czymkolwiek innym niż zimny metal stołu pod moimi plecami, pasy wrzynające się w skórę i przygniatające poczucie uwięzienia. Zamiast tego wyobrażam sobie ciepłe objęcia Declana, jego ramiona otulające mnie, gdy razem patrzymy na zachód słońca, wolni od tego szaleństwa. Sama myśl o nim rozuieca we mnie iskrę determinacji — nie pozwolę Dianie wygrać, nie, dopóki jest jeszcze cień szansy na życie u jego boku.

Na razie jednak tkwię tu, sama z myślami i wszechobecnym lękiem, że w każdej chwili Diana może wrócić, by kontynuować swoje chore manipulacje. Modlę się, by moi przyjaciele wkrótce przyszli z pomocą, by się mnie nie wyrzekli.

— Proszę — szepczę w ciemność, tak cicho, że ledwie sama siebie słyszę. — Pospieszcie się.

❖

Kilka godzin później moja zdolność przemiany w kruka zaczyna we mnie powoli kiełkować. To jak swędzenie w kościach, którego nie da się podrapać, ale potwierdza to, co już wiedziałam — kradzież mocy przez Dianę jest tylko czasowa. Małe zwycięstwa, jak mniemam.

— No wreszcie, do cholery — mamroczę pod nosem, próbując rozprostować kończyny na tyle, na ile pozwalają pasy. Jeszcze nie mogę się przemienić, ale czuję, że to już niedługo. Cierpliwość nigdy nie była moją mocną stroną, ale tę jedną rzecz przeczekam.

Uzbrojona w wiedzę, że skradzione przez Dianę zdolności mają termin ważności, postanawiam zdobyć jakieś użyteczne informacje. Może znajdę wyjście z tego bagna, a przynajmniej coś, co da się wykorzystać przeciw niej. Moje moce psychiczne nie są tak silne jak jej, ale póki co to wszystko, co mam.

Sięgam umysłem i skanuję myśli pobliskich strażników, brodząc w ich przyziemnych zmartwieniach i małostkowych żalach. Większość niczym nie ustępuje Dianie — z upodobaniem syci się cudzym cierpieniem. Ale jeden strażnik przykuwa moją uwagę. Jego myśli są inne, bardziej rozdarte.

— Interesujące — mruczę, skupiając się na nim. Nie jest jak pozostali; tli się w nim wątpliwość, cień winy. Czy mógłby być sojusznikiem? A może to tylko kolejny pionek, który czeka, by mnie zdradzić?

— Hej — wołam, zbierając całą charyzmę i urok, na jakie mnie stać, będąc przykuta. — Panie strażniku, ma Pan chwilę?

Spogląda w tę stronę, waha się moment, po czym podchodzi do mojej celi i zagląda przez małe okienko w drzwiach. Jego oczy są czujne, ostrożne.

— Czego Pani chce? — pyta, głos ma niski i spięty.

— Proszę posłuchać, nie wiem, jaka jest Pana historia — mówię, patrząc mu prosto w oczy. — Ale czuję, że nie jest Pan jak reszta tych sadystycznych drani. Naprawdę zamierza Pan stać z boku i pozwolić Dianie zrobić ze mnie swoją prywatną zabawkę?

W jego oczach miga coś — wątpliwość, może nawet strach. Ale nie odpowiada, tylko nerwowo zerka za siebie.

— Świetnie — prychnę, gdy frustracja się we mnie gotuje. — Udawaj, że Pana to nie rusza. Proszę tylko pamiętać, że będzie Pan musiał z tym żyć, kiedy to się skończy.

Waha się jeszcze chwilę, po czym odchodzi, znów zostawiając mnie samą. Ale wciąż czuję, jak ta wątpliwość go drąży, i chwytam się jej jak liny ratunkowej.

— Teraz Pana ruch, panie strażniku — szepczę, mając nadzieję wbrew nadziei, że okaże się sojusznikiem. Na razie jednak mogę tylko czekać, przeczekiwać i starać się być o krok przed Dianą i jej popieprzonymi gierkami.

⚬

Drzwi skrzypią, gdy Diana wsuwa się do słabo oświetlonej celi, jej zielone oczy błyszczą jak oczy drapieżnika w ciemności. Oddycham wolno i równo, udając, że śpię. Serce tłucze mi o żebra, gotowe mnie zdradzić.

— Nadal śpimy, co? — szydzi Diana, ton aż cieknie od arogancji. Pochyla się nade mną tak blisko, że czuję jej ciepły oddech na twarzy, czuję mdlącą słodycz perfum. Dreszcz przebiega mi po kręgosłupie, ale walczę z odruchem odsunięcia się.

— Dobrze — szepcze, gorący oddech muska mi ucho. — Odpoczywaj, Artemis. Będzie ci potrzebna siła na to, co nadchodzi.

Powstrzymuję kąśliwą ripostę, skupiając się na podtrzymaniu tej gry w uległość. Jeśli zyskam trochę czasu, może wymyślę, jak wydostać się z tego koszmaru. Liczy się każda sekunda.

Diana prostuje się, obcasy stukają o zimny beton, gdy idzie do wyjścia. Drzwi trzaskają za nią, a echo przechodzi przez celę jak wystrzał.

— Nareszcie — myślę, otwierając oczy i dreszcząc na samą myśl o jej powrocie. Co tym razem szykuje? Znając Dianę, nic przyjemnego.

— Skup się, Artemis — upominam się w duchu, zaciskając pięści. — Już mierzyłaś się z gorszymi. Trzeba to rozegrać z głową.

Umysł pędzi, próbując sklecić plan, ale możliwości wydają się bez końca i przytłaczają. Na razie mogę tylko czekać i modlić się, że znajdę sposób, by odpowiedzieć na cokolwiek, co Diana ma w zanadrzu.

ROZDZIAŁ PIĄTY

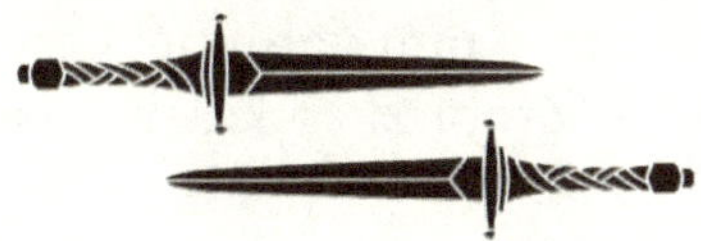

Te drzwi do tej sterylnej sali otwierają się, a do środka wchodzi dr Foxberry, jego białe włosy ostro kontrastują z ciemnymi, zwężonymi oczami. Znowu ma tę cholerną podkładkę z klipsem.

— Artemis — mówi, to nawet nie brzmi jak powitanie, raczej jak oskarżenie. — Wygląda na to, że nie robisz postępów, jakich się po tobie spodziewaliśmy.

— Wybacz, że rozczarowuję — odcinam się, krzyżując opancerzone dłonie na piersi. — Ale kwiatu nie zmusisz, żeby zakwitł, Doktorku.

Ignoruje mój sarkazm i zamiast tego wpatruje się w notatki na podkładce. — Podejrzewam, że celowo tłumisz swoje zdolności, próbując skazić moje badania.

— Newsflash: nie wszystko kręci się wokół ciebie, Doktorku. — Mój głos jest lodowaty, gdy mierzę go wzrokiem. — Nie współpracuję dobrowolnie przy eksperymentach prowadzonych wbrew mojej woli. A co do tłumienia zdolności? — Unoszę ręce, wskazując metalowe karwasze, których nie mogę zdjąć. — Kto mi to założył, przypomnisz?

— Twoja wola nic tu nie znaczy, Artemis — prycha dr Foxberry. — Jesteś w naszej niewoli i użyjemy cię, jak nam się podoba.

— To zobaczymy, jak wam to wyjdzie — odszczekuję, mrużąc oczy do wąskich szparek. — Bo nie będę waszym szczurem doświadczalnym.

— Nie masz wyboru — nalega dr Foxberry, a pod jego pozornie spokojnym tonem widać, jak kipiąca wściekłość zaczyna się w nim gotować: oczy mu błyskają, usta ścieśniają. — Zrobisz, co każemy, albo poniesiesz konsekwencje.

— No to dawaj — wyzywam, nie ustępując mimo grożącego mi niebezpieczeństwa. Czuję, jak energia we mnie się budzi, swędząc pod skórą i rwąc się na wolność, żeby pokazać im, jak bardzo się mylili, mnie lekceważąc. — Chcesz wiedzieć, co myślę? — Mój głos jest niski, niebezpieczny warkot. — Myślę, że się boisz. Przeraża cię to, do czego mogłabym być zdolna, gdybym sięgnęła pełni potencjału.

Twarz dr Foxberry'ego wykrzywia się w paskudnym grymasie. — Nie masz pojęcia, o czym mówisz — warknie, ale widzę błysk strachu w jego oczach.

— Serio? Bo jestem prawie pewna, że właśnie usłyszałam, jak o tym myślisz. — Słowa wymykają mi się, zanim zdołam je zatrzymać. Dreszcz szoku i niepokoju przebiega mi po kręgosłupie, gdy uświadamiam sobie, co właśnie zdradziłam.

Jego niedowierzanie błyskawicznie zmienia się w furię; oczy płoną nieokiełznaną wściekłością. — Jak śmiesz! — warczy, aż mu bieleją kostki, gdy ściska krawędź stołu. — Ty plugawa mała telepatko, wdzierasz się do moich myśli!

— Hej, nie prosiłam o tę moc, dobra? — odszczekuję, w obronie. — A gdybyś przestał traktować mnie jak eksponat z laboratorium, może nie czułabym potrzeby używać jej przeciwko tobie.

— Przeciwko *mnie*? — dr Foxberry warczy, podchodząc tak blisko, że niemal stykamy się nosami. — Myślisz, że możesz użyć tych swoich żałosnych zdolności przeciwko *mnie*? — Śmieje się — dźwiękiem gorzkim, pustym, od którego ciarki przechodzą mi po plecach. — Nie masz pojęcia, z kim zadzierasz, dziewczyno.

— To może mnie oświecisz? — rzucam wyzwanie, nie zamierzając się przed nim kulić. — Co niby jest w tobie takiego wyjątkowego?

— Dość! — ryczy, twarz wykrzywia mu gniew. — Nie będziesz się do mnie tak odzywać! Albo okażesz mi szacunek, albo poniesiesz konsekwencje.

— Szacunek? — prychnę, serce wali mi w piersi. — Porwałeś mnie, odurzyłeś, a teraz chcesz zrobić ze mnie swoją prywatną świnkę doświadczalną. I oczekujesz, że będę cię szanować?

— Twojej bezczelności nie będę tolerował — syczy, pochylając się tak blisko, że czuję żar jego oddechu na twarzy. — Jeśli będziesz dalej się stawiać, dopilnuję, żeby cię przykładnie ukarano.

— Zdyscyplinowana? — nie mogę powstrzymać śmiechu, choć strach ściska mi żołądek. — Serio myślisz, że to mnie złamie? Też nie wiesz, z kim zadzierasz, Doktorku.

— Może pora, żebyś się przekonała, jak bardzo mówię serio, Artemis — grozi dr Foxberry, jadem ociekającym z głosu.

— Dobra — warknę, krew mi buzuje z oburzenia. — Chcesz zobaczyć, do czego jestem zdolna? Proszę, próbka.

Bez ostrzeżenia skupiam całą moją wściekłość i moc, przywołuję błękitny ogień i kieruję go w śnieżnobiały kitel dr Foxberry'ego. Płomienie natychmiast buchają, rzucając upiorne, lazurowe cienie po sterylnym laboratorium.

— Co do diabła— — dr Foxberry cofa się w szoku, gorączkowo próbując zdusić rozszalałe piekło, które błyskawicznie pożera jego ubranie.

— Ups — mamroczę pod nosem, uświadamiając sobie, że chyba trochę przesadziłam. Ale na żal nie ma czasu — wokół nas wybucha chaos. Systemy przeciwpożarowe ożywają, skrapiając wszystko w zasięgu, w tym mnie, zimną, nafaszerowaną chemikaliami wodą.

— Artemis, idiotko — beszczę się, dygocąc od nagłego chłodu. Ogień już dawno powinien zgasnąć, tymczasem płonie jeszcze goręcej, mutując w niekontrolowaną, napalmopodobną maź, która czepia się fartucha dr Foxberry'ego jak mściwy upiór.

— C-co to jest? — dr Foxberry się jąka, nadal próbując zerwać postrzępione resztki kiedyś nieskazitelnego kitla. Strach w jego oczach tylko podsyca moją chęć wyrwania się z tego piekła.

— Chyba jestem pełna niespodzianek — cedzę przez zęby, dłonie mi drżą, gdy patrzę, jak niebieski ogień płonie z bezlitosną intensywnością. Nigdy wcześniej tak się nie zachowywał i nie mogę pozbyć się mieszanki grozy i fascynacji wobec potwornej mocy, którą uwolniłam.

— ZDEJMIJCIE TO! — wrzeszczy dr Foxberry, jego głos brzmi jak piskliwe echo bólu. Wściekły ogień parzy mu skórę mimo środków gaśniczych lejących się po nim. Chwieje się, rozpaczliwie próbując zgasić płomienie, które kleją się do niego jak druga skóra.

— Kurwa — mamroczę pod nosem. Nie o to mi chodziło. Serce tłucze mi się w piersi — po trochu z poczucia winy, po trochu ze strachu — gdy patrzę na jego mękę, ale nie mogę stać i nic nie robić. Trzeba brać nogi za pas.

— Hej, Doktorku — wołam, z ironią w głosie. — Miło było poznać.

Rzucam się do drzwi, rozpaczliwie próbując skorzystać z panującego zamętu. Syreny wyją mi w uszach, kakofonia dźwięków szarpie nerwy. Oczy szczypią od gryzącego dymu wypełniającego pomieszczenie, ale nie ma czasu do stracenia; muszę się stąd wydostać.

— Zatrzymać ją! — ktoś wrzeszczy za mną — pewnie któryś z tych tępych ochroniarzy. Dźwięk zbliżających się kroków podkręca mi adrenalinę. Dociskam, szybciej, mocniej, płuca palą przy każdym oddechu.

— Złapać ją, debile! — wyje dr Foxberry, wciąż szarpiąc się z nieustępliwym ogniem.

— Powodzenia — mruczę do siebie, dopadam do drzwi i wywalam je na oścież. Gdzieś dalej w tym korytarzu jest moja wolność, ale nie jestem na tyle naiwna, by sądzić, że dotrę do niej bez walki.

— Łapy precz! — wrzeszczę, gdy silne ręce zaciskają mi się wokół talii. Szarpię się, używając każdej resztki siły z wymęczonego ciała, by odeprzeć porywaczy. Ale jest ich zbyt wielu, a ja szybko opadam z sił.

— Puśćcie mnie, sukinsyny! — szarpię się w ich uścisku, ale strażnicy mnie przeważają, wlokąc z powrotem w stronę laboratorium. Posmak wolności wciąż mam na języku — gorzki i ulotny.

— Niezła próba, Blackwell — prycha jeden ze strażników, zaciskając mocniej palce na moich ramionach. — Nigdzie się nie wybierasz.

— Zabierz swoje parszywe łapy! — odszczekuję, kopiąc go w goleń. To daremny wysiłek, ale nie poddam się bez walki.

— Dość! — głos dr Foxberry'ego tnie panujący chaos jak brzytwa. Jego zwęglona skóra wygląda jak z horroru, a żar w oczach sprawia, że przechodzą mnie ciarki. — Wrzucić ją do izolatki, dopóki nie nauczy się, cholera, posłuszeństwa!

— Chyba sobie jaja robisz? — syczę, a sarkazm to jedyna broń, jaka mi została. — Wolę zaryzykować w ciemnościach, niż spędzić choć sekundę w twoim żałosnym towarzystwie!

— Twój wybór — szydzi, a po plecach przebiega mi dreszcz, gdy strażnicy odciągają mnie od jego płonącego spojrzenia.

Wrzucają mnie do maleńkiej, zupełnie czarnej celi, a trzaśnięcie drzwi za moimi plecami brzmi jak ostatni gwóźdź do trumny. Ciemność dusi, napiera ze wszystkich stron, pożerając mnie w całości.

— Miłego pobytu, skarbie — przedrzeźnia jeden ze strażników, zanim ich kroki ucichną, zostawiając mnie samą, tylko z własnymi myślami.

— Dupek — mruczę pod nosem, próbując uspokoić rozszalałe serce. Ręce mam obdarte do żywego po tym, jak mnie szarpali, a na obrzeżach umysłu czuję, jak pazury paniki zaczynają się wbijać.

— Skup się — rozkazuję sobie, wracając do technik medytacyjnych, które latami ćwiczyłam. Wyobrażam sobie spokojny las, słońce przesączające się przez liście, silne ramiona Declana obejmujące mnie.

Ale kojący obraz szybko się rozwiewa, pochłonięty przez nieprzejednaną, czarną otchłań wokół mnie. Każdy oddech jest cięższy od poprzedniego, powietrze gęste i przytłaczające. Czas staje się pojęciem abstrakcyjnym, wymyka mi się z palców jak woda, a ja tracę jakiekolwiek pojęcie, jak długo tkwię w tej piekielnej klatce.

— Declan — szepczę w ciemność, mój głos brzmi mało i pęka. — Proszę, nie porzucaj mnie.

— Gadasz już sama do siebie, Blackwell? — drwi strażnik zza drzwi, aż podskakuję. — Długo nie wytrzymałaś.

— Idź do diabła! — odkrzykuję, gniew zapala się we mnie jak iskra w ciemności. — Przynajmniej miałabym tam lepsze towarzystwo niż ty!

— Śnij dalej — odburkuje, po czym odchodzi, zostawiając mnie sam na sam z demonami.

Kulię się na zimnej posadzce, trzęsąc się i tęskniąc choć za odrobiną światła. Myśli mam splątane, strzępiaste na krawędziach, rzeczywistość i fantazja zlewają się w tym surrealistycznym koszmarze.

— Wytrzymaj — mówię sobie, kurczowo trzymając się wspomnień o Declanie i przyjaciołach. — Idą po ciebie. Muszą.

Ale gdy ciemność coraz mocniej mnie przygniata, dusząc resztki nadziei, nie mogę się powstrzymać od myśli, że tylko się okłamuję. I to przeraża mnie jak cholera.

Zimny podmuch powietrza sączy się do celi, jakby sama pustka dyszała mi w kark. Ciemność wydaje się żywa, pełznie po mojej skórze jak tysiąc insektów. Nie wiem, czy to wyobraźnia, czy nowa forma tortur.

— Czy wy w ogóle mnie szukacie? — szepczę, ledwie wypuszczając słowa spomiędzy warg. — Myślicie, że nie żyję?

— Do kogo gadasz, Blackwell? — prycha strażnik przez szparę w drzwiach. — Ścianom wszystko jedno.

— Pierdol się — syczę, głos mi się łamie. Mało mówiłam, odkąd mnie tu wrzucili.

— Urocza jak zwykle — odcina, nim jego kroki cichną.

— Idiota — mruczę pod nosem, ale sama się zastanawiam, czy nie ma racji. Może odjazd już blisko. Deprywacja sensoryczna i eksperymentalne dragi, którymi mnie faszerują, zrobiły swoje. Myśli mi się kruszą i rozsypują, rzeczywistość i fantazja splatają się w surrealne koszmary na jawie.

Dręczą mnie wizje pokrzywionej, spalonej twarzy dr Foxberry'ego, wtórują im jęki innych uwięzionych w tym piekle. Czy to mnie czeka, gdy w końcu zaciągną mnie z powrotem do laboratorium? Czy stanę się jedną z tych monstrualnych hybryd, ani człowiek, ani potwór, uwięziona gdzieś pomiędzy?

— Wytrzymaj — mówię sobie, próbując przywołać dotyk ramion Declana, dźwięk jego śmiechu. Ale to wygląda jak z innego życia, a każda chwila podkopuje mi wolę.

— Artemis! — rozlega się znajomy głos, niosąc się echem przez ciemność. — Trzymaj się! Już idziemy!

— Declan? — sapnę, serce mi przyspiesza. Ale gdy tylko zapala się we mnie nadzieja, wpełza też wątpliwość. Czy to kolejna halucynacja, okrutny żart rozbitego umysłu?

— Artemis, nie przestaniemy, dopóki cię nie znajdziemy — obiecuje głos, tak realny, że mam ochotę wyciągnąć rękę i go dotknąć.

— Udowodnij — wyzywam, a głos mi drży. — Daj mi znak, że naprawdę tam jesteś.

— Pamiętasz ten parszywy motel pośrodku niczego? — dopytuje głos konspiracyjnym tonem. — Przysięgliśmy razem położyć kres okrucieństwom Biura.

Oddech więźnie mi w gardle. To prawda, złożyliśmy taką obietnicę. Ale czy to tylko wytwór mojej wyobraźni, czy prawdziwa wiadomość od Declana? Granica między rzeczywistością a fantazją tak się rozmyła, że nie ufam już własnym zmysłom.

— Kurwa — szepczę, dłonie drżą mi, gdy ciemność zaciska się wokół jak duszący uścisk. Wspomnienia o Declanie i pozostałych z każdą sekundą oddalają się coraz bardziej, przeciekając mi przez palce jak piasek, choć rozpaczliwie próbuję je zatrzymać.

— No dalej, Artemis, przypomnij sobie — szepczę, zmuszając się, by skupić się na dotyku ust Declana na moich, na tym, jak kąciki jego oczu marszczą się, kiedy się śmieje. Ale coraz trudniej oddzielić prawdę od zmyślenia, a panika szarpie mnie za pierś.

— Kim ja jestem? — wykrztuszam, a echo szydzi ze mnie. Jak długo, zanim dr Foxberry kompletnie roztrzaska mi umysł, zostawiając po sobie tylko pustą skorupę?

— Hej, Artemis, nie waż się nas teraz zostawić — nagle rozbrzmiewa głos Malcolma, ostry i wyraźny. — Jesteś nam potrzebna, nie przestajemy, dopóki cię nie znajdziemy.

— Malcolm? — mój głos ledwie słychać, brzmi jak złamana prośba. To takie żywe, takie bliskie, ale czy jeszcze mogę czemukolwiek zaufać? — Boże, błagam, niech to będzie prawdziwe.

— Pamiętasz noc, kiedy się poznaliśmy? — ciągnie, pilny. — Uwiodłaś mnie, nazywałaś się Annabelle. Do dziś nie wierzę, że byłem na tyle łatwowierny, żeby się na to złapać.

— Proszę, niech to będzie znak — błagam, serce wali mi w uszach. Zmęczenie ciągnie w dół, ale walczę, by nie stracić przytomności, by trzymać się pamięci o przyjaciołach — mojej rodzinie.

— Artemis, walcz dalej! — głos mojej mentorki, Athiny, przecina mgłę stanowczym rozkazem. — Jesteś silniejsza od tego, nie pozwól mu wygrać.

— A jakże — warczę, zgrzytając zębami. — Rozerwę dr Foxberry'ego na strzępy, zanim pozwolę, by mnie złamał.

— Dobra dziewczynka — łagodzi, aprobata pobrzmiewa w jej tonie. — Wytrzymaj, skup się, a znajdziemy cię. Obiecuję.

— Proszę — szepczę, ciało drży, gdy osuwam się na zimną, bezlitosną posadzkę. Gdy pochłania mnie ciemność, zostaje jedna myśl: *Niech to piekło mnie nie złamie, zanim przyjdą.*

Zimna, bezlitosna posadzka zmienia się w lodowaty uścisk wokół mojego ciała, gdy szarpnięciem wyrywają mnie ze snu szorstkie ręce strażników. Obraz pływa, ale nie sposób pomylić mdlącego zapachu chemikaliów — laboratorium dr Foxberry'ego.

— Pobudka, księżniczko — burczy jeden ze strażników, podciągając mnie na nogi, które uginają się pode mną. — Tatuś kochany chce cię widzieć.

— Bajka — charczę, mrugając, by odpędzić ciemność, która zaraz mnie pochłonie. — Już się nie mogę doczekać kolejnej uroczej sesji ojcowsko-córkowego zbliżenia.

— Zamknij się — warknie drugi strażnik, szorstko popychając mnie do przodu. Uderzenie przeszywa moje i tak już skatowane ciało, ale nie pokażę słabości. Zaciskam zęby i idę, każdy krok przybliża mnie do złowrogiej twarzy mojego oprawcy.

Gdy wchodzimy do laboratorium, smród spalonego mięsa atakuje mi zmysły i wiem bez patrzenia, że niegdyś sterylne miejsce dr Foxberry'ego jest teraz miejscami zwęglone tak, że dostanie szału. Podnoszę wzrok i widzę jego spaloną twarz, wykrzywioną furią i żądzą. Choć go nienawidzę, odruchowo się wzdrygam na ten widok. Błękitny ogień, który przyzwałam w chwili desperacji, odcisnął na nim piętno, tak jak on odciska je na mnie.

— Ach, Artemis — szydzi, jadem ocieka mu głos. — Mam nadzieję, że miałaś czas przemyśleć swoje postępki?

— Mhm — odpowiadam, usiłując brzmieć lekko mimo strachu. — Stwierdziłam, że jestem raczej dziewczyną od płomieni w kolorze pomarańczowym. Niebieski mi nie leży.

— Dość! — dr Foxberry grzmotem wali pięścią w stół obok siebie, a po plecach przechodzi mi dreszcz. — Albo poddasz się moim eksperymentom, albo będziesz cierpieć jeszcze bardziej, niż już cierpiałaś.

— To obietnica? — rzucam, zbierając ostatnie okruchy przekory. Jeśli myśli, że złamie mnie groźbami, to jest w błędzie.

— Artemis — warczy, mrużąc oczy do wąskich szparek. — Zmuszę cię, byś odblokowała pełen potencjał, bez względu na cenę. I uwierz, cena będzie bardzo wysoka, jeśli będziesz dalej się opierać.

— No to spróbuj — odwarknę, mierząc jego nienawistny wzrok bez mrugnięcia. — Tylko nie mów potem, że nie ostrzegałam, gdy twoje ukochane laboratorium pójdzie z dymem.

Podchodzi do mnie, twarz ma o cale od mojej, i przez ułamek sekundy boję się, że mnie uderzy. Zamiast tego tylko się uśmiecha — zimnym, okrutnym uśmiechem, który przyprawia mnie o dreszcze.

— No dobrze — mruczy, jego oddech parzy mi policzek. — Niech zacznie się zabawa.

— Dobra, skończmy to już. — Przewracam oczami, próbując przykryć dreszcz, który wspina mi się po kręgosłupie. Dr Foxberry uśmiecha się złowieszczo, przypinając mnie pasami do zimnego, metalowego stołu.

— Postaraj się za bardzo nie wiercić — chichocze, dociągając pasy, aż wżynają mi się w skórę. — Nie chciałbym, żebyś zrobiła sobie krzywdę.

— Jakby ci zależało — mruczę pod nosem, walcząc z pokusą, by splunąć mu w zmasakrowaną gębę. Zamiast tego wbijam wzrok w punkt na suficie, zużywając resztkę samokontroli, by nie pokazać, jak bardzo wchodzi mi pod skórę.

— Zaczynajmy, dobrze? — mówi wesoło dr Foxberry, wymachując strzykawką wypełnioną ohydnie zielonym płynem. — To powinno pobudzić twoje ukryte zdolności.

— Świetnie, kolejny koktajl mutantów — żartuję, lecz mój sarkazm chwieje się, gdy igła przebija mi ramię. Roztwór pali, gdy wlewa się do krwi, więc zaciskam zęby na bólu, nie pozwalając sobie nawet na jęk.

— Coś już czujesz? — pyta dr Foxberry, głosem ociekającym fałszywą troską.

— Tylko przytłaczającą chęć, żeby wsadzić ci tę strzykawkę w— — Riposta zamiera mi w gardle, gdy lodowate uczucie ogarnia ciało. Jakby żyły wypełniał ciekły azot, mrożąc mnie od środka. Nie mogę powstrzymać gwałtownego wdechu, ciało mi się szarpie odruchowo.

— Ach, jest — mamrocze, bazgrząc pośpiesznie notatki na pobliskiej podkładce. — Fascynujące.

— Cieszę się, że doskonale się bawisz — chrypię, starając się utrzymać głos w ryzach. Przez mgłę bólu kurczowo trzymam się nadziei, że Declan i pozostali są tam, szukają mnie. To cienka lina, ale jedyna, jaką mam.

— Posuńmy to dalej, dobrze? — mruczy dr Foxberry, kręcąc pokrętłami przy złowieszczej maszynie obok. Nagle przez ciało przelatuje strzał prądu i tym razem nie potrafię stłumić krzyku.

— Przestań! — dławię się, łzy spływają mi po twarzy, gdy napięcie rośnie. — Proszę, po prostu przestań!

— Poddaj się — syczy, pochylając się tak, że jego zwęglone rysy wypełniają mi całe pole widzenia. — Inaczej będzie tylko gorzej.

— Idź do diabła — warczę, zbierając każdy ostatni strzęp uporu. Nie pęknę — nie pozwolę mu wygrać. Niezależnie od tego, jakie pokręcone katusze ma w zanadrzu.

— Jak chcesz. — Podkręca pokrętło jeszcze wyżej, a ja spinam się na bielącą, rozdzierającą mękę, która nadciąga. Gdy prąd szaleje we mnie, grożąc rozerwaniem na kawałki, kurczowo trzymam się myśli o przyjaciołach, wspomnień śmiechu i miłości pośród ciemności.

ROZDZIAŁ SZÓSTY

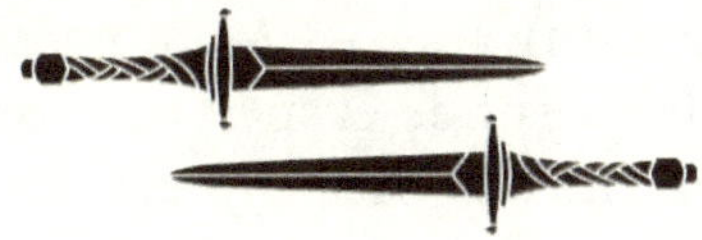

Twarda, zimna stal kajdanek wcina mi się w nadgarstki, gdy wyciągają mnie z samotnej celi. Nie mam pojęcia, ile minęło czasu, odkąd widziałam kogokolwiek poza dr Foxberrym i jego popapranymi eksperymentami oraz strażnikami, którzy wloką mnie tam i z powrotem z celi do jego laboratorium grozy. Strażnicy ciągną mnie sterylnym korytarzem, ich uścisk na moich ramionach twardy jak żelazo. Świetnie, jakby mało było tego piekła, to jeszcze będę mieć siniaki.

— Z powrotem do laboratorium, Blackwell — warczy jeden z nich, popychając mnie do przodu. Nie próbuję się szarpać — znam już ten cyrk. Skupiam się na cichym odgłosie moich butów szurających po betonowej posadzce, starając się ignorować lęk, który rozlewa się w żołądku.

— Już nie mogę się doczekać — mamroczę pod nosem, każda sylaba ocieka sarkazmem. Strażnik posyła mi ostrzegawcze spojrzenie, ale nie zamierzam odpuścić. Nie dam tym skurwielom się złamać.

Kiedy docieramy do drzwi laboratorium, te otwierają się, odsłaniając dr. Terrence'a Foxberry'ego, ojca Diany, szalonego naukowca. Wygląda jak chodząca sprzeczność — dobroduszny, siwowłosy dżentelmen, który pasowałby do filiżanki herbaty i rozmów o literaturze, gdyby nie był też bezdusznym psychopatą, bez cienia poszanowania dla etyki lekarskiej. A do tego te paskudne blizny po oparzeniach na policzku. Z mojej uprzejmości.

— Ach, panno Blackwell — mówi z tym swoim wkurzająco fałszywym uśmiechem przyklejonym do pooranej bliznami twarzy. — Mam nadzieję, że jesteś gotowa na kolejną rundę eksperymentów. Dziś przyciśniemy cię mocniej, zobaczymy, czy nie uda się wyzwolić twojego potencjału parapsychicznego.

— Ale frajda — warczę, mrużąc na niego oczy. — Naprawdę wiesz, jak umilić dziewczynie dzień, doktorze.

— Wprowadzić ją — rozkazuje, ignorując moją docinkę. Strażnicy wloką mnie do laboratorium, a ja spinam się na to, jakie świeże piekło mnie czeka.

— Proszę, usiądź. — Dr Foxberry wskazuje metalowe krzesło na środku sali, otoczone złowieszczo wyglądającymi maszynami. Rzucam mu spojrzenie czystej nienawiści, po czym niechętnie robię, co każe.

— Zaczynajmy — mruczy, przełączając hebelki i kręcąc pokrętłami. Zaciskam zęby, gdy maszyny ożywają, a w powietrzu trzaska elektryczność.

— Pamiętaj, panno Blackwell, my tylko chcemy pomóc ci osiągnąć pełnię możliwości — przymila się dr Foxberry, ale jego słowa są puste, pozbawione choćby cienia prawdziwej troski. Pomóc mi? Nie to jest jego celem — chce zrobić z Diany najsilniejszą istotę paranormalną, jaka chodzi po ziemi.

— Pomóc mi? — prychnę. — Masz chore pojęcie znaczenia tego słowa, doktorze.

— Dość — ucina, mrożąc mnie wzrokiem. — Zobaczmy, do czego naprawdę jesteś zdolna.

Gdy maszyny warczą i brzęczą wokół, ból przeszywa każdą nerwową końcówkę, jakby miał rozerwać mnie od środka. Ale nie dam im satysfakcji, nie pokażę, jak bardzo boli. Niezależnie od tego, jaką katuszę mi zgotują, nie pęknę.

Zgrzytam zębami, przygotowując się na kolejną falę męki. Dr Foxberry stoi przy panelu kontrolnym, jego palce tańczą po przyciskach z sadystyczną uciechą.

— Ach tak, zwiększmy napięcie — mruczy, a ja zagryzam krzyk, kiedy maszyny nasilają atak na moje ciało. Myśli pędzą do przyjaciół — do Declana, Athiny i reszty ekipy. *Znajdźcie mnie szybko. Nie wiem, jak długo jeszcze to wytrzymam.*

— Coś już czujesz? — przedrzeźnia dr Foxberry, wiercąc we mnie wzrokiem. — Jakiś przebłysk zdolności parapsychicznych?

— Tylko przemożną chęć, żeby wcisnąć ci te maszyny tam, gdzie słońce nie dochodzi — warknę, łapiąc oddech.

Przewraca oczami. — Tylko przeciągasz swoje cierpienia, panno Blackwell.

To najgorszy dzień w szeregu gównianych dni i kiedy strażnicy w końcu wrzucają mnie, połamną i zakrwawioną, z powrotem do celi, zwątpienie wślizguje się we mnie jak trucizna. A jeśli Diana sfingowała moją śmierć? Jeśli moi przyjaciele przestali mnie szukać? Fale przygnębienia dławią mnie, obraz się rozmywa, a w kącikach oczu szczypią łzy. Potrząsam głową, próbując strząsnąć ciemność, która mnie pożera, ale przylgnęła jak złowrogi cień.

— Hej — szepczę do siebie — jesteś Artemis, pieprzona Blackwell. Ty się nie poddajesz.

Nie umiem odpuszczać. Trzymam się tej myśli jak koła ratunkowego. Wmawiam sobie, że tylko czekam na swój moment, nawet gdy osłabione ciało się poddaje i osuwam się na podłogę.

Drzwi celi skrzypią, odrywając moją uwagę od pulsującego bólu rozlewającego się po ciele. Wchodzi strażniczka — kobieta, krótkie, nastroszone włosy, ostre, niebieskie oczy — dziwnie znajoma, jak sen pamiętany na wpół. Serce przyspiesza, a umysł nagle ostrzeje po raz pierwszy od dni.

Wiem, kim jest.

Myślałam, że nie żyje — całą jej tożsamość ukradł kameleoniczny paranormal, który wniknął do naszej organizacji, używając jej twarzy. Kameleon powiedział mi, że zabił moją przyjaciółkę, ale ona stoi tu, przede mną.

W mundurze Foxberry Corp Laboratories.

— Na nogi — rozkazuje płasko. Ale pod chłodnym tonem błyska w spojrzeniu ciekawość.

Podnoszę się powoli, mięśnie protestują. Kuśtykając bliżej, ryzykuję rozmowę. — Dlaczego jesteś im wierna? — chrypię nieużywanym głosem. — Jak możesz znosić udział w tym czymś?

Zwęża oczy, ale waha się, rozważając. — Nie zadaję pytań — burczy w końcu. — Tylko wykonuję rozkazy.

Ośmielona, naciskam. — Naprawdę tego chcesz? Pomagać w torturach ludzi?

— Dość — ucina, ale na twarzy migocze niepewność. — Po prostu... dość.

— Jeśli został w tobie choć cień człowieczeństwa, pomóż mi — proszę miękko. — Moi przyjaciele na pewno mnie szukają. Nie chcesz się mierzyć z ich gniewem, kiedy dowiedzą się, co się tu dzieje.

— Cicho! — Strach i poczucie winy walczą na jej twarzy, po czym znowu tężeje w maskę. Chwyta mnie za ramię, uścisk ma twardy jak stal, i ciągnie mnie do drzwi. — Chodź. Już.

— Spotkałyśmy się już? — pytam od niechcenia, sycząc z bólu, gdy zaciska palce mocniej. — Wydajesz mi się bardzo znajoma.

Najdrobniejsze zawahanie, spojrzenie spod oka, ale żadnej odpowiedzi. Zmieniam front.

— Przeszłam tu przez piekło — mówię z goryczą. — Chyba kiedyś byłyśmy przyjaciółkami. Zanim... to wszystko.

Tym razem jestem pewna — w jej oczach mignęło rozpoznanie, szybko zgaszone. Serce podskakuje mi z kruchą nadzieją. Ciągnę dalej, ściszając głos.

— Ratowałaś mi skórę tyle razy, że nie zliczę. Nikt nie prowadził jak ty — pamiętasz betoniarkę? Opancerzony konwój? To było genialne.

Przyglądam jej się uważnie, czekając na iskrę pamięci. Ale ona kręci głową, nie patrząc mi w oczy. — Przykro mi, nic z tego nie pamiętam — mówi, a głos niepewnie drży.

— Na pewno? — pytam łagodnie. — Spróbuj sięgnąć pamięcią... czy imię Malcolm coś ci mówi?

Wstrzymuję oddech, ledwie śmiąc mieć nadzieję. Ale unika mojego szukającego spojrzenia. — Naprawdę nie wiem, o czym mówisz.

Frustracja kipi, ale ją tłumię. Jeśli jest choć cień szansy, że ta kobieta to moja zaginiona przyjaciółka, nie mogę się poddać. Muszę jakoś wydobyć te zakopane wspomnienia.

— Pewnego dnia stąd uciekniemy — przysięgam ostro. — Odnajdziemy resztę i rozliczymy winnych. Obiecaj mi tylko, że się nie złamiesz. Że będziesz walczyć, tak jak ja.

Spotyka moje spojrzenie, w oczach coś kruchego. — Obiecuję — szepcze.

Te dwa słowa rozpalają we mnie iskrę nadziei. Jeśli uda się rozniecić jej wewnętrzny ogień, może naprawdę mamy szansę.

Idziemy dalej w zamyślonym milczeniu. Gdy docieramy do mojej celi, jej uścisk na moim ramieniu trwa o ułamek sekundy za długo. I w jej oczach, pod beznamiętną maską, dostrzegam ledwie żarzący się żar możliwości.

To niewiele, ale to już jakiś początek. Jeśli pomogę jej odnaleźć dawną, lojalną przyjaciółkę, którą była, znajdziemy sposób, by uciec z tego piekła. A przy okazji zniszczymy tych, którzy jej to zrobili.

Gdy przekręca zamek w drzwiach mojej celi, nasze spojrzenia spotykają się między prętami. Posyłam jej maleńki uśmiech. — Do zobaczenia na następnej zmianie... Garnet.

Po tym imieniu fala szoku przebiega po jej twarzy. Otwiera usta, zamyka je znów, nie mówiąc ani słowa. Ale ziarno zostało zasiane. Teraz muszę je pielęgnować, powoli wywabiać jej wspomnienia na światło dzienne.

Opadam na cienką pryczę, gdy jej kroki cichną, wypuszczając drżący oddech. Droga przede mną wciąż niejasna, ale determinacja odżywa. Pomogę przyjaciółce wyrwać się z ich łap. Za wszelką cenę.

Trzymaj się, Garnet. Nie odpuszczę ci.

❖

— Hej, strażniczko — wołam, gdy Garnet znowu mija moją celę, starając się brzmieć swobodnie. — Miewasz déjà vu? Takie wrażenie, jakbyś już to wszystko kiedyś przeżyła?

— Nie powiedziałabym — odpowiada, a jej spojrzenie jest czujne i ostrożne.

— Naprawdę? — naciskam. — Bo za każdym razem, gdy na ciebie patrzę, mam wrażenie, że cię znam. I to nie tylko przez mundur.

— Przykro mi, że cię rozczaruję — rzuca z cieniem irytacji w głosie. — Ale dla ciebie jestem tylko kolejną bezimienną nikim.

— Może — przyznaję, ale coś we mnie nie chce odpuścić. Desperacja drapie od środka, popychając mnie do ryzyka. Biorę głęboki oddech, skupiając się na znajomym brzęczeniu adrenaliny we krwi, na surowej mocy mojej psychiki, która aż świerzbi, by się uwolnić. Minęło tyle czasu, odkąd ostatnio jej używałam — bałam się, czym się stała po upiornych eksperymentach dr Foxberry'ego — ale teraz nie ma miejsca na wahanie.

— Pozwól, że zobaczę — szepczę, sięgając okiem umysłu i wysyłając macki myśli w stronę świadomości strażniczki. Połączenie jest kruche, chwiejne, ale trzyma — a to, co tam znajduję, miażdży mi serce na tysiąc kawałków.

To *jest* Garnet. Moja zaginiona przyjaciółka. Jej pamięć starta do czysta, zostawiając tylko skorupę człowieka, którym była. Ta świadomość uderza mnie jak cios w brzuch, odbiera dech i ogłusza bólem.

— Do cholery — krztuszę, czując, jak oczy szczypią mnie od niewypłakanych łez. — To naprawdę ty, prawda?

— Słucham? — pyta Garnet, wyraźnie zdezorientowana.

— Nic — mamroczę, przełykając gulę w gardle. — Nic takiego.

— Panno Blackwell — odzywa się; ton ma wciąż ostrożny, ale jakby nieco łagodniejszy. — Wszystko w porządku?

— Świetnie — kłamię przez zaciśnięte zęby. — Po prostu cudownie.

Garnet patrzy na mnie jeszcze chwilę, po czym kręci głową i rusza dalej w obchód. Gdy znika za rogiem, opieram się o zimną ścianę celi, a serce boli z każdym uderzeniem.

— Do diabła, Garnet — szepczę, zaciskając powieki. — Gdybym znała cię lepiej, zanim to wszystko się stało... Może wtedy potrafiłabym pomóc ci pamiętać, kim naprawdę jesteś.

Ale życzenia niczego nie zmienią i na pewno nie przywrócą mojej przyjaciółki z odmętów skradzionych wspomnień. Muszę znaleźć sposób, by walczyć za nas obie, odzyskać to, co nam zabrano, i sprawić, by winni zapłacili za swoje zbrodnie.

Leżąc na zimnej, twardej posadzce celi, myślę o Dianie i jej mocach. Ta popaprana suka musiała maczać palce w amnezji Garnet. Ba, pewnie z lubością wymazywała wszystko, co czyniło Garnet sobą.

— Cholera z tobą, Diana — szepczę, zaciskając pięści. — Zapłacisz mi za to.

To nowa misja, osobista vendetta. Jeśli tylko przebiję się do Garnet, może jest nadzieja dla nas obu. Więc każdą chwilę, jaką mogę, poświęcam, by dotrzeć do niej — nawet jeśli ryzykuję karą ze strony naszych oprawców.

— Hej, Garnet! — wołam, gdy mija moją celę podczas jednego z obchodu. Odwraca się do mnie, twarz ma czujną, ale zaciekawioną.

— Co? — pyta chłodno, odciętym głosem.

— Pamiętasz, jak poszłyśmy do tej speluny i wpakowałyśmy się w bójkę z tamtymi palantami? — próbuję wywołać błysk rozpoznania. — No dalej, musisz pamiętać tamtą noc. Rozłożyłaś trzech kolesi w mniej niż minutę!

Garnet powoli kręci głową, oczy zwężają się w konsternacji. — Nie mam pojęcia, o czym mówisz — odpowiada płasko. — Nie wiem nic o twojej przeszłości ani tych... przeżyciach, o których wciąż wspominasz.

— No jasne, że nie — wzdycham, masując skronie. — Bo ktoś je wyrwał z twojej głowy.

— Sugerujesz, że miałam inne życie przed... tym? — pyta, wskazując na swój mundur. — Niedorzeczność.

— Naprawdę? — rzucam wyzywająco, z gniewem w głosie. — Znam cię, Garnet. Byłaś odważna i pełna serca — a nie marionetką na usługach szalonego naukowca.

— Artemis... — zaczyna, ale urywa, a jej wzrok ucieka ku kamerze, która obserwuje każdy nasz ruch. — Nie mogę teraz o tym mówić.

— Dobrze — ustępuję, wiedząc, że zbytni nacisk może tylko pogorszyć sprawę. — Ale ani przez sekundę nie myśl, że z ciebie rezygnuję.

— Jak wolisz — rzuca lekceważąco, choć widzę ciekawość w jej oczach, kiedy odchodzi.

— Trzymaj się, Garnet, nie puszczaj — szepczę do siebie, czując, jak twardnieje we mnie postanowienie. — Znajdę sposób, by cię przywrócić, cokolwiek to będzie kosztować.

◆◇◆

Migocząca jarzeniówka nad głową rzuca upiorne cienie po sterylnym pomieszczeniu. Zerkam na szare, kamienne ściany, czując, jak ich chłód wżera się w kości. Mimo wszechobecnego bólu po eksperymentach dr Foxberry'ego nie pozwalam, by ogarnęła mnie rozpacz. Każdy ulotny przebłysk prawdziwej Garnet, skrytej pod tą kamienną maską, podsyca moją determinację.

— Pamiętasz, jak złapała nas burza i musiałyśmy schować się pod starym mostem? — szepczę późno w nocy przez ścianę, wyobrażając sobie Garnet po drugiej stronie, marszczącą czoło, gdy stara się mnie dosłyszeć. — Byłyśmy przemoczone do suchej nitki, trzęsłyśmy się jak psy, ale śmiałyśmy się tak, że bolały nas brzuchy.

— Blackwell? Co ty wyprawiasz? — Ostry głos rozcina moje zamyślenie, a ja przyciskam się do zimnej ściany, serce wali.

— Nic — kłamię, głos mam napięty. — Mówię sama do siebie.

— Ciszej — warknie strażnik, a jego kroki odbijają się echem w korytarzu.

— Przepraszam — mamroczę, ale ciągnę ciszej: — A pamiętasz, jak śledziłyśmy tego zbuntowanego wilkołaka i wpakowałyśmy się na bal maskowy burmistrza? Miałaś wtedy tę idiotyczną, piórzastą maskę i przekonałaś wszystkich, że jesteś jakąś egzotyczną ptasią kobietą.

Chichot wyrywa mi się, zanim zdążę go stłumić, kiedy wraca absurd tamtej sytuacji. To właśnie takie drobiazgi, te okruchy wspomnień, trzymają mnie przy życiu. Jeśli zdołam dotrzeć do Garnet, jeśli sprawię, że sobie przypomni, może jest nadzieja dla nas obu.

— A potem tamten nawiedzony dom — ciągnę ledwie słyszalnie. — Udawałaś twardzielkę, ale widziałam, jak kurczowo trzymasz się za ramię Malcolma, kiedy zjawa się pojawiła. I nawet nie zaczynajmy o twojej obsesji na punkcie tych dziwacznych antycznych noży. O mało co nie odcięłaś sobie palca, pamiętasz?

Potem zalega ogłuszająca cisza, ale nie daję się nią zbić. Każde słowo, każde wspomnienie to lina ratunkowa, którą rzucam Garnet, licząc, że chwyci ją i wyciągnie się z przepaści.

— Artemis? — Najcichszy szept przesiąka przez mur i przez moment myślę, że umysł płata mi figle. — My naprawdę byłyśmy... przyjaciółkami?

Serce podrywa mi się do gardła na to nieśmiałe pytanie i nie potrafię powstrzymać uśmiechu. — Tak, Garnet. Byłyśmy przyjaciółkami. Dobrymi.

— Opowiedz więcej — prosi szeptem, a w jej głosie brzmi ciekawość i coś jeszcze, czego nie umiem nazwać — może, tylko może, nadzieja.

Więc opowiadam, malując słowami naszą przeszłość, snując historie śmiechu i przygód, zaufania i drużynowej więzi. Z każdym szeptem czuję, jak ciężar rozpaczy lekko-jeje, ustępując miejsca zajadłej determinacji, by odzyskać to, co nam skradziono. Dr Foxberry mógł zabrać mi tak wiele, ale tego mu nie oddam. Nie oddam Garnet.

— Trzymaj się, Garnet — mówię cicho, a oczy pieką od niewylanych łez. — Obiecuję ci, że do siebie wrócimy. A kiedy już to zrobimy, sprawimy, że dr Foxberry i Diana zapłacą za wszystko, co nam zrobili.

━━━◆━━━

Zimny metal stołu w laboratorium wciska mi się w plecy, gdy leżę, a myśli pędzą do Garnet i reszty. Ile jeszcze zdołam znieść, zanim pokręcone eksperymenty dr Foxberry'ego zerwą ostatnie strzępy tego, kim jestem? Już straciłam tak wiele — wolność, godność, a teraz przy-jaciółka sprowadzona do pustej skorupy dawnego siebie.

— Artemis — głos dr Foxberry'ego tnie moje myśli jak skalpel — naprawdę powinnaś być wdzięczna za to wszystko, co dla ciebie robię. — Jego wykrzy-wiony uśmiech przyprawia mnie o dreszcz. — W końcu jesteśmy o krok od odblokowania twojego prawdziwego potencjału.

— Wdzięczna? — wypluwam słowo jak truciznę. — Jesteś potworem i nigdy tobie ani Dianie nie wybaczę tego, co zrobiliście.

— Ach, i tu właśnie się mylisz, moja droga. — Pochyla się bliżej, oddech cuchnie mu zleżałą kawą i arogancją. —

Kiedy już odczytam sekrety ukryte w twoim DNA, podziękujesz mi. Zobaczysz.

— Śnij dalej — mruczę przez zęby, zaciskając pięści, by nie rzucić się do ataku.

— Śpij dobrze, Artemis — mówi, gasząc górne światła i pogrążając pomieszczenie w ciemności. — Jutro przyniesie nowe odkrycia.

Nasłuchuję, jak drzwi zatrzaskują się za nim, zostawiając mnie samą w słabo oświetlonej celi. Zmęczenie ciąży na każdym mięśniu, ale myśl o śnie wydaje się niemal śmieszna. Z każdym dniem mam wrażenie, że osuwam się głębiej w otchłań, tracąc kolejne kawałki siebie przez to, co robią mi dr Foxberry i jego zespół. A jednak kurczowo trzymam się nadziei jak liny.

Zamykam oczy i przywołuję wspomnienia o przyjaciołach — ich śmiech, siłę, lojalność. To one pchają mnie naprzód, każą walczyć. Nie mogę teraz przestać, nie kiedy wciąż jest szansa, że mnie znajdą i położą kres temu koszmarowi.

— Proszę — szepczę w ciemność, ledwie słyszalnie nawet dla siebie. — Pośpieszcie się.

Zaciskając zęby, zmuszam ciało do rozluźnienia i zapadam w niespokojny sen, nękana pokrętnymi wizjami nieludzkich eksperymentów dr Foxberry'ego. Ale pod warstwą grozy tli się iskra buntu, której nie da się zdusić. Dopóki ten płomień się żarzy, będę walczyć. Za Garnet, za przyjaciół i za siebie.

◆—◆○◆—◆

Pisk zawiasów, gdy ktoś z rozmachem otwiera drzwi mojej celi, wyrywa mnie ze szponów koszmarnego snu. Serce tłucze mi się w piersi, kiedy próbuję usiąść na zimnej, bezlitosnej posadzce. Powietrze gęstnieje od oczekiwania i niemal czuję smak trwogi, która czai się w każdym kącie jak dławiąca mgła.

— Pobudka, Blackwell — prycha strażnik, a jego głos zgrzyta mi w uszach jak paznokcie po tablicy. — Dr Foxberry ma dziś dla ciebie parę niespodzianek.

— Fantastycznie — mruczę, dźwigając się z jękiem na nogi. — Już się nie mogę doczekać codziennej dawki tortur.

Zmurzam nogi do marszu i szykuję się na to, co nowego ugotował w swoim chorym łbie dr Foxberry. Strażnicy idą przy mnie, ich zimne spojrzenia wżerają się w skórę jak pasożyty, ale nie pokażę, jak bardzo mnie to rusza. Zamiast tego zwracam się do środka, trzymając się wspomnień o przyjaciołach, o naszej więzi i o tym, kim byłam, zanim to miejsce mnie połknęło.

— Pamiętaj, gdzie twoje miejsce, dziewczyno — syczy drugi, popychając mnie brutalnie sterylnym, białym korytarzem.

— Ach tak. Moje miejsce — mówię z jadowitym sarkazmem, tłumiąc grymas bólu po wczorajszych eksperymentach. — Niechciany królik doświadczalny na pokręconym placu zabaw doktora Frankensteina.

— Uważaj na język, bo jeszcze ci go wytniemy — ostrzega pierwszy, jadem w głosie.

— Obiecanki-cacanki — odcinam, drążąc w sobie tę iskrę buntu, której nie da się zdusić. Cokolwiek zaplanowali, nie pęknę. Będę trzymać się tego, kim jestem, nawet jeśli to ostatnia rzecz, jaką zrobię.

Gdy zbliżamy się do złowrogich drzwi laboratorium dr Foxberry'ego, hartuję się, zbierając każdy okruch siły i odporności. Ręce drżą od powstrzymywanego gniewu i strachu, ale zaciskam je w pięści, nie pozwalając, by ci potwory rozebrały mnie od środka.

— Jesteśmy — mówi strażnik, popychając mnie przez próg. — Baw się dobrze.

— Dzięki — mruczę, ociekając sarkazmem, kiedy potykam się o próg jasnego pomieszczenia. — Na pewno będzie odlot.

Biorę głęboki oddech, unoszę podbródek i prostuję ramiona, gotowa stawić czoła kolejnej odsłonie koszmaru. Niezależnie od tego, co we mnie rzucą, nie dam się złamać. Jestem Artemis Blackwell i przeżyję to piekło — dla siebie, dla Garnet i dla wszystkich, których skrzywdzili tacy jak dr Foxberry i Diana.

Kiedy opieram się o zimny metal stołu, skóra cierpnie mi od jego dotyku, a dr Foxberry krąży wokół jak sęp, oczy błyszczą mu z niezdrową ekscytacją. — Mam nadzieję, że jesteś gotowa na dzisiejszą sesję — mówi głosem ociekającym fałszywą troską.

— Zachwycona wręcz — pluję, mierząc go wzrokiem jak ostrzem. — Nie ma nic lepszego do roboty.

— Dobrze — uśmiecha się krzywo. — Bo dziś spróbujemy czegoś nowego.

— Fantastycznie — burczę pod nosem, serce wali mi w piersi, gdy widzę, jak wyciąga strzykawkę z paskudnie wyglądającym płynem. Kiedy zbliża się do mnie, nie mogę nie drgnąć, ale nie przestanę się stawiać. Nie dam mu satysfakcji, by zobaczył, że się kulę.

— Rozluźnij się — przymila się dr Foxberry, zaciskając mi dłoń na ramieniu, kiedy wbija igłę. — Zaboli tylko przez moment.

— Obiecanki-cacanki — cedzę przez zęby, gdy ból rozchodzi się żyłami wraz z płynem.

Natychmiast obraz się rozmazuje, a mięśnie wrzeszczą protestem, ale zmuszam się do skupienia, zaciskam pięści i trzymam się gniewu, który mnie napędza. Cokolwiek mi zrobią, ilekolwiek ze mnie zabiorą, nie przestanę walczyć o to, co utraciłam.

— Powiedz mi, Artemis — szepcze dr Foxberry, wpatrując się we mnie z wykrzywionym uśmiechem. — Jak się czujesz?

— Jak po tęczy i promykach słońca — warczę, walcząc z odruchem wymiotnym, gdy fale mdłości zalewają ciało. — Czym, do cholery, mnie nafaszerowałeś?

— Ach, tylko małą pomocą, żeby odblokować twój prawdziwy potencjał — odpowiada z błyskiem w oczach. — Jeszcze mi podziękujesz.

— Na pewno — cedzę jadowicie, walcząc o przytomność. I gdy świat zaczyna wirować, jedna myśl trzyma mnie przy ziemi: kiedy stąd zwieję, dr Foxberry i Diana zapłacą za wszystko, co zrobili.

— Trzymaj się, Artemis — syczy dr Foxberry, kusząco przy uchu. — Jesteś silniejsza od tego.

— No jasne — rzucam, choć obraz ciemnieje. — I pożałujesz, że mnie tknąłeś.

ROZDZIAŁ SIÓDMY

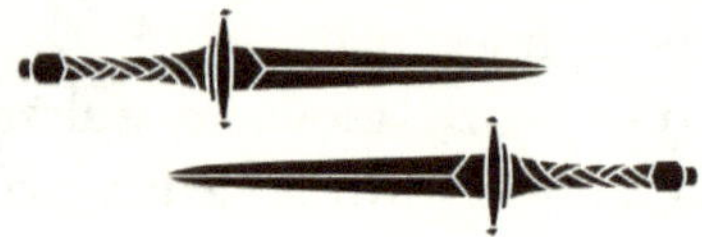

ROZGLĄDAM SIĘ OSTROŻNIE, UPEWNIAJĄC się, że nikt nie patrzy, zanim podkradnę się do drzwi swojej celi, żeby porozmawiać z Garnet — a raczej z kobietą, która kiedyś była Garnet. Nie rejestruje nawet mojej obecności; opiera się o ścianę i wpatruje pustym wzrokiem w nicość.

— Hej — szepczę. — Pamiętasz coś o naszych przyjaciołach? Cokolwiek?

— Kto? — odpowiada, rzucając mi zdezorientowane spojrzenie. — Nie wiem, o czym mówisz.

— Daj spokój, Garnet — nalegam, serce wali mi w piersi, gdy dociskam ją o odpowiedzi. — Obsydianowy Krąg? Nasza ekipa? Przeszłyśmy razem przez piekło.

— Mam na imię Juliet — warknie, odwracając się ode mnie i krzyżując ramiona. Ten nasz mały taniec do niczego nas nie prowadzi, ale nie potrafię przestać. Muszę wiedzieć, czy w tej pustej skorupie zostało cokolwiek z mojej przyjaciółki.

— Dobra, Juliet — mówię przez zaciśnięte zęby. — Ale musisz coś pamiętać. Cokolwiek.

— Nic — stwierdza płasko, z lodowatym, nieobecnym wzrokiem. — Nie mam pojęcia, o kim mówisz.

— Cholera — mamroczę pod nosem. Zdesperowana sięgam umysłem, próbując czytać jej myśli. To, co znajduję, zaskakuje nawet mnie: totalną pustkę, tam, gdzie powinny być wspomnienia. Jakby ktoś wziął gumkę do mazania i wyczyścił jej mózg do zera. Nic dziwnego, że jest taka zagubiona — kobieta stojąca przede mną to czysta karta.

— W porządku — mówię, zmuszając się do spokoju, choć smutek grozi, że mnie zaleje. — Wierzę ci, Juliet. Jeśli tym teraz jesteś.

Fala rozpaczy zalewa mnie, gdy patrzę, jak Garnet — nie, Juliet — odchodzi. Jak mogłam do tego dopuścić? Gdybym spędziła z nią więcej czasu, zanim to wszystko się wydarzyło, może miałabym lepszy obraz tego, kim teraz jest. Może mogłabym ją uratować od takiego losu.

— Hej, Juliet — wołam, napiętym, ale zdecydowanym głosem. Zatrzymuje się i odwraca twarzą do mnie, jej zimne oczy lustrują moje. — Masz coś przeciwko, jeśli opowiem ci bajkę?

— Dobra — odpowiada obojętnie. — Tylko szybko.

— Było sobie kiedyś — zaczynam z ciężkim sarkazmem — dwie twarde babki, które ramię w ramię lały najgorsze szumowiny z paranormalnego półświatka. Kryły sobie nawzajem plecy i nic nie mogło ich rozdzielić.

— Brzmi porywająco — mówi bez cienia emocji, ale widzę w jej spojrzeniu przelotny błysk ciekawości.

— I to jeszcze jak — ciągnę dalej, snując z naszej wspólnej przeszłości barwną tkaninę wspomnień. — Kopałyśmy tyłki i nie brałyśmy jeńców. Położyłyśmy na łopatki to pieprzone Biuro do Spraw Paranormalnych, gdy odkryłyśmy, że eksperymentują na istotach nadnaturalnych zamiast je chronić. Byłyśmy nie do zatrzymania.

— Niezły duet — zauważa, ale w jej tonie jest coś, co sugeruje, że zaczyna mi wierzyć. Że może, tylko może, może zaufać temu, co jej mówię.

— Słuchaj — mówię, starając się utrzymać równy głos mimo kotłujących się we mnie emocji. — Wiem, że niczego z tego nie pamiętasz. Ale przysięgam na wszystko, co mi drogie, że to prawda. Byłaś — *jesteś* — niesamowitą wojowniczką i lojalną przyjaciółką. I nawet jeśli nigdy nie odzyskasz wspomnień, nie odpuszczę ci.

— Jak chcesz — mruczy, szybko odwracając się ode mnie. Ale widzę, że dotknęłam w niej czegoś głębokiego. Zapaliła się iskra i zrobię wszystko, by rozpalić z niej płomień.

Od tego dnia, kiedy tylko mam okazję, opowiadam o naszej wspólnej przeszłości, licząc na to, że obudzę pogrzebane wspomnienia Garnet. Każda rozmowa jest jak skubanie upartego zamka, szukanie właściwej kombinacji, by uwolnić kobietę uwięzioną w środku.

Bariery wokół jej umysłu pozostają mocne, ale każdy drobny przełom podsyca moją determinację, by walczyć dalej. Jeśli wciąż jest w niej choć strzęp dawnej Garnet, nie zaznam spokoju, dopóki jej nie uwolnię.

⬥

Migoczące światło z korytarza rzuca upiorne cienie na mokre, betonowe ściany. Opieram się o zardzewiałe kraty mojej celi, dłonie bolą mnie od zbyt mocnego ścisku. W nozdrza wdziera się zapach pleśni i stęchlizny, gdy zbliżają się kroki.

— Artemis — mruczy Garnet — a raczej Juliet —, zatrzymując się przed moją celą. Mówi przyciszonym głosem, zawsze czujna na podsłuchujących. Jej oczy, kiedyś pełne ognia i determinacji, teraz zdradzają niepewność i zagubienie.

— Hej — odpowiadam, starając się zdusić w sobie gorycz. — Jesteś wcześnie na swoją zmianę.

Przenosi ciężar z nogi na nogę, wpatrzona w podłogę. — Chciałam cię o coś zapytać. O... nas.

My. To słowo brzmi na jej ustach obco, jakby mówiła dawno zapomnianym językiem. Ale wystarczy, by moje serce przyspieszyło.

— Mów — rzucam, przygotowując się na wszystko.

— Czy my kiedyś... miałyśmy ulubione miejsce? Takie, do którego chodziłyśmy, kiedy potrzebowałyśmy przerwy od tego całego... syfu? — Jej oczy szukają moich, błagając o odpowiedź, która otworzy drzwi do przeszłości.

— Jasne. — Uśmiecham się, pozwalając, by porwały mnie lepsze czasy. — Krąg miał bazę w opuszczonym magazynie nad rzeką. Kiedy miałyśmy wyjątkowo gówniany dzień, siadałyśmy we dwie na dachu, piłyśmy tanie piwo i śmiałyśmy się ze wszystkiego i z niczego.

Jej wyraz twarzy łagodnieje, a w oczach migocze najdelikatniejszy błysk rozpoznania. Puls mi przyspiesza — może to przełom, na który liczyłam.

— Może, gdybym zobaczyła to jeszcze raz... Może pomogłoby mi to coś sobie przypomnieć — szepcze ledwie słyszalnie.

— Może — przytakuję, choć na samą myśl o zabraniu jej w okolice naszych dawnych kryjówek przechodzi mnie dreszcz. Nie wiadomo, jakie pułapki mogą tam czekać ani kto może nas obserwować.

— Juliet — mówię, kosztując na języku to obce imię. — Jeśli naprawdę chcesz pamiętać, musisz wiedzieć, że zrobię wszystko, co w mojej mocy, by ci pomóc. Ale to nie będzie łatwe i zaryzykujemy życie.

Jej spojrzenie twardnieje, miga iskra dawnej siebie. — Chcę poznać prawdę. Bez względu na cenę.

— Dobrze. — Mój głos jest pewny, choć serce pęka mi z wrażenia. — W takim razie zaczynajmy.

Garnet — Juliet — kiwa głową, a wraz z każdą chwilą wraca jej determinacja. Gdy odchodzi, by wznowić wartę, nie mogę powstrzymać kiełkującej we mnie nadziei. Idziemy niebezpieczną ścieżką, ale jeśli jest choć cień szansy, że odzyskam przyjaciółkę, przejdę nawet przez samo piekło.

Na samą myśl, że moce psychiczne Diany mogą mieć coś wspólnego z całkowitą utratą pamięci Garnet — nie, Juliet —, ciarki przebiegają mi po plecach. Skoro Diana mogła zrobić to własnym ludziom, jakie jeszcze okrucieństwa popełniła w imię nauki?

— Artemis — odzywa się cicho Juliet przez małe okienko w drzwiach celi, wyrywając mnie z zamyślenia. — Cały wieczór milczysz. Co się dzieje?

Wzdycham, decydując się powiedzieć wprost. — Myślałam o tym, jak wyczyszczono ci umysł. Jesteś jak... czyste płótno, a ja próbuję namalować na nim naszą historię. To frustrujące, ale uświadomiło mi coś.

Przechyla głowę, w jej oczach ciekawość miesza się z troską. — Co takiego?

— Myślę, że to możliwe, iż moce psychiczne Diany zostały użyte, by wywołać twoją amnezję — przyznaję, a mój głos lekko drży na dźwięk tej przerażającej myśli wypowiedzianej na głos.

— Czy to w ogóle możliwe? — Marszczy brwi i widzę, jak próbuje przetrawić konsekwencje tego, co właśnie powiedziałam.

— Biorąc pod uwagę, że żyjemy w świecie, gdzie istnieją istoty nadnaturalne i jasnowidze, powiedziałabym, że wszystko jest możliwe — mój sarkazm to marna próba zamaskowania strachu. — A jeśli naprawdę ci to zrobiła, jest bardziej niebezpieczna, niż kiedykolwiek sądziłyśmy.

Juliet w milczeniu chłonie te informacje, twarz ma nieczytelną. W końcu pyta: — Ale dlaczego miałaby zrobić to akurat mnie?

— Wiem tyle co ty. — Wzruszam ramionami, a frustracja aż kipi pod powierzchnią. — Ale przysięgam, Juliet, odwrócę każdy plugawy proces, który ukradł ci pamięć. Nie obchodzi mnie, ile to potrwa ani co będę musiała zrobić. Masz prawo wiedzieć, kim jesteś.

— Dziękuję — szepcze tak cicho, że ledwie to słyszę. — Nie wiem, dlaczego, ale ci ufam.

— Dobrze — odpowiadam z wymuszonym uśmiechem, tłumiąc falę emocji, jaką wywołują jej słowa. — Będzie ci to zaufanie potrzebne. Jesteśmy w tym razem i nie spocznę, dopóki nie dowiemy się, co ci zrobili.

— Artemis — zawaha się, po czym patrzy mi prosto w oczy — jeśli Diana zrobiła to mnie, co powstrzyma ją przed zrobieniem tego innym? Tobie?

— W zasadzie nic. — Ta myśl otrzeźwia i na moment zatyka mnie. Chyba że to moc, którą ukradła tylko na jakiś czas? Przecież gdyby mogła użyć jej na każdym, już dawno użyłaby jej na mnie.

Chyba że chce, żebym była w pełni świadoma wszystkiego, co mi robią.

Brzmi jak Diana Foxberry.

Hartuję się w postanowieniu. — Jeśli spróbuje czegokolwiek, sprawię, że tego pożałuje.

Juliet kiwa głową, w jej spojrzeniu migocze determinacja. Kiedy zapada noc, nie mogę pozbyć się wrażenia, że tkwimy w znacznie większej sieci kłamstw i oszustw, niż kiedykolwiek sobie wyobrażałyśmy — i prędzej mnie diabli wezmą, niż pozwolę Dianie Foxberry dalej pociągać za sznurki naszego życia.

Całe ciało mnie boli, a głowa pęka z tego rodzaju bólu, jaki potrafią wywołać tylko pokręcone eksperymenty dr Foxberry'ego. Doczołguję się do niewygodnej pryczy w rogu celi i padam na cienki materac. W gorączce miotam się, rozpaczliwie szukając ulgi w męce.

W środku niespokojnego snu ogarnia mnie sen — taki, który bardziej przypomina wspomnienie. Kobieta, którą znam jako Garnet, staje przede mną, a w jej oczach rozbłyska rozpoznanie. Jesteśmy w naszej starej sali treningowej, w powietrzu unosi się zapach potu i determinacji. — Artemis — szepcze, łzy płyną jej po twarzy — to ja. Pamiętam.

— Dzięki bogom — wykrztuszam, obejmując ją ramionami. Trzymamy się, a między szlochami wybucha śmiech. Czuję, jakby zdjęto z nas brzemię, wreszcie możemy zaczerpnąć tchu.

Sen pryska, gdy się budzę, zlana potem i wciąż obolała po eksperymentach. W ustach czuję gorycz, gdy dociera do mnie, że to była tylko okrutna fantazja urodzona w gorączkowym umyśle.

— Dzień dobry, Juliet — chrypię, dostrzegając ją po drugiej stronie korytarza, po cichu marząc, by móc znowu nazwać ją Garnet. Unika mojego wzroku, twarz ma zasępioną. Opowiadałam jej o naszej wspólnej przeszłości przy każdej okazji, licząc, że coś w niej poruszę. Teraz jednak zastanawiam się, czy nie naciskałam za mocno, za szybko.

— Hej, Artemis — odpowiada napiętym głosem. Zapada między nami niezręczna cisza — ostry kontrast wobec swobody, jaka kiedyś między nami panowała.

— Powiedziałam coś, co cię zraniło? — pytam z troską.

Waha się, drobnymi palcami skubie rękaw strażniczego munduru. — Nie o to chodzi — w końcu przyznaje. — Po prostu... te wszystkie historie, które mi opowiadasz, sprawiają, że czuję, jakby brakowało mi ogromnego kawałka życia. To dezorientujące i, szczerze mówiąc, przeraża mnie. Nie mam wspomnień jak inni. Dzieciństwo. Rodzice. Nic z tego nie pamiętam.

— Przepraszam — mamroczę, gryzione przez wyrzuty sumienia. — Nie chciałam cię przytłoczyć, ale pomyślałam, że jeśli poznasz naszą przeszłość, może to poruszy twoją pamięć.

— Może — przyznaje, a jej spojrzenie mętnieje od niepewności. — Ale teraz mam tylko wrażenie, że duszę się cudzym życiem. I nie wiem, jak to pogodzić z tym, kim jestem teraz.

— Słuchaj — mówię łagodniej. — Jeśli to dla ciebie za dużo, przestanę. Nie chcę ci utrudniać.

— Proszę — szepcze, a w oczach pojawia się ulga. — Po prostu... daj mi trochę czasu.

— Dobrze — zgadzam się, nienawidząc rezygnacji, która pobrzmiewa w moim głosie. Ale jaki mam wybór? Nie mogę zmusić jej pamięci, by wróciła, choćbym nie wiem jak tego pragnęła.

Gdy zapadamy w niespokojne milczenie, nie mogę przestać myśleć o śnie — o tym, jak śmiech Garnet był jak słońce na mojej skórze, choć płakałyśmy. Taka właśnie jest Garnet, którą pamiętam, kobieta ukryta pod warstwami manipulacji psychicznej i wymazanych wspomnień. Nie zapomnę o niej i nie pozwolę Dianie Foxberry wygrać. Jeśli choć cień szansy istnieje, by ją przywrócić, chwycę go — niech się dzieje, co chce.

◆○◆

— Czas dać tej telepatii prawdziwą szansę — mamroczę, siadając po turecku na zimnej podłodze celi. Serce mi bije jak oszalałe, gdy skupiam całą energię na dotarciu do umysłu Garnet. Bariery są mocne i nieugięte, absolutna pustka onieśmiela, ale jestem nieustępliwa.

— Hej, Garnet, to ja, Artemis — szepczę w tę próżnię, starając się utrzymać równy głos. — Nie wiem, czy mnie słyszysz, ale spróbuję pomóc ci sobie przypomnieć.

Nie ma odpowiedzi, ale jeszcze się jej nie spodziewałam. Zamiast tego napieram dalej, zanurzając się głębiej w jej umysł. Czasem wyłapuję przebłyski przeszłości: krótkie mignięcia wspomnień, które przeciekają mi przez palce jak woda. Przez chwilę śmiejemy się nad drinkami w naszym ulubionym barze, a zaraz potem znów znika — jej umysł to twierdza, której nie potrafię do końca sforsować.

— Cholera — klnę pod nosem, sfrustrowana. Ale nie zamierzam odpuścić. Przegrupowuję się i skupiam na więzi, którą wykułyśmy przez ten czas razem. Zaczynam mówić o drobiazgach, naszych wewnętrznych żartach i szalonych przygodach, które przeżyłyśmy.

— Pamiętasz, jak włamałyśmy się do archiwów Biura? — pytam, a mój głos lekko się łamie. — O mało nas nie złapali, ale jakimś cudem dałyśmy radę. Albo tamta noc, kiedy uczyłam cię otwierania zamków wytrychem? Wystawiłaś moją cierpliwość na próbę, ale w końcu ci się udało.

Kiedy mówię, czuję, że w jej umyśle coś się porusza — może błysk ciekawości. Niewiele, ale wystarczy, żeby naciskać dalej. Każdego dnia, każdej godziny, każdej minuty, kiedy nie znoszę okropnych eksperymentów dr Foxberry'ego, sięgam do niej, mając nadzieję ponad nadzieję, że coś wreszcie pęknie.

— No dalej, Garnet — błagam któregoś wieczoru, ochrypłym od wysiłku głosem. — Musisz pamiętać. Jesteś nam potrzebna. Ja cię potrzebuję.

A jednak bariery wokół jej umysłu wciąż trzymają, jak kamienne mury, które nie chcą runąć. I z każdym dniem coraz silniej czuję miażdżący ciężar czasu. Nie wiadomo, ile zostało mi w tym piekielnym miejscu, zanim mnie złamią, a myśl o utracie Garnet na zawsze przeraża mnie bardziej niż cokolwiek innego.

— Pamiętasz, jak zakradłyśmy się do tego wampirzego klubu? — szepczę przez ścianę, muskając opuszkami zimny beton. — Nienawidziłaś każdej sekundy i cały czas narzekałaś na smród. A i tak poszłaś, bo cię o to błagałam.

Między nami rozciąga się cisza, przerywana tylko dalekim kapanie wody, niosącym się po zatęchłym korytarzu. Nie wiem, czy Garnet słucha, ale mówię dalej, pielęgnując każdy drobny przełom, który podsyca moją determinację, by walczyć o nią do końca.

— Albo jak goniłyśmy tamtego zbuntowanego wilkołaka? — mówię półgłosem, pilnie przywołując obraz. — Omal nie urwał ci ręki, ale utrzymałaś go, dopóki nie miałam czystego strzału. Byłyśmy wtedy zajebistym duetem.

Zamykam oczy, próbując wyczuć jakąkolwiek zmianę w mentalnych barierach Garnet. Są uparcie mocne, ale kurczowo trzymam się nadziei, że opowiadanie naszej wspólnej przeszłości choć trochę je skruszy.

— Boże, pamiętasz, jak Declan droczył się z tobą o twój koszmarny gust muzyczny? Przysięgał, że już nigdy z tobą nie pojedzie po tamtej ośmiogodzinnej trasie wypełnionej wyłącznie power balladami. — Chichoczę cicho mimo zmęczenia i wszechobecnego ciężaru wiszącego nad nami zagrożenia.

„Juliet" pozostaje po drugiej stronie w milczeniu, ale wyobrażam ją sobie, jak pochyla się bliżej, zaciekawiona przebłyskami życia, którego nie pamięta.

— No dalej, Garnet, musisz z tym walczyć — nalegam, a mój głos pęka od emocji. — Jesteś nam potrzebna... Ja cię potrzebuję.

— Artemis — odzywa się niepewnie, ton ma ostrożny, a jednak wyraźnie niespokojny. — Dlaczego to robisz?

— Bo nie pozwolę im wygrać — parskam, gdy frustracja się przelewa. — Bo nie zniosę myśli, że tkwisz uwięziona we własnym umyśle, nie po tym wszystkim, co już straciłyśmy.

— Może tak będzie lepiej — szepcze, ledwo dosłyszalnie zza ściany. — Może będzie bezpieczniej dla wszystkich, jeśli nie będę pamiętać.

— Bezpieczniej? — syczę, a gniew buchnie na tę sugestię. — Myślisz, że życie jako ich marionetka to bezpieczeństwo? Nie, Garnet. Wyniesiemy się stąd, a to miejsce rozbierzemy na części pierwsze, cegła po pierdolonej cegle. Ale nie zrobię tego bez ciebie.

— Artemis, ja... — zawiesza głos i przez moment przysięgłabym, że słyszę przebłysk dawnej przyjaciółki za głosem nieznajomej. — Chcę ci wierzyć. Chcę... pamiętać.

— To słuchaj dalej — proszę, a serce wali mi w piersi. — Opowiem ci wszystko, co do joty, z naszego wspólnego życia. A pewnego dnia te wspomnienia wrócą falą i znów będziemy sobą.

— Dobrze — szepcze, i choć bariery wokół jej umysłu pozostają frustrująco mocne, to wystarczy. Wystarczy, bym walczyła dalej. Wystarczy, bym miała nadzieję.

— Dobra, robimy to. — Biorę głęboki oddech, przygotowując się mentalnie na nawał emocji, które zawsze towarzyszą telepatii. — Spróbuję jeszcze raz. Może dziś w nocy znajdziemy coś nowego.

— Na pewno chcesz to robić? — waha się, nerwowo przygryzając wargę. — A jeśli dr Foxberry się o tym dowie?

— Niech przyjdzie — warczę, a we mnie zapala się gniew. — Jeśli myśli, że może wymazać moją przyjaciółkę i ujść mu to na sucho, to jeszcze się zdziwi.

— Artemis... — Garnet urywa niepewnie, ale nie mówi mi, żebym przestała. Zamiast tego czuję, jak pochyla się bliżej, próbuje otworzyć umysł. Wpuścić mnie do środka.

— Skup się na moim głosie — instruuję, zamykając oczy i nurkując na ślepo w wir jej myśli. — Spróbuj pamiętać... cokolwiek.

Delikatnie szturcham bariery otaczające jej umysł, badając ich siłę. Są uparte, nieustępliwe, ale ja też nie odpuszczę. Naciskam mocniej, pot zbiera mi się na czole, a pod palcami czuję, jak przyspiesza jej puls.

— Artemis — sapie. — To... to boli.

— Trzymaj się mnie — proszę, z rozpaczą łamiącym się głosem. — Wiem, że boli, ale musimy próbować dalej.

— Dobrze... — wydycha drżąco, jej determinacja chwieje się, lecz nie pęka.

Wnikam głębiej w mroczne zakamarki jej umysłu, szukając choćby strzępu utraconych wspomnień. Bariery drżą pod moim naporem, ale nie kruszą się. Jeszcze nie.

Minuty mijają, gdy zmagamy się w milczeniu, urywanym i ciężkim oddechem. W końcu nie daję już rady.

— Dość — wykrztuszam, odrywając się od niej z gwałtownym wdechem. — Spróbujemy jutro.

— Artemis, przepraszam — szepcze, a w jej oczach lśnią łzy. — Chcę pamiętać, naprawdę...

— To nie twoja wina — mówię ostro, ocierając pot z czoła. — I nie odpuszczę ci, Garnet... albo Juliet, albo kimkolwiek, do cholery, teraz jesteś. Odzyskamy te wspomnienia, choćby miało nas to zabić.

— Dziękuję — szepcze miękko, po czym rozpływa się w cieniach.

Kiedy stoję sama w ciemnościach, nowe przeznaczenie płonie we mnie jak nieugaszony, wszystko pochłaniający pożar. Ja *na pewno* przywrócę wspomnienia i tożsamość Garnet, bez względu na cenę. Dr Foxberry nie ma pojęcia, z kim zadarł.

ROZDZIAŁ ÓSMY

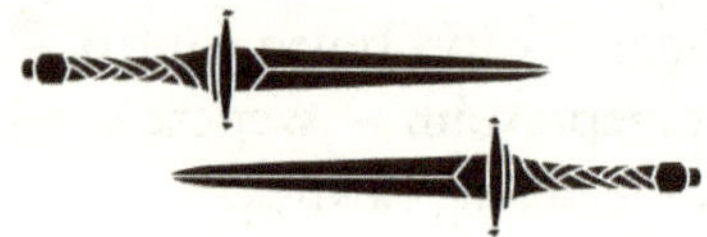

SMRÓD ŚRODKA ODKAŻAJĄCEGO WYPEŁNIA powietrze, gdy Dr. Foxberry wpada do sterylnego laboratorium, jego poparzona bliznami twarz wykrzywia się w maskę wściekłości. Widzę napięcie w bruzdach na jego czole. Garnet, stojąca nieopodal w milczeniu, napina się na jego widok.

— Bezużyteczna do cna — wypluwa, wytykając Garnet palcem. — Zmarnowałem cenny czas i zasoby, próbując cię udoskonalić, a wszystko na nic!

Garnet drży pod naporem jego ostrych słów, ale milczy. Zaciskam zęby i mocniej chwytam zimny metal stołu, do którego jestem przypięta. Ten drań nie ma prawa tak się do kogokolwiek odzywać.

— Ach, Artemis — mówi Dr. Foxberry, odwracając się do mnie z ponurym uśmiechem. — Jesteś jednym z rzadkich przypadków, prawda?

Nie fatyguję się odpowiedzią, zamiast tego zagłębiam się w jego pokręcony umysł. To, co tam znajduję, mrozi mi krew w żyłach. Tylko 10% badanych zyskuje zdolności dzięki jego surowicom, a ja jestem jedną z nielicznych wybrańców. Wybrańców? Ta, jasne.

— Wiedziałaś? — ciągnie, nieświadom mojej inwazji w jego umysł. — Tylko jeden na dziesięciu badanych rozwija jakiekolwiek zdolności... a jeszcze mniej ujawnia wiele mocy, tak jak ty.

To więcej niż tyle. Szokuje mnie to, co widzę w jego głowie. Jestem jedyną testowaną, która kiedykolwiek rozwinęła więcej niż dwie moce — trzy jak dotąd: mój błękitny ogień, przemiana w kruka i telepatia.

— No proszę, czyli jestem naprawdę wyjątkowa — cedzę złośliwie, maskując szok. — Należy mi się za to złota gwiazdka?

Rzuca mi wściekłe spojrzenie, wyraźnie niebawiony moją ironią. I dobrze. Nie zasługuje na moją współpracę.

— Twoja krnąbrność jest męcząca, Artemis — warknie, po czym zwraca się do Garnet: — Może gdybyś okazała się sukcesem, nie bylibyśmy w tym położeniu.

— Zostaw ją w spokoju — warczę, szarpiąc się z więzami. — To nie ona bawi się w szalonego naukowca kosztem cudzych żyć.

— Cisza! — ryczy Dr. Foxberry, waląc pięścią w stół przy mojej głowie. Drżę, ale nie pozwalam mu dostrzec strachu. Nie dam mu tej satysfakcji.

Oczy Garnet biegają między nami, wyraz twarzy nie do odczytania. Mogę tylko mieć nadzieję, że gdzieś w środku wciąż rozpoznaje we mnie przyjaciółkę, a nie tylko kolejnego szczura laboratoryjnego.

— Dość tego — mówi Dr. Foxberry, prostując biały kitel. — Mamy pracę. — Zwraca się do Garnet, a jego głos nieco łagodnieje. — Zawiodłaś mnie wcześniej, ale wciąż masz swoje zadanie. Pomóż mi przy Artemis.

— Oczywiście, Doktorze — odpowiada, ledwie słyszalnie.

Nad głową migoczą świetlówki, gdy patrzę, jak Dr. Foxberry skrobie notatki w swoim wiecznie noszonym przy sobie dzienniku. Niemal czuję bijącą od niego urazę, jak od burzowej chmury gotowej pęknąć.

— Szkoda tylko, że moje surowice nigdy na mnie nie działają — mruczy pod nosem, wyraźnie poirytowany. — Ale nic to, Diana stanie się niepowstrzymaną siłą, którą zawsze zamierzałem z niej zrobić.

— Świetnie — mówię przez zaciśnięte zęby —, właśnie tego światu potrzeba: więcej psychotycznych nadnaturalnych potworów.

— Ach, ale ty, Artemis, jesteś naprawdę fascynująca — mówi, ignorując moją ironię. — Ujawniłaś zdolności, których nikt dotąd nie widział, i to nie jedną, lecz kilka. Niespotykane jest, by wzmocnieni mieli więcej niż dwie moce.

— Muszę mieć wyjątkowe szczęście — parskam, szarpiąc się z pasami przykuwającymi mnie do zimnego metalowego stołu.

— Wyobraź sobie możliwości, Artemis — rozważa Dr. Foxberry, krążąc po mojej celi jak drapieżnik wokół zdobyczy. — Twoje unikalne zdolności połączone z wrodzonymi mocami Diany... Będzie nie do powstrzymania.

— Po moim trupie — warknę, ale brzmi to słabiej, niż bym chciała. Ostatnia seria eksperymentów zostawiła mnie wyczerpaną i trzęsącą się, ledwo utrzymuję się w pionie.

— Ach, to da się załatwić — odpowiada niedbale, jakby rozmawiał o pogodzie. — Ale jeszcze nie. Na razie jesteś mi potrzebna. — W jego oczach błyszczy chore podniecenie. — Gdy tylko odblokuję tajemnice twoich mocy, przekażę je Dianie, a razem przekształcimy świat na nasze podobieństwo.

— Cudownie — mamroczę, przewracając oczami. — Kolejny psychol z kompleksem boga. Tego właśnie brakuje temu światu.

— Śmiej się, ile chcesz, moja droga — mówi lodowatym tonem Dr. Foxberry. — Wkrótce będziesz tylko odległym wspomnieniem, podczas gdy Diana wstąpi na należne jej miejsce.

Potem zostawia mnie samą, a drzwi zatrzaskują się za nim. Próbuję się pozbierać, zbierając każdy okruch siły, jaki mi został. Ale coś jest nie tak. Czuję, jakby moje ciało płonęło, a przed oczami wszystko pływa. Serce dudni mi w piersi jak werbel.

— Cholera — szepczę, gdy dociera do mnie prawda. Gorączkowe majaczenie zalewa mnie jak fala pływowa i wiem, że nie minie wiele, nim całkiem mnie pochłonie.

Kiedy zapadam się i wynurzam ze świadomości, łapię urywki obrazów: Garnet krąży w pobliżu, a na jej twarzy wyryta troska.

— Artemis... trzymaj się — błaga, jej głos daleki i niosący się echem. Chcę jej powiedzieć, że próbuję, że walczę wszystkim, co mam, ale słowa pożera ciemność, która mnie ogarnia.

— Declan... znajdź mnie — mamroczę, myśl o moich przyjaciołach to jedyna kotwica na burzliwym morzu gorączkowych snów. — Proszę... nie rezygnuj ze mnie.

Moje ciało drży, zlane potem i rozpalone, a ja kurczowo trzymam się nadziei, że ktoś, ktokolwiek, przyjdzie po mnie, zanim będzie za późno. I że gdy to zrobią, będę jeszcze dość silna, by się bić.

Moje gorączkowe sny są pokręconym labiryntem, w którym każdy zakręt prowadzi mnie głębiej w mrok. Ale w samym jego sercu jest Declan — moja latarnia nadziei pośród chaosu.

— Artemis! — Jego głos przecina mgłę jak nóż, czysty i mocny, a znajome piwne oczy wbijają się w moje. — Mówiłem, że cię znajdę.

— Declan? — szepczę, serce wali mi w piersi. — To naprawdę ty?

— Jasne, że ja — uśmiecha się, krocząc ku mnie z tą pewną siebie buńczucznością, którą pokochałam. Reszta naszej ekipy idzie tuż za nim — kawaleria wreszcie nadciąga, by ratować sytuację.

— Zabieramy cię stąd — mówi Declan, wyciągając rękę, by pomóc mi wstać. Sięgam po nią, spragniona czegokolwiek prawdziwego, lecz w chwili, gdy nasze palce mają się zetknąć, wszystko pęka jak szkło.

— NIE! — krzyczę, siadając gwałtownie w swojej celi. Zimna rzeczywistość zalewa mnie jak kubeł wody: to był tylko kolejny gorączkowy sen. Declana tu nie ma, a ja wciąż tkwię w tej piekielnej norze z Dr. Foxberrym i jego pokręconymi eksperymentami.

— Spokojnie, Artemis — mruczy Garnet, a jej stalowe spojrzenie na moment mięknie. — To tylko gorączka płata ci figle.

— Dla mnie jest aż nazbyt realne — mamroczę z goryczą, ciało boli od samego trzymania się na nogach. — Jak jakiś chory żart — ciągle majtają mi przed nosem zbawieniem, tylko po to, by je zabrać.

— Chodź, pomogę. — Garnet zanurza szmatkę w misce z lodowatą wodą i przykłada mi do czoła; szok chłodu na moment koi płonącą skórę. Pilnuje mnie jak jastrząb, zapewne włącza się jej szkolenie z Obsidian Circle.

— Dzięki — wyduszam, ochrypłym, słabym głosem. — Za to, że nade mną czuwasz.

— Ktoś musi — odpowiada, a w kącikach ust igra sarkastyczny uśmieszek. — Jakoś nie widzę żadnych superbohaterów w pelerynach pędzących cię ratować.

— Jeszcze — dodaję, zmuszając się, by trzymać się nadziei. Jeśli czegoś nauczył mnie ten koszmar, to tego, że nadzieja jest potężną bronią — a ja potrzebuję każdej przewagi.

Ale gdy gorączkowe sny wciąż kuszą mnie wizjami Declana i ekipy szturmujących kompleks, coraz trudniej oddzielić fakt od fikcji. Za każdym razem, gdy szarpnięciem wraca rzeczywistość, miażdżący ciężar rozpaczy próbuje mnie pochłonąć.

— Skup się, Artemis — mówię do siebie, choć drżą mi ręce, a obraz faluje. — Musisz być gotowa, kiedy po ciebie przyjdą. Nie pozwól, by gorączka wygrała.

— Uparta jak zawsze — uśmiecha się krzywo Garnet, przykładając kolejny zimny okład na moje czoło. — To trzeba ci przyznać.

— A jakże — chrypię, wymuszając słaby uśmiech. — Myślisz, że dam się czymś takim pokonać? Nie ma mowy.

W tej pokręconej grze o przetrwanie albo się dostosujesz, albo zginiesz — a ja odmawiam bycia czyimkolwiek pionkiem.

— Pamiętasz, jak położyłyśmy tego zbuntowanego wilkołaka? — mamroczę, bełkocząc przez majaki. — Rzuciłaś się na niego jak cholerny linebacker.

Garnet mierzy mnie czujnym wzrokiem, twarz nieczytelna. — Ja... nie pamiętam — mówi niepewnie.

— Jasne, że nie — mamroczę, a frustracja gryzie mnie od środka. Potrzebuję, żeby pamiętała, kim jest, kim byłyśmy. Walczyłyśmy ramię w ramię, krwawiłyśmy, żyłyśmy i śmiałyśmy się razem. A teraz? Jest tylko wydmuszką bez wspomnień naszej przeszłości. To jak próba wyciśnięcia krwi z kamienia. Jestem zdesperowana, kurczowo trzymam się wspomnień lepszych dni w daremnej próbie wyciągnięcia nas obu znad krawędzi.

— Może powinnaś odpocząć — sugeruje Garnet, zaciskając mocniej dłoń na zimnym kompresie.

— Odpocząć? — parskam gorzko. — Myślisz, że sen pomoże? Za każdym razem, gdy zamykam oczy, widzę ich — Declana, ekipę, wszystkich pędzących mnie ratować. Ale to tylko pieprzona iluzja, prawda? Nie przyjdą, co?

— Artemis, nie możesz tak myśleć — upomina Garnet, zaskakująco łagodnym tonem.

— Nie mogę? — rzucam wyzwanie, a powieki same mi opadają, gdy wyczerpanie mnie wciąga. — Może powinnam po prostu odpuścić. Poddać się ciemności i mieć to z głowy.

— Artemis, nawet nie waż się — syczy Garnet, palce wbijają mi się w ramię. Ale jej dotyk jest odległy, jak fale rozbijające się o brzeg dalekiej krainy.

— Za późno — szepczę, gdy wreszcie sen wciąga mnie w swoje mętne głębiny.

A tam, pośród cieni i echa snów, znajduję Declana — zawziętego i zdeterminowanego, a jego oczy płoną niezagaszonym ogniem.

— Artemis — warczy, chwytając mnie za ramiona z siłą zrodzoną z desperacji. — Słuchaj mnie. Rozszarpię ten świat, żeby cię znaleźć. Przysięgam na wszystko, czym jestem.

— Declan... — imię spływa z moich ust jak modlitwa, a ciepło jego obecności przenika mnie aż do kości.

— Bądź silna — nalega, nieugiętym głosem. — Idę po ciebie. Wytrzymaj.

— Dobrze — szepczę, czerpiąc, ile się da, z jego przysięgi. A gdy sen blaknie, ustępując zimnej rzeczywistości mojej celi, kurczowo trzymam się tej obietnicy jak lin ratunkowych — mojego ostatniego błysku nadziei w nadciągającym mroku.

⬦

Pierwsze promienie dnia sączą się przez maleńkie okienko, rzucając chorobliwie żółtą poświatę na zimny beton posadzki. Czuję się jak śmierć na urlopie — nie, cofam to, chciałabym czuć się aż tak dobrze. Gorączka opadła, ale ciało nadal drży ze słabości, boli mnie od stóp do głów.

— Najwyższa pora, żebyś się obudziła — mruczy Garnet, mrużąc oczy z troską, gdy próbuję się podnieść. — Martwiłam się o ciebie.

— Przepraszam, że sprawiłam kłopot — odcinam się chrapliwie i szorstko. A jednak w głębi jestem jej wdzięczna za czujną obecność, nawet jeśli przesiąkniętą goryczą.

Drzwi mojej celi rozchylają się, a Dr. Foxberry wkracza, na ustach wykrzywiony uśmiech. — Ach, Pani Blackwell, jakże się cieszę, że wreszcie Pani się obudziła. Już zaczynałem się martwić, że Panią straciliśmy.

— Doprawdy, jakaż byłaby to tragedia — sarknę, ciskając w niego spojrzeniami jak nożami.

— Istotnie. Mam wobec Pani takie plany, moja droga. — Chichocze mrocznie, trąc ręce jak szalony naukowiec z filmu klasy B. — Skoro gorączka już ustąpiła, najwyższa pora wznowić nasze małe... eksperymenty.

— Już nie mogę się doczekać — burczę, podnosząc się mimo protestów zmasakrowanych kończyn. Pokój niebezpiecznie faluje, ale nie dam mu poznać, jaka jestem słaba.

— Cierpliwości, Artemis — upomina Dr. Foxberry, tonem ociekającym fałszywą troską. — Nie chcemy przecież przesadzić, prawda?

— Ostrożnie — ostrzegam, choć groźbie brak pazura. — Jeszcze ktoś pomyśli, że naprawdę ci zależy.

— Jaka z ciebie iskra, prawda? — uśmiecha się, wyraźnie karmiąc się moim oporem. — Dobrze, na razie możesz odpocząć. Ale jutro oczekuję, że będziesz gotowa kontynuować.

— Już nie mogę się doczekać — powtarzam, sarkazmu starczyłoby, by się nim zadławić.

— Do jutra, Pani Blackwell — żegna się teatralnym ukłonem, po czym znika, zostawiając mnie samą z Garnet i ciężarem własnej niedoli.

— Artemis — szepcze Garnet, a w jej głosie coś drży.
— Ja... przepraszam.

— Daruj sobie — ucinam, nie mam nastroju na przeprosiny — szczere czy nie. Teraz potrafię myśleć tylko o gryzącym strachu, że nigdy stąd nie ucieknę, że stanę się kolejnym paskudnym wytworem Dr. Foxberry'ego.

— Artemis... — próbuje jeszcze, ale uciszam ją ostrym ruchem dłoni.

— Dość, Garnet. — Litość to ostatnie, czego chcę — i nie potrzebuję jej. Potrzebuję drogi ucieczki z tej piekielnej dziury, a ta wydaje się tak daleka i nieosiągalna jak gwiazdy.

Gdy znużenie znów wspina się na mnie pazurami, zamykam oczy, szukając choć odrobiny ukojenia w czarnej otchłani snu. Jeśli jakaś nadzieja mi została, kryje się we wspomnieniach tych, których kocham, i obietnicach, które złożyli.

— Declan — wypuszczam szept, imię jak niema modlitwa, i chwytam się jego obrazu jak liny, rozpaczliwie szukając siły, by przetrwać to, co przyniesie ranek.

⁓◦⁓

U mego boku stoi Garnet, z pustym, odległym spojrzeniem. Pamięć o naszej przyjaźni jest w niej głęboko pogrzebana, zamknięta na klucz przez pokręcone eksperymenty Dr. Foxberry'ego. Biorę głęboki oddech, zbierając odwagę, by znów zanurzyć się w mętnych głębinach jej umysłu.

— Pamiętasz, jak wkradłyśmy się do tamtego opuszczonego magazynu, szukając duchów? — pytam niedbale, ściszając głos, by Dr. Foxberry nie usłyszał. — Wrzasnęłaś jak mała dziewczynka, kiedy wyskoczył na nas kot.

Oczy Garnet migoczą zdezorientowaniem, ale wciąż milczy. Naciskam dalej, licząc, że znajdę właściwy klucz do jej wspomnień i sprowadzę ją do mnie z powrotem.

— Albo jak włamałyśmy się do tamtego podziemnego klubu walki? O mało nas nie wykończyłaś, ale warto było tylko po to, by zobaczyć miny tych kolesi, kiedy skopałyśmy im tyłki.

— Artemis — mruczy Garnet, a w jej spojrzeniu coś się ledwie dostrzegalnie przesuwa. — Dlaczego to robisz?

— Bo potrzebuję, żeby wróciła moja przyjaciółka — mówię, a głos mi się załamuje. — I bo wiem, że prawdziwa ty wciąż tam jesteś. Nie jesteś marionetką Foxberry'ego, Garnet.

— Przestańcie rozmawiać! — warknie Dr. Foxberry z drugiego końca sali, zwabiony naszym szeptem. — Zakłócacie testy.

— Wybacz, Doktorze — mówię, dolewając do głosu tyle sarkazmu, by było jasne, że mam gdzieś jego ukochane eksperymenty. — Wspominałyśmy stare, dobre czasy.

— Dość — warczy, podchodząc i chwytając mnie za ramię. — Jeszcze jedno słowo, a pożałujesz.

— Dobrze — mruczę, udając uległość, i współpracuję zgodnie z jego żądaniami. Puszcza moje ramię, przekonany, że mnie na razie uciszył. Nie ma pojęcia, że każdy akt sprzeciwu, każda maleńka wygrana tylko hartuje moją wolę.

— Skup się — rozkazuje, a ja to robię — przynajmniej na zewnątrz.

— Artemis — szepcze Garnet tak cicho, że tylko ja słyszę. — Chyba... chyba pamiętam.

— Naprawdę? — serce podskakuje mi w piersi, ale zmuszam się do spokoju. — Co pamiętasz?

— Błyski — mówi niepewnie. — Strzępy. Jeszcze nie umiem ich złożyć, ale... coś jest.

— Próbuj dalej — proszę, a pierś wypełnia mi się nadzieją. — Przejdziemy przez to, razem. Jak zawsze.

— Dobrze — wydycha, na moment splatając spojrzenie z moim w geście wspólnej determinacji, po czym znów kierujemy uwagę na Dr. Foxberry'ego i jego pokręcone eksperymenty.

Na razie gramy, zbierając czas i siły. Ale niedługo karty się odwrócą i wtedy będę gotowa uderzyć. A niech Bóg ma w opiece każdego, kto stanie mi na drodze.

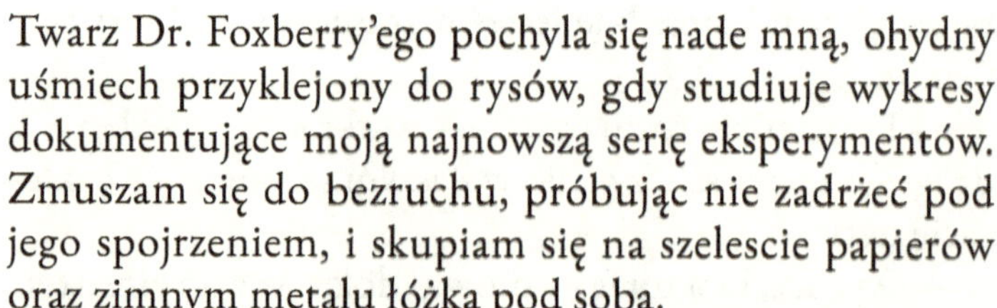

Twarz Dr. Foxberry'ego pochyla się nade mną, ohydny uśmiech przyklejony do rysów, gdy studiuje wykresy dokumentujące moją najnowszą serię eksperymentów. Zmuszam się do bezruchu, próbując nie zadrżeć pod jego spojrzeniem, i skupiam się na szeleście papierów oraz zimnym metalu łóżka pod sobą.

— Artemis — mruczy —, ogromnie się cieszę, że tak szybko wracasz do siebie. W mig wznowimy naszą pracę.

— Zachwycona tą wieścią — mruczę, ociekając sarkazmem. W głowie gorączkowo szukam sposobu ucieczki z tego koszmaru, sposobu, by oddać cios temu szaleńcowi, który za wszelką cenę chce mnie zamienić w potwora.

— Twoja odporność jest doprawdy godna podziwu — ciągnie Dr. Foxberry, nieświadomy mojej wewnętrznej szarpaniny. — Zresztą to czyni cię taką... wyjątkową.

„Wyjątkowa" to nie do końca słowo, którego bym użyła, ale to okazja — szansa, by wgryźć się głębiej w pokręcony umysł Dr. Foxberry'ego i znaleźć cokolwiek, co da mi przewagę. Sięgam więc, pozwalając, by moje mentalne macki śledziły jego myśli, podczas gdy na twarzy zachowuję kamienny wyraz.

— Schlebianie nic ci nie da, Doktorze — mówię, licząc, że słowa odciągną jego uwagę od niewidzialnej inwazji w jego głowie. — Wciąż nie jestem twoim szczurem doświadczalnym.

— Oczywiście, że nie — odpowiada gładko. — Jesteś czymś o wiele więcej.

Żołądek podchodzi mi do gardła, ale brnę dalej przez labirynt jego wspomnień. I tam, pod warstwami ambicji i okrucieństwa, znajduję to: szczelinę w pancerzu, słabość ukrytą przed światem.

Częste terapie stabilizujące jego DNA. Eksperymentuje także na sobie, chciwy mocy, którą pragnie podarować swojej ukochanej Dianie. Nie mogę się powstrzymać od uśmiechu na tę ironię — wielki Dr. Foxberry, powalony własną pychą.

— Coś cię bawi, Artemis? — pyta, mrużąc podejrzliwie oczy.

— Nic — kłamię, starając się, by nowa wiedza nie wymalowała się na mojej twarzy. — Zastanawiam się tylko, kiedy wreszcie znudzi ci się znęcanie się nade mną.

— Nigdy — odpowiada z lodowatym uśmiechem. — Twoje unikalne zdolności są zbyt cenne, by je marnować.

— Musi być ciężko, wiedzieć, że twoje surowice nie dadzą ci tego, czego pragniesz — drażnię się, sondując grunt. Na moment coś miga w jego wyrazie twarzy i wiem, że trafiłam w czuły punkt.

— Ostrożnie, Pani Blackwell — ostrzega, zaciskając mocniej uchwyt na wykresach. — Nie jest Pani w pozycji, by mnie prowokować.

— A co? Zabijesz mnie? — odpyskuję, a śmiałość podsyca świadomość, że mam w ręku coś, czego użyję, gdy nadejdzie czas. — Śmiało. Zobaczysz, na ile ci się wtedy przydam.

— Artemis — cedzi tonem ociekającym groźbą —, nie myl mojej cierpliwości ze słabością.

— Nawet bym nie śniła — odpowiadam, serce wali mi jak młot, gdy mierzę się z nim wzrokiem.

Przez chwilę tkwimy w niemym pojedynku woli, każde czeka, aż drugie pierwsze mrugnie. Potem, bez słowa, Dr. Foxberry odwraca się na pięcie i wymaszerowuje z pomieszczenia, a ja pławię się w blasku tej drobnej wygranej.

— Do następnego, Doktorze — szepczę, gdy drzwi zatrzaskują się za nim. Leżąc tak, z obolałym ciałem i rozhuśtanym umysłem, składam w sobie cichą przysięgę: znajdę sposób, by obrócić tę wiedzę przeciw niemu, zrzucę go z piedestału i uwolnię się.

Muszę tylko przetrwać wystarczająco długo, żeby to zrobić.

ROZDZIAŁ DZIEWIĄTY

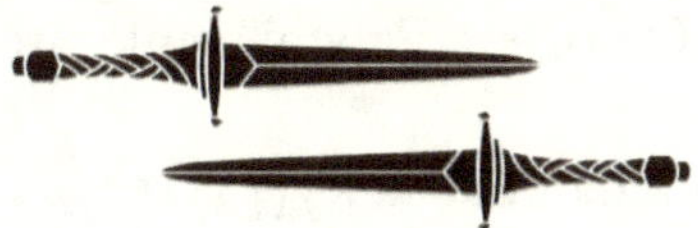

MOJE SNY SĄ WIREM ciemności i zamętu, gdy szorstkie dłonie szarpią mnie z powrotem do rzeczywistości. — Pobudka, księżniczko — szydzi jeden ze strażników, kiedy wyciągają mnie z celi.

— A gdzie moja tiara? — odszczekuję, starając się ukryć w głosie choćby cień strachu. Nie mogę dać im satysfakcji, że ich dotyk wytrąca mnie z równowagi. Jestem Artemis pieprzona Blackwell — nie kulę się.

— Zamknij pysk! — warknie drugi strażnik, popychając mnie do przodu. Ostre jarzeniówki atakują moje oczy, utrudniając ogarnięcie otoczenia. Sterylne korytarze cuchną chemią i rozpaczą. Każdy krok dalej od tej przeklętej celi dłuży się w nieskończoność.

— Ale tak serio, dokąd mnie prowadzicie? — rzucam, a serce wali mi jak oszalałe. Dłonie mam spocone, ale nie pokażę słabości. Muszę być twarda na to, co Dr. Foxberry dla mnie wymyślił.

— Cisza! — warczy pierwszy strażnik, zaciskając pięść na moich włosach. Kosztuje mnie to całą wolę, by nie skrzywić się z bólu.

— Skurwiel — mamroczę pod nosem. Próbuję sklecić plan, skupić się na tyle, by uruchomić telepatię, zmienić się w kruka albo przywołać moją najstarszą i najsilniejszą moc, mój niebieski ogień. Ale zanim zdołam poskładać dwa sensowne pomysły, gigantyczna eksplozja wstrząsa całym kompleksem. Siła uderzenia zwala mnie z nóg, a strażnicy potykają się, tracąc równowagę.

— Declan — szepczę, a nadzieja przepływa przeze mnie jak adrenalina. On tu jest. Przybyli mnie ratować. Drużyna dotarła.

Wokół wybucha chaos: wyją syreny, a w powietrzu rozbrzmiewają spanikowane wrzaski. Ludzie Dr. Foxberry'ego miotają się, próbując bronić swojego chorego placu zabaw przed atakiem moich przyjaciół. Dym wypełnia korytarze, ale nawet przez mgłę widzę strach w oczach moich oprawców.

— Musimy się stąd wynosić! — wrzeszczy jeden ze strażników, chwytając mnie za ramię i podciągając na nogi. Szarpię rękę, wyrywając się.

— Guzik, już mnie nie tkniesz — warczę, czując, jak adrenalina pali mi żyły. Skoro Declan tu jest, to może, tylko może, mamy szansę.

— Ani kroku! — ostrzega drugi strażnik, wyciągając w moją stronę broń. Ale ja już zbyt długo byłam tu przestraszona i bezsilna. Pora odwrócić karty.

— Niezła próba, koleś — uśmiecham się krzywo, ładując w to resztki sił. W tym chaosie, gdy moi ludzie walczą z oddziałami Dr. Foxberry'ego, to teraz albo nigdy. I nie padnę bez walki.

Niebieski ogień buchnie, a obaj strażnicy padają z krzykiem. Nie czekam, by patrzeć, tylko odwracam się i pędzę, jak daleko tylko pozwala mi wyczerpane ciało, w przeciwną stronę.

— Artemis! — woła jakiś głos i z dymu wyłania się Garnet. To niechciana niespodzianka, ale coś się w niej zmieniło. Zamiast zimnego, kalkulującego spojrzenia, jej oczy są pełne konsternacji i... poczucia winy?

— Artemis — odzywa się niepewnie. — Przykro mi. Niewiele pamiętam, ale wiem, że wyrządziłam ci krzywdę. Sumienie... jak głos w mojej głowie, mówi mi, że muszę pomóc ci uciec.

— Serio? Sumienie, tak? — unoszę sceptycznie brew. — I niby jak mam ci zaufać?

— Słuchaj, nie dziwię ci się, że mi nie ufasz. — Rzuca spojrzenie na szalejący wokół chaos. — Ale teraz nie masz wielkiego wyboru. Pozwól mi ci pomóc, Artemis. Proszę.

— Dobra — cedzę przez zęby, niecierpiąc, że muszę przyjąć jej pomoc, ale ma rację — nie mam żadnych innych opcji.

— Trzymaj się blisko — ostrzega Garnet, prowadząc mnie przez gęstą zasłonę dymu. Kucamy za ścianami i lawirujemy między gruzami, unikając starć między ekipą Declana a ludźmi Dr. Foxberry'ego.

— Czekaj! — dyszę, chwytając Garnet za ramię, gdy mijamy grupę strażników, którzy zdają się nas nie zauważać. — Jak do cholery mogli nas nie zobaczyć?

— Pewnie twoje telepatyczne mojo robi robotę — szczerzy się, puszczając mi porozumiewawcze oczko. — A teraz ruszamy dalej.

— Jak sobie chcesz, sumienie — odbijam, ale serce tłucze mi się w piersi z mieszaniny strachu i ekscytacji. Choć nie chcę tego przyznać, mieć Garnet po swojej stronie to potężny atut. Może, ale to może, wyjdziemy z tego koszmaru żywi.

Gdy dalej brniemy przez pandemonium, nie mogę przestać myśleć o Declanie i drużynie, licząc, że nic im nie jest. Twardnieje we mnie determinacja: muszę ich znaleźć i dołączyć do walki. Dr. Foxberry i jego chore eksperymenty wyrządziły już dość bólu i cierpienia.

— Hej, Garnet — szepczę, łapiąc jej spojrzenie, gdy na moment przystajemy. — Obiecaj mi jedno — jak już się stąd wydostaniemy, zrobisz wszystko, żeby to naprawić.

— Artemis — mówi miękko, szczerze. — Nie wiem, co zrobiłam w przeszłości, ale obiecuję ci jedno: zrobię wszystko, co w mojej mocy, żeby to odpokutować.

— Dobrze — kiwam głową, czując iskrę nadziei pośród chaosu. — A teraz wynośmy się stąd.

Pisk metalu i łoskot kolejnej eksplozji dudnią po całym kompleksie, wstrząsając mną do rdzenia. Ściskając dłoń Garnet, czuję się jak sarna w świetle reflektorów — oszołomiona, spanikowana, zupełnie poza swoim żywiołem.

— Artemis, skup się! — krzyczy Garnet ponad kakofonią, zaciskając mocniej dłoń na mojej. — Musimy się ruszać!

— Jasne — mruczę, zmuszając się, by się ogarnąć. Gdy wypadamy zza rogu, dostrzegam grupę strażników pędzącą prosto na nas. Odruchem sięgam mocą, wplatam w ich umysły subtelną sugestię. Nie widzicie nas, nie słyszycie nas, idźcie dalej...

— O kurde — mruczy jeden, pocierając skronie. Zwraca się do kumpli, marszcząc brwi w konsternacji. — Słyszeliście to?

— Pewnie przeciąg — rzuca lekceważąco drugi i idą dalej, kompletnie nieświadomi naszej obecności.

— Dobra robota — szepcze Garnet, posyłając mi uśmiech. — Teraz znajdźmy źródło tych wybuchów.

— Jakiś pomysł, od czego zacząć? — pytam, próbując uspokoić rozbiegane tętno.

— Idźmy za hałasem, zgaduję — wzrusza ramionami, a my przyspieszamy, klucząc przez pozornie niekończące się korytarze. Każda eksplozja przeszywa posadzkę drżeniem pod naszymi stopami, utrudniając utrzymanie równowagi. Mimo chaosu nie mogę się pozbyć wrażenia, że ktoś mnie obserwuje — i to nie tylko strażników się boję. Coś drapieżnego czai się w mroku i obrało mnie na cel.

— Artemis, czujesz to? — pyta Garnet, najwyraźniej wyczuwając tę samą złowieszczą obecność.

— Zachwycona nie jestem — przełykam ślinę. — Ale nie możemy się teraz zatrzymać.

— Zgoda. Będziemy po prostu wyjątkowo ostrożne.

— Świetnie, bo moje drugie imię to „ostrożna" — parskam, a ona przewraca oczami na mój sarkazm. W głębi duszy jednak się boję. Cokolwiek nas śledzi, jest dziwnie znajome — jak echo koszmaru, którego nie potrafię sobie przypomnieć.

Na razie jednak możemy tylko iść dalej, krok po chwiejnym kroku. Przy każdym huku modlę się, żeby Declan i reszta byli cali, żeby robili postępy w tym przeklętym miejscu. A jeśli chodzi o mnie, moje moce może i są niestabilne, ale stąd wyjdę, choćby nie wiem co.

Wybiegam zza zakrętu, serce wali mi o żebra jakby chciało wyskoczyć. Szum w uszach jest tak głośny, że ledwo słyszę kolejne eksplozje wokół. Nogi mam jak z waty, ale zmuszam się, by biec dalej.

— Jeszcze chwila, Artemis — mówi Garnet, a w jej głosie słychać napiętą determinację. I wtedy go widzę — Declana, otoczonego przez strażników, z oczami płonącymi wściekłością. Jednego wytrąca z równowagi i szybko nokautuje dobrze wymierzonym ciosem. Widok, jak walczy za mnie, za nas, wstrzykuje mi w żyły nową dawkę adrenaliny.

— Declan! — krzyczę, a on podnosi wzrok, jego piwne oczy spotykają się z moimi — nagle wypełniają je ulga i miłość.

— Artemis! — uśmiecha się wilczo, dziko, jak jaguar, w którego potrafi się przemieniać. Nie obchodzi mnie niebezpieczeństwo; muszę być przy nim. Rzucam się biegiem w jego stronę, zapominając na moment o strachu, i wpadam w jego ramiona.

— Nie sądziłem, że ucieszysz się na widok tej parszywej gęby — droczy się, obejmując mnie ostrożnie mimo szalejącego wokół piekła.

— Zamknij się, idioto. Po prostu mnie trzymaj — syczę, wciskając twarz w jego pierś. Jego zapach, mieszanka potu i skóry, zalewa zmysły, sprowadzając mnie na ziemię w tym koszmarze, w którym tkwimy.

— Już cię nie puszczę, Artemis. Obiecuję — szepcze, muskając czoło czułym pocałunkiem. Chwila jest słodko-gorzka, nasz powrót do siebie splamiony faktem, że daleko nam do bezpieczeństwa. Ale na razie ten krótki oddech od grozy wystarcza.

— Ludzie, mamy gości! — krzyczy Garnet, sprowadzając nas na ziemię. Zbliżają się kolejni strażnicy z wyciągniętą bronią i wiemy, że nie mamy wiele czasu. Niechętnie odsuwam się od Declana, dłonie mi drżą, gdy sięgam po pistolet wsunięty za pas skórzanych spodni.

— Dobra — mówię, starając się brzmieć odważniej, niż się czuję. — Pokażmy tym skurwielom, co się dzieje, kiedy zadzierają z nami.

— No właśnie — warczy Declan, a jego oczy płoną determinacją. I z tym nurkujemy z powrotem w bój, walcząc ramię w ramię, jakbyśmy zawsze mieli tak walczyć.

Biorę głęboki oddech, zamykam oczy i skupiam się na wirującej we mnie energii mentalnej. To jak ujarzmianie gołego kabla, ale potrzebuję jej teraz jak nigdy. Z wydechem puszczam moce w ruch, sięgając umysłów strażników blokujących nam drogę.

— Trzymajcie się mnie — mówię, krocząc pewnie naprzód, a reszta dopasowuje krok. Strażnicy wahają się, opuszczając broń o ułamek, gdy moja sugestia telepatyczna chwyta. — Idźcie dalej i nie oglądajcie się.

— Artemis, jak daleko do wewnętrznego sanktuarium Dr. Foxberry'ego? — pyta Declan spiętym głosem.

— Powinno być zaraz za tym rogiem — odpowiadam, modląc się, żeby moce mnie teraz nie zawiodły. Skręcamy i są — imponujące, podwójne drzwi, które wręcz krzyczą: legowisko złoczyńcy.

— Gotowi? — pyta Garnet, a jej dłonie drżą mimo stalowej determinacji w oczach.

— Gotowi, jak tylko się da — mówię, a serce wali mi jak młot pneumatyczny. Łapię za klamki i, po skinieniu Declana, szarpię. Widok, który nas wita, sprawia, że krew mi się gotuje.

— Ach, Artemis Blackwell — mówi dr Terrence Foxberry, podnosząc wzrok znad swoich chorych eksperymentów, jakbyśmy byli jedynie drobną niedogodnością. — Spodziewałem się ciebie.

— No jasne, ty chory draniu — pluję słowami, palce mimowolnie drgają mi przy kaburze. Ale nie, chcę, żeby poczuł całą siłę mojej wściekłości — nie jakąś bezosobową kulę.

— Tyle wrogości — cmoka z udawanym zawodem. — A po tym wszystkim, co dla ciebie zrobiłem.

— Zrobiłeś dla mnie? Porwałeś mnie, eksperymentowałeś na mnie i próbowałeś ukraść mi pieprzone wspomnienia! — wrzeszczę, czując znajomy przypływ energii mentalnej. — Zapłacisz za to, Foxberry.

— Artemis, ostrożnie — ostrzega Declan, w jego głosie słychać napięcie. Ale nie potrafię już dłużej się powstrzymać — nie, kiedy ten potwór stoi tuż przede mną.

— Zobaczmy, jak ci się spodoba, gdy tobie przyjdzie posmakować twoich chorych gierek — warczę, wypuszczając potok energii psychicznej w Dr. Foxberry'ego. Ledwo zdąża zareagować, zanim nie odrzuca go na drugi koniec sali; uderza w ścianę z odrażającym trzaskiem.

— Artemis, nie trać kontroli — błaga Declan, chwytając mnie za ramię, gdy walczę, by poskromić burzę szalejącą we mnie.

— Kontroli? Ten drań nie zasługuje na moją kontrolę! — krzyczę, łzy płyną mi po policzkach, gdy walczę z pokusą, by spuścić na niego wszystko.

— Artemis, uważaj! — ostrzeżenie Declana przychodzi za późno. Gdy zbieram moc, tuż przed Dr. Foxberrym materializuje się Diana, a jej zielone oczy błyszczą złośliwie.

— Myślałaś, że będzie tak łatwo? — kpi, wyciągając ku mnie dłonie. W mgnieniu oka czuję lodowaty uścisk na umyśle, który odcina moje moce. Ciśnienie jest nie do zniesienia, gdy Diana mnie wysysa, zostawiając słabą i oszołomioną.

— Wygląda na to, że jestem teraz boginią — triumfuje, ociekając arogancją. — Zabrałam twoje cenne zdolności, Artemis.

— Puść ją! — ryczy Declan, szarżując na Dianę z furią płonącą w piwnych oczach. Nie zachodzi daleko, nim zatrzymuje go w miejscu, całego zesztywniałego, gdy Diana paraliżuje go mentalnie.

— Żałosne — prycha, wlepiając wzrok w Declana. — Jesteś nikim bez swojej ukochanej Artemis u boku.

— Przestań... to... — wykrztuszam, a obraz faluje, gdy resztki mojej mocy odpływają. Desperacja rozdziera mnie od środka, kiedy patrzę, jak Diana pławi się w nowo zdobytej potędze, a ja nie mogę nic zrobić.

— Oddaj jej moce! — ryczy Declan, miotając się w psychicznym uścisku Diany. Pot na jego czole świadczy o potwornym wysiłku. Nawet z jego nadludzką siłą wyrwanie się wydaje się niemożliwe.

— Proszę, Diano — błagam, nienawidząc słabości we własnym głosie. — Nie rób tego.

— Och, biedna Artemis — droczy się Diana, cedząc fałszywą litość. — Powinnaś mi dziękować. W końcu uwolniłam cię od tego kłopotliwego brzemienia.

— Spadaj do piekła — pluję, zmuszając się, by stanąć, mimo że zawroty głowy ściągają mnie w dół. Kończyny mam ołowiane, serce łomocze jak szalone, ale nie dam Dianie satysfakcji, że się cofam.

— Artemis, nie forsuj się — prosi Declan, wciąż wpatrzony w Dianę. — Znajdziemy inny sposób.

— Inny sposób? — prychnę gorzko. — Rozejrzyj się, Declan. Nie mamy już wyjścia.

— Dość tego — syczy Diana, zwężając oczy, gdy przenosi uwagę na Garnet. — Mam po dziurki w nosie twojego wtrącania się.

Oczy Garnet rozszerzają się w przerażeniu, gdy energia Diany zaczyna wirować wokół niej, grożąc ponownym wyczyszczeniem jej umysłu. Myśl, że moja przyjaciółka znów to przejdzie, że znowu straci siebie, rozpala we mnie coś pierwotnego.

— Zostaw. Ją. W spokoju! — wrzeszczę, a słowa rozdzierają mnie jak huragan. Mój głos odbija się od ścian, a przez ułamek sekundy wszystko zawisa w bezruchu.

W tej sekundzie każda kropla mojej wściekłości i strachu zlewa się w falę uderzeniową mocy, która wali w Dianę. Siła ciosu wyrzuca ją przez salę; roztrzaskuje się o ojca na podłodze i oboje lądują w splątanym kłębie kończyn.

— Artemis! — krzyczy Declan, wreszcie mogąc się poruszyć. Rzuca się ku zwalonej Dianie, ale na naszych oczach ona i jej ojciec po prostu znikają. Ot, nie ma ich, jakby nigdy tu nie stali.

— Co do cholery! — Declan zaczyna przeszukiwać salę, ale zatrzymuję go dłonią na ramieniu.

— Zostaw ich — sapię, ignorując pulsujący ból w głowie. — Musimy zniszczyć to miejsce. Natychmiast.

— Racja — zgadza się Declan, zerkając na pokręconą aparaturę wokół. — Zróbmy z tym koszmarem porządek.

— Najwyższa pora — mamrocze Garnet, wciąż trzęsąc się po prawie dokonanym praniu mózgu.

— Wszyscy, rozproszyć się — rozkazuje Athina, a jej ostre spojrzenie omiata salę w poszukiwaniu resztek zagrożeń. — Zniszczyć wszystko, co powiązane z tym chorym projektem.

Kiedy drużyna rozchodzi się, by siać spustoszenie w bluźnierczych tworach Dr. Foxberry'ego, nie potrafię powstrzymać iskry satysfakcji. Ta dziura wkrótce obróci się w popiół, a jeśli dopisze nam szczęście, zakończymy też obłędne ambicje Foxberry'ego.

Pod stopami drży posadzka, gdy dobijamy ostatnie urządzenia Dr. Foxberry'ego. Z dala słychać wrzaski jego pachołków, mieszające się z kojącym brzękiem tłuczonego szkła i zgrzytem giętego metalu. Nadia musi tu być — potężna telekinetyczka, która wygląda jak typowa mamusia z przedmieść, wożąca dzieci na treningi. Nikt inny nie zrobiłby takiej demolki.

— Artemis — woła Declan z drugiego końca sali, a jego głos jest napięty. — Musimy się stąd zwijać, natychmiast.

— Tuż za tobą — odkrzykuję, pozwalając mojej mocy rozedrzeć jeszcze jedną ohydę, zanim odwracam się ku niemu. Wokół sypie się gruz, a ja czuję, jak budynek zaczyna ustępować pod naporem naszego ataku. Teraz to wyścig z czasem.

— Wszyscy, ruszać! — wrzeszczę, obejmując prowadzenie, gdy pędzimy do wyjścia. Serce tłucze mi się w piersi — z adrenaliny i ze strachu, że możemy nie zdążyć. Wspieram się na Declanie, czując kojącą, ciepłą obecność jego ciała. Siła jaguara dodaje mi energii, której tak rozpaczliwie potrzebuję, by biec dalej.

— Trzymaj się blisko — warczy, ściskając moją dłoń. Trudno stwierdzić, czy w jego głosie brzmi troska, czy po prostu dziki zadzior, który został mu po przemianie.

— Jakbym miała spuścić cię z oczu — kwituję, przełykając panikę, która chce mnie zalać. To miejsce było żywym koszmarem i chcę zostawić je za sobą na dobre.

— Jeszcze moment — krzyczy Garnet ponad rykiem walących się ścian, wpatrzona w gwałtownie kurczące się wyjście. Choć wciąż dochodzi do siebie po ataku Diany, widzę, jak pali się w niej determinacja.

— No dalej! — popędzam ich, popychając przyjaciół resztką mojej mocy. Czuję, jakby cały świat ugniatał mnie od góry, ale nie pozwolę, by nas zatrzymał.

W końcu przebijamy się przez ostatnią kruszącą się ścianę i wypadamy na otwarte powietrze. Nocne niebo rozciąga się nad nami jak ciemny, aksamitny koc, usiany gwiazdami. Nigdy bym nie pomyślała, że tak się ucieszę na widok skąpanych w księżycu ulic tego przeklętego miasta.

— Artemis! — wyrywa się z Declana, gdy oplata mnie ramionami, a ja osuwam się na niego. Ulga, która mnie zalewa, jest niemal nie do uniesienia — wreszcie, po tym wszystkim, co przeszliśmy, mój koszmar się kończy.

— Dziękuję — szepczę w jego pierś, pozwalając, by otuliło mnie bezpieczeństwo uścisku. Po raz pierwszy od niepamiętnych chwil mogę odetchnąć, wiedząc, że chore plany Dr. Foxberry'ego legły w gruzach.

— Zawsze, Artemis — mruczy, muskając czoło delikatnym pocałunkiem. — Już nigdy nic cię nie spotka.

— Obiecujesz? — pytam, z nadzieją błyskającą w oczach.

— Przysięgam — ślubuje, a jego piwne oczy lśnią zaciekłą determinacją.

Gdy za naszymi plecami resztki kompleksu Foxberry Corp Labs osuwają się w nicość, przywieram do Declana, odważając się uwierzyć, że może, ale to może, wyszliśmy na prostą i możemy zacząć odbudowywać życie. Razem.

ROZDZIAŁ DZIESIĄTY

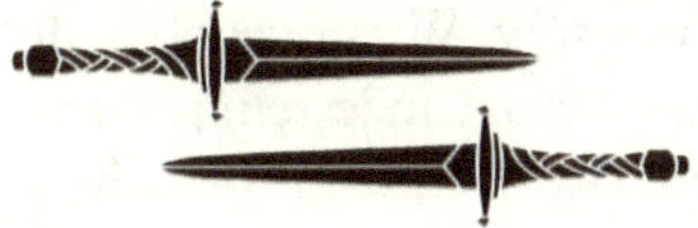

BŁĘKITNE BŁYSKAWICE ISKRZĄ WOKÓŁ moich palców, energia pulsuje, dzika jak uwięzione zwierzę. Serce mi wali, gdy desperacko próbuję okiełznać moje nowo przebudzone moce psychiczne, ale są uparte tak jak ja.

— Artemis, skup się! — głos Declana przecina burzę elektryczności wirującą wokół mnie. — Dasz radę.

Zaciskam zęby i zmuszam myśli do posłuszeństwa, nakazując energii się rozproszyć. Ale ta znów wybucha, bzycząc niebezpiecznie blisko Declana i ekipy. Niech to szlag. Ostatnie, czego chcę, to ich skrzywdzić.

— Uważaj! — wrzeszczę, rzucając się naprzód, by wypchnąć Declana z toru dzikiego błysku. Potyka się, a jego oczy rozszerzają się z troski.

— Nic ci nie jest? — pyta, jego silne dłonie zaciskają się na moich ramionach. Kiwnięciem głowy potwierdzam, podczas gdy poczucie winy gryzie mnie od środka. Wystawiłam wszystkich na niebezpieczeństwo przez tę nieprzewidywalną moc.

— Może powinniśmy zrobić przerwę — sugeruje Athina ostrożnym tonem. Ma rację. Muszę się odsunąć, zanim przypadkiem usmażę któregoś z przyjaciół.

— Dobra — warknę, gdy frustracja się przelewa. — Wyjdę na zewnątrz. Przemierzam pokój ciężkim krokiem, każdy krok napędzany gniewem i strachem. A jeśli nigdy nie nauczę się panować nad tymi zdolnościami? Jeśli skończę jako nic więcej jak zagrożenie dla tych, na których mi zależy?

— Artemis, zaczekaj — woła za mną Declan, jego kroki depczą mi po piętach. Nie chcę słuchać kolejnych zapewnień ani frazesów. Wiem, że chce dobrze, ale teraz moim najgorszym wrogiem jestem ja sama.

— Declan, po prostu... daj mi trochę przestrzeni, dobrze? — ledwo wykrztuszam, dławiąc łzy. Nie chcę, żeby zobaczył, jak bardzo mnie to łamie. Muszę się trzymać, dla nich i dla siebie.

— W porządku — mówi cicho; jego dłoń przez moment zatrzymuje się na moim przedramieniu, nim puszcza. — Daj sobie czas. Nigdzie się nie wybieramy.

Kiwnięciem głowy przełykam gulę w gardle. Wychodzę na zewnątrz; chłodne nocne powietrze przynosi niewielką ulgę, gdy szarpię się z własnymi demonami. Moje wybuchowe moce mogą zagrażać wszystkim wokół, ale do diabła, jeśli pozwolę im wygrać. Muszę znaleźć sposób, by je okiełznać — dla Declana, dla zespołu i dla siebie.

— Artemis. — Głos Declana jest miękki, gdy wreszcie znów do mnie podchodzi, a jego oczy pełne empatii grożą, że całkiem mnie rozkleją. — Uporamy się z tym, dobrze? Nie jesteś sama.

— Obiecujesz? — szepczę, ledwie słysząc własny głos.

— Zawsze — odpowiada; to proste słowo niesie w sobie więcej niż najwznioślejsze deklaracje. I jakoś, w tej chwili, wystarcza, bym dalej walczyła.

Nocne powietrze szczypie mnie w płuca, gdy stoję na zewnątrz, próbując oczyścić głowę. Serce znowu mi przyspiesza, gdy sięgam po swoje moce. Macki myśli pełzną przez umysły moich przyjaciół i nie jestem z tego dumna. Ale muszę wiedzieć, czy widzą we mnie tykającą bombę.

— Artemis — odzywa się za mną Declan, ostrożnym tonem. — Co robisz?

— Nic — kłamię, wycofując się z ich myśli. Czujność, nieufność — wszystko tam jest, tuż pod powierzchnią. To jak cios w brzuch, ale nie mogę ich za to winić.

— Daj spokój. Nie musisz tego robić — mówi, wyczuwając mój niepokój. — Martwimy się o ciebie, to prawda. Ale jesteśmy też tu dla ciebie.

— Serio? — warczę, pozwalając, by frustracja wypłynęła na wierzch. — Bo mam wrażenie, że nikt z was mi już nie ufa. Że jestem jakimś cholernym obciążeniem.

Declan przeczesuje dłonią potargane brązowe włosy, a w piwnych oczach maluje się ból. — Słuchaj, nie będę udawał, że twoje nowe moce nie budzą niepokoju. Są niebezpieczne, nieprzewidywalne. Ale tkwimy w tym razem. Pomożemy ci odzyskać kontrolę.

— Łatwo ci mówić — mruczę, krzyżując ręce na piersi. — Swoje efektowne moce masz pod kontrolą.

— Artemis, mnie też nie zawsze było łatwo — przypomina łagodniej. — Ale damy radę, dobrze? Obiecuję.

Wpatruję się w niego, szukając w jego oczach choć cienia kłamstwa albo wahania. Ku mojej uldze, nie znajduję nic. A jednak nasze spotkanie nie jest tym szczęśliwym zakończeniem, na które liczyłam. Między nami zieje przepaść, wykuta przez to, co przeszłam, i tylko pogłębiona przez niepewność wokół moich niestabilnych zdolności.

— Dzięki — mówię cicho, zmuszając się do uśmiechu. — Doceniam to.

— Dobrze — odpowiada, wykrzesując własny, mały uśmiech. — Wracajmy do środka. Mamy robotę.

— Spokojnie, szefuncio — droczę się, chowając ukłucie ich strachu za sarkazmem. Ale gdy idę za nim z powrotem do środka, nie mogę się nie zastanawiać, czy kiedykolwiek naprawdę zasypię przepaść między nami. A może jest już po prostu za późno.

Chłód nocnego powietrza chłodzi moją skórę, ale ciepło ciała Declana przyciąga mnie bliżej, gdy leżymy splątani w prześcieradłach. Blask księżyca sączy się przez szczeliny w zasłonach, kładąc miękkie cienie na naszych ciałach. Nie mogę się powstrzymać, by opuszkami nie śledzić linii jego blizn, każdej — świadectwa stoczonych i wygranych bitew.

— Artemis — wydycha, chrapliwy od pożądania. Nasze usta spotykają się, poruszają razem, jakby nigdy nie były rozdzielone. To elektryzujące, odurzające i przez chwilę ciężar wszystkiego znika, zostawiając tylko nas.

— Declan — szepczę, zaciskając dłonie na jego barkach. Jego siła zawsze była dla mnie oparciem, kotwicą w nawałnicy mojego życia. Ale tej nocy to coś więcej — lina ratunkowa, której kurczowo się trzymam.

Gdy poruszamy się razem, pchani żarem i potrzebą, nie mogę się uwolnić od wrażenia, że coś jest nie tak. Subtelne, ale obecne — wahanie, dystans, którego wcześniej nie było. W samym środku naszego zjednoczenia próbuję to odgonić, ale to natrętnie powraca, uporczywe i nie do zignorowania.

— Declan — wydyszę, nagle przytłoczona doznaniami. — Powstrzymujesz się.

Zastyga nade mną, jego piwne oczy szukają moich. — Nie — upiera się, choć nawet dla siebie brzmi to mało przekonująco.

— Proszę — błagam, serce boli mnie od siły pragnienia. — Nie okłamuj mnie. Nie w tej sprawie.

Przez moment waha się, rozpięty między prawdą a kłamstwem. Potem, wzdychając głęboko, ustępuje. — Przepraszam, Artemis. Nie chcę. Po prostu... martwię się. O ciebie.

— O to, co mogę zrobić? — pytam cierpko, czując w ustach gorycz. — O to, że stracę panowanie i cię skrzywdzę?

— Nie — mówi stanowczo, ujmując moją twarz w dłonie. — Martwię się o to, co to z tobą robi, jak cię zmienia. Nie chcę, żebyś zatraciła się w tych mocach.

Utrzymuję jego spojrzenie, szukając choć śladu wątpliwości albo strachu. Widzę tylko miłość — nagą, dziką, ochronną. A jednak wciąż jest między nami ten dystans, ta przepaść, której nie umiem zasypać.

— Declan — mówię cicho, głos mi się łamie. — Potrzebuję cię. Całego ciebie. Proszę.

Pochyla się i składa czuły pocałunek na moich ustach. — Jestem tu, Artemis — mruczy. — Nigdzie się nie wybieram.

Kiedy znów stajemy się jednym, ciężar naszych lęków i wątpliwości nadal unosi się w powietrzu, ale na razie odsuwamy go na bok. Odnajdujemy ukojenie w sobie nawzajem, szukając więzi w ciemności, choć oboje wiemy, że coś między nami się przesunęło — coś, co może już nigdy nie będzie takie jak dawniej.

Cisza, która potem zapada, jest gęsta, dławiąca. Nie wytrzymuję. — Kocham cię, Declan — mówię, słowa wymykają się jak desperackie westchnienie.

Sztywnieje obok mnie, wpatrzony w jakiś punkt w dal. Przez moment nie odpowiada, a moje serce zaciska się jak w imadle.

— Artemis... — urywa, jakby usilnie szukał właściwych słów. Ale one nie nadchodzą.

— Powtórz — proszę szeptem. — Proszę.

— Artemis, ja... — urywa, przełykając ciężko. — Bardzo mi na tobie zależy, bardziej, niż kiedykolwiek sądziłem. Ale... wszystko się zmieniło. Oboje się zmieniliśmy.

— To twój sposób na powiedzenie, że już mnie nie kochasz? — pytam, nie mogąc ukryć bólu w głosie. Całe ciało mi się napina, gotowe na ostateczny cios.

Declan przeczesuje ręką potargane włosy, frustracja wyryta na twarzy. — Nie, nie o to chodzi. Po prostu... musimy być ostrożni. Po tym wszystkim, co się stało, z twoimi mocami—

— Dość. — Unoszę dłoń, uciszając go. — Nie zasłaniaj się moimi mocami. Jeśli mnie nie kochasz, po prostu to powiedz.

Jego piwne oczy spotykają się z moimi, pełne udręki. — Nie to mówię, Artemis. Chcę być przy tobie, pomóc ci przez to przejść. Ale musimy uważać.

— Świetnie — parskam, odsuwając się. — Czyli moje zwycięstwo nad Dianą może mnie kosztować ciebie. O to chodzi? Taka ma być cena za to, że nas wszystkich uratowałam?

— Artemis, nie przekręcaj moich słów — mówi Declan, wyciągając do mnie rękę. Ale już wymykam się z jego zasięgu, obejmując się ramionami, jakby to mogło utrzymać ból w środku.

— To co, powinnam była pozwolić jej wygrać? — pytam, a mój głos drży. — Czy wtedy byłoby ci łatwiej?

— Oczywiście, że nie — odpowiada z wysiłkiem. — Ale nie możemy udawać, że nic się nie stało. To zmieniło wszystko, Artemis. Musimy stawić temu czoła, razem.

— To powiedz to, Declan — szepczę, a w kącikach oczu pieką mnie łzy. — Powiedz, że mnie kochasz. Udowodnij mi, że to jeszcze do uratowania.

Waha się — i w tej chwili wiem: nasza więź może już nigdy nie być taka sama. Ciężar tego wszystkiego grozi, że mnie zmiażdży, ale nie pozwolę się złamać. Nie stracę

Declana bez walki — nawet jeśli przyjdzie mi ją stoczyć z ciemnością we mnie.

— Artemis... — znów wyciąga do mnie rękę, ale cofam się.

— Nieważne — mamroczę, ocierając łzy. — Zapomnij, że cokolwiek powiedziałam.

— Artemis, proszę — błaga, twarz ma wyrytą bólem.

Kręcę głową, ucinając to. — Jakoś sobie z tym poradzimy. Ale teraz potrzebuję trochę przestrzeni.

— Dobrze — ustępuje cicho. — Tylko... nie odcinaj mnie całkiem, dobrze?

— Okej — odpowiadam, a głos mi się łamie. Odchodząc, nie mogę przestać się zastanawiać, czy moje zwycięstwo nad Dianą nie odbierze mi jedynej rzeczy, której stracić nie zniosę: Declana.

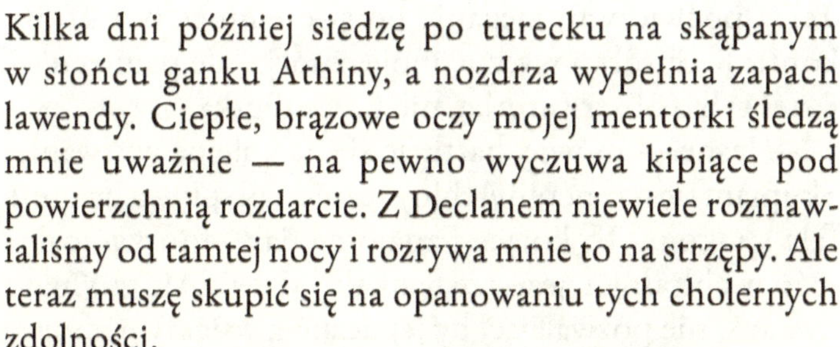

Kilka dni później siedzę po turecku na skąpanym w słońcu ganku Athiny, a nozdrza wypełnia zapach lawendy. Ciepłe, brązowe oczy mojej mentorki śledzą mnie uważnie — na pewno wyczuwa kipiące pod powierzchnią rozdarcie. Z Declanem niewiele rozmawialiśmy od tamtej nocy i rozrywa mnie to na strzępy. Ale teraz muszę skupić się na opanowaniu tych cholernych zdolności.

— Dobrze, Artemis — mówi Athina łagodnie, lecz stanowczo. — Zaczniemy od ćwiczeń medytacyjnych, które pomogą ci odbudować kontrolę nad mocami psychicznymi.

— Jasne, Yoda — odpowiadam, wymuszając blady uśmiech. Athina tylko przewraca oczami na mój sarkazm, ale nie komentuje.

— Zamknij oczy i oddychaj powoli, głęboko — instruuje, przyjmując przede mną podobną pozycję. — Pozwól myślom odpłynąć, jak chmury sunące po niebie.

Robię, jak mówi, wciągam głęboko powietrze i próbuję odpuścić frustrację, która mnie nadgryza od środka. Ale umysł ma inne plany. Pod powiekami migają obrazy Declana — to, jak się powstrzymywał w naszej bliskości, zawahanie w jego głosie, gdy poprosiłam, by powiedział te trzy proste słowa. Jak nóż obracany w brzuchu.

— Artemis — głos Athiny rozcina moje myśli i sprowadza mnie do teraźniejszości. — Emocje biorą nad tobą górę. Skup się na oddechu i wyobraź sobie ochronną barierę otaczającą twój umysł.

— Łatwo ci mówić — burczę pod nosem, ale próbuję. Wyobrażam sobie mur ze srebrnych cegieł, otaczający moje myśli, osłaniający je przed światem. Powoli serce wraca do rytmu, mięśnie się rozluźniają.

— Dobrze — chwali Athina, wyczuwając postęp. — Teraz poćwiczymy sięganie po twoje moce bez utraty kontroli. Spróbuj wyczuć moje emocje, ale pamiętaj — jesteś tylko obserwatorką, nie uczestniczką.

— Jasne — mówię, hartując się na kolejne wyzwanie. Skupiam się na energii Athiny i czuję, jak spływa na mnie fala spokoju. To kojące i znajome, jak zanurzyć palce stóp w chłodnym jeziorze w upalny dzień. Ale trzymam dystans, nie pozwalając, by jej uczucia wsiąkły w moje.

— Bardzo dobrze, Artemis — mówi z uznaniem. — Utrzymujesz kontrolę. Teraz powoli wycofaj się z mojego umysłu.

Wycofuję się, puszczając jej emocje z mentalnego uścisku. Mój srebrny mur pozostaje nienaruszony i nie mogę powstrzymać iskry dumy. Może jednak dam radę.

— Widzisz? — uśmiecha się porozumiewawczo Athina. — Jesteś silniejsza, niż sądzisz.

— Może — przyznaję, starając się nie zdradzić wątpliwości. I choć kontynuujemy ćwiczenia, nie potrafię strząsnąć z siebie myśli, że stawka jest większa niż samo opanowanie mocy. Jeśli nie udowodnię Declanowi, że wciąż jestem tą, w której się zakochał — kimś, komu może zaufać — to jaką mamy nadzieję?

Ale na razie skupię się na odbudowie kontroli. Cegiełka po cegiełce.

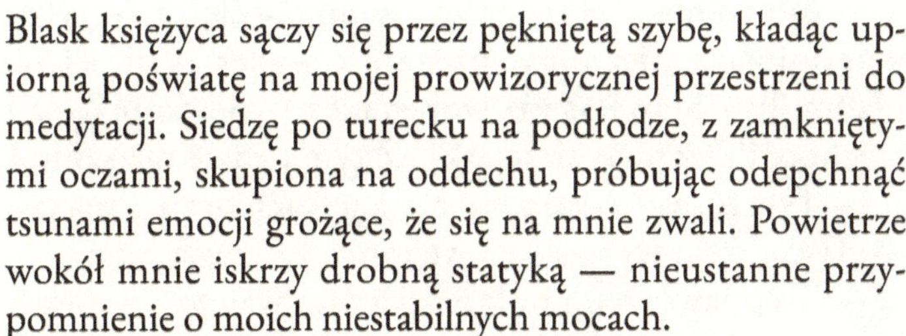

Blask księżyca sączy się przez pękniętą szybę, kładąc upiorną poświatę na mojej prowizorycznej przestrzeni do medytacji. Siedzę po turecku na podłodze, z zamkniętymi oczami, skupiona na oddechu, próbując odepchnąć tsunami emocji grożące, że się na mnie zwali. Powietrze wokół mnie iskrzy drobną statyką — nieustanne przypomnienie o moich niestabilnych mocach.

— Artemis — odzywa się łagodnie z progu Declan, głos ma napięty. — Siedzisz tu od godzin. Potrzebujesz przerwy.

Moje postanowienie chwieje się, srebrna ściana chroniąca umysł drży. Biorę głęboki wdech, każąc jej trwać. — Nie mogę — cedzę. — Muszę to opanować.

— Przerwa to nie poddanie się — nalega, wchodząc do środka. Jego piwne oczy pełne są troski, ale wiem, co leży pod spodem — czujność, nieufność. On się mnie boi, choć nigdy by się do tego nie przyznał.

— Proszę, po prostu pozwól mi to zrobić — mówię, a głos mi pęka. — Muszę udowodnić, że nie stanowię zagrożenia dla wszystkich wokół mnie.

— Artemis, wszyscy się o ciebie martwimy — odpowiada, kucając obok. Jego dłoń zawisa przy moim ramieniu, niepewna dotyku. — Ale izolowanie się nie jest rozwiązaniem.

— A nie? — odcinam się, gniew wybucha. — Im mniej czasu spędzam z ludźmi, tym mniejsze szanse, że stracę kontrolę i kogoś skrzywdzę.

— Albo im więcej czasu spędzasz sama, tym łatwiej wpadniesz w spiralę zwątpienia i tylko wszystko pogorszysz — ripostuje spokojnie, ale stanowczo.

— Łatwo ci mówić — burczę, a w głos wpełza gorycz. — To nie ty o mało nie zabiłeś własnej drużyny.

— Artemis, spójrz na mnie. — Jego głos jest niski, rozkazujący. Niechętnie otwieram oczy i spotykam jego spojrzenie. Teraz nie ma w nim strachu — tylko determinacja, niezachwiana stałość. — Jesteś silniejsza, niż myślisz. Stawałaś już wobec rzeczy nie do pojęcia i wychodziłaś z nich zwycięsko. Z tym będzie tak samo.

— Tyle że jest — szepczę, a w kącikach oczu kłują łzy. — Tym razem wróg siedzi we mnie. I przegrywam.

— To pozwól nam pomóc ci z nim walczyć — mówi i wreszcie kładzie dłoń na moim ramieniu. Ciepło jego dotyku przebiega mnie dreszczem. — Razem damy radę to rozgryźć.

Chcę mu wierzyć, ale gdy patrzę mu w oczy, w nieuważnym momencie dostrzegam błysk strachu. Martwi się, kim mogę się stać — i to tnie głębiej niż jakikolwiek nóż.

— Proszę, Declan — szepczę rozpaczliwie. — Daj mi trochę czasu. Pozwól mi udowodnić, że dam radę.

Waha się, potem kiwa głową, ściska moje ramię i wstaje. — Dobrze — ustępuje. — Obiecaj tylko, że całkiem nas nie odetniesz.

— Obiecuję — kłamię, a słowa smakują w ustach jak popiół. Patrzę, jak odchodzi, zamykam oczy i znów próbuję odbudować mur oddzielający moje myśli od cudzych.

Lecz z każdą cegłą ciężar ich nieufności — i mojego własnego zwątpienia — grozi, że mnie przygniecie.

Dźwięk kroków zbliżających się do mojego odosobnionego kąta podrywa mnie na równe nogi. Serce przyspiesza i odruchowo sięgam po nóż u boku. Ale gdy widzę znajomą twarz Garnet, rozluźniam się — tylko odrobinę.

— Mogę się przysiąść? — pyta Garnet miękko, z wahaniem.

— Rób, jak chcesz — mamroczę, wlepiając wzrok w spękany beton pod moimi butami.

— Artemis, słyszałam, co się stało z Declanem — mówi, siadając obok. — Wiem, że teraz się miotasz.

— Miotam? — prychnę, przewracając oczami. — Też można tak to ująć.

— Słuchaj, rozumiem — ciągnie Garnet, nie zrażona moim sarkazmem. — Obie przeszłyśmy przez piekło i z powrotem. Mamy więcej blizn, niż potrafimy zliczyć — na skórze i w środku.

Unosi dłoń, pokazując poszarpaną linię biegnącą przez śródręcze. Lustrzane odbicie jednej z moich — pamiątki ze wspólnej przeszłości. Przypomnienie, że w bólu nie jestem sama, jest dziwnie kojące.

— Teraz czujesz, jakbyś tonęła we własnych mocach, a wszyscy wokół wstrzymywali oddech, czekając, aż pociągniesz ich też pod wodę — mówi, wbijając we mnie wzrok. — Ale nie możesz pozwolić, by ten strach, ta niepewność, cię zdefiniowały.

— Łatwo ci mówić — syczę, znów odwracając wzrok. — To nie ty możesz kogoś przypadkiem zabić samą myślą.

— Prawda — przyznaje. — Ale ja też swoje mroki przeszłam. I nauczyłam się, że poddać się samej sobie to najgorsze, co można zrobić.

— Nawet jeśli to oznacza utratę Declana? — szepczę, nie znosząc, jak bezbrzmię.

— Zwłaszcza wtedy — odpowiada twardo Garnet. — Jeśli odpuścisz teraz, nigdy się nie dowiesz, co mogło być. Kim wciąż możecie się stać — razem.

— Czy to nie proszenie się o jeszcze większy ból? — pytam z goryczą.

— Może — dopuszcza. — Ale czy nie lepiej walczyć o coś — o kogoś — niż pozwolić, by mrok wygrał bez walki?

Wzdycham, wiedząc w głębi, że ma rację. Odrzucić Declana, odrzucić siebie — to jak podać moim demonom zwycięstwo na srebrnej tacy.

— Dobrze — mruczę, a we mnie zapala się iskra determinacji. — Nie odpuszczę. Nie, dopóki naprawdę nie przepadnę.

— No i dobrze — mówi Garnet z przekonaniem. — A teraz rusz tyłek i idź pogadać z Declanem. Powiedz mu, co czujesz, i pozwól mu pomóc ci wrócić do siebie.

Kiwnąwszy głową, wstaję i wycieram ostatnie łzy. Droga przede mną będzie długa i zdradliwa, ale z przyjaciółmi u boku wiem, że stawię czoła, cokolwiek przyjdzie.

— Dzięki, Garnet — mówię, klepiąc ją po ramieniu. — Za wszystko.

— Zawsze — odpowiada, a na jej twarzy rozkwita szczery uśmiech. — Od tego są przyjaciele, prawda?

— Prawda — przytakuję, czując, jak wraca mi cel. Będę walczyć o Declana, o siebie i o nadzieję, że pewnego dnia wszyscy zostawimy nasze demony za sobą.

ROZDZIAŁ JEDENASTY

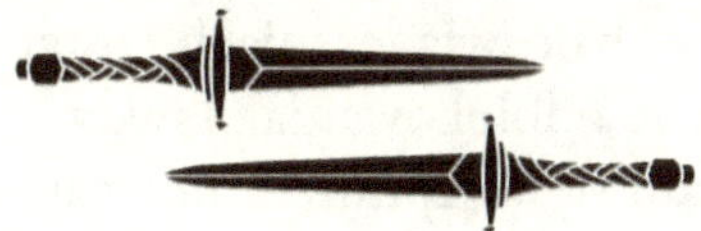

SŁABE OŚWIETLENIE W OPUSZCZONYM magazynie ledwie rozświetla twarz Malcolma, rzucając upiorne cienie, gdy marszczy brwi. Próbuje obchodzić się z Garnet delikatnie, ale w jego głosie i tak pobrzmiewa pilna nuta.

— No dalej, Garnet — ponagla, a jego fiołkowe oczy płoną intensywnością. — Musisz pamiętać, kim naprawdę jesteś.

Czuję do niego rozpaczliwe współczucie. On i Garnet byli ze sobą związani, seksualnie, może nie romantycznie, zanim zniknęła i najwyraźniej umarła. A teraz nagle wraca, ale nic o nas nie pamięta — to musi być dla niego piekielnie trudne.

Garnet przygryza wargę, a jej spojrzenie skacze między mną a Malcolmem, jakbyśmy byli jakąś osobliwą atrakcją. Nie mogę jej winić; odkąd mnie zobaczyła, jej poukładane dotąd życie zamieniło się w zawieruchę sekretów i zdrad. Każdy mógłby wtedy podważyć własne zmysły.

— Dobra — zgadza się niechętnie. — Ale jeśli tylko coś wyda się nie tak, chcę, żebyś przerwała.

— Stoi — mówię, starając się brzmieć uspokajająco, choć nerwy mam w strzępach. Perspektywa nurkowania w cudzym umyśle zawsze jest niepokojąca, a przy Garnet czuję, że balansuję na krawędzi. Nigdy nie byłam dobra w graniu zespołowo, a najmniej potrzebuję teraz wkurzyć kolejnego członka naszej i tak już wybuchowej grupy.

— Gotowe? — pyta Malcolm, cofając się, żeby dać nam przestrzeń.

— Załatwmy to — mruczy Garnet, zamykając oczy.

Biorę głęboki oddech, dotykam jej czoła i skupiam się na naszych wspólnych doświadczeniach z ostatniego roku. To musi być klucz do odblokowania prawdy.

Gdy zagłębiam się w jej umysł, uderzają we mnie błyski wspomnień — jedne krystalicznie czyste, inne mgliste i poszarpane. W każdym z nich czuję wahanie, jakby podświadomość Garnet broniła się przed wtargnięciem.

— Skup się na swoim prawdziwym imieniu — szepczę, nawigując po mętnych wodach jej myśli. — To pierwszy krok, żeby odnaleźć siebie.

— Łatwo ci mówić — odcina się, jej głos odbija się echem od ciemności jak zjawa. — Spróbuj, jak to jest, gdy całe życie zostaje ci wyrwane, i zobaczymy, jak dobrze wtedy pamiętasz własne, cholera, imię.

— Uwierz, znam to uczucie — syczę, a moje własne wspomnienia straty i zdrady wypływają na powierzchnię. Otrząsam się i parę mocniejszych pchnięć dalej, zdeterminowana, by znaleźć odpowiedzi, których potrzebujemy.

— No dalej, Garnet — proszę już łagodniej. — Prawda tam jest. Musisz jej tylko pozwolić wyjść.

Z niechęcią Garnet zaczyna kopać głębiej w przeszłości, mgła rzednie wraz z rosnącą determinacją. Wspomnienia wyostrzają się, nabierają barw, aż wreszcie przez pustkę rozlega się jedno słowo:

— Victoria.

— Victoria! — wyrywa mi się, serce tłucze mi się w piersi, gdy więź między nami pęka. Garnet — nie, Victoria — mruga, oczy rozszerzają jej się od szoku i zrozumienia.

— Czy to... moje prawdziwe imię?

— Na to wygląda — odpowiadam, tłumiąc dreszcz triumfu sunący mi żyłami. — Witaj z powrotem, Victorio.

— Dziękuję — mówi niepewnie, wciąż przetwarzając odkrycie. Jej spojrzenie wraca do Malcolma — czujne, ale wdzięczne. — Za to, że pomogliście mi sobie przypomnieć.

— Jasne — odpowiada miękko, z lekkim uśmiechem. — Od tego są przyjaciele.

— Ale przyjęłam imię Garnet z jakiegoś powodu. — Jej szczęka się zaciska i widzę w niej znów tę dawną Garnet, upartą wojowniczkę, która nie ustępowała bez względu na szanse. — Kimkolwiek była Victoria, zostawiłam ją dawno temu. Jestem Garnet. Takie imię wybrałam i taką będę.

Malcolm i ja kiwamy głowami, respektując jej wybór.

— Garnet — mówi cicho Malcolm, a ja słyszę w jego głosie tłumione emocje. Myślę, że czuł do niej więcej, niż chciał przyznać.

— Zobaczmy, co jeszcze da się znaleźć — mówię, zdeterminowana, by wydobyć więcej utraconych wspomnień Garnet. Biorę głęboki oddech, zanurzam się z powrotem w jej umyśle i zaczynam przesiewać mętne wody.

— Proszę... bądź ostrożna — szepcze Victoria — nie, Garnet — zaciskając powieki, jakby szykowała się na długą drogę.

— Zaufaj mi — odpowiadam ledwie słyszalnie. — Nic ci się nie stanie.

Gdy przedzieram się przez splątane myśli Garnet, strzępy obrazów składają się w całość jak odłamki rozbitego lustra. Sterylna sala skąpana w ostrym białym świetle. Zapach środka dezynfekującego, który pali w nozdrza. Mężczyzna o zimnych, wyrachowanych oczach w lekarskim kitlu, ze skalpelem w dłoni, pochylony nad twarzą Garnet. Dr Foxberry.

— Cholera — mamroczę pod nosem, gdy uderza mnie to jak cios w brzuch. — Przeszła operację u dr. Foxberry'ego.

— Operację? — Marszczy brwi Malcolm, oczy zwężają mu się z troski. — Jaką operację?

— Nie powiem na sto procent — przyznaję, gorączkowo próbując poskładać układankę. — Ale to na pewno nie była rutynowa kontrola. Z tych ujęć... może operacja mózgu?

— Daj, zobaczę — mówi Malcolm, podchodząc bliżej. Unosi dłonie nad głową Garnet, opuszkami muska jej skórę, szukając śladów ingerencji.

— Czekaj, coś czuję — mruczy, a jego oczy rozszerzają się z przerażenia. — Jest tu blizna, pod linią włosów. Musimy zrobić prześwietlenie.

Zbladła, Garnet nie zgłasza sprzeciwu, a szybkie zdjęcie rentgenowskie ujawnia straszną prawdę.

— W mózgu jest ukryty implant. — Malcolm wpatruje się w kliszę z niezdrowym wyrazem twarzy.

— Implant? — powtarzam, serce wali mi jak oszalałe. — Taki do kontroli umysłu?

— Być może — odpowiada ponuro, jego spojrzenie ciemnieje. — Musimy dowiedzieć się o tym więcej. To może być klucz do zrozumienia, co knuje Foxberry Corp.

— Jasne, ale najpierw — mówię, zerkając z powrotem na Garnet — trzeba wymyślić, jak jej pomóc.

— Oczywiście — zgadza się Malcolm, miękko, uspokajająco. — Zrobimy wszystko, żebyś była bezpieczna, Garnet.

— Dziękuję — szepcze, oczy szkli jej się od niewylanych łez. — Nie wiem, co bym bez was zrobiła.

— Malcolm — mówię napiętym głosem. — Jesteś naszym doktorem Frankensteinem, dasz radę usunąć implant?

— Artemis, wiesz, jak nie cierpię, gdy porównuje się mnie do Frankensteina — burczy Malcolm, przeczesując palcami swoją wiecznie rozczochraną czuprynę. — Ale tak, sądzę, że potrafię go usunąć. Tyle że nie będzie to pozbawione ryzyka.

— Ryzyka? — pyta ostrożnie Garnet, rzucając nam niespokojne spojrzenia.

— Usuwanie implantu z czyjegoś mózgu to delikatna robota — wyjaśnia Malcolm, jego fiołkowe oczy jarzą się troską. — Jeden zły ruch i szkody mogą być nieodwracalne.

— Albo...? — ponaglę, potrzebując, żeby powiedział to wprost.

— Albo śmierć — przyznaje niechętnie, spuszczając wzrok na podłogę.

— Cholera — mruczę, czując, jak ciężar tej decyzji osiada nam wszystkim na barkach.

— Proszę, Malcolm — błaga Garnet, dolna warga jej drży. — Muszę wiedzieć, kim naprawdę jestem. Nie mogę tak dalej żyć.

— Dobrze — wzdycha Malcolm i delikatnie ujmuje jej twarz w dłonie, znów zdradzając, ile dla niej czuje. — Zrobimy wszystko, co w naszej mocy, żebyś odzyskała swoje prawdziwe ja.

— Dziękuję — szepcze, wyraźnie przerażona, ale równie zdeterminowana, by iść dalej.

— No to zaczynajmy — mówię, próbując rozładować atmosferę. — Czas pobawić się w chirurga, dr Kastler.

— Bardzo śmieszne, Artemis — odpowiada z krzywym uśmiechem i prowadzi nas do swojej prowizorycznej sali operacyjnej.

Napięcie da się kroić, gdy Malcolm przygotowuje zabieg, oczyszcza skórę na głowie Garnet i zaznacza miejsce nacięcia. Zaciskam i rozluźniam pięści, rozpaczliwie chcąc móc zrobić więcej niż tylko podawać mu narzędzia, kiedy o nie prosi. Tak naprawdę mogę tylko patrzeć i mieć nadzieję, że jego pewne dłonie przeprowadzą nas przez ten koszmar.

— Gotowa? — pyta, szukając potwierdzenia w oczach Garnet, gdy unosi strzykawkę ze znieczuleniem.

— Gotowa — odpowiada zaskakująco pewnym głosem.

— Dobrze. Śpij, Garnet. Będziemy tu, zanim się obudzisz. — Naciska tłok i każe jej liczyć wstecz od dziesięciu.

Odpływa przy sześciu.

— A niech tam — mruczy Malcolm, zanim ostrożnie wykonuje pierwsze cięcie.

Zmusiłam się, by patrzeć; żołądek wiąże mi się w supeł, podczas gdy Malcolm pracuje bez wahania. Minuty dłużą się jak godziny i łapię się na tym, że wstrzymuję oddech, w duchu go popędzając.

Wreszcie, po wieczności, Malcolm wyciąga z mózgu Garnet maleńki implant. Unosi go między dwoma palcami z ponurą miną.

— Gotowe — oznajmia, głosem napiętym od ulgi.

— Czy ona...? — urywam, ledwo śmiąc zadać to pytanie.

— Żyje? Tak — potwierdza, szybko zakładając szwy. — Ale nie dowiemy się, czy zabieg się powiódł, dopóki się nie obudzi.

— No dalej, Garnet — szepczę, ściskając jej dłoń. — Dasz radę.

Czekanie wydaje się nie mieć końca, ale w końcu powieki Garnet drgają, a w jej spojrzeniu pojawia się mętne zagubienie.

— Udało się? — pyta słabo, ledwo słyszalnie.

— Tylko jeden sposób, by się przekonać — odpowiadam pewniej, niż się czuję. — Kto jest tamten?

Jej wzrok przeskakuje na Malcolma, który stoi przy zlewie po myciu narzędzi, i oczy jej się rozszerzają.

— Malcolm! — Jej wyraz twarzy natychmiast łagodnieje i widzę to: ona też coś do niego czuje. — Pamiętam cię — pamiętam wszystko!

— Dobrze — mówię, ściskając jej dłoń. — Teraz wykorzystajmy tę wiedzę, żeby raz na zawsze pogrążyć Foxberry Corp.

Patrzę, jak Athina uważnie bada implant wyjęty z głowy Garnet, brwi ma ściągnięte w skupieniu. Athina i Malcolm obejrzeli go pod mikroskopem, zrobili masę testów, potem podpięli do elektroniki i wpięli w komputer Athiny do analizy. Ta maleńka technologia może kryć klucz do mrocznych planów Foxberry Corp i czuję jednocześnie nadzieję i grozę.

— Jakiś pomysł, co to ustrojstwo robi? — pytam niecierpliwie, serce tłucze mi się w piersi.

— Daj mi chwilę, Artemis — odpowiada spokojnie Athina, nie odrywając ciepłych brązowych oczu od ekranu. — To wymaga czasu.

— Czasu, którego nie mamy — burczę pod nosem, palce stukają mi nerwowo o blat.

Wreszcie Athina podnosi wzrok, mina jej tężeje. — Ten implant jest zaprojektowany do kontrolowania i modyfikowania wspomnień — wyjaśnia, głos ma ciężki od odrazy. — Widziałam podobną technologię, ale to... to jest coś innego. Bardziej zaawansowane.

— Jak pranie mózgu? — pyta Malcolm, pobladły z przerażenia.

— Dokładnie — potwierdza Athina, a jej oczy ciemnieją od gniewu. — Foxberry Corp Labs wszczepia ludziom te urządzenia, zmieniając ich w marionetki do swoich chorych celów.

— Te chore bydlaki — warczę, zaciskając pięści. Myśl o niewinnych ludziach tak manipulowanych sprawia, że krew mi się gotuje. — Musimy ich zdemaskować i raz na zawsze to zamknąć.

— Zgoda — mówi twardo Malcolm, szczęka mu się napina. — Ale najpierw musimy ocenić skalę. Ilu innym to wszczepiono?

— Za wielu — mamrocze Garnet drżącym głosem. — Już pamiętam... było nas mnóstwo. Ale nie wiem dokładnie ile ani kim byli.

— To ich znajdziemy — oznajmiam, hartując się. — I zakończymy ten koszmar raz na zawsze.

Gdy układamy strategię, nie mogę przestać myśleć o niezliczonych ofiarach, którym skradziono i przerobiono wspomnienia bez ich zgody. Ciężar misji mnie przygniata, ale determinacja tylko rośnie.

— Foxberry Corp wybrało sobie niewłaściwych przeciwników — obiecuję lodowatym głosem. — Nawet nie będą wiedzieć, co ich trafiło.

— A jakże — przytakuje Malcolm, w oczach błyska mu zawziętość. — Rozwalmy te potwory.

⬥◦⬥

Zimny wiatr smaga mnie, gdy stoję na zatłoczonym miejskim chodniku i skanuję twarze nieznajomych. Skaner w mojej dłoni cicho brzęczy, ledwo słyszalny w zgiełku ulicy. Ściskam go mocno, czując, jak chłód wdziera się przez rękawice.

— Coś masz? — głos Athiny trzaska w mojej słuchawce.

— Na razie nic — odpowiadam spiętym tonem, nie spuszczając wzroku z przechodniów. — Ale się nie poddam.

— Dobrze. Kontynuuj — musimy ich znaleźć, zanim będzie za późno.

Kiwam głową, choć i tak mnie nie widzi, i szukam dalej. Skaner wygląda jak zwykły smartfon, ale Athina zrobiła na nim swoje technomagia. Wykrywa implanty Foxberry Corp używane do kontrolowania wspomnień, ale tylko z bliska. Co oznacza, że musimy zbliżać się nieprzyjemnie do całej masy niczego niepodejrzewających ludzi.

— Artemis, mam coś — mówi szeptem Declan przez łącze. — Troje ludzi, wszyscy z implantami. Musimy im pomóc.

— Przyjęłam — mówię z ciężkim sercem. — Pomyślimy, jak do nich dotrzeć, później. Teraz musimy szukać dalej.

— Jasne. Powodzenia, Artemis.

— Dzięki. Tobie też.

Nie lubię tego przyznawać, ale jestem wdzięczna za wsparcie. Podzieleni po całym mieście, każdy z nas z jednym skanerem Athiny, zarzucamy szeroką sieć. A mimo to czuję, że czas nam się kończy.

— Kolejny sygnał — raportuje Garnet drżącym głosem. — Jest coraz gorzej, Artemis. Jest ich tak wielu...

— Skup się — ucinam, trzymając w ryzach własne emocje. — Nie możemy się teraz posypać. Musimy znaleźć ich wszystkich.

— Artemis, skończyłam analizę danych — wtrąca Athina, głos ma spokojny, lecz pilny. — Te implanty to część ukrytej armii Diany. Tysiące ludzi w całym mieście są nieświadomie pod jej kontrolą.

— Cholera — syczę, gdy złość i strach ścierają się we mnie. — Musimy ją powstrzymać, zanim je aktywuje.

— Zgoda. Ale najpierw musimy zebrać jak najwięcej informacji. Skanujcie dalej i zgłaszajcie wszystko, co nowe.

— Przyjęłam, Athina — mówię, hartując się na to, co przed nami.

Miasto zdaje się na mnie napierać, duszący labirynt betonu i szkła, gdy kontynuuję poszukiwania. Każdy nosiciel implantu to kolejne życie na krawędzi, kolejny pionek w chorej grze Diany. I zamierzam rozerwać im łańcuchy, bez względu na cenę.

— Foxberry Corp Labs — syczę z jadem — po was.

— No świetnie, czyli mamy teraz apokalipsę zombie. Fantastycznie — mruczę, opadając na krzesło. Zebraliśmy się z powrotem w kryjówce, próbując ogarnąć skalę tego, co odkryliśmy, i wymyślić plan, jak temu przeciwdziałać.

— Artemis, musimy wymyślić, jak zatrzymać tego wirusa, zanim Diana go uruchomi — mówi Declan, po czym na jego twarzy pojawia się krzywy uśmiech. — Ot, kolejny zwykły dzień w pracy.

— Ha, ha, bardzo śmieszne — burczę. — Potrzebujemy przewagi nad nią. Czegoś, o czym nie ma pojęcia, że to mamy.

— Na przykład czego? — pyta napiętym głosem Athina.

— Pamiętacie implant, który wyjęliśmy z Garnet? Może jest w nim coś użytecznego — proponuję, rozpaczliwie szukając choć odrobiny nadziei. — Garnet, byłaś w środku Foxberry Corp. Wiesz coś o systemie komputerowym, który kontroluje te implanty?

— Może — mówi niepewnie Garnet. — Było tajne laboratorium. Centralny komputer, ciężko zabezpieczony. To może być to.

Ledwo kończy zdanie, a Athina już siedzi przy komputerze; jej palce śmigają po klawiaturze. To nasza najlepsza szansa na stworzenie kontrwirusa i wiem, że nie spocznie, dopóki tego nie rozgryzie.

— Hej, Garnet — mówię, wracając do niej wzrokiem. — Potrzebujemy czegoś więcej niż tajne labo. Potrzebujemy terminu. Kiedy Diana zamierza spuścić na nas tę zombie armię?

Garnet wierci się niespokojnie, jak sarna oślepiona reflektorami. — Ja... Nie znam dokładnych planów. Ale kojarzę, że to niedługo... może w ciągu kilku dni.

— Dni? — zaciskam zęby, frustracja wrze mi pod skórą. — To ledwie czas na plan, nie mówiąc o zatrzymaniu jej!

— Artemis, spokojnie — mówi Malcolm, kładąc mi dłoń na ramieniu. — Coś wymyślimy. Zawsze wymyślamy.

— Łatwo ci mówić — burczę pod nosem, ale biorę głęboki oddech i zmuszam się do skupienia. Panika nikomu nie pomoże.

— Słuchaj, Garnet — mówię, starając się utrzymać równy ton. — Wiem, że się boisz, ale potrzebujemy wszystkiego, co pamiętasz. Mogę spróbować ci pomóc, ale to znaczy, że użyję na tobie swoich mocy.

Garnet patrzy na mnie nieufnie, wzrok wędruje między mną a Malcolmem.

— Spokojnie, Garnet — uspokaja ją Malcolm, kładąc jej dłoń na ramieniu. — Artemis wie, co robi.

— Niech będzie — mruczy, wyraźnie niezachwycona perspektywą, że znów będę grzebać jej w głowie, zwłaszcza teraz, gdy odzyskała własne wspomnienia. Ale czas tyka i potrzebujemy każdej okruszyny informacji, jaka wpadnie nam w ręce.

— Zamknij oczy — polecam, kładąc opuszki palców delikatnie na jej skroniach. Nabieram powietrza, czując znajome dudnienie mocy w środku. — Teraz wróć pamięcią do rozmów albo narad o planach Diany.

Kiedy pozwalam moim mocom popłynąć w głąb jej umysłu, wita mnie chaotyczny kocioł myśli i emocji. To jak błądzenie po labiryncie nafaszerowanym pułapkami. Parłam naprzód, zdeterminowana, żeby znaleźć cokolwiek, co pomoże nam zatrzymać Dianę.

Ale wspomnienia Garnet są poszarpane, jak odłamki szkła, które tną mój umysł, gdy próbuję je poskładać. Jej mentalne bariery są silne — skutek traumy, którą przeszła. Coraz jaśniej widzę, że nie wyciągnę z tego niczego użytecznego bez pogłębiania szkód.

— Cholera jasna! — klnę pod nosem i wycofuję się z umysłu Garnet. Drga, otwiera gwałtownie oczy, a ja widzę ból i zamęt w jej spojrzeniu.

— Artemis? — pyta Malcolm, na twarzy ma troskę, zaciska palce mocniej na ramieniu Garnet.

— Jej umysł jest zbyt poraniony — przyznaję, pocierając skronie. — Nie dotrę bezpiecznie do wspomnień, nie pogarszając sprawy.

— Możemy spróbować czegoś innego? — pyta Athina, odrywając się na moment od pracy nad kontrwirusem.

Kręcę głową. — Nie bez ryzyka dla psychiki Garnet. Już i tak posunęłam się za daleko, spójrz na nią. Niedobrze jej.

— Świetnie. Czyli wracamy do punktu wyjścia — mruczy Malcolm, nie kryjąc frustracji.

— Może nie — mówi słabo Garnet, ale w jej oczach błyska determinacja. — Spróbuję przypomnieć sobie, co się da. Dajcie mi tylko trochę czasu.

— Z czasem u nas krucho, ale lepsze to niż nic — przyznaję, ignorując poczucie winy, które mnie gryzie. — Dobrze, Garnet. Odpocznij i zobacz, co zdołasz wydobyć.

Gdy Garnet zamyka oczy, próbując wyłuskać z pamięci coś użytecznego, nasze spojrzenia z Malcolmem się spotykają; jego przyciemniają troska i bezsilność. Oboje wiemy, że każda sekunda się liczy, a im dłużej Garnet będzie dochodziła do siebie, tym bliżej Diana będzie realizacji swojego planu.

— Pracuj dalej nad tym kontrwirusem, Athina — mówię, zaciskając pięści. — Musimy być gotowi ruszyć, gdy tylko Garnet da nam cokolwiek.

— Rozumiem — kiwa głową Athina i wraca do komputera.

Każdy tyk zegara dokłada mi ciężaru. Gdybym tylko nie cisnęła Garnet tak mocno, może mielibyśmy już to, czego trzeba. Ale na żal nie ma czasu. Pozostaje nam tylko przygotować się na nadciągającą burzę — i modlić się, że będziemy dość silni, by ją przetrwać.

W pokoju zapada cisza, gdy Garnet odpływa, a reszta z nas kisi się we własnej narastającej trwodze. Nie mogę pozbyć się wrażenia, że ścigamy się z tykającą bombą, i wszystkim nam zaczynają puszczać szwy.

— Mam coś! — głos Athiny rozcina ciszę jak wystrzał, aż wszyscy podskakujemy. Pochyla się, jej palce zasuwają po klawiaturze, gdy wyciąga na ekran ziarnisty obraz z monitoringu. — Udało mi się wpiąć do miejskiego systemu kamer — wyjaśnia, ciepłe brązowe oczy lśnią skupieniem. — Skanowałam pod kątem jakichkolwiek śladów Diany i... jest.

Obraz jest rozmazany, ale nie sposób się pomylić: krótkie rude włosy, zielone oczy ostre jak noże, aura grozy nawet przez ekran. Stoi w holu jakiegoś eleganckiego publicznego budynku, rozmawia z grupą mężczyzn w drogich garniturach — wyglądają na urzędników. Twarze mają rozmyte, ale ich mowa ciała mówi wszystko. Są spięci, defensywni... przestraszeni.

— Możesz podgłośnić? — pyta Malcolm, pochylając się, by wychwycić szeptaną rozmowę.

— Robię, co mogę — mruczy Athina, kręcąc suwakami audio. Głosy pozostają ciche, ale da się wyłowić zawoalowane groźby Diany.

— ...lekceważcie mnie na własne ryzyko — syczy lodowatym, złowieszczym tonem. — Kiedy przyjdzie pora, będę miała do dyspozycji armię i będziecie błagać o litość.

— Armia? — szepczę, serce wali mi jak młot. — Co, do diabła, ona planuje?

— Cokolwiek to będzie, nie będzie ładnie — mruczy ponuro Athina. — I brzmi, jakby to miało stać się wkrótce.

— Zbyt szybko — dorzuca Malcolm, przeczesując włosy dłonią. — Potrzebujemy więcej informacji, ale skoro Garnet jest wyłączona z gry...

— To rozgryziemy to sami. Nie mamy wyboru — ucinam, nerwy mi się strzępią. — Wiemy, że Diana planuje coś dużego, i musimy ją zatrzymać, zanim wcieli ten chory plan w życie.

— Artemis ma rację — mówi Athina pewnym głosem, mimo napięcia w oczach. — Musimy kopać dalej, dowiedzieć się jak najwięcej o tej armii, którą Diana po cichu buduje.

— Dobrze — ustępuje Malcolm, zaciskając pięści. — Ale gramy w bardzo niebezpieczną grę, Artemis. I nie podobają mi się szanse.

— Mnie też nie — przyznaję, żołądek skręca mi się na myśl o tym, co czai się w mroku. — Ale nie możemy tracić czasu. Każda sekunda zwłoki przybliża Dianę do przejęcia kontroli, a do tego nie możemy dopuścić. Bez względu na cenę.

Gdy pokój znów cichnie, wpatruję się w ekran, na którym sylwetka Diany Foxberry rozpływa się w mroku. Przeszywa mnie dreszcz i wiem, że cokolwiek nas czeka, szykuje się piekielna walka.

ROZDZIAŁ DWUNASTY

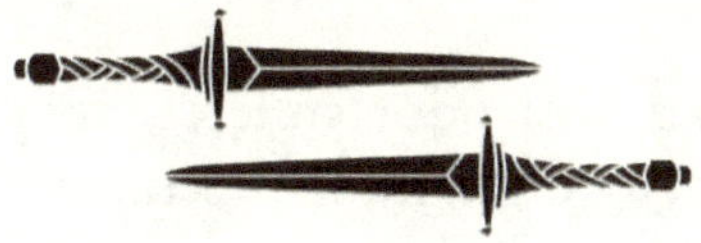

— CHRYSTE, ZNOWU TO samo. Słowa więzną mi w gardle, gdy natykamy się na czwarte tego dnia martwe ciało.

— Artemis, to nie może być przypadek — szepcze przez zaciśnięte zęby Declan.

— Oczywiście — odcinam, a mój głos ocieka sarkazmem. Serce wali mi w piersi, a gniew podchodzi jak żółć do gardła. Ci paranormalni i hybrydy byli pod naszą ochroną, a teraz po prostu... zniknęli. Martwi. Z upiorną, niepokojącą ostatecznością, od której przewraca mi się w żołądku.

— Wygląda na to, że Diana nie próżnowała — mruczę kwaśno, lustrując wzrokiem scenę przede mną. Niegdyś potężna zmiennokształtna leży rozciągnięta na podłodze ciasnej, odosobnionej kryjówki; jej futro jest sklejone krwią, oczy puste i nieobecne. Hybryda obok niej, zlepka ludzkiego i paranormalnego DNA, wygląda, jakby nie miał najmniejszych szans.

To my im to zrobiliśmy. Stworzyliśmy tę kryjówkę, jedną z wielu, żeby ukrywać tych, których Obsidian Circle uwolnił z Bureau i laboratoriów Foxberry Corp. A teraz Diana metodycznie tropi i zabija tych, którym pomogliśmy.

— Kradnie im zdolności, nie mam wątpliwości — dodaje Declan z pogardą w głosie. — Gromadzi moc, Artemis. Musimy ją namierzyć — i powstrzymać — zanim będzie za późno.

— Przestań mówić oczywistości, geniuszu — odcinam, starając się nie zdradzić strachu. Ale w głębi wiem, że ma rację. Diana — zdradziecka, fałszywa Diana — stała się siłą, z którą trzeba się liczyć, i rośnie w siłę z każdym odebranym życiem.

W powietrzu wisi odór śmierci, żołądek znów mi się przewraca, gdy obok mnie przetaczają kolejne ciało. Kryjówka Obsidian Circle z nocy na noc zamieniła się w prowizoryczną kostnicę. Przesuwam wzrokiem po sali i dostrzegam Athinę skuloną nad komputerem, palce śmigają jej po klawiaturze. W co my się, do diabła, wpakowaliśmy?

— Artemis — woła, nawet nie podnosząc wzroku. — Wygląda na to, że Diana nie tylko kradnie moce tymczasowo. Zrozumiała, jak przejmować je na stałe.

— Na stałe? — mój głos się załamuje, a serce zapada mi się jak kamień. — Jak? I jakie to ma koszty?

— Z tego, co zdołałam ustalić, wymaga to zabijania tych, którym je odbiera — mówi Athina gravecznie. Nagle ciała wokół nas wydają się cięższe, ich śmierć jeszcze bardziej ostateczna.

— Cholera — mamroczę, pocierając skronie. — Czyli ci wszyscy paranormalni i hybrydy... są martwi na dobre? Nie ma szans na przywrócenie do życia?

— Niestety tak. — Athina odwraca się na krześle, żeby spojrzeć mi w oczy. — I to nie wszystko; Diana nagromadziła w sobie ogromny arsenał różnorodnych mocy. Przeobrażanie, kontrola umysłu, teleportacja — co tylko chcesz. Stała się nie do powstrzymania.

— Niech szlag trafi tego jej spaczonego ojca. — Wściekłość przetacza się przeze mnie jak pożar. — Obsesja dr

Foxberry'ego, żeby zrobić z córki boginię, zgubi nas wszystkich.

— Racja — wzdycha Athina. — Ale nie możemy do tego dopuścić. Musimy znaleźć sposób, by ją powstrzymać.

— Jak? Masz jakieś pomysły? — Zaciskam pięści przy udach, aż swędzi mnie od chęci działania.

— Na razie żadne — przyznaje Athina, spuszczając wzrok. — Ale będę dalej drążyć.

— Dobrze — kiwam głową, szczęka mi się zacina od determinacji. — Nie pozwolę, żeby ta suka zniszczyła wszystko, na co pracowaliśmy.

— Artemis — Athina dotyka mojego ramienia, łagodniejąc na twarzy. — Wiem, że jesteś wściekła i przerażona, ale nie daj się temu pożreć. Potrzebujemy twojej siły, jak nigdy dotąd.

— Siły? — parskam, strząsając jej dłoń. — Teraz czuję tylko wściekłość.

— To jej użyj — mówi stanowczo Athina. — Niech zasila ogień w tobie. Żeby chronić tych, którzy wciąż mają szansę.

— Użyję. — Mój głos jest niski, dziki. — A kiedy znajdziemy Dianę, każę jej zapłacić za każde życie, które ukradła.

Odchodząc od Athiny, nie mogę przestać się zastanawiać, czy już nie jest za późno. Jak zatrzymać potwora, który stał się bogiem?

⎯⎯◈⎯⎯

Krążę po słabo oświetlonym pokoju jak osaczone zwierzę, a echo moich butów odbija się od betonowych ścian. Athina od godzin jest zgarbiona nad komputerem, analizując wzorzec skradzionych mocy. Nie mogę pozbyć się niepokoju, poczucia bezsilności, gdy czekam, aż znajdzie trop tej żądnej mocy suki, Diany.

— Coś mam — mamrocze w końcu Athina, nie odrywając wzroku od ekranu. — Na podstawie mocy, które brała do tej pory, myślę, że następną ofiarą Diany może być Nadia.

— Cholera. — Słowo wyrywa mi się, zanim zdążę je zatrzymać. Nadia to jedna z najsympatyczniejszych osób, jakie poznałam, a jej niesamowite telekinetyczne moce byłyby dla Diany nieodpartą pokusą. — Musimy ją ostrzec.

— Zgoda — mówi Athina, a jej brązowe oczy wypełnia troska. — Ale większość Obsidian Circle jest już zajęta, próbując ustalić, czy ktoś na kluczowych stanowiskach w wojsku albo rządzie nie ma w sobie chipów kontrolnych Diany. Spada to na ciebie, Artemis.

— No jasne. — Przewracam oczami, choć sarkazm słabo maskuje strach gryzący mnie od środka. — Spokojnie, dotrę do Nadii, zanim ta popaprana harpia to zrobi.

— Uważaj — ostrzega Athina, odzywa się w niej matczyny instynkt. — Diana jest teraz groźniejsza niż kiedykolwiek, z tym wszystkim, co w sobie skumulowała.

— Dzięki za słowa otuchy — burczę, zgarniając z krzesła moją ulubioną czerwoną skórzaną kurtkę. — Potrzebowałam tego przypomnienia, jak bardzo jesteśmy w czarnej dziurze.

— Artemis... — zaczyna Athina, ale ja już jestem za drzwiami i zatrzaskuję je za sobą.

Gdy ruszam w stronę motoru, chłodne nocne powietrze wcale nie koi moich postrzępionych nerwów. Na myśl, że Diana idzie po Nadię, ciarki przebiegają mi po plecach. Muszę ją znaleźć, zanim będzie za późno.

— Ruszaj dupę, Blackwell — mruczę do siebie, przerzucając nogę przez siodło. — Czas zostać bohaterką.

Ryk silnika i znikam w ciemności, modląc się, bym dotarła do Nadii przed Dianą. Bo jeśli nie, będziemy mieć jeszcze większy problem — i nie jestem pewna, czy sobie z nim poradzimy.

— Artemis, mam lokalizację kryjówki Nadii — głos Athiny trzeszczy w słuchawce w moim uchu. — Wysyłam ci współrzędne.

— Mam — mówię, slalomem omijając samochody, gdy telefon bzyczy od przychodzącej wiadomości. Świetny moment na wyścig z czasem. — Oby Diana mnie nie ubiegła.

— Miej oczy szeroko otwarte i nie trać czujności — radzi Athina. — Diana nie gra fair.

— A od kiedy my gramy fair? — mój sarkastyczny odpał zagłusza pisk opon, gdy biorę zakręt, a podmuch wiatru smaga moje srebrne włosy.

Docieram do kryjówki w rekordowym czasie — a przynajmniej mam taką nadzieję. Miejsce wygląda jak twierdza, co ma sens, skoro ma chronić paranormalnych przed takimi jak Diana Foxberry. Ostrożnie gaszę silnik i podchodzę do drzwi, dłoń opiera mi się na rękojeści noża.

— No to lecimy — mruczę, przykładając ucho do drzwi i nasłuchując odgłosów życia — albo śmierci — w środku.

Kryjówka jest upiornie cicha, gdy przekradam się przez słabo oświetlone korytarze. Serce dudni mi w piersi, a na skórze czuję zimny pot. Jeśli Diana już tu jest...

Za zakrętem trafiam do czegoś w rodzaju salonu — i tam leży Nadia, rozciągnięta na podłodze, z rozszerzonymi z przerażenia oczami, z szyi leje się krew z kłutych ran.

— Artemis, pomóż! — dyszy, próbując się podnieść, ale bez skutku.

— Do diabła — syczę, rzucając się do niej. — Gdzie jest Diana?

— Tutaj, kochanieńka — odzywa się zza moich pleców głos ociekający złośliwością. Odwracam się i moje oczy spotykają zielone tęczówki Diany. Uśmiecha się złośliwie, jej ruda czupryna łapie światło, gdy zbliża się swobodnym krokiem, a z wydłużonych kłów kapie krew — dokładnie takich, które zostawiły ślady na szyi Nadii. — Spóźniła się Pani.

— Jeszcze czego! — warczę, rzucając się na nią z nożem. Ale zanim zdążę się zbliżyć, uderza we mnie niewidzialna siła, odrzuca mnie i przygniata do ściany.

— Artemis! — wołanie Nadii jest słabe, jej telekinetyczne moce migoczą jak dogasający płomień.

— Niech się Pani pożegna ze swoją śliczną przyjaciółeczką, Artemis — kpi Diana, znów klękając przy Nadii, gotowa wznowić ucztę z jej zdolności. — Jest już moja.

— Po moim trupie — pluję, szarpiąc się z niewidzialnymi więzami, które mnie trzymają. Gdybym tylko potrafiła się wyrwać...

— Naprawdę, Artemis? — głos Diany aż leje się zawodem, gdy patrzy na moje zmagania. — Mogłaby Pani osiągnąć o wiele więcej, gdyby tylko nauczyła się Pani korzystać z pełni swojego potencjału.

— Niech Pani sama zastosuje własną radę — cedzę przez zaciśnięte zęby, napinając mięśnie w beznadziejnej próbie wyrwania się z jej uścisku.

— Ależ właśnie to robię. — Okrutny uśmiech rozlewa się po jej twarzy, palce lekko drgają, a nacisk na mojej klatce piersiowej rośnie, utrudniając mi oddech. — Uczę się panować nad tymi skradzionymi mocami, podczas gdy Pani ledwie muska powierzchnię swoich.

— Zejdź... ze... mnie — udaje mi się wysapać. Ból pulsuje mi po całym ciele, ale nie dam jej tej satysfakcji.

— Artemis!

Głos Declana przecina mgłę bólu jak nóż i wpada do pokoju, oczy płoną mu furią. W mgnieniu oka przeistacza się w jaguara i rzuca na Dianę.

— Declan! — wykrztuszam, jednocześnie czując ulgę i panikę o niego. Jest szybki, ale jeśli Diana go dopadnie...

Ale nie dopada. Gdy potężne szczęki Declana zaciskają się na jej ramieniu, Diana wrzeszczy z bólu i puszcza mnie. Osuwam się na podłogę, łapiąc łapczywie oddech, ale zmuszam się do ruchu.

— Chodź, Nadio, musimy się stąd zwijać — wysapuję, pomagając jej stanąć. W oczach ma nadal dziki strach, ale kiwa głową i kurczowo chwyta mnie za ramię.

— Artemis, co się dzieje? — szepcze, gdy potykamy się korytarzem.

— Declan kupuje nam czas, ale nie możemy go marnować — mówię, tłumiąc panikę, która drapie mnie od środka. Jeśli Diana go zabije, nigdy sobie nie wybaczę.

— Dokąd idziemy? — pyta drżącym głosem.

— Byle nie tutaj — odpowiadam, serce dudni mi w piersi, gdy wymykamy się z kryjówki w ciemność. Kiedy się oddalamy, nie mogę nie zerknąć przez ramię, mając nadzieję dostrzec Declana.

— Declan... no dalej, stary... — mamroczę pod nosem, modląc się, żeby wyszedł z tego żywy. Na szczęście nie zdążymy nawet zniknąć z pola widzenia kryjówki, gdy on wyłania się z cieni, obejmuje nas oboje i przeskakuje z nami cieniem w bezpieczne miejsce.

— Czujesz to? — pytam Nadię, gdy kulimy się razem w słabo oświetlonej alejce. Paraliżującą ciszę ostatnich dni zastąpiła kakofonia wyjących syren i krzyków przerażonych ludzi. Gdzieś tam Diana sieje chaos, a my nie możemy z tym nic zrobić.

— Co? — mruczy Nadia, ledwo przebijając się przez zgiełk. Jej oczy są puste, prawie bez życia. Bez telekinezy wygląda jak skorupa kobiety, którą znałam wcześniej.

— Twoje moce — mówię niecierpliwie, choć wiem, że to niesprawiedliwe oczekiwać, że od razu wrócą. — Potrzebujemy każdego atutu przeciwko Dianie, a twoja telekineza może być naszym asem w rękawie. Żyjesz, więc nie zdołała ich ukraść do końca.

Nadia kręci głową, zaciskając usta w cienką linię. — Próbuję, Artemis, ale czuję, jakby po prostu... zniknęły.

— Świetnie — mruczę pod nosem, przeczesując dłonią włosy. — Po prostu świetnie.

— Może jeśli znajdziemy jakieś ciche miejsce, spróbuję medytować — sugeruje Nadia, rozpacz aż z niej bije. — Może to pomoże mi się skupić i szybciej odzyskać moce.

— Dobra — burczę, zerkając na okolicę w poszukiwaniu odpowiedniej kryjówki. — Ale nie możemy siedzieć w miejscu. Jeśli Diana nas znów znajdzie, będzie po nas.

— Zgoda — odpowiada cicho Nadia, nie podnosząc wzroku z ziemi.

Wracamy do najnowszej kwatery Obsidian Circle, kolejnego opuszczonego magazynu; w środku wilgoć i chłód. To nie Ritz, ale musi wystarczyć. Nadia siada w kącie, nogi na krzyż, oczy zamknięte, a ja trzymam nad nią wartę.

— Jakieś postępy? — pytam po wieczności siedzenia w ciszy, którą przerywają tylko odległe odgłosy zniszczenia.

— Może odrobinkę — mamrocze Nadia, otwierając z trzepotem powieki. — Czuję, jakby coś się we mnie poruszało, ale to takie słabe.

— Trening czyni mistrza — odcinam, a moja cierpliwość jest niebezpiecznie cienka. — Próbuj dalej, a może — tylko może — zdołamy powstrzymać Dianę, zanim zrówna z ziemią całe miasto.

— Artemis, boję się — przyznaje Nadia, a głos jej się łamie. — Co jeśli moje moce nigdy nie wrócą?

— To znajdziemy inny sposób — mówię z większą pewnością, niż faktycznie czuję. — Ale na razie skup się na tym, co możesz. Kto wie? Może wszechświat wystawia na próbę twoją determinację.

— Albo okrutny żart — burczy Nadia, znów przymykając oczy.

— Byle cię to jakoś trzymało przy życiu, kochanie — odparowuję, zerkając z powrotem przez okno. Świat za oknem oszalał, a my możemy tylko siedzieć i czekać, aż los włączy się do akcji i uratuje dzień.

— Hej, Artemis. Lepiej chodź i to zobacz — woła Declan znad laptopa, w jego głosie miesza się groza i niedowierzanie.

Podchodzę, a moje buty trzeszczą na gruzie rozsianym po naszej prowizorycznej kwaterze. Dreszcz przebiega mi po kręgosłupie, gdy widzę ekran. Jest i ona — Diana Foxberry, w oczach płonie jej nieświęty blask, uśmiecha się do kamery.

— Przywódcy świata, potraktujcie to jako pobudkę — oznajmia, a jej głos cieknie szyderstwem. — Pozwoliliście sobie na samozadowolenie, słabość. Czas na zmianę.

— Akurat — mamroczę pod nosem, zaciskając pięści.

— Patrzcie uważnie — ciągnie Diana, a jej uśmiech twardnieje w okrucieństwo. — Oto, jak wygląda prawdziwa moc.

Kamera oddala się, a ja marszczę brwi, bo poznaję widoczny budynek. To niedaleko stąd, wieżowiec w bogatej dzielnicy po drugiej stronie rzeki. Diana odwraca się od kamery i unosi dłonie — i wieżowiec zaczyna się chwiać.

Powietrze aż trzaska od napięcia, gdy patrzymy na wieżowiec na ekranie, monolit ze stali i szkła balansujący na krawędzi zagłady. Śmiech Diany niesie się po mieście jak pokręcona symfonia — preludium do chaosu, który zaraz uwolni.

— Gotowi — warczę, wbijając wzrok w kołyszący się budynek. — Kiedy to runie, będziemy mieć niezłe piekło na głowie.

— Eufemizm stulecia — prycha Declan, krzyżując ramiona i mrużąc oczy. — Ale co możemy zrobić? Nie zatrzymamy spadającego budynku.

— Może nie — przyznaję — ale możemy przynajmniej ograniczyć szkody. Tyle na razie mamy. Zabierz nas tam, Declan!

— Ach, optymizm. Jakie to odświeżające — szydzi, ale w jego oczach miga strach. Jesteśmy tu poza swoją ligą i oboje to wiemy. Mimo to chwyta mnie za rękę i wchodzi w cień — w magazynie jest ich pod dostatkiem, bo światło mizerne — a sekundę później wychodzimy z innego cienia po drugiej stronie rzeki.

Jak na komendę, wieżowiec zaczyna się sypać, a odłamki szkła lecą jak śmiercionośne konfetti. Ziemia drży, a powietrze wypełnia zgrzyt zwijającego się metalu. To potworna kakofonia, od której zgrzytam zębami — ścieżka dźwiękowa końca świata.

— Cholera! — wrzeszczę, chwytając Declana za ramię i odciągając go, gdy gruz leci w naszą stronę. — Musimy pomagać ludziom! Ewakuować ich z drogi!

— Jasne — kiwa głową, twarz ma kamienną. — Ruszamy!

— Trzymaj się, Nadio — mówię do komsetu, gdy z Declanem rzucamy się w sam środek zawieruchy. — Pracuj nad mocami — wrócimy wkrótce.

— Uważajcie! — odzywa się, jej głos ledwo przebija się do mojego ucha przez łoskot zniszczenia.

„Ostrożnie" to pojęcie względne, gdy unikasz bloków betonu i spanikowanych cywilów. Ale udaje nam się kierować ludzi w bezpieczniejsze miejsca, cały czas mamrocząc pod nosem przekleństwa pod adresem Diany.

— Do diabła z nią! — syczę, gdy kawał gruzu o włos mija kobietę ściskającą niemowlę. — Bawi się z nami — używa tych biednych ludzi jak pionków w swojej chorej grze!

— To ją skończmy — warczy Declan, determinacja pali mu się w oczach. — Wymyślimy, jak ją zatrzymać, Artemis. Musimy.

— Zgoda — odpowiadam, zaciskając zęby, gdy kolejne fale wstrząsów przechodzą przez miasto. — Ale najpierw odsuńmy tych ludzi od niebezpieczeństwa.

Działamy razem, odciągając rannych ocalałych od zwałów gruzu. Frustracja i bezsilność gryzą mnie jak wataha wygłodniałych wilków, ale spycham je na bok. To nie pora na użalanie się nad sobą.

— Artemis! — głos Nadii przecina chaos, a serce podchodzi mi do gardła. Stoi na skraju strefy katastrofy, oczy ma szerokie ze strachu — i czegoś jeszcze. Czegoś, co bardzo przypomina nadzieję.

— Udało ci się...? — zaczynam, ale kręci głową, a po policzkach cikną jej łzy.

— Jeszcze nie — krztusi. — Ale czuję, że wracają, Artemis. Moje moce wracają — powoli, ale jednak.

— Dobrze — kiwam głową, klepiąc ją po ramieniu. — To bardzo dobrze, Nadio. Bo będziemy potrzebować całej pomocy, jaką zdołamy zebrać, żeby zatrzymać tego potwora raz na zawsze.

— Wchodzę w to — szepcze, głos jej drży, ale jest zdeterminowana. — Nie pozwolę, żeby Diana wygrała.

— A jakże — przytakuję, a mój wzrok wraca do dymiących ruin wieżowca. Tyle istnień straconych, tyle spustoszenia — wszystko przez nienasycony głód władzy jednej kobiety.

— Szykuj się, świecie — szepczę z ponurą determinacją w głosie. — Diana Foxberry idzie po ciebie — a my po nią.

Rozdział trzynasty

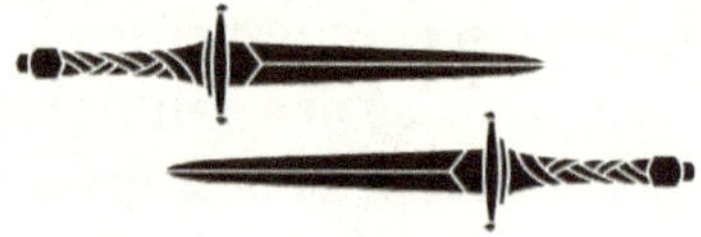

Deszcz bębni miarowo o dach kryjówki, dźwięk zarazem kojący i złowieszczy. Siedzę po turecku na podłodze, próbując bezskutecznie się wyciszyć. Mój motocykl czeka na zewnątrz pod plandeką, nieświadomy mojego wewnętrznego zamętu.

Athina przygląda mi się z łagodną troską. — Musisz oczyścić umysł, Artemis. Diana wykorzysta każdą słabość albo rozproszenie.

— Łatwo powiedzieć — warknęłam, po czym od razu pożałowałam tonu. Athina tylko chce pomóc. — Wybacz, po prostu to cholernie frustrujące: ciągle mieć wrażenie, że jestem o krok za Dianą.

Athina kiwa głową. — Zrozumiałe, biorąc pod uwagę okoliczności. Ale nigdy jej nie dogonimy, jeśli nie zdołasz oprzeć się jej wampiryzmowi psychicznemu. Zacznijmy więc od podstaw.

Westchnęłam, próbując rozładować atmosferę. — No dobrze, naucz mnie swoich mentalnych sztuczek rodem z Jedi, o mędrczyni. Ale pod tą zgrywą kotłował się czysty strach. Wiem, jak niebezpieczna może być Diana, jeśli nie nauczę się osłaniać umysłu.

— Najpierw wyobraź sobie, że twój umysł otaczają ochronne bariery. — Głos Athiny nabrał kojącego rytmu. — Nadaj im taką formę, jaka daje ci poczucie bezpieczeństwa — stalowy mur, pole siłowe, cokolwiek.

Zamknęłam oczy, przywołując obraz nieprzeniknionej betonowej przesłony, która odcina moje myśli. Skupiam się intensywnie na każdym segmencie, w myślach wzmacniając powierzchnie. Wyimaginowana konstrukcja wydaje się solidna, nie do sforsowania.

Athina mruknęła z aprobatą. — Dobrze. Teraz trudniejsza część. Musisz zmierzyć się ze swoim najgłębszym lękiem.

Otworzyłam oczy ze zdumieniem. — Chcesz, żebym celowo rozdrapywała najgorsze koszmary? Jak to ma niby pomóc?

— Stając twarzą w twarz ze strachem, odblokujesz większą odporność psychiczną — wyjaśniła cierpliwie. — To konieczny etap twojego rozwoju.

Prychnęłam zirytowana. — No jasne. — Zamknąwszy znów oczy, zwróciłam się do wewnątrz, tropiąc tę visceralną trwogę, czającą się w najciemniejszych zakamarkach psychiki. Wypływa zamazany obraz utraty — rozdzierający strach przed tym, że stracę wszystkich bliskich i zostanę całkiem sama. Sama myśl przyprawia mnie o zawrót głowy.

— Nie uciekaj od niego — ponagliła łagodnie Athina. — Obejmij ten strach, niech wyostrzy ci skupienie zamiast tobą rządzić.

Z zaciśniętą szczęką zanurzyłam się głębiej w kipiącą grozę. Ból groził, że mnie zaleje, ale uparcie przetapiałam go w studnię siły. W wyobraźni bariera umacniająca moje myśli gęstniała i twardniała.

— Doskonale, właśnie tak dalej. — Spokojny głos Athiny kotwiczył mnie pośród burzy. Kawałek po kawałku wzmacniałam wał chroniący moją psychikę, aż nie zostało w nim słabych punktów. Wreszcie wynurzyłam się, wyczerpana, ale umocniona.

Athina uśmiechnęła się z aprobatą. — Z dalszą praktyką twoje mentalne tarcze staną się drugą naturą. Ale zrobiłaś świetny początek.

Odwzajemniłam chwiejny uśmiech, nagle pełna energii. — Chyba jestem gotowa stanąć naprzeciw Diany. Cokolwiek spróbuje, będę gotowa. W środku czuję, jak budzi się nowa moc, którą mogę władać, jak zechcę.

Twarz Athiny spoważniała. — Wiem, że czujesz się ośmielona, ale pamiętaj — odpowiedzialne posługiwanie się mocą jest równie ważne, jak samo jej zdobycie.

Powoli skinęłam głową, przywołana do porządku. Ma rację — sama surowa siła nie daje niczego wartościowego. A jeśli pozwolę, by mnie skorumpowała, ryzykuję, że nie będę lepsza od naszych wrogów.

— Rozumiem. Moje zdolności to narzędzie, nie broń, którą wypuszcza się na oślep. — Spotkałam jej przychylne spojrzenie. — Dzięki za wskazówki. Obiecuję, że będę czujna na samozadowolenie i pychę.

Ścisnęła mnie za ramię. — Masz dobre serce, Artemis. Nigdy o tym nie zapominaj, niezależnie od tego, jak trudna stanie się droga.

Razem patrzymy, jak deszcz bębni w szyby, przyszłość na moment odchodzi w niepamięć. Dziś postawiłam pierwsze kroki na niebezpiecznej ścieżce. Ale mając mądre rady, które trzymają mnie na właściwym trakcie, jestem gotowa stawić czoła wszelkim złowrogim przeszkodom, jakie Diana postawi mi teraz na drodze.

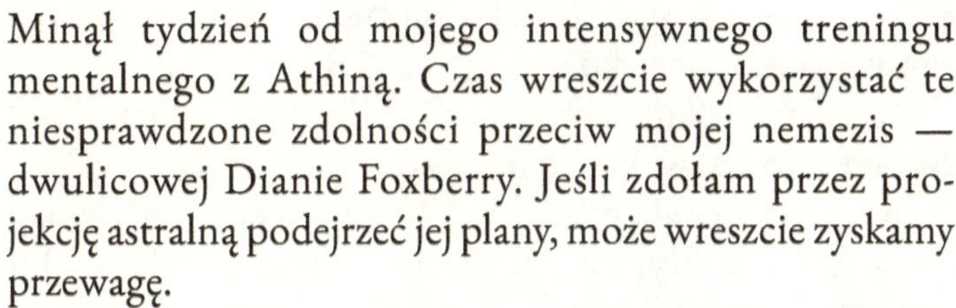

Minął tydzień od mojego intensywnego treningu mentalnego z Athiną. Czas wreszcie wykorzystać te niesprawdzone zdolności przeciw mojej nemezis — dwulicowej Dianie Foxberry. Jeśli zdołam przez projekcję astralną podejrzeć jej plany, może wreszcie zyskamy przewagę.

Siedząc po turecku na łóżku, biorę głęboki oddech i zamykam oczy, skupiając się na rozdzieleniu ducha i ciała.

— No to, Blackwell, zobaczmy, czy to całe astralne bajdurzenie naprawdę działa.

Czuję, jak świadomość zaczyna się odrywać, niczym lina rozciągająca się między formą fizyczną a eteryczną. Ciało wiotczeje, podczas gdy moja bezcielesna jaźń unosi się nad nim, nieobciążona ciężarem.

— Do zobaczenia później, mięsny garnitur — mruczę, starając się zignorować niepokój kotłujący się wewnątrz. Z Dianą w myślach każę swojej widmowej postaci sunąć przez miasto w poszukiwaniu odpowiedzi.

Wrażenie pędu bez ciała przez stałe obiekty jest zarazem ekscytujące i głęboko niepokojące. Jestem widmem, całkowicie odsłoniętym, pędzącym ku niewidocznemu zagrożeniu. Ale na wątpliwości za późno.

— No proszę... Czy to mnie Pani szuka, kochanie?

Drwiący głos przeszywa mnie ułamek sekundy przed tym, jak męka ogarnia moją jaźń. Czuję, jakby tysiąc lodowatych igieł wbijało się w samą tkankę mojego jestestwa. Krzyczę, bardziej odruchowo niż z bólu fizycznego.

— Cholera, wiedziała, że nadchodzę! — Szarpię się na próżno, gdy tortura przybiera na sile. — Jak ona...

Pogardliwy śmiech Diany przecina mój popłoch. — Czy naprawdę sądziła Pani, że Pani żałosne, nieporadne parapsychiczne grzebanie zdoła mnie zaskoczyć?

Jej obecność napiera, triumfalna i okrutna. — Taka początkująca projekcja astralna nie dorasta do moich umiejętności, dziecko.

Zaciskając zęby, warczę: — Idź do diabła, Diano! — Brawura to wszystko, co mi zostało, gdy moja eteryczna forma tkwi sparaliżowana w jej sadystycznym uścisku.

— Ach, ta słynna zadziorność Blackwell. — Jej rozbawienie tylko podsyca moją wściekłość, gdy się mną bawi. — Ale tym razem Pani nie ocali.

Z zaciśniętą szczęką uparcie napieram, czerpiąc z kiełkujących zdolności. Niewystarczająco, by się wyrwać, ale dość, by nie dać się całkiem zmiażdżyć. — Wy noś... się... z mojej... głowy!

Diana cmoka z dezaprobatą. — No, no. Sama Pani ściągnęła tę inwazję na siebie, kochana. Trzeba było trzymać się z daleka.

Zbieram resztki sił i wycedzam: — Nigdy. Jakoś sprawię, że za wszystko zapłacisz.

— Pusta brawura. — Jej uścisk się zaciska, wyciskając ze mnie zduszony szept. — Czy spodziewała się Pani braku konsekwencji za szpiegowanie mnie, dziecko?

W agonii i wściekłości pluję w jej stronę przekleństwami, choć moja jaźń drży pod jej bezlitosnym naporem. Ale prędzej diabli mnie wezmą, niż dam jej satysfakcję usłyszenia mojego krzyku.

— Zawsze taka ognista, mimo przeciwności. — Jej uśmiech ocieka jadem. — Zobaczmy, jak długo wytrwa Pani zuchwały duch.

Ból dokręca śrubę, strzępiąc brzegi koncentracji. Kurczowo trzymam się kruszejących osłon. Tylko wytrzymać, wytrwać jakoś...

W desperacji chwytam się w myślach czegokolwiek, co zakotwiczy mnie wobec męczarni — trening z Athiną, godziny hartowania umysłu. Ta lina ratunkowa odrobinę mnie stabilizuje wobec okrucieństwa Diany.

— Wciąż taka dzielna, ptaszynko? — Napiera bliżej, szukając szczelin w moich poturbowanych obronach. — Nie wysilaj się. Pani klęska tutaj jest nieunikniona.

Zbieram postrzępione resztki buntu. — Jeszcze.. . zobaczymy. — I potężnym zrywem woli odpycham ją o ten jeden, bezcenny cal.

Odrzuca ją, po czym imadło zaciska się jeszcze mocniej. — Uparciucha, głupia dziewczyno. Złamię Panią tak czy inaczej.

— Nigdy — przysięgam przez jej dławiący uścisk. Spinam się i uderzam wszystkim, co mi zostało. Jej uchwyt chwieje się... i rozdzieram się na wolność z nieartykułowanym wrzaskiem.

Zaskoczenie Diany rozchodzi się falą. — Niemożliwe! Nie ma Pani ani umiejętności, ani siły!

Chwieję się, jaźń migocze, ale kurczowo trzymam się wolności. — Przyzwyczajaj się... do rozczarowań.

Jej obecność cofa się, kipiąc jadem. — To jeszcze nie koniec, Blackwell. Ani trochę. — A potem znika z moich zmysłów jak ulotny koszmar.

Opadam w psychicznym wyczerpaniu i poturbowaniu. Ale mimo jej okrucieństwa dokonałam dziś czegoś przełomowego. Teraz z pierwszej ręki znam prawdziwe granice moich darów. I mignęły mi przed oczami ogromne poziomy, które wciąż czekają wyżej.

Z determinacją mogę się na nie wspiąć, by pewnego dnia stanąć Dianie jak równa. Pożałuje, że podjudziła moją determinację — i zlekceważyła, jak daleko gotowa jestem się posunąć, by ją powalić.

Lecz osiągnięcie takiego potencjału wymaga cierpliwości i mądrości, nie ślepej żądzy odwetu. Wymuszam poszarpane oddechy, stabilizując rozproszoną jaźń, zanim ruszę z powrotem do fizycznych pieleszy.

Bitwa po bitwie. Dzisiejsza była brutalną lekcją, ale takie najczęściej uczą najwięcej. Teraz dokładnie rozumiem, jak bardzo wciąż ustępuję naszym wrogom. A ta wiedza rozpala we mnie ogień.

—◇—

Otwieram oczy i natychmiast przetaczam się, by zwymiotować przez krawędź kanapy, kończyny drżą. Moja astralna forma może nie mieć fizycznej substancji, ale okrutny atak Diany zostawił rany psychiczne, które wciąż pulsują i bolą.

— Nie możesz ciągle rzucać się na nią sama, Artemis — mówi Declan, a troska rysuje się na jego twarzy, gdy przykuca obok mnie.

Podnoszę się z charkliwym śmiechem. — Kto powiedział, że sama? Ale muszę szybko się wzmocnić. Diana nie będzie czekać wiecznie.

Athina kręci głową, ponadczasowe oczy przeszywają. — Prawdziwa siła to coś więcej niż fizyczna czy psychiczna moc. Owszem, sięgnęłaś do nowych pokładów w sobie. Ale lekkomyślny pośpiech sprawi, że obrócą się przeciwko tobie.

Wycieram usta z grymasem, walcząc z mdłościami. — Okej, to co teraz? Więcej medytacji i tej całej wewnętrznej harmonii? — Subtelność nigdy nie była moją mocną stroną.

Athina uśmiecha się krzywo. — Mnie też nie obca jest niecierpliwość. Ale na razie skupimy się na technikach mentalnych, by wytrzymać wampiryczne ataki Diany.

Wzdycham, dłonie zaciskają się z nagromadzonej frustracji. — Dobra, dobra, oświeć mnie, o mędrczyni. — Szczerze mówiąc, desperacko potrzebuję wzmocnić swoje marne osłony, zanim Diana kompletnie poszatkuje mi umysł.

Twarz Athiny tężeje. — Najpierw odzyskaj siły. Teraz, jeśli będziesz się forsować, tylko ściągniesz na siebie większe szkody.

Zbieram się, by wstać, wciąż chwiejna. — Odpoczynek jest dla słabych. Będę gotowa po szybkim spacerze— Kolana natychmiast się pode mną uginają i z hukiem ląduję z powrotem.

Declan chwyta mnie mocno za ramiona. — A może dla tych, którym właśnie sponiewierano jaźń — sugeruje z wymownym spojrzeniem.

— Och, przestań — burczę, choć z wdzięcznością zapadam z powrotem w poduszki, kończyny ołowiane. W tym stanie nikomu się nie przydam.

Athina wciska mi w dłonie parujący kubek. — Pij. Pomoże odnowić twoje energie psychiczne.

Zerkam na miksturę podejrzliwie. Pewnie smakuje jak wywar z gotowanej kory. Ale biorę ostrożny łyk — ziemisty płyn natychmiast koi postrzępione nerwy.

Athina unosi kącik ust. — Pomyśl o tym jak o lekarstwie dla duszy. Odpocznij teraz. Prawdziwy trening zaczyna się o świcie.

Wywar działa błyskawicznie, powieki z każdą sekundą stają się cięższe. Gdy mrok nadciąga, czuję, jak Declan muska pocałunkiem moje włosy. — Mamy cię — mruczy.

Zapadam w łaskawie bezsenny sen, ich niezachwanna lojalność otula mnie jak ciepły koc. Jutro przyniesie nowe próby, ale na razie mogę spać spokojnie, wiedząc, że nie stoję sama.

Dzięki właściwemu prowadzeniu potrafię zahartować swoje zdolności w prawdziwą broń, zamiast pozwolić, by były jak pożar trawiący sprzymierzeńców i wrogów jednakowo. Athina dała mi iskrę — teraz ona i Declan pomogą przemienić ją w prawy żar.

Diana próbowała mnie podminować i zniechęcić, przekonana, że pęknę pod presją. Ale ciężko się przeliczyła. Wszystko, co osiągnęła, to rozpalenie we mnie ognia, który teraz będzie płonął nieubłaganie ku jej zgubie.

Niech nacieszy się tymi drobnymi zwycięstwami, póki może. Każde tylko podkarmi nadchodzący pożar.

Słońce przelewa się przez okno, kładąc ukośne smugi w poprzek pokoju. Ciało boli, ale umysł mam klarowny i skupiony. Paskudne gierki Diany tylko podsyciły mój gniew, moją potrzebę zemsty. Potrzebuję jednak więcej mocy, jeśli mam ją pokonać. Zginam palce, czując, jak pod skórą pulsuje energia psychiczna, wciąż niewystarczająco silna.

— Artemis — woła Malcolm ze swojej prowizorycznej pracowni po drugiej stronie magazynu, a jego fiołkowe oczy błyszczą podnieceniem. — Chyba coś znalazłem.

— Znalazłeś czy coś upichciłeś? — odparowuję, podnosząc się z kanapy i idąc w jego stronę, a Nadia i Declan podążają za mną z ciekawością. Malcolm stoi przed stołem zastawionym fiolkami i kolbami z różnokolorowymi cieczami, trzymając jedną w dłoni.

— I jedno, i drugie — uśmiecha się krzywo. — Zsyntetyzowałem niesprawdzoną surowicę, korzystając z badań Foxberry'ego, które ukradliśmy z jego laboratorium, kiedy cię odbijaliśmy. Bazuje na tej ostatniej, którą planował ci podać.

— Niesprawdzoną, tak? Brzmi jak przepis na katastrofę. — Nie mogę jednak powstrzymać iskierki nadziei, choć na myśl o wstrzyknięciu sobie kolejnej mikstury tamtego psychola strach ścina mi krew.

— Może — przyznaje Malcolm, poważniejąc. — Ale może dać ci przewagę nad Dianą.

— Dawaj — żądam, wyciągając dłoń. Na samą myśl o wpuszczeniu do żył kolejnego wywaru tego szalonego naukowca przechodzą mnie ciarki, ale nie mogę ryzykować, że moi przyjaciele zostaną wystawieni na gniew Diany. Jeśli to cena za ochronę tych, na których mi zależy, chętnie zatańczę z samym diabłem.

ROZDZIAŁ CZTERNASTY

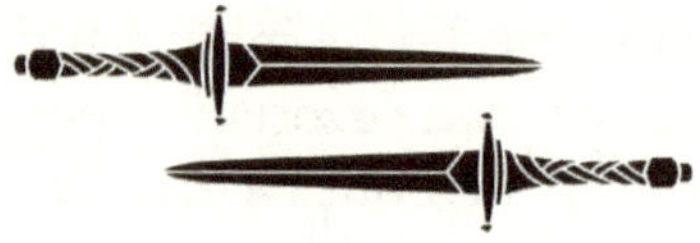

— Artemis, muszę podkreślić jak bardzo to jest niebezpieczne — ostrzega Malcolm, niechętnie podając mi strzykawkę, którą trzyma, gdy wyciągam rękę, domagając się serum. — Skutki uboczne mogą okazać się katastrofalne.

— Uwaga, doktorku: nasze życie to jedna wielka katastrofa. Zaryzykuję. — Wyrwam strzykawkę, oglądając lepki, pomarańczowy płyn w środku. — Obiecaj mi, że będziesz ostrożna — prosi, a jego ton łagodnieje.

— Ostrożność to moje drugie imię — kłamię, uśmiechając się krzywo mimo strachu, który podgryza mnie od środka. — Co najgorszego może się stać?

— Obyśmy nigdy się nie przekonali — mruczy Malcolm, obserwując mnie z mieszanką podziwu i przerażenia, gdy przygotowuję się do wstrzyknięcia sobie niesprawdzonego serum. Nie wie, że boję się tak samo jak on.

— Czekaj, chyba nie zamierzasz serio wstrzyknąć sobie tego, prawda? — wtrąca Nadia, jej oczy rozszerzają się z niedowierzania.

— Oczywiście, że nie — dodaje Declan spiętym, pełnym troski głosem. — Prawda, Artemis? Nie zaryzykowałabyś tak własnym życiem.

Spotykam ich zatroskane spojrzenia, a w żołądku zawiązuje mi się twardy supeł. Chciałabym ich uspokoić, ale prawda jest taka, że jestem zdesperowana. A zdesperowani ludzie robią szalone rzeczy.

— Słuchajcie, doceniam waszą troskę, ale muszę to zrobić — mówię, starając się brzmieć pewniej, niż się czuję. — Nie mamy szans z Dianą, jeśli nie wyrównamy szans.

— To pozwól, że ja to zrobię — nalega Declan, podchodząc bliżej. — Wiesz, że poradzę sobie ze skutkami ubocznymi lepiej niż ty.

— Albo ja — proponuje Nadia z zafrasowaną miną. — Od dawna marzę o podrasowaniu mocy.

— Dzięki, ale żadne z was nigdy nie rozwinęło więcej niż dwóch zdolności — przypominam, ściskając mocno strzykawkę. — Jeśli ktoś ma szansę to przeżyć, to ja. Sam Dr. Foxberry to powiedział, a ja wyczytałam to w jego umyśle. Jestem jedyną testową osobą, która kiedykolwiek rozwinęła więcej niż dwie. To muszę być ja.

— Artemis, proszę — błaga Declan, jego piwne oczy szukają moich. — Nie rób tego.

— Słuchaj, wiem, że to ryzykowne — przyznaję, czując, jak ciężar ich zmartwień przygniata mnie jak ołowiany koc. — Ale kończą nam się opcje. Dam radę, dobra?

„Dobrze" to nie jest słowo, którego bym użyła, gdy podciągam rękaw skórzanej kurtki, odsłaniając blade przedramię. Pokój zdaje się na mnie napierać, a dezaprobata przyjaciół wręcz iskrzy w powietrzu.

— Artemis, nie wiemy, co ci to zrobi — ostrzega Nadia, a jej ton drży. — Proszę, przemyśl to.

— Już przemyślałam — mówię, starając się zagrać brawurą, której wcale nie czuję. Kropla potu spływa mi po skroni, gdy wbijam igłę w skórę, serce wali jak młot pneumatyczny.

— Artemis! — krzyczy Declan, ale jest już za późno. Naciskam tłok, uwalniając serum do krwiobiegu.

Przez moment nie dzieje się nic. Potem lodowaty ogień buchnie przez moje ciało i dyszę, zginając się wpół. Ból pulsuje w każdym nerwie, w każdej komórce. Czuję się, jakby rozdzierano mnie od środka.

— Artemis! — krzyczy Nadia, gdy Declan łapie mnie, zanim osuwam się na podłogę. — Co się z nią dzieje?

— Jej ciało dostosowuje się do serum — wyjaśnia Malcolm, jego głos napięty od niepokoju. — Pozostaje mieć nadzieję, że nie rozerwie jej przy tym na strzępy.

— Cholera, Artemis — mamrocze Declan, tuląc mnie mocno, gdy ból narasta. — Czemu zawsze musisz być taka uparta?

— W pakiecie — wyciskam przez zaciśnięte zęby, zmuszając się, by skupić się na czymś innym niż rozrywająca mnie agonia. Przed oczami staje mi samozadowolony uśmieszek Diany, to, jak mnie prowokowała po naszym ostatnim starciu. Jeśli to serum pomoże mi zetrzeć ten uśmiech z jej twarzy, warto cierpieć.

— Trzymaj się, Artemis — nalega Nadia, ściskając moją dłoń. — Jesteś wystarczająco silna, by to udźwignąć. Jesteś najsilniejszą osobą, jaką znam.

Ściskam jej dłoń, czyniąc z jej słów kotwicę, która trzyma mnie przy rzeczywistości. Kiedy ból w końcu zaczyna ustępować, kurczowo trzymam się nadziei, że nasze poświęcenia nie pójdą na marne. A może, tylko może, ten hazard się opłaci.

— Artemis, wszystko w porządku? — Głos Declana brzmi odlegle, jakby mówił zza grubej ściany. Martwi się — wyczuwam to — ale nie mam siły, by się tym przejąć.

— Nigdy nie było lepiej — mówię sarkastycznie, ledwie szeptem. Ból zniknął, a w jego miejsce przez żyły przepływa przytłaczająca fala mocy. Ta nowa siła odurza — jak narkotyk, oplatający mnie uwodzicielskim uściskiem.

— Artemis, musimy porozmawiać o tym, co się właśnie stało — mówi Nadia stanowczo, ale łagodnie. Próbuje sprowadzić mnie na ziemię, powstrzymać przed całkowitą utratą kontroli. Ale na to już za późno.

— Rozmawiać? Jasne, pogadajmy o tym, jak właśnie zostałam cholernym nadczłowiekiem. — Śmieję się, ale nie ma w tym krzty wesołości. Umysł mam jak pękniętą taflę, a brzegi rozsądku trzymają się ledwo, ledwo.

— Artemis, musisz panować nad emocjami — ostrzega Malcolm surowym tonem. — Twoje moce mogły wzrosnąć wykładniczo, ale równie mocno wzrosło obciążenie psychiki.

— Kontrola? — warczę, odwracając się do niego gwałtownie. — Oczekujesz, że mam to kontrolować? Dałeś mi niesprawdzone serum, a teraz dziwisz się, że mam problem, żeby się pozbierać?

— Artemis, jesteśmy tu, żeby ci pomóc — mówi Declan, podchodząc ostrożnie, jakby miał do czynienia z dzikim zwierzęciem. A może właśnie nim jestem — bestią uwięzioną w klatce własnego autorstwa, szarpiącą kraty, by się wyrwać.

— Pomoc? — mój śmiech kwaśnieje, a gniew we mnie wiruje, podsycany surową mocą pędzącą przez ciało. — Nie potrzebuję pomocy. Już nie.

— Artemis, proszę — błaga Nadia, a w jej oczach błyszczą łzy. — Jesteśmy twoimi przyjaciółmi. Chcemy się upewnić, że nic ci nie jest.

— Przyjaciele? — Słowo brzmi mi na języku obco, jak przekleństwo. — Jak mam komukolwiek ufać, skoro wszystko było kłamstwem? Skoro każdy, kogo uważałam za bliskiego, w jakiś sposób mnie zdradził?

— Artemis — prosi łagodnie Declan, wyciągając do mnie rękę. — Pozwól nam pomóc. Nie musisz przez to przechodzić sama.

— Samotność to jedyne, czemu mogę zaufać. — Mój głos się łamie, gdy odpycham go, a pulsująca we mnie moc z każdą sekundą rośnie. — Myślisz, że mnie znasz? Że uratujesz mnie przed samą sobą? Nikt mnie już nie uratuje.

— Artemis— — zaczyna Nadia, ale jej przerywam.

— Trzymajcie się ode mnie z daleka — warczę, czując, jak gniew zaczyna mnie pożerać. — Wszyscy. Nie potrzebuję żadnego z was.

Odwracam się i wymykam z pokoju, zostawiając ich za sobą. Słyszę, jak wołają, ale ich głosy blednią w tle, gdy ogarnia mnie ciemność wewnątrz. Zanim ktokolwiek zdoła mnie dogonić, zmieniam się w kruka — przemiana, która kiedyś wymagała tyle wysiłku i energii, teraz przychodzi mi z łatwością oddychania — i wznoszę się w jasne niebo.

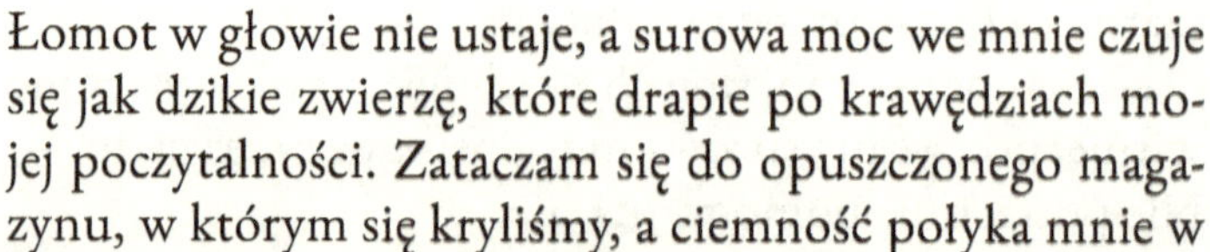

Łomot w głowie nie ustaje, a surowa moc we mnie czuje się jak dzikie zwierzę, które drapie po krawędziach mojej poczytalności. Zataczam się do opuszczonego magazynu, w którym się kryliśmy, a ciemność połyka mnie w całości. Oddycham poszarpanie, serce huczy mi w piersi.

— Artemis. — Głos Declana przecina mrok jak nóż, jego kroki odbijają się echem od betonu, gdy zbliża się do mnie. — Nie możesz przed tym wciąż uciekać.

— To patrz — cedzę, zaciskając pięści przy bokach.

— Artemis, proszę — błaga, podchodząc bliżej, desperacja splata mu się z każdym słowem. — Wiem, że się boisz. My wszyscy. Ale możemy ci pomóc.

— Naprawdę? — prychnę, mrużąc oczy, gdy gniew bulgocze tuż pod powierzchnią. — Naprawdę?

— Proszę, pozwól mi spróbować. — Wyciąga do mnie rękę i przez ułamek sekundy coś we mnie pragnie tego dotyku, zakotwiczenia w rzeczywistości ciepłem drugiej osoby.

— Dobrze — ulegam, równie mocno po to, by uciszyć tę rozpaczliwą część siebie, co by go zadowolić. — Spróbuj.

Declan obejmuje mnie mocno, wciągając w swój uścisk. To lina ratunkowa, krótka chwila wytchnienia pośród szalejącego we mnie chaosu. Do nozdrzy dociera jego zapach — ciepła skóra, skóra i przyprawy — koi część gniewu, który grozi pochłonięciem mnie w całości.

— Pamiętaj, kim jesteś, Artemis — szepcze mi do ucha, jego oddech jest ciepły na mojej skórze. — Nie jesteś tym potworem, w którego próbuje zmienić cię serum. Jesteś silniejsza.

— Naprawdę? — mój głos jest ledwie słyszalny nawet dla mnie. Wątpliwość żłopie mnie jak wygłodniała bestia, żerując na strachu i niepewności.

— Naprawdę — odpowiada twardo Declan. — Wierzę w ciebie.

Jego słowa powinny nieść ukojenie, ale tylko pomnażają mrok wewnątrz. Serum szarpie mój umysł, wykręca myśli, przez co przyjaciela trudno odróżnić od wroga. Czuję, jak narasta — ta moc grozi, że rozerwie mnie od środka.

— Declan... — Mój głos drży, gdy próbuję okiełznać wzbierającą panikę. — Nie... nie panuję nad tym...

— Artemis, oddychaj — ponagla, zaciskając na mnie uścisk. — Skup się na moim głosie. Dasz radę z tym walczyć.

Przez krótką chwilę mu wierzę. Chwytam tę strzępinę nadziei jak tonąca linę... ale serum jest nieubłagane, rozdziera moje obrony, aż zostaje tylko naga, nieokiełznana moc.

— Odsuń się ode mnie! — warczę, odpychając go wybuchem siły psychicznej. Declan zatacza się w tył, wstrząśnięty i zraniony, walcząc o równowagę.

— Artemis, nie rób tego — błaga, znów po mnie sięgając, ale we mnie zapuścił korzenie mrok, nie pozostawiając miejsca na rozsądek ani współczucie.

— Trzymaj się z daleka! — syczę, a wzrok mi się zamazuje, gdy gniew mnie pochłania. — Ostrzegałam!

— Artemis— — zaczyna, ale ja już znikam, połknięta przez cienie, gdy uciekam od niego, od wszystkich. Od potwora, w którego się zmieniam.

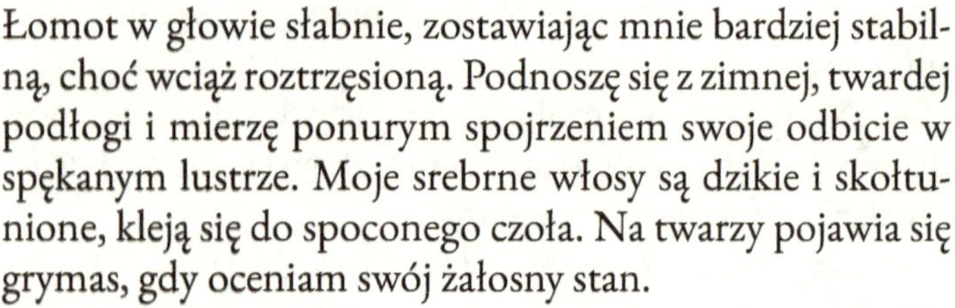

Łomot w głowie słabnie, zostawiając mnie bardziej stabilną, choć wciąż roztrzęsioną. Podnoszę się z zimnej, twardej podłogi i mierzę ponurym spojrzeniem swoje odbicie w spękanym lustrze. Moje srebrne włosy są dzikie i skołtunione, kleją się do spoconego czoła. Na twarzy pojawia się grymas, gdy oceniam swój żałosny stan.

— Popatrz na siebie — mamroczę mrocznie — wszechmocna Artemis Blackwell, powalona przez byle niedorobione serum.

— Artemis — dobiega przez drzwi głos Nadii, błagalny. — Proszę, pozwól nam ci pomóc.

— Pomóc mi? — prychnę, ścierając pot wierzchem dłoni. — Myślisz, że wasz malutki Circle to naprawi? Nie, muszę zrobić to sama.

— Artemis, nie bądź nierozsądna — ostrzega Declan szorstko, z troską. — Przeszliśmy razem zbyt wiele, by teraz odpuścić. Potrzebujemy siebie nawzajem.

— Może wy mnie potrzebujecie, ale ja was na pewno nie — odwarkuję, jeżąc się na ich troskę. To słabość, na którą nie mogę sobie teraz pozwolić. — Diana nie będzie czekała, aż się ogarnę, a ja nie mogę znów stracić kontroli, kiedy jesteście w pobliżu.

— Artemis, proszę — błaga Nadia, a jej głos się łamie. — Nie odcinaj nas.

— Żegnaj, Nadio — mówię chłodno, odwracam się od drzwi i znów zmieniam w kruka, po czym wylatuję przez wybite okno.

Kiedy lecę nad pociemniałymi ulicami, energia miasta brzęczy wokół mnie, a wyostrzone zmysły wychwytują każdy szczegół — odległy wycie syren, zapach deszczu na wietrze, smak desperacji i strachu. Wiem, że Circle nie zrozumie mojej decyzji, ale nie widzą tego, co ja — surowej mocy, która pędzi przeze mnie i błaga o uwolnienie.

— No dobrze, Diano — szepczę w ciemność, mój głos drży tłumionym warkotem. — Chciałaś potwora? To go masz. — Z tą myślą zatracam się w pościgu, zdeterminowana, by powstrzymać Dianę, zanim skrzywdzi kogokolwiek innego.

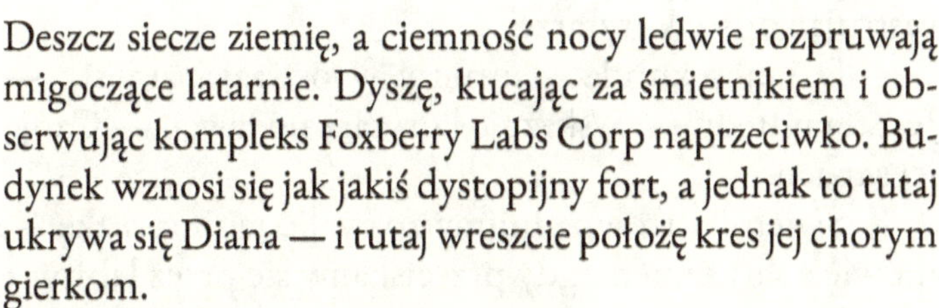

Deszcz siecze ziemię, a ciemność nocy ledwie rozpruwają migoczące latarnie. Dyszę, kucając za śmietnikiem i obserwując kompleks Foxberry Labs Corp naprzeciwko. Budynek wznosi się jak jakiś dystopijny fort, a jednak to tutaj ukrywa się Diana — i tutaj wreszcie położę kres jej chorym gierkom.

— Nie sądziłem, że dasz radę sama — mruczy głos tuż przy moim uchu, aż podskakuję. Declan materializuje się obok mnie, wysuwa się z cienia, który jeszcze przed sekundą był pusty. Powinnam była wiedzieć, że mnie śledzi.

— Cholera, Declan, której części 'stay away' nie zrozumiałeś? — syczę zirytowana. — Nie potrzebuję niańki.

— Kto mówił o niańczeniu? — uśmiecha się z bezczelną pewnością siebie, mimo grożącego nam niebezpieczeństwa. — Może i jesteś teraz dopakowana mocą, ale dwie pary oczu widzą lepiej niż jedna. Poza tym Diana to też mój problem.

— Dobra — burczę, wiedząc, że nie ma sensu z nim dyskutować. — Ale jeśli znowu stracę kontrolę...

— To ściągnę cię z powrotem, tak jak wcześniej — przerywa, a jego piwne oczy patrzą na mnie z niezachwianą determinacją. Na razie wystarcza to, by uciszyć moje wątpliwości.

Skradamy się bliżej kompleksu, trzymając się cieni, mijamy kamery i obchodzimy elektroniczne bramy. Moje wzmocnione zdolności sprawiają, że to niemal śmiesznie proste, ale z każdym użyciem mocy czuję, jak psychika się napina. Nie mogę znów dać się temu pożreć.

— Mam wejście — szepcze Declan, wskazując boczne drzwi. Otwiera zamek z lekką łatwością i razem wślizgujemy się do sterylnych, jarzeniówkowych korytarzy labu.

— Masz jakiś trop, gdzie może być Diana? — pytam, lustrując puste korytarze.

— Daj mi sekundę — mruczy, wyostrzając zmysły. — Jest... tamtędy. — Wskazuje korytarz po lewej. — Czuję jej zapach.

— Świetnie, to wpadnijmy rozwalić jej imprezkę — mówię z sarkazmem, gdy przeciskamy się przez labirynt przejść.

W końcu docieramy do podwójnych drzwi, a za nimi wyczuwam spaczoną sygnaturę energii Diany. Serce wali mi w piersi, ale odganiam strach, który gryzie mnie od środka. Czas stawić jej czoła — i zakończyć ten koszmar raz na zawsze.

— Gotowa? — pyta Declan, a na jego twarzy mignie niepokój.

— Jedziemy — odpowiadam, spinając się na to, co nadejdzie.

Wpadamy do laboratorium pełnego monitorów i sprzętu, a tam ona — Diana Foxberry — stoi przy stole operacyjnym z wrednym uśmiechem przyklejonym do twarzy.

— Artemis Blackwell, jak miło, że do nas dołączyłaś — drwi, a jej zielone oczy błyszczą złośliwością. — I przyprowadziłaś swojego kociego przyjaciela. Jak słodko.

— Daruj sobie, Diano — warczę, a gniew we mnie kipie. — To się kończy teraz.

— Naprawdę? — przekrzywia głowę niby z ciekawością. — Myślisz, że twoje świeżo nabyte moce czynią cię niezwyciężoną? Powiem ci jedno: ledwie musnęłaś to, czym jest prawdziwa potęga.

— Dość gadania — warczę, miotając falą mocy psychicznej, która odrzuca ją, aż potyka się o ścianę. — Czas pokazać ci, jaka naprawdę jestem silna.

Gdy Diana próbuje odzyskać równowagę, wiem, że tańczę na krawędzi obłędu, a moje moce grożą, że mnie pochłoną. Ale nie pozwolę jej uciec — nie tym razem. Obejmuję pełnię potencjału, czerpiąc każdą uncję siły i umiejętności, jaką mam.

— Artemis, ostrożnie — mruczy Declan, a w jego głosie pobrzmiewa troska. — Nie zatracaj się.

— Zaufaj mi — odpowiadam niskim, niebezpiecznym tonem. — Wiem, co robię.

Diana uśmiecha się krzywo i lekkim ruchem dłoni miota we mnie falę energii. Ledwie uchylam się przed atakiem, czując, jak żar osmala mi końcówki włosów.

— I to wszystko, na co cię stać? — prowokuję, serce dudni mi w piersi. Pokój wypełnia brzęk maszyn i woń ozonu, gdy nasze moce się zderzają. — Twój tatuś musi być z ciebie dumny.

— Zamknij się, Artemis! — syczy Diana, a jej twarz wykrzywia wściekłość. — Nic nie wiesz o moim ojcu!

— Prawda — przyznaję, wyskakując za metalowy stół, by się osłonić. — Ale wiem wystarczająco dużo, by zakończyć twoje chore eksperymenty.

— Zarozumiała idiotko — syczy, posyłając kolejną serię śrub energii, które uderzają w stół jak miniaturowe eksplozje. Powietrze wypełnia chmura dymu, utrudniając widoczność. — Nie potrafisz nawet zapanować nad własnymi mocami, a co dopiero mnie powstrzymać.

— To patrz — odwarkuję, zaciskając zęby, gdy zbieram siły i skupiam się na lewitacji ciężkiego stołu między nami. Gdy ciskam nim w jej stronę, wyczuwam w pobliżu Declana, który obserwuje mnie z niepokojem.

— Artemis, za bardzo się forsujesz — woła z cienia, a jego piwne oczy pełne są troski. — Pozwól mi pomóc.

— Trzymaj się od tego z daleka, Declan! — syczę, nie chcąc przyznać, że wymyka mi się spod kontroli ta niestabilna moc. Ale w głębi wiem, że ma rację — sama nie dam rady.

— Czas minął, Artemis — chełpi się Diana, dłonie żarzą jej się nieokiełznaną energią. — Teraz zginiesz.

— Declan, teraz! — krzyczę, gdy rozpacz rozszarpuje mnie od środka. Myśl o tym, że Diana zdobędzie przewagę, podsyca mój gniew i strach, ale nie dam jej satysfakcji, widząc, jak się chwieję.

Bez wahania Declan wyłania się z cienia, a jego muskularna sylwetka zmienia się w potężnego jaguara. Rzuca się na Dianę, pazury tną powietrze, na moment odciągając jej uwagę od ataku na mnie.

— Daj jej, Dec! — zagrzewam go, a serce wzbiera mi wdzięcznością za jego niezłomne wsparcie. Razem stanowimy piekielnie zgrany duet.

— Dość! — ryczy Diana, miotając pocisk energii, który posyła Declana przez cały pokój. Serce podskakuje mi do gardła, gdy wali w ścianę, a jego kocie ciało osuwa się na podłogę, po czym znów wraca do ludzkiej postaci — rany goją mu się natychmiast wraz z przemianą, choć upadek wciąż go oszołomił.

— Declan! — wrzeszczę, a wściekłość i strach rozpełzają się we mnie jak pożar. Pokój wiruje, a mój umysł ledwie nadąża za chaosem. Wiem, że jeśli nie odzyskam kontroli, stracę siebie całkowicie — a wtedy nie będzie ratunku dla żadnego z nas.

Duszny smród spalonego ciała wżera się w powietrze, aż żołądek podchodzi mi do gardła. Moc Diany jest bezlitosna i choć stoimy z Declanem ramię w ramię, czuję, jak rozdziera nas na kawałki. Pot zalewa mi czoło, gdy usiłuję osłonić nas przed jej naporem.

— Artemis — mówi Declan, łapiąc oddech. — Mam pomysł.

— Błagam, powiedz, że to coś lepszego niż 'walczmy, aż padniemy' — cedzę przez zęby, a sarkazm ledwie maskuje moją desperację.

— O wiele lepszego. — Uśmiecha się mimo bólu wyrytego na twarzy. — Ale musisz mi zaufać.

— Zawsze — odpowiadam bez wahania. Declan nigdy mnie nie zawiódł i nie zacznę teraz w niego wątpić.

— Dobrze. — I z tym znów przemienia się w jaguara, mięśnie falują mu pod płowym futrem. Zanim zdążę zapytać, co planuje, znika w cieniach, zostawiając mnie sam na sam z wściekłością Diany.

— Gdzie się podział twój pupilek, Artemis? — drwi Diana, jej zielone oczy błyszczą złośliwie. — Ucieka, tak jak ty?

— Niczego się nie nauczyłaś po naszym ostatnim starciu? — odwarkuję, serce dudni mi w piersi. — Nigdy nie uciekamy przed walką.

— To szykuj się na śmierć — warczy, zbierając energię do kolejnego uderzenia.

Nagle powietrze rozdziera gardłowy krzyk i odwracam się, by zobaczyć, jak Dr. Foxberry pada na ziemię, a z rozwartej rany na piersi tryska krew. Oczy jaguara spotykają się z moimi i wiem, że Declan zrobił to, co trzeba było zrobić.

— Ojcze! — krzyczy Diana w przerażeniu, a żal rozrywa jej kontrolę. Jej moce miotają się chaotycznie, przewracając sprzęt i rozbijając szkło wokół nas.

— Chodź, Artemis! — woła z cienia Declan, nagląco. — Musimy już iść!

Nie trzeba mi tego powtarzać. Gdy uwaga Diany się rozprasza, biegniemy przez zgliszcza i kierujemy się ku wyjściu.

— Artemis! Jak mogłaś?! — wrzeszczy za nami Diana, a jej głos pęka od bólu. — Zapłacisz za to! Słyszysz?!

— Wybacz, Di — mruczę pod nosem, gdy znikamy w nocy. — Ale desperackie czasy wymagają desperackich środków.

Kiedy zostawiamy za sobą płonący kompleks, nie mogę przestać myśleć o cenie, jaką zapłaciliśmy za przetrwanie. Jedno jest jednak pewne: razem jesteśmy silniejsi i ani Diana, ani nikt inny już nas nie rozdzieli.

ROZDZIAŁ PIĘTNASTY

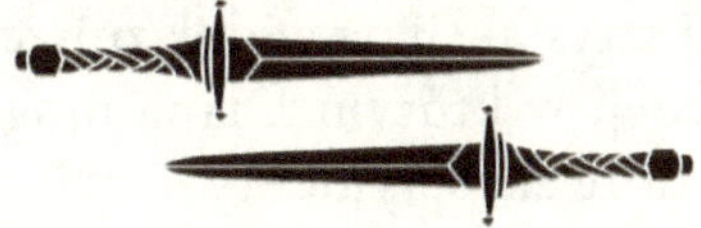

GRYZĄCY ZAPACH DYMU I odległy trzask ognia podążają za nami, gdy pędzimy korytarzem, a wycie rozpaczy i wściekłości Diany niesie się w powietrzu. Oddech Declana rwie się obok mnie krótkimi, poszarpanymi seriami, jego zwykle rozczochrane brązowe włosy lepią się od potu do czoła. Wiemy, że doprowadziliśmy ją do szału, i nie potrafię nie czuć z tego pokrętnej satysfakcji.

— Artemis — dyszy Declan, zerkając na mnie tymi orzechowymi oczami pełnymi niepokoju i zwątpienia. — Może... może nie powinienem był tego robić.

— Zrobił co? — syczę, mrużąc zielone oczy. — Zabrałeś jej głównego pomagiera? Uwierz mi, należało jej się.

— Cholera, Artemis! — mówi, potykając się lekko o kawałek gruzu. — Zabiłem Dr. Foxberry'ego, a teraz jest jeszcze wścieklejsza. Co jeśli to był błąd?

— Słuchaj mnie, Declan — warczę, chwytając go za ramię i szarpiąc do przodu. Krzywi się, odsłaniając blizny na rękach po niezliczonych bitwach. — Nie mieliśmy wyboru. Diana jest niebezpieczna, a wyeliminowanie jej ojca było jedynym sposobem, żeby ją spowolnić.

— Racja — mówi, zaciskając zęby i znów skupiając się na ucieczce. — Oby tylko to wystarczyło.

„Nadzieja" nie należy ostatnio do mojego słownika, ale dla dobra Declana kiwam głową.

Gryzący zapach płonących chemikaliów i gruzów wypełnia mi nozdrza, gdy przedzieramy się przez zdewastowane laboratorium, a każdy oddech przypomina o chaosie, jaki zostawiliśmy za sobą. Nie potrafię nie czuć pokrętnej satysfakcji na widok zniszczeń — to jedno miejsce mniej, w którym Diana mogłaby kontynuować swoje chore eksperymenty.

— Bez Dr. Foxberry'ego — mówię szeptem w tle tlących się ruin — Diana nie będzie w stanie kontynuować swojej spaczonej roboty. Nikt inny nie ma jego wiedzy.

— Prawda — odpowiada Declan, lustrując teren czujnym wzrokiem. — Ale oboje wiemy, że to jej nie powstrzyma.

— A jakże. — Kopię kawałek zwęglonego metalu, posyłając go ślizgiem po podłodze. — Szkoda tylko, że nie sprzątnęliśmy go wcześniej. Może udałoby się powstrzymać ją przed rozwinięciem zdolności kradzieży mocy tak daleko, jak to zrobiła.

— Może — mówi Declan, wahając się. — Ale nie możemy rozpamiętywać przeszłości. Zrobiliśmy to, co trzeba było zrobić.

— Jasne — przytakuję, nie kryjąc goryczy sączącej się z moich słów. — Zawsze robimy to, co „musimy". Ale kiedy to się skończy, co? Kiedy ten cykl wreszcie pęknie?

Nie ma dla mnie odpowiedzi i idziemy dalej w milczeniu, a jedynymi dźwiękami są odległe trzaski płomieni i sporadyczne jęki chwiejących się konstrukcji wokół nas. Wciąż czuję w powietrzu echo wściekłości Diany — niemal namacalną siłę pchającą mnie do ruchu. Wiem, że zadaliśmy jej dotkliwy cios, ale to dalekie od końca. Z każdym krokiem ciężar naszych decyzji i czyhającego przed nami zagrożenia rośnie.

Nie mogę się pozbyć myśli, że eliminując Dr. Foxberry'ego, niechcący przyspieszyliśmy plany Diany dotyczące przewrotu rządowego. Ta myśl zalega mi w żołądku niczym ołów i trudno strząsnąć wrażenie, że kończy nam się czas.

— Artemis — woła Athina, a jej głos sprowadza mnie z powrotem do teraźniejszości i do naszej kryjówki Obsidian Circle. — Musimy znaleźć nową bazę Diany. Możesz użyć swojej projekcji astralnej, żeby ją namierzyć?

— Dobra — warczę, gdy frustracja gryzie mnie od środka. — Zaryzykuję.

— Na pewno? — pyta Athina, a troska rysuje się na jej twarzy.

— Na sto procent — odszczekuję. — Jeśli mamy ją zatrzymać, muszę wejść jej do głowy. Dosłownie.

Declan ściska mnie za ramię, pewnie, uspokajająco. — Uważaj tam, Artemis.

Ostrożność to nie do końca mój styl, ale kiwam głową, udając, że nie zamierzam właśnie zanurkować prosto w paszczę lwa.

Biorę głęboki oddech, centrować się, po czym wypuszczam swoją istotę na plan astralny. Świat wokół mnie rozmywa się, ustępując miejsca bezkresnej ciemności, usianej połyskliwymi, eterycznymi światełkami. Skupiam się na Dianie, próbując wyostrzyć zmysły na jakikolwiek ślad jej energii.

— No dalej — mamroczę pod nosem, a frustracja narasta, gdy blokady psychiczne wciąż udaremniają moje próby. — Gdzie, do diabła, się kryjesz?

— Jakiś trop? — pyta Declan, jego głos napięty troską. Nie widzę go na tym planie, ale czuję jego obecność — kojąca kotwica pośród chaosu. W realnym świecie siedzi obok mnie, ściskając w dłoniach obie moje ręce.

— Na razie nic — przyznaję przez zaciśnięte zęby. — Jej obrona jest silniejsza niż kiedykolwiek. To jak próba poruszania się po labiryncie z zawiązanymi oczami.

— Próbuj dalej — ponagla, a jego wiara działa kojąco na moje postrzępione nerwy. — Już nie raz miałaś gorsze szanse, a zawsze wychodziłaś zwycięsko.

— Dzięki za dowód zaufania — odpowiadam z sarkazmem. — Ale to wcale nie jest bułka z masłem.

— Nigdzie tak nie powiedziałem — odbija. — Ale nie mamy czasu na użalanie się nad sobą, Artemis. Skup się na znalezieniu Diany.

— Dobra — mówię, przełykając gorycz. Zanurzam się głębiej w plan astralny, napierając na bariery psychiczne, które tarasują mi drogę. Czuję się, jakbym brnęła w melasie – powoli i wyczerpująco, a każdy krok naprzód to tytaniczny wysiłek.

— No dalej — szepczę do siebie, mantra determinacji pcha mnie naprzód. — Dasz radę, Artemis.

Ciemność wokół mnie drży, jakby wyczuwała moją determinację. Zaciskam zęby i napieram mocniej, zdeterminowana zburzyć mury stojące między mną a sekretami Diany. I kiedy już myślę, że nie dam rady zrobić ani kroku, mgła odrobinę się przerzedza, odsłaniając najdrobniejszy cień tego, co czeka dalej.

— Jesteśmy blisko — wysapuję, serce wali mi w piersi. — Czuję ją.

— Dobrze — mówi Declan, a w jego głosie słychać ulgę. — To dokończmy to.

— A jakże — przytakuję, a ogień we mnie płonie jaśniej niż kiedykolwiek. — Zakończmy ten koszmar raz na zawsze.

A potem nagle jestem w środku.

Jej psychika to czysty chaos – wir wściekłości, goryczy i nieokiełznanej ambicji. Jak wejście w sam środek huraganu; z trudem orientuję się pośród wyjących wichrów jej myśli.

— Skup się — upominam się, przeszukując splątane nici jej podświadomości. — Znajdź coś – cokolwiek – co pomoże nam położyć kres temu szaleństwu.

— Artemis? — głos Declana podrywa mnie, choć wiem, że siedzi tuż obok. — Co widzisz?

— Trudno powiedzieć — mruczę, próbując poskładać w całość poszarpane obrazy i emocje wirujące wokół mnie. — To jest... co najmniej przytłaczające.

Furia promieniująca z umysłu Diany jest jak pożar, pożerający wszystko na swojej drodze. Niemal czuję jej wściekłość, gdy przysięga zemstę na mnie i Declanie za śmierć Dr. Foxberry'ego. Zaszyła się w jakimś ukrytym zakątku świata, przegrupowuje siły i bez wątpienia planuje naszą zgubę.

— Ostrożnie, Artemis — ostrzega mnie w głowie głos Declana. — Jeśli nie będziesz stąpać lekko, wyczuje, że tam jesteś.

— Zaufaj mi, nie mam zamiaru pukać do jej mentalnych drzwi i pytać o drogę — odcinam się, skupiając na zadaniu. Przesiewam chaos myśli Diany, szukając jakiejkolwiek wskazówki, co planuje dalej. Puls przyspiesza, gdy wyczuwam najcieńsze szeptane tropy zbliżającego się ataku – dużego, zuchwałego i dewastującego. Ale konkrety wymykają mi się z uchwytu jak woda.

— Artemis, jakieś postępy? — odzywa się Athina, a w jej głosie słychać napięcie.

— Coś dużego nadciąga. Czuję to — odpowiadam. — Ale nie potrafię uchwycić szczegółów. To jak próba złapania dymu.

— Kontynuuj — ponagla Declan, jego własny głos napięty jak struna. — Potrzebujemy czegoś konkretnego.

— Serio? Myślałam, że przyszliśmy tu tylko na spacerek po Wariatkowie — odszczekuję, zagłębiając się dalej w maelstrom emocji, jakim jest umysł Diany. Ale nagle czuję, że zasiedziałam się tu za długo. Chaotyczna energia zaczyna się burzyć i kotłować, wyczuwając obcą obecność w swoim wnętrzu.

— Artemis, wynoś się stamtąd! — krzyczy nagle Athina. Musi coś wyczuwać, muskając krawędzie mojego umysłu.

— Pracuję nad tym! — wołam, próbując się wyrwać. Ale psychiczne zabezpieczenia Diany są potężne i zaciskają się na mnie jak imadło. Panika szarpie mnie w piersi, gdy walczę z miażdżącą siłą.

— Artemis, teraz! — ryczy Declan, rozpacz w jego głosie.

— Próbuję! — zaciskam zęby i przywołuję każdą resztkę siły. Ostatnim, herkulesowym wysiłkiem wyrywam się z uchwytu umysłu Diany – w tej samej chwili on sam wypluwa mnie gwałtownie, a ja z impetem wracam do własnego ciała.

—◦—

Wpadam z powrotem do ciała z siłą kuli wyburzeniowej, targana niekontrolowanymi drgawkami. W powietrzu czuć ozon, jakby w pokój uderzył piorun. Moje kończyny miotają się dziko, grożąc strąceniem mnie z kanapy.

— Artemis! — spanikowany głos Declana rozcina chaos. Chwyta mnie za ramiona, próbując mnie ustabilizować, ale to jak próbować przytrzymać żywy przewód.

— Z... ejdź... — udaje mi się wysapać przez zaciśnięte zęby, próbując odzyskać kontrolę nad własnym ciałem. Czuję, jakby każde zakończenie nerwowe płonęło, rażąc mnie falami bólu.

— Spokojnie, Artemis — mruczy kojąco Athina, kreśląc w powietrzu uspokajający sigil. Ból zaczyna ustępować i wreszcie mogę oddychać, nie czując, że zaraz rozpadnę się na milion kawałków.

— Dzięki — charkoczę, ocierając pot z czoła. — To było... niezbyt przyjemne.

— Cholera, naprawdę ją wkurzyłaś — zauważa Declan, troska wyryta na jego twarzy. — Co znalazłaś?

— Koniec gry — odpowiadam, wciąż łapiąc powietrze. — Diana planuje coś dużego, i to wkrótce. Ale to jak patrzenie przez mgłę – nie zdołałam wyłuskać konkretów.

— Świetnie — mruczy ponuro Athina. — Tyka nam pod nosem bomba, której nawet nie widzimy.

— Masz jakiś pomysł, jak ją znaleźć, zanim wysadzi wszystko w diabły? — pyta Declan, a frustracja ostrzy mu słowa.

— Daj mi pomyśleć — warknę, pocierając skronie, by uśmierzyć pulsujący ból, który się tam rozsiadł. — To nie jest, wiesz, żadna łatwizna.

— Przepraszam. — Declan naprawdę wygląda na skruszonego. — Po prostu się martwimy. Musimy ją zatrzymać, zanim będzie za późno.

— Uwierz, wiem — wzdycham, zmuszając się, by usiąść. — Spróbuję jeszcze raz. Tylko... daj mi minutę.

— Artemis, nie forsuj się za bardzo — ostrzega Athina, jej oczy pełne troski.

— Dzięki, mamo — burczę, choć w duchu doceniam jej troskę. Nie podoba mi się to bardziej niż im, ale kończą nam się opcje. Diana to tykająca bomba, a jeśli nie rozbroimy jej na czas, skutki mogą być katastrofalne.

Zegar na ścianie jakby ze mnie drwił, odliczając sekundy, podczas gdy my gorączkowo szukamy sposobu, by powstrzymać Dianę. Czuję na plecach ciężar zmartwionego spojrzenia Declana, kiedy próbuję oczyścić umysł i skupić się.

— Artemis, na pewno dasz radę? — pyta, głos napięty troską.

— Wygląda ci, jakbyśmy mieli wybór? — odbijam ostro.
— Musimy ją znaleźć, i to szybko.

Ciało boli, gdy osuwam się na ścianę, próbując złapać oddech. Następstwa ostatniej projekcji psychicznej wciąż rażą mnie jak piorun. Pot spływa mi po czole, serce pędzi, ale wiem, że muszę spróbować jeszcze raz. Nie mamy innej opcji.

— Artemis — mówi ostrożnie Declan, a jego orzechowe oczy mętnieją od troski. — Musisz zrobić przerwę. Za bardzo się forsujesz.

— Czas raczej nie jest tu naszym sprzymierzeńcem, Declan. — Wymuszam blady uśmiech, maskując strach. — Cokolwiek Diana planuje, stanie się wkrótce. Nie mamy luksusu przerw.

— Twoje zdrowie psychiczne jest warte więcej niż parę dodatkowych minut, Artemis — upiera się, głosem niskim i równym. — Jeśli stracisz kontrolę, gdy będziesz w jej głowie, kto wie, jakie szkody mogłaby ci wyrządzić?

— Declan, doceniam, że się martwisz, ale nie mamy lepszej opcji. — Podnoszę się, czując, jak pokój na moment przechyla się protestem, nim odzyskam równowagę. — Potrzebuję tylko chwili, żeby dojść do siebie, a potem spróbuję znowu.

— Dobra — burczy, krzyżując ramiona na szerokiej piersi. — Ale jeśli cokolwiek pójdzie nie tak, natychmiast się wycofujesz. Nie możemy cię stracić, zwłaszcza teraz.

— Umowa stoi — mówię, choć sama myśl o wcześniejszym wycofaniu się wcale mnie nie pociąga. Jeśli nie znajdę w głowie Diany nic użytecznego, jakbyśmy wchodzili prosto pod rzeź.

— Uważaj na siebie, Artemis — szepcze Declan. — Przysięgam, jeśli wrócisz w gorszym stanie niż przedtem, to ja—

— Czas leci, Declan — mówię twardo. — Jeśli szybko nie powstrzymamy Diany, któż wie, jakie piekło spuści na rząd i całą resztę. Moje dłonie lekko drżą, gdy próbuję utrzymać w ryzach frustrację.

— Dobra — mruczy, a jego oczy pełne są troski. — Ale pamiętaj, co mówiłem. Jeśli coś pójdzie nie tak, wycofujesz się. Nie możemy stracić także ciebie, Artemis.

— Zaufaj mi, nie zamierzam dziś zostać męczennicą. Sarkazm spływa mi z języka, ale niewiele odciąża napięcie, które promieniuje po pokoju. Zerkam na mój zespół, na ich twarze wyryte troską, i wiem, że nasz czas się kończy. Biorę głęboki oddech i osuwam się na zimną podłogę, siadając po turecku.

— Dobra, robimy to — mruczę, zamykając oczy. Świat wokół mnie blaknie, skupiam się na oddechu, każdy wdech wypełnia mnie determinacją, a każdy wydech zmiata wątpliwości i strach. Powietrze smakuje ozonem i betonem, przyziemiając mnie w miejskim krajobrazie, który stał się naszym polem bitwy.

— No dalej, Artemis — ponagla Athina, a jej chropawy klos zdradza własny niepokój. — Dasz radę.

— Dzięki za kredyt zaufania — odpowiadam sucho, a mój umysł już wpada w znajomy trans potrzebny do projekcji astralnej.

— Pamiętaj—

— Wycofaj się, jeśli sprawy pójdą w diabły. Jasne, Declan — ucinam niecierpliwie. — A teraz pozwól mi się skupić.

Czuję subtelne szarpnięcie, gdy mój duch odrywa się od ciała — jak zrzucanie starej skóry. Pokój wokół mnie staje się eteryczny i zniekształcony, kolory bledną, a moi przyjaciele to ledwie cienie samych siebie. To dezorientujące, ale napieram dalej, hartując się na zdradliwą podróż, która przede mną.

— No to lecimy — szepczę do siebie, nurkując w wir, jakim jest umysł Diany. Chaotyczne energie rozbijają się o mnie jak przypływ, grożąc pochłonięciem, ale nie daję się odstraszyć. Przemierzam mroczne zakamarki jej psychiki, szukając choćby strzępu informacji, który da nam przewagę.

— Znajdź to, Artemis — popędzam się, moja astralna forma migocze jak płomień świecy na wietrze. — Nie mamy wiele czasu.

I z tą ponurą przestrogą zanurzam się głębiej w nawałnicę myśli Diany, gotowa stawić czoła wszelkim okropieństwom, które na mnie czekają.

Umysł Diany to strefa wojny, jej myśli to kanonada i eksplozje rozszarpujące moją istotę. To dezorientujące, przytłaczające, ale zmuszam się, by brnąć naprzód, szukając pośród chaosu choćby cienia jej planów.

— No dalej, ty pokręcona wiedźmo — warczę pod nosem, skanując spękany pejzaż w poszukiwaniu najsłabszego punktu. — Daj mi cokolwiek, z czym mogę pracować.

Im głębiej wnikam w jej psychikę, tym bardziej czuję, jak nadwyręża to mój własny umysł, grożąc rozerwaniem kruchego połączenia między duchem a ciałem. Ale nie pozwolę, by strach mną zawładnął – nie wtedy, gdy tak wiele stoi na szali.

— Cokolwiek będzie trzeba — przypominam sobie, zaciskając zęby, gdy kontynuuję tę ryzykowną podróż. — Zatrzymam cię, Diano. Zapamiętaj moje słowa.

I z tą ponurą determinacją popychającą mnie naprzód przedzieram się dalej przez nawałnicę, gotowa stanąć twarzą w twarz z ciemnością wewnątrz – bez względu na cenę.

ROZDZIAŁ SZESNASTY

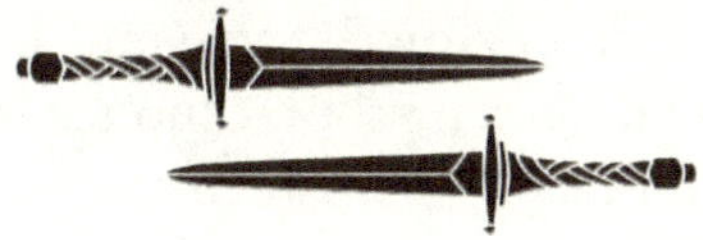

— Okej, Blackwell — mówię cicho do siebie, przełykając ślinę, gdy psychicznie szykuję się na to, co nadejdzie, — czas pójść w pełną Incepcję.

Wnikam głębiej w pokręconą psychikę Diany, czując, jak ciemność otacza mnie niczym gęsta mgła. Powietrze aż lepi się od jej złowrogiej energii i muszę się bardzo pilnować, żeby nie zwymiotować. Wiem, że potrzebuję więcej informacji, ale gram niebezpiecznie — jeden fałszywy krok i mogę utknąć tu na zawsze.

— Szczegóły, Artemis. Skup się na szczegółach — instruuję się, próbując odgrodzić się od upiornych szeptów, które kołaczą się po umyśle Diany. To miejsce to labirynt cieni i tajemnic, a ja nie mogę sobie pozwolić, by się w nim zgubić.

— No dalej, ty stuknięta wariatko, daj mi cokolwiek, z czym mogę pracować — błagam w duchu, wyobrażając sobie w głowie konferencję prasową. Serce wali mi jak szalone, gdy przed oczami przelatują obrazy niewinnych ludzi zmienianych w bezmyślne zombie. Widok okropny — i nie zamierzam pozwolić, by stał się rzeczywistością.

— Aha! — wykrzykuję triumfalnie, gdy udaje mi się wyłuskać dokładny czas i miejsce wydarzenia. Z tą informacją mamy szansę zatrzymać chore knowania Diany. Ale gdy tylko próbuję utrwalić w pamięci wszystkie kluczowe szczegóły, czuję to — mrowiące włosy na karku wrażenie, że ktoś mnie obserwuje.

— Cholera, cholera, cholera — klnę pod nosem, uświadamiając sobie, że Diana wykryła moją ingerencję. Niemal słyszę, jak jej złowieszczy śmiech rozbrzmiewa w jej głowie, a na samą myśl przechodzą mnie ciarki.

— Przerwać misję! — rozkazuję sobie, wyrywając świadomość z mrocznych głębin Diany. Obraz mi się rozmazuje i nagle czuję, jakby ktoś wyszarpywał mnie w tył z prędkością stu mil na godzinę. Sama siła odrzutu rzuca mną o podłogę.

— Agh! — krzyczę, gdy ból przeszywa mi ciało. Głowa pęka mi w pół, a ja łapię oddech, jakbym wynurzała się spod wody. Cholera z tą Dianą — potrafi naprawdę przyłożyć.

— Artemis! — krzyczy Declan, rzucając się do mnie. — Co się stało?

— Zgadnij, kogo właśnie wykopali z imprezy czytania w myślach — jęczę, pocierając skronie, próbując poskładać informacje, które zdołałam wydrzeć. — Diana nie jest zachwycona, ale mamy to, czego potrzebujemy.

— Mów wprost — mówi Athina, jej głos jest stabilny mimo napięcia wyrytego na twarzy.

— Dobra, słuchajcie — mówię, podnosząc się z podłogi. — Uderzy na konferencji prasowej prezydenta. Zamierza uruchomić te pieprzone czipy kontroli umysłu na żywo w telewizji, zamieniając wszystkich obecnych w swoją prywatną armię zombie.

— Cholera — mruczy pod nosem Declan, a w jego oczach widzę ten sam niepokój co w swoich myślach.

— Jakiś pomysł, jak ją powstrzymać? — pyta Athina, bębniąc palcami w ramię.

Ciężar świata siada mi na barkach, gdy zbieramy się wokół naszego prowizorycznego sztabu — chybotliwego stołu zawalonego mapami i pustymi kubkami po kawie. Nie mogę się pozbyć wrażenia, że jesteśmy tylko amatorami bawiącymi się w szpiegów, ale odwrotu już nie ma.

— Dobra — mówi Declan, wbijając we mnie swoje piwne oczy. — Musimy znaleźć sposób, by udaremnić przewrót Diany, nie wywołując masowej paniki. Pomysły?

— Nie możemy po prostu odwołać wydarzenia? — sugeruje niepewnie Athina, stukając nerwowo palcami o drewno. — Wypchnąć stamtąd wszystkich, zanim się zacznie?

Potrząsam głową. — Jeśli Diana ma plany awaryjne, to tylko pogorszy sprawę. Nie wiemy, co ma w zanadrzu.

— W takim razie wchodzimy i zdejmujemy ją pierwsi — upiera się Declan, waląc pięścią w stół. — Precyzyjne uderzenie, eliminacja zagrożenia.

— Spokojnie, panie Herosie — ripostuję, starając się utrzymać głos na wodzy, choć od środka gryzie mnie niepokój. — Nie możemy po prostu wpaść z bronią w ręku. Za dużo niewinnych mogłoby wleźć pod krzyżowy ogień.

— To co proponujesz, Artemis? — warknie, a frustracja wyżłabia się na jego przystojnej twarzy. — Mamy siedzieć i kręcić kciukami, podczas gdy Diana zamienia konferencję prezydenta w apokalipsę zombie?

— Może spróbujemy przechwycić ją w drodze na wydarzenie — proponuję, wiodąc palcem po trasie zaznaczonej na mapie. — Zrobić dywersję, zepchnąć ją z kursu. To mogłoby kupić nam trochę czasu.

— Albo to misja samobójcza — kontruje Declan, ze zaciśniętą szczęką. — Skąd wiemy, że Diana nie przejrzy naszego podstępu?

Napięcie w pokoju pulsuje jak goły przewód pod napięciem, gdy bronię swojego pomysłu. — Jeśli uderzymy w Dianę wprost, może tylko przyspieszyć swoje plany. Nie możemy ryzykować.

— To co sugerujesz? — syczy Declan, a frustracja znów odciska się na jego twarzy.

— Może posłuchajmy Athiny — odcinam, kiwając głową w stronę naszej mentorki. Siedzi spokojna i opanowana na szczycie stołu. Można by pomyśleć, że szykuje piknik, a nie operację wysokiego ryzyka przeciwko złowrogiej mastermind.

— Sama siła nas donikąd nie zaprowadzi — mówi Athina, a jej ciemnobrązowe oczy błyszczą mądrością. — Nasze dary są potężne, ale trzeba ich używać mądrze. Wymanewrowanie Diany to nasza najlepsza opcja.

— Czasem mam wrażenie, że zapominacie, iż ja też mam dar — burczę, czując znajome ukłucie nieadekwatności. Artemis Blackwell — znakomita wojowniczka, sprawna strateg, a jednak wciąż ta, której trzeba przypominać o własnych atutach.

— Twój dar jest nieoceniony, Artemis — uspokaja mnie Athina cicho, lecz stanowczo. — Ale pamiętaj, że liczy się nie tylko to, jak potężne masz zdolności. Liczy się, jak ich używasz.

— Dobra — klepię dłonią stół i wstaję. — Zagramy z Dianą w kotka i myszkę, przechytrzymy ją na każdym zakręcie. Ale nie mówcie, że nie ostrzegałam, gdy wszystko się posypie.

— Artemis — wtrąca Declan łagodniej niż przed chwilą. — Ufamy twoim instynktom. Jesteśmy tu, żeby cię wspierać.

— Dzięki — mruczę, zmuszając się, by spojrzeć mu w oczy. — Chciałabym tylko mieć do siebie tyle wiary, co wy we mnie.

— Zaufaj sobie, Artemis — radzi Athina ciepło. — Masz w sobie siłę, by stawić czoła każdemu wyzwaniu.

— Oby to wystarczyło — wzdycham, czując, jak ciężar naszej misji przygniata mnie jak tysiącfuntowe kowadło. Idziemy po linie nad przepaścią, a po obu stronach czai się katastrofa. A jako ta, która nas tu sprowadziła, muszę dopilnować, byśmy nie spadli.

Z nową determinacją szykujemy się do konfrontacji, licząc wbrew nadziei, że nasze zjednoczone dary i spryt wystarczą, by przechytrzyć wściekłość Diany i ochronić tych, którzy na nas liczą.

*

Powietrze w naszej prowizorycznej kwaterze jest gęste od napięcia, gdy zbieramy się przy stole zastawionym bronią i mapami. Niemal czuję na języku smak niepokoju, choć staram się przełknąć własny strach. Za chwilę staniemy oko w oko z Dianą Foxberry — kobietą, która nie tylko nas zdradziła, ale i przez miesiące pociągała za nasze sznurki. Jeden zły ruch i wszyscy skończymy jako jej osobiste marionetki.

— Dobra, drużyno — mówię, starając się utrzymać równy głos. — Przejdźmy plan jeszcze raz.

— Jesteś pewna, że chcesz to zrobić, Artemis? — pyta Athina, a w jej ciemnych oczach odbija się troska. — Wciąż nie jest za późno, żeby się rozmyślić.

— Jasne, że nie jestem pewna — parskam, czując, jak uderza we mnie świeża fala paniki. — Ale nie mamy wyboru, więc skupmy się na tym, co kontrolujemy.

— Racja — mówi Declan, z zaciśniętą szczęką. — Przechwycimy Dianę w drodze, używając mocy telekinezy Nadii, żeby uwierzyła, że najpierw ma większy problem do ogarnięcia.

— Dokładnie — potwierdzam, przesuwając palcami po rękojeści jednego z noży rozłożonych na stole. — Musimy być wystarczająco przekonujący, żeby zepchnąć ją z kursu.

— Co oznacza — wtrąca Athina — że musimy znać każdy jej ruch. Tu wchodzisz ty. Twoja telepatia będzie kluczowa.

Potakuję. — Będę trzymać rękę na pulsie jej myśli, uważając, żeby mnie nie wyczuła.

— Jasne, bo ostrożność to twoje drugie imię — droczy się łagodnie Athina.

— Hej! — protestuję, ale raczej bez przekonania. — Dobra, gdy już zepchniemy ją z kursu, działamy szybko. Nie damy jej czasu na przegrupowanie.

— Zrozumiano — mówi Declan, podnosząc pistolet i sprawdzając magazynek. — Oby to zadziałało.

— Nadzieja? Z nadzieją pożegnaliśmy się dawno, Declan — mówię, zmuszając się do uśmiechu. — Jedziemy teraz na czystej, niefałszowanej desperacji.

— Świetnie. Właśnie to chciałem usłyszeć — rzuca beznamiętnie, przewracając oczami.

— Hej, to nie tak, że pierwszy raz stoimy w niemożliwej sytuacji — przypominam, starając się brzmieć pewniej, niż się czuję. — Zawsze wychodziliśmy na swoje.

— Prawda — przyznaje Athina — ale to zupełnie inny poziom niebezpieczeństwa.

— Nawet mi nie mów — mamroczę, a żołądek wiąże mi się w supeł. Jedna próba — to wszystko, co mamy. Jedna szansa, by wykoleić pokręcone plany Diany, zanim zamieni nasz świat w swoją prywatną maszynę chaosu.

— Artemis — odzywa się Declan, wyrywając mnie z zamyślenia. — Gotowa na to?

— Tak gotowa, jak tylko mogę być — odpowiadam, biorąc głęboki oddech i spychając strach na tyły umysłu. — Do roboty, drużyno. Ratujmy świat... znowu.

— Brzmi jak plan — uśmiecha się krzywo Athina, chwytając swoją ulubioną broń.

— Skopmy zdrajczyni tyłek — dodaje Declan, a jego pewność siebie aż się udziela.

— A jakże — przytakuję, hartując się na nadchodzącą bitwę. Może mamy tylko jedną szansę, ale zamierzam ją wykorzystać.

Rzucam ostatnie spojrzenie naszej małej bandzie wyrzutków, gotowych na nieuniknioną konfrontację. Serce łomocze mi w piersi, ale skupiam się na zadaniu. Diana może dać się zaskoczyć naszym planem, lecz zlekceważenie jej sprytu byłoby kolosalnym błędem.

— Pamiętajcie — mówię, a mój głos jest gęsty od napięcia. — Diana szykowała ten przewrót od dawna. Nie padnie bez walki.

— Zrozumiano — odpowiada Athina, z oczami zwężonymi i zdeterminowanymi.

Declan podchodzi bliżej, jego piwne oczy płoną intensywnością. — Artemis, posłuchaj mnie — mówi, ściskając mocno moje ramię. — To ty wlazłaś jej do głowy. Będzie polować przede wszystkim na ciebie.

— I co w związku z tym? — warczę, nerwy mam jak struny.

— W związku z tym, że mam cię pod swoją opieką. Cokolwiek się stanie, nie dopuszczę jej do ciebie — urywa, ściszając głos do chrapliwego szeptu. — Obiecuję.

— Wielkie słowa, panie Jaguar — odbijam, choć nie mogę zaprzeczyć fali wdzięczności, która mnie zalewa.

— Ale nie tylko mnie będzie chciała dopaść. Musimy pilnować się nawzajem.

— Oczywiście. — Zaciska szczękę, determinacja ryje się na jego twarzy. — Ale ty jesteś priorytetem numer jeden.

— Dobra — mruczę, wiedząc, że nie ma sensu się z nim spierać, kiedy tak się zapiera. — Tylko nie rób nic głupio bohaterskiego, jasne?

— Nawet by mi się nie śniło — uśmiecha się z przekąsem i przez moment napięcie między nami opada.

— Dobra, drużyno — wołam, głos mam pewny mimo kotłowaniny wewnątrz. — Ruszamy. I pamiętajcie — pełna czujność. Mamy do czynienia z mistrzynią manipulacji.

— Jasne — mówi Athina, a w jej oczach błyszczy oczekiwanie.

— Pokażmy jej, z czego jesteśmy zrobieni — dodaje Declan, muskając moją dłoń krótkim, pokrzepiającym dotykiem.

Latarnie uliczne wylewają na asfalt chorobliwy, pomarańczowy blask, gdy przemierzamy miasto, a ciężar planu przygniata każdego z nas. Zimny podmuch wiatru smaga mnie po plecach, wywołując dreszcz. Zerkam na Declana, który kroczy przy mnie jak drapieżnik gotów do skoku. Athina idzie za nami, stawia niemal bezgłośne kroki i czuję na plecach jej wzrok. Na końcu maszeruje Nadia, ręce ma wciśnięte w kieszenie rybaczek — na ten widok na moich ustach pojawia się cień uśmiechu. Nadia-matka piłkarki, która z zasady odrzuca wszystko, co choć trochę przypomina strój bojowy. Jest tak potężną telekinetyczką, że wątpię, by jakikolwiek pocisk zdołał zbliżyć się do niej na tyle, by ją zranić.

— Dobra — mówię, głosem ledwie głośniejszym od odległego szumu ruchu ulicznego. — Zbliżamy się. Pamiętajcie o planie: przechwytujemy Dianę w drodze i odciągamy jej uwagę.

— Nie mogę się doczekać miny, jak zrozumie, że mamy ją w potrzasku — burczy Declan, rozprostowując palce.

— Byle nie miała dla nas żadnych przykrych niespodzianek — mruczy Athina, a napięcie pobrzmiewa w jej głosie.

— Uwierz mi — cedzę przez zęby. — Jeśli ktoś wie, jak komuś zepsuć dzień, to właśnie Diana.

— A propos — wtrąca Declan — jak się trzymasz? Po tym całym połączeniu umysłów?

— Bywało lepiej — przyznaję, a tętno mi skacze na wspomnienie, jak siłą wyrzucono mnie z myśli Diany. — Ale nie mamy czasu, żeby się tym martwić.

— Mimo to uważaj, Artemis — ostrzega Athina. — Jak zrozumie, co zrobiłaś, wścieknie się.

— Dzięki za przypomnienie — mruczę sarkastycznie, choć wiem, że chce dobrze. W myślach posyłam krótką modlitwę: Proszę, niech nasza wspólna siła wystarczy, by przechytrzyć tę mściwą wiedźmę.

Nagle Declan staje jak wryty, jego uszy drgają. — Czujność — szepcze. — Coś nadchodzi.

— Gotowi — rozkazuję, a serce wali mi w piersi. — To już.

Gdy pojazd Diany wyłania się zza zakrętu, ruszamy do akcji — nasz desperacki plan wykolejenia przewrotu wreszcie wchodzi w życie. Pozostaje nam wierzyć, że połączenie darów i sprytu wystarczy, by stawić czoła jej furii.

Przyczajeni w cieniu wpatrujemy się uważnie w smukłe, czarne auto, które podjeżdża i staje na czerwonym świetle. Serce wali mi w piersi — to ten moment, na który czekaliśmy.

Obok mnie Declan jeży się, ciało mu sztywnieje, gdy instynkt bije na alarm. — To nie ona — syczy pod nosem.

Zanim zdążam zareagować, pojazd nagle zamienia się w kulę ognia, a siła eksplozji ciska nas w tył. W uszach mi dzwoni od ogłuszającego łoskotu, gdy wokół spadają płonące odłamki.

— To była pułapka! — krzyczy Athina ponad chaosem, z trudem podnosząc się na nogi.

Nadia reaguje natychmiast, wznosząc potężną telekinetyczną tarczę, by powstrzymać eksplozję i ochronić postronnych. Ale okiełznanie tak wielkiej fali ognia dobija jej moce do granic.

— Nadia! — wołam, gdy osuwa się na kolana, twarz wykrzywiona bólem i wysiłkiem. Ostatnim, gardłowym okrzykiem domyka ryczącą kulę ognia, po czym zwija się z wyczerpania.

— Pomóż jej wstać — ponaglam Declana, a potem zwracam się do Athiny: — Nic ci nie jest?

Kręci głową, twarz ma umazaną sadzą, ale poza tym jest cała. — W porządku. Ale Nadia...

Spoglądamy z niepokojem na naszą towarzyszkę, która ledwo trzyma świadomość. Przekierowanie wybuchu kosztowało ją ostatnią kroplę sił.

— Ten wybuch prawie nas zabił — mówi przez zaciśnięte zęby Declan. — Gdyby Nadia go nie powstr zymała...

— Diana najwyraźniej wiedziała, że spróbujemy ją przechwycić — kończę ponuro, a gorycz drapie mnie w gardło. Oczywiście znów nas wykiwała. Wcale nie mieliśmy przewagi.

— Co oznacza, że właściwy transport Diany może za chwilę podjechać pod konferencję — mówi pilnie Athina.

Szczęka Declana się zaciska, piwne oczy płoną. — Musimy dostać się do środka tej konferencji teraz, zanim będzie za późno.

Łapiemy go wszyscy i on wchodzi w cień. Nagle stoimy przed hotelem, w którym odbywa się konferencja pra- sowa.

— Artemis. — To tylko jedno słowo z ust Declana, ale wiem, co mam robić.

Kiwnięciem głowy utwierdzam się w decyzji i kieru- ję myśli do wewnątrz, telepatycznie szukając pracown- ików hotelu, w których skórę możemy wejść. Po nerwowej chwili namierzam kelnerkę i boya hotelowego, którzy właśnie przychodzą na zmianę.

— Musi wystarczyć — mruczę, po czym telepatycznie przejmuję ich świadomość, pozbawiając ich przytomności. Zgarniam uniform kelnerki i kartę.

— Ruszamy — mówię do Declana, podając mu strój boya. Przebiera się szybko i pędzimy do środka, a z każdym krokiem moje napięcie rośnie. Niemal czuję, jak sekundy odliczają do przybycia Diany.

Przechodzimy przez ochronę bez przeszkód — głównie dlatego, że telepatycznie każę im nas zignorować — i wślizgujemy się w korytarz serwisowy prowadzący do sali konferencyjnej. Dłonie lekko mi drżą, gdy przykładam skradzioną kartę pracowniczą i otwieram boczne drzwi.

Audytorium jest już wypełnione reporterami i pracownikami czekającymi na przyjazd prezydenta. Puls mi przyspiesza, gdy wtapiamy się w krzątający się tłum, sprzątając stoliki i jednocześnie lustrując salę w poszukiwaniu zagrożeń.

— Jest jakiś ślad Diany? — pyta cicho Declan.

Subtelnie skanuję pomieszczenie, ale nie znajduję jeszcze śladu jej zjadliwej obecności. — Jeszcze nie. To tylko kwestia czasu.

Krążymy dalej w napięciu, czekając na moment, gdy Diana wykona ruch. Rozpaczliwie liczę, że nadal możemy zapobiec katastrofie, choć wiem, że szanse są marne. Totalnie nas oflankowała.

Pozostaje mi modlić się, byśmy zdołali osłonić choć część szkód, które zaraz się posypią.

Rozdział siedemnasty

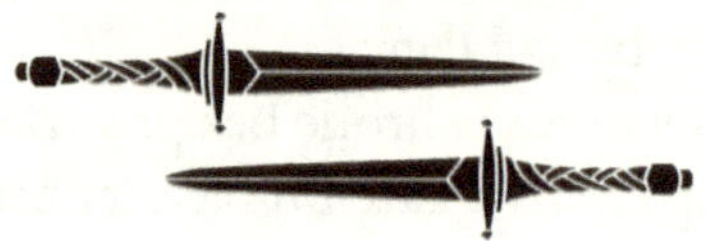

Nie mogę się powstrzymać od parsknięcia, gdy poprawiam drapiący służbowy uniform, próbując sprawić, by jakoś leżał na mojej smukłej, a jednak umięśnionej sylwetce. Declan najwyraźniej zmaga się z podobnym problemem — szarpie za kołnierz pożyczonej koszuli.

— Wierzysz, że kiedyś robiliśmy to zawodowo? — pyta, unosząc do mnie brew. Ten znajomy kilkudniowy zarost i potargane brązowe włosy kryją się pod czapką i muszę przyznać, że mu to służy.

— Jak trwoga, to do Boga — mruczę, rozglądając się po miejscu konferencji prasowej. Roi się tu od ludzi — polityków, dziennikarzy i sługusów Diany Foxberry. Idealna burza chaosu i kłamstwa.

— Ruszajmy, Artemis. — Declan kiwa głową w stronę tłumu.

Kiedy przeciskamy się przez to morze ciał, czuję się jak drapieżnik śledzący ofiarę, gotów do skoku. Moje zielone oczy skanują każdą twarz, szukając śladów rozpoznania albo zagrożenia. Widzę jednak tylko ogrom skali wpływów Diany na tych ludzi — jej uśpieni agenci wszędzie, gotowi wykonać każdy rozkaz. Aż mnie ciarki przechodzą.

— Artemis, patrz. — Declan szturcha mnie, wskazując brodą grupę mężczyzn, którzy wyraźnie nie pasują do reszty. To nie reporterzy ani politycy, a na twarzach mają ten sam pusty wyraz, który widziałam u innych marionetek Diany. Drżę na myśl, ile żyć wykrzywiła pod swoje potrzeby.

— Jezu, jest ich tylu — szepczę napiętym głosem. — Jak mamy ją pokonać?

— Zaufaj mi, znajdziemy sposób — zapewnia mnie Declan, a jego piwne oczy błyszczą determinacją. — Ale najpierw skupmy się na sabotowaniu jej małego przedstawienia.

— Jasne. — Biorę głęboki wdech i odpycham strach. — Zróbmy to.

Im głębiej wchodzimy w tłum, tym bardziej ogarnia mnie złe przeczucie. Sieć kontroli Diany sięga daleko i szeroko, a na nas dwoje — na mnie i Declanie — spada zadanie przecięcia jej nitek. Z każdym krokiem w głąb wrogiego terytorium niebezpieczeństwo tylko rośnie.

— Trzymaj gardę — szepcze Declan, gdy kierujemy się do sterowni. — I pamiętaj, jesteśmy w tym razem.

Kiwnęłam głową, wdzięczna za jego wsparcie. Z jasnosrebrnymi włosami schowanymi pod czapką i moją ulubioną czerwoną skórzaną kurtką zastąpioną przez ten burek niemal czuję, jakbym straciła kawałek siebie. Jedno jednak się nie zmienia — determinacja, by walczyć o to, co słuszne.

— Skończmy to, Declan. — Zaciskam pięści, a blizny na lewym policzku mrowią jak po dawnych bitwach. — Dla wszystkich, którzy nie mogą się bronić.

Uśmiecha się pewnie i razem zanurzamy się głębiej w zacienione odmęty pokręconego świata Diany.

Napięcie pełznie mi po kręgosłupie, gdy docieramy do drzwi sterowni. Oczywiście zamknięte, ale dla Declana to nie problem — ze swoją umiejętnością przeskakiwania przez cienie wejdzie tam bez wysiłku.

— Dobra, jest plan — mówi, a jego wzrok nerwowo omiata mrok, jakby wyczuwał kryjące się tam niebezpieczeństwo. — Przeskoczę przez cienie do sterowni i wyłączę sygnał sterujący tymi cholernymi czipami. Ty zostań i rozprosz Dianę telepatycznie, jeśli coś zwęszy.

— Bułka z masłem, co nie? — mówię, próbując brzmieć pewniej, niż się czuję.

— Jasne — zgadza się Declan, a w jego piwnych oczach błyska determinacja. — Tylko pamiętaj, nie jesteś w tej walce sama. Pilnujemy sobie pleców.

Kiwnęłam głową, nagle czując ciężar naszej misji, jakby osiadł mi na barkach. — Żadnej presji, co?

— Ani trochę. — Uśmiecha się, po czym cofa się w cienie; jego ciało rozpływa się w mroku i znika mi z oczu.

— Popisujesz się — mamroczę pod nosem, a serce tłucze mi się w piersi, gdy szykuję się na nadchodzącą telepatyczną potyczkę.

Stoję przy drzwiach i nasłuchuję, ale jest upiornie cicho. Sięgam po swoje zdolności, gotowa w każdej chwili zrobić zamieszanie. Umiejętność manipulowania cudzym umysłem ma swoje zalety, ale wolę nie myśleć, w jakie tarapaty wpadnę, jeśli Diana zorientuje się, co knujemy.

— Spokojnie, Artemis — mówię do siebie, biorąc powolne, głębokie oddechy i skupiając energię. — Dasz radę.

Minuty rozciągają się jak godziny, kiedy czekam, aż Declan da znak, że wyłączył czipy. Dłonie mam śliskie od potu, oddech urywa się i szarpie.

— No dalej, no dalej — ponaglam go w myślach, starając się nie dać sparaliżować strachowi.

Nagle przeszywa mnie ostry ból w głowie — nieomylny znak, że psychicze bariery Diany się uaktywniły. Musiała wyczuć obecność Declana.

— Wybacz, Di — myślę, zgrzytając zębami, gdy odpycham jej mentalną inwazję. — Nie dzisiaj.

Skupiam całą energię na stworzeniu w jej umyśle chaosu, licząc, że to wystarczy, by kupić Declanowi trochę czasu. Ciśnienie w czaszce narasta, jakby miała pęknąć, ale nie zamierzam się poddać.

— Declan, pospiesz się — myślę, desperacko trzymając się resztek sił. — Nie wiem, jak długo jeszcze to uciągnę.

Serce wali mi o żebra, dudniąc w uszach jak dzwon pogrzebowy. Czuję w powietrzu gęste, duszące napięcie, czekając, aż Declan zrobi swoje. A raczej — użyje tego całego mojo, którego nauczył się po naszej ostatniej potyczce z Bureau.

— Dobra, Artemis — mamroczę pod nosem, skupiając się na moim połączeniu z Dianą. — Niech impreza trwa.

Jak na komendę, z końca korytarza dobiegają dudniące kroki i stłumione okrzyki. Żołądek zjeżdża mi do kostek — strażnicy zorientowali się, że tu jesteśmy. I nie brzmią na zachwyconych.

— Czas na fajerwerki — myślę, zmuszając się do drżącego uśmiechu, gdy zbieram w sobie ostatnie resztki energii.

Z nagłym wyrzutem adrenaliny projektuję w umyśle Diany obraz prezydenta, który osuwa się na scenie, łapie rozpaczliwie powietrze i drapie się po gardle. Nieładny widok, ale działa — czuję, jak jej mentalny uścisk na moment słabnie, wystarczająco, żebym się wysunęła.

— Declan — szepczę gorączkowo przez nasze telepatyczne połączenie, mając nadzieję, że przebije się przez bitewny zgiełk. — Kupiłam ci trochę czasu. A teraz wynoś stamtąd swoją futrzastą dupę, zanim zrobi się paskudnie.

Gdy widzę, jak oczy Diany rozszerzają się ze zgrozy, wiem, że widzi prezydenta osuwającego się na podłogę. To nieprawda, rzecz jasna — tylko kolejna iluzja podsunięta prosto do jej umysłu przeze mnie. Ale wystarcza, by dać Declanowi oddech. A teraz to wszystko, czego nam trzeba.

— Artemis — sapie przez telepatyczne połączenie, oddech ma poszarpany po walce z całym rójem strażników. — Już prawie skończyłem. Tylko... trzymaj Dianę zajętą jeszcze chwilę.

— Bułka z masłem — odparowuję z sarkazmem w głosie myśli. Łatwiej powiedzieć niż zrobić, ale nie mam wielkiego wyboru, co?

— Nadciągają kolejni strażnicy! — ostrzega mnie Declan, mierząc się z pierwszą falą atakujących. Echa jego pięści grzmią o ciała w pustym korytarzu, przetykane stłumionymi jękami i przekleństwami.

— Czas na plan B — mruczę do siebie, wzmacniając zasłonę i projektując obraz masowego chaosu: ludzie krzyczą, pędzą we wszystkie strony, tratują się w panice. Powietrze aż drży od grozy, a ja niemal czuję adrenalinę pędzącą w zbiorowych żyłach tłumu.

— Declan, już gotowy? — Mój głos jest spięty, zdradza ciężar presji, która mnie przygniata. Ale odpowiedzi nie ma, nawet szeptu. Cholera, gdzie on jest?

— Prawie... jest! — w końcu wykrzykuje, w jego tonie miesza się triumf i pośpiech. — Jeszcze sekunda...

— Szybko — ponaglam go. — Długo już nie pociągnę. Uwaga Diany się rozprasza.

— Możesz na mnie liczyć — odpowiada, po czym połączenie cichnie. Klnę pod nosem. Muszę go znaleźć, zobaczyć, czy nie potrzebuje wsparcia. Chodzenie i jednoczesne podtrzymywanie iluzji to katorga, ale jakoś daję radę.

Sterownia jest jednym wielkim bajzlem połamanej aparatury i zwalonych strażników — zasługa imponujących umiejętności bojowych Declana. On sam pracuje jak w transie przy panelu, palce śmigają, gdy próbuje wyłączyć sygnał sterujący czipami wszczepionymi uśpionym agentom Diany.

— No już, już — mamroczę pod nosem, usiłując utrzymać iluzję, która rozkręca chaos w tłumie. Wysiłek podtrzymania tak złożonego fałszu zbiera swoje żniwo i czuję, jak zaciśnięta na nim dłoń mi się ślizga.

— Już prawie — warczy Declan, spięty koncentracją. — Jeszcze kilka sekund.

— Lepiej się pośpiesz — odpowiadam, zaciskając zęby, walcząc z narastającym mentalnym zmęczeniem. — Nie wiem, jak długo jeszcze to uciągnę.

— Mam! — wykrzykuje triumfalnie Declan. Z panelu sypią się iskry, gdy wyrywa pęk kluczowych przewodów. Z ich zniszczeniem sygnał zaczyna się chwiać.

— Nareszcie — myślę akurat, gdy po sali konferencyjnej rozlegają się pierwsze krzyki.

Wokół nas kilku uśpionych agentów Diany pada na ziemię, szarpiąc się w drgawkach, gdy ich umysły nagle zostają uwolnione spod jej kontroli. To przerażający widok, ale nie mogę powstrzymać ponurej satysfakcji z zamętu, jaki wprowadziliśmy w jej plany.

— Declan, musimy się zwijać, teraz! — syczę przez zęby, mój głos ledwie przebija się przez ogólne piekło.

Umysł Diany rozżarza się furią, gdy wreszcie pojmuje, co zrobiliśmy. Jej psychiczna energia wzbiera jak fala pływowa, a ja przygotowuję się na uderzenie.

Uderza we mnie pełną mocą, moja istota drży pod bézlitosnym szturmem. Czuję, jak próbuje rozerwać mnie od środka, szarpiąc każdą moją cząstkę. Kosztuje mnie to wszystko, by się nie rozsypać, ale wiem, że długo tak nie wytrzymam.

— Utrzymuj ją w rozproszeniu — ponagla Declan, przeskakując przez cienie. — Znajdę inne wyjście.

— Łatwo ci mówić — mruczę, jakby odpieranie napadu wysokopoziomowej telepatki było bułką z masłem. Ale wiem, że ma rację — to nasza jedyna szansa, by uciec, póki Diana skupia się na mnie.

— I to wszystko, na co Panią stać? — odbijam w stronę Diany, licząc, że gniew pomoże mi stawiać opór.

— Do diabła z Panią, Artemis — warczy Diana, wzmagając atak. — Nie ujdzie Pani to na sucho!

— Jeszcze zobaczy Pani — odcinam się, zaciskając szczękę z bólu. Napieram z całą siłą, zmuszając swoją istotę, by wytrzymała nawałnicę.

— Artemis, pośpiesz się! — woła z cieni Declan, spięty naglącą potrzebą. — Długo nie dam rady nas ukrywać.

— Jeszcze... chwila... — dyszę, czując, jak uścisk Diany zaczyna słabnąć.

— Koniec czasu! — ostrzega Declan, i wiem, że teraz albo nigdy.

Ostatnim zrywem woli wyrywam się z mentalnego uścisku Diany, pozostawiając ją na moment oszołomioną. Adrenalina zalewa mi ciało, gdy pędem rzucam się do Declana, a mrok otula nas jak ochronny całun, kiedy chwyta mnie i przeprowadza nas przez cienie — daleko poza zasięg telepatyczny Diany.

— Naprawdę musiałeś tak ryzykownie grać na czas? — udaje mi się zapytać, głos mam jeszcze drżący od bólu i adrenaliny.

— Nie bylibyśmy sobą, gdybyśmy nie — odpowiada z bladym uśmiechem, a ja mimo wszystko też się uśmiecham.

Wygraliśmy tę bitwę, ale nie sposób przewidzieć, co Diana zrobi dalej.

Gdy wymykamy się z budynku, zimne powietrze smaga mnie po twarzy jak policzek, a mój oddech formuje w mroku lodowate obłoczki. Przez chwilę tylko stoimy, dysząc, pozwalając, by chaos wewnątrz odpłynął w tło.

Neony miasta migoczą i tańczą na mokrym bruku, kiedy spotykamy się z Athiną i Nadią w wąskiej, pokrytej graffiti alejce. Athina opiera się o brudną cegłę, jej białe włosy lśnią w przygaszonym świetle, podczas gdy Nadia obserwuje otoczenie, czujna i uważna.

— Miło, że raczyliście się wreszcie zjawić — droczy się Athina, a w jej ciepłych brązowych oczach mignęła ulga. — Jak poszło?

— Mogło być gorzej — mówię, zsuwając kurtkę i przerzucając ją przez ramię. — Mały pucz Diany na razie spalony. Ale wróci.

— Artemis ma rację — dodaje Declan, twarz ma spiętą troską. — Musimy być gotowi na wszystko, co nam teraz podrzuci.

Athina wbija we mnie spojrzenie, szukając na mojej twarzy śladów słabości po telepatycznym starciu z Dianą. — Zanim ułożymy następny ruch, proponuję, żebyśmy wszyscy odsapnęli. Przeszłaś dziś przez piekło, Artemis. Twoje ciało potrzebuje czasu, by się zregenerować.

— Odpoczynek? — parskam, krzyżując ręce na piersi. — Nie mam na to czasu. Musimy uderzyć w Dianę, zanim zdąży się przegrupować.

— Artemis, posłuchaj Athiny — wtrąca Nadia, głosem miękkim, ale stanowczym. — Jedziesz na oparach, a nie będziesz nam do niczego, jeśli padniesz z wyczerpania.

— Dobra — warczę, czując pod skórą narastające rozdrażnienie. — Ale nie możemy tracić zbyt wiele czasu. Diana ruszy za nami, a ja zamierzam być na to gotowa.

— Zgoda — mówi Athina, kiwając mi porozumiewawczo. — Ale pamiętaj, przygotowanie ma wiele form. Odpoczynek ciała i umysłu jest równie ważny jak szlifowanie umiejętności bojowych.

— Jak tam sobie — burczę, omiatając wzrokiem alejkę, jakby Diana miała wyłonić się z cienia. — Po prostu wynośmy się stąd, zanim nas namierzą.

— Artemis — odzywa się Declan, kładąc dłoń na moim ramieniu i sprowadzając mnie do teraźniejszości. — Ogarnie się, dobra? Ale teraz posłuchajmy Athiny i odpocznijmy. Będzie nam potrzebna cała siła na bitwy, które nadchodzą.

— Dobra — wzdycham, ustępując przed mądrością mentorki i partnera. — Ale wiedzcie, że nie przestanę, dopóki Diana nie upadnie. Przekroczyła granicę i nie ma od tego odwrotu.

— Nikt z nas nie przestanie, dopóki nie zostanie powstrzymana — uspokaja mnie Athina, głosem równym i zdecydowanym. — Ale teraz — odpoczynek. A jutro przygotowujemy się na to, co nadejdzie.

Kiwnęłam głową, a determinacja buchnęła we mnie jak ogień. Może Diana ma za sobą Bureau, ale ja mam coś o wiele potężniejszego: przyjaciół, sojuszników i własnego, niezłomnego ducha. Razem położymy kres jej chorym ambicjom i dopilnujemy, by sprawiedliwości stało się zadość — raz na zawsze.

— Niech ją szlag — mamroczę, zaciskając pięści, gdy przed oczami staje mi jej zarozumiała, wykrzywiona twarz. Wciąż tam jest, gdzieś, knuje zemstę za to, że obnażyliśmy jej nikczemne czyny na konferencji. I każda chwila, którą spędza na wolności, to kolejne niewinne życia w zagrożeniu.

— Hej, Artemis — woła do mnie Declan, wyrywając mnie z mrocznych myśli. — Musimy wymyślić, jak ostrzec opinię publiczną przed Dianą, nie wywołując totalnej paniki.

— No tak — przytakuję z powątpiewaniem. — Bo nic tak nie krzyczy subtelnością, jak ogłosić wszystkim, że po mieście biega stuknięta była agentka Bureau z ciągotami do kontroli umysłu.

— Artemis, nie mamy czasu na sarkazm — gani Athina, marszcząc brwi z troską. — Musimy założyć, że uderzy wkrótce ponownie, i być przygotowani.

— Dobra — burczę, zmuszając się, by przebić się przez frustrację. — Jakieś pomysły, co możemy zrobić?

— Może wykorzystamy media społecznościowe? — podsuwa nieśmiało Garnet. — Posiać trochę plotek czy coś? Sprawić, żeby ludzie zaczęli mówić, ale bez siania paniki?

— Szerzenie plotek to nie do końca nasza specjalność — zauważa Declan. — Ale lepsze to niż nic. I może podrzuci nam jakieś tropy.

— Albo spróbujemy włamać się do miejskich systemów monitoringu — proponuje Athina. — Zobaczymy, czy da się uchwycić jakiś ślad, zanim wykona następny ruch.

— Świetnie, czyli zamieniamy się w cyfrowych stalkerów — mruczę, przewracając oczami. Ale w głębi wiem, że mają rację — musimy zrobić wszystko, by ochronić miasto przed furią Diany.

— Słuchaj, to wszystko dalekie od ideału — mówi Declan łagodniej. — Ale kończą nam się opcje, Artemis. Musimy działać szybko, zanim komuś jeszcze zrobi krzywdę.

— Dobrze — ustępuję, mój głos ledwie ponad szept, gdy ciężar odpowiedzialności osiada mi na barkach. — Do roboty.

Kiedy dzielimy się zadaniami i rozpoczynamy rozpaczliwe poszukiwania odpowiedzi, w tyle głowy nie daje mi spokoju jedna myśl — jeśli Diana uderzy znowu, czy zdążymy ją powstrzymać? Czy może nasza porażka przypłynie życiem kolejnych niewinnych ludzi?

Okaże to tylko czas, a teraz mam wrażenie, że czasu właśnie mamy najmniej.

ROZDZIAŁ OSIEMNASTY

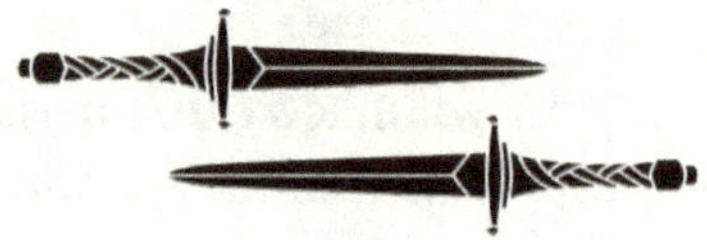

Ciężar naszej odpowiedzialności przygniata mnie, gdy patrzę, jak Athina garbi się nad komputerem, stukając w klawiaturę z furią. Jej białe włosy układają się w rozczochrany nimb wokół głowy, chwytając bladą poświatę ekranu. Jej determinacja jest jak pole siłowe, osłaniające nas przed niepewnością wirującą w pokoju. To nasza najlepsza szansa, by powstrzymać Dianę przed sianiem dalszego spustoszenia.

— Jakieś postępy? — pytam, a mój głos zdradza zniecierpliwienie.

— Prawie gotowe — odpowiada, nie podnosząc wzroku, palce śmigają po klawiaturze. — Muszę tylko znaleźć właściwą częstotliwość, żeby nadpisać chipy kontrolne.

— Dobrze, bo potrzebujemy tego na wczoraj — mówię, krążąc niespokojnie. Zegar tyka, a jeśli szybko nie położymy kresu temu szaleństwu, kto wie, jakie spustoszenie Diana jeszcze rozpęta.

Garnet, z oczami zacienionymi przez wciąż tlący się ból po niedawnych obrażeniach, proponuje rozwiązanie. — Mogę chodzić na duże wydarzenia w mieście, skanować tłumy w poszukiwaniu sterowanych umysłowo uczestników. Będę dyskretna.

— Jesteś pewna, że dasz radę? — pytam, marszcząc brwi z troski. — Dopiero co doszłaś do siebie i nie chcemy ryzykować, że znowu coś ci się stanie.

Rzuca mi zdecydowane spojrzenie, które mówi wszystko o jej gotowości do pomocy. — Będę ostrożna, Artemis. Każde ręce się przydadzą i nie zamierzam stać z boku.

— Dobra — zgadzam się z kiwnięciem głowy. — Tylko dawaj nam znać na bieżąco, okej?

— Jasne — mówi, już sporządzając listę wydarzeń, na które mogłaby się wybrać.

Gdy znów zwracam się do Athiny, moje myśli pędzą pod naporem pilności sytuacji. Czy robimy dość? Czy zdołamy powstrzymać Dianę na czas? Strach podgryza krawędzie mojej determinacji, grożąc, że połknie mnie w całości.

— Artemis — mówi Athina, głosem stanowczym, lecz łagodnym. — Praktycznie słyszę twoje myśli stąd. Wyluzuj. Rozgryziemy to.

— Łatwo ci mówić — mamroczę, ale jej słowa dają mi odrobinę otuchy. Jeśli ktoś zdoła złamać kod i unieszkodliwić chipy Diany, to właśnie Athina.

— Zaufaj mi — dodaje, wreszcie odrywając wzrok od komputera, a jej ciepłe, brązowe oczy, które prowadziły mnie przez niezliczone kryzysy, spotykają moje. — Zmierzyłyśmy się już z gorszym i wyszłyśmy zwycięsko. Zrobimy to znowu.

— Dobra — mówię, nabierając głęboko powietrza i powoli je wypuszczając. — To wracajmy do pracy.

Kiedy zanurzamy się z powrotem w swoje zadania, kurczowo trzymam się nadziei, że znajdziemy sposób, by powstrzymać Dianę, zanim będzie za późno. I mimo moich wątpliwości wiem jedno na pewno — nie poddamy się bez walki.

Dwa słowa, od których mnie skręca, to bierność i czekanie — zwłaszcza gdy gdzieś tam czai się taki wróg jak Diana. Słabo oświetlona skrytka też nie poprawia mi humoru; migoczące żarówki rzucają upiorne cienie na ściany.

— Artemis — odzywa się Declan, wyrywając mnie z zamyślenia. Zerkam na niego, czując, jak frustracja bulgocze mi w piersi, gdy spotykam jego piwne oczy.

— Dość tego czekania — warczę, waląc pięścią w stół. — Musimy sami pójść po Dianę.

— Słuchaj, wiem, że się niecierpliwisz — odpowiada Declan spokojnym, lecz stanowczym tonem. — Ale nie możemy uderzyć ponownie, dopóki nie poznamy jej celu i kryjówki.

— Łatwo ci mówić — mamroczę, wpatrując się w popękaną ścianę naprzeciwko. — To nie na tobie skupiła swoją żądzę odwetu.

— Wszyscy tkwimy w tym razem — przypomina łagodnie. — Znajdziemy ją, ale musimy działać z głową. Wpadanie w bitwę na łeb na szyję nikomu nie pomoże.

— Z głową? A gdyby tak ją wywabić? — pluję słowami, a myśli pędzą. — Sprowokujemy ją, wścieknie się i przyjdzie do nas.

— Prowokowanie Diany jest ryzykowne — oponuje Declan, krzyżując ramiona. — Jest nieobliczalna, a sygnał Athiny jeszcze nie jest gotowy.

— Dobra — ustępuję, zaciskając zęby, gdy opadam na krzesło. Wkurza mnie, że ma rację, ale wiem, że nie mogę pozwolić, by gniew zamglił mi osąd. Już szłam tą drogą i nigdy nie kończy się to dobrze.

— Skupmy się na tym, co możemy zrobić teraz — sugeruje Declan, obdarzając mnie współczującym uśmiechem. Kiwnięciem głowy przyjmuję to, wypuszczając głęboki oddech, by rozluźnić napięte mięśnie.

— Pracuj z Athiną nad tym sygnałem — mówię, chwytając tablet, by przejrzeć najnowsze informacje. — I może... sprawdź, czy jest coś, w czym możemy pomóc Garnet.

— Dobra — odpowiada Declan i słyszę ulgę w jego głosie. — Przebrniemy przez to, Artemis. Zawsze nam się udaje.

— A jakże, że nam się uda — mówię, a determinacja szarpie mną jak prąd. Diana może być na wolności, ale nie na długo. A kiedy w końcu ją przyciśniemy do muru, dopilnuję, żeby już nigdy nikogo nie skrzywdziła.

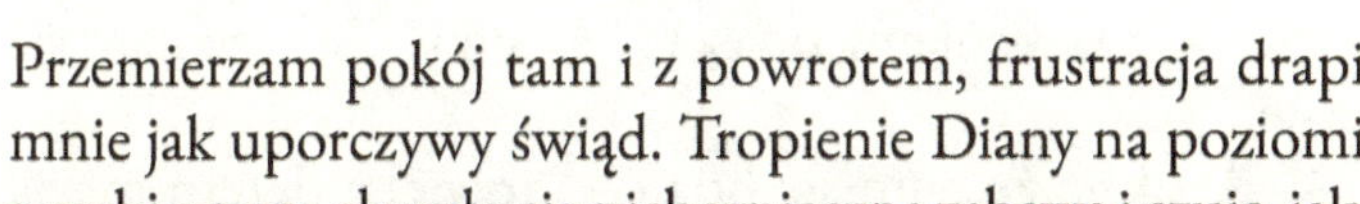

Przemierzam pokój tam i z powrotem, frustracja drapie mnie jak uporczywy świąd. Tropienie Diany na poziomie psychicznym okazało się niebezpieczną zabawą i czuję, jak z każdym podejściem moja głowa słabnie. To jak chwytanie pod napięciem przewodu i próba nie dać się porazić.

— Artemis, usiądź — mówi ostrym tonem Declan, jego głos przecina moje myśli. — Denerwujesz mnie samym chodzeniem.

— Sorry — mruczę i rzucam się na kanapę. Palce wystukują nieregularny rytm na udzie, gdy próbuję wymyślić inny sposób, by ją namierzyć. Zdesperowana, by znaleźć trop, wyrzucam z siebie: — A gdyby tak sprowokować Dianę? Zmusić ją, żeby wyszła z kryjówki?

— Oszalałaś? — syczy Garnet, z szeroko otwartymi oczami. — To jak dźganie kijem niedźwiedzia.

— Lepsze to niż siedzieć tu z założonymi rękami — odcinam się ostrzej, rzucając wściekłe spojrzenie. — Musimy coś zrobić, zanim znowu uderzy.

— Prowokowanie Diany jest ryzykowne — oponuje Declan, krzyżując ramiona. — Jest nieobliczalna, a sygnał Athiny jeszcze nie jest gotowy.

— Dobra — ustępuję, zaciskając zęby, gdy znów siadam. Wkurza mnie, że ma rację, ale wiem, że nie mogę pozwolić, by gniew zamglił mi osąd. Już szłam tą drogą i nigdy nie kończy się to dobrze.

— Skupmy się na tym, co możemy zrobić teraz — sugeruje Declan, obdarzając mnie współczującym uśmiechem. Kiwnięciem głowy przyjmuję to, wypuszczając głęboki oddech, by rozluźnić napięte mięśnie.

— Pracuj z Athiną nad tym sygnałem — mówię, chwytając tablet, by przejrzeć najnowsze informacje. — I może... sprawdź, czy jest coś, w czym możemy pomóc Garnet.

— Dobra — odpowiada Declan i słyszę ulgę w jego głosie. — Przebrniemy przez to, Artemis. Zawsze nam się udaje.

— A jakże, że nam się uda — mówię, a determinacja szarpie mną jak prąd. Diana może być na wolności, ale nie na długo. A kiedy w końcu ją przyciśniemy do muru, dopilnuję, żeby już nigdy nikogo nie skrzywdziła.

Brzęk neonów za ścianą naszej prowizorycznej kryjówki wydaje się ostrzejszy niż zwykle, rzucając upiorne cienie na popękane ściany. Nie mogę pozbyć się kłucia na karku, jakby tysiąc igieł wwiercało mi się w skórę. Diana jest gdzieś tam i nie przestanie, dopóki nie dostanie, czego chce. Albo dopóki my jej nie zatrzymamy.

— Declan — warknę, stukając niecierpliwie palcami w blat. — Jak myślisz, co powinniśmy zrobić? Siedzieć i kręcić kciukami, podczas gdy Diana dorzuca kolejne trupy do swojej listy?

On odsyła mi spojrzenie, a jego piwne oczy ciemnieją od frustracji. — Nie to mam na myśli, Artemis. Ale celowe wabienie jej to zbyt duże ryzyko. Nie wiemy, do czego jest zdolna.

— Właśnie — syczę, zaciskając pięści. — Dlatego musimy ją wyciągnąć, zanim urośnie w siłę. — Pierś unosi mi się szybko, adrenalina rozpędza serce.

— Artemis, posłuchaj— — zaczyna Declan, ale Garnet przerywa mu, wchodząc do pokoju z triumfalnym uśmiechem.

— Mam coś — oznajmia, wymachując tabletem. — Skanowałam miasto w poszukiwaniu kolejnych sterowanych agentów. Okazuje się, że prawie ich nie zostało.

— Serio? — marszczę brwi, wyrywając jej tablet i przewijając dane. — To nie może być prawda. Jeszcze kilka tygodni temu miała ich dziesiątki.

— Wygląda na to, że większość zdemaskowano po tej farsie na konferencji prasowej — wyjaśnia Garnet, wzruszając ramionami. — Chyba Dianie wymyka się kontrola.

— Albo zmienia taktykę — mruczy Declan, a ja posyłam mu miażdżące spojrzenie.

— Cokolwiek to jest — warczę, odkładając tablet na stół — nie możemy sobie pozwolić na dalsze czekanie. Musimy działać teraz.

— Artemis, rozumiem twoją frustrację — mówi Declan spiętym głosem. — Ale wbieganie na oślep może być dokładnie tym, na co ona liczy.

— To co proponujesz? — rzucam wyzwanie, mierząc go spojrzeniem, jakby miał wyczarować lepszy plan.

Waha się, zerkając ukradkiem na Garnet, po czym znów spotyka mój wzrok. — Skupmy się na agentach, których mamy. Może wśród nich kryje się trop, który zaprowadzi nas do Diany.

— Dobra — ustępuję, a gniew wciąż kipi tuż pod skórą. — Ale jeśli to nie wypali, robimy po mojemu.

— Umowa stoi — zgadza się, a ja widzę, jak spływa z niego ulga. Prawdę mówiąc, sama nie palę się do starcia w cztery oczy z Dianą, ale myśl o tym, że gdzieś tam knuje kolejny ruch, sprawia, że się we mnie gotuje.

— Okej — mówię, klaszcząc w dłonie. — Garnet, kontynuuj skanowanie w poszukiwaniu kolejnych agentów. I dołączmy też Athinę. Każde ręce się przydadzą.

— Jasne — przytakuje Garnet, już odwracając się do wyjścia.

— Uważaj na siebie, Artemis — szepcze Declan, podążając za nią; jego dłoń na moment zatrzymuje się na moim ramieniu, nim znika.

Przewracam oczami na jego troskę, ale w głębi wiem, że ma rację. Diana jest niebezpieczna — i nie wygramy, jeśli nie będziemy o krok przed nią.

Dreszcz przebiega mi po plecach, gdy patrzę na zmarszczone czoło Garnet. Posępny wyraz jej twarzy mówi mi wszystko, co muszę wiedzieć — stoimy w miejscu. Palce bębnią o blat, niespokojna fala frustracji grozi, że wyleje się na zewnątrz.

— Artemis — woła Athina, wyrywając mnie z myśli. — Jestem blisko przełomu z sygnałem wyłączającym. Jeszcze chwilka i powinniśmy zneutralizować kontrolowanych przez Dianę.

— Czas? — parskam, krzyżując ramiona. — Nie mamy czasu, Athina. A jeśli Diana zmieni strategię? Nie możemy wiecznie gonić jej ogona.

— Zaufaj mi — mówi, a jej ciepłe, brązowe oczy spotykają moje. — Rozumiem twoje obawy, ale pośpiech może skończyć się katastrofą.

— Dobra — wycedzam przez zęby. — Ale jeśli szybko jej nie znajdziemy, przegapimy szansę.

— Artemis, wiem, że się martwisz, ale musimy działać mądrze — nalega Athina tonem, w którym pobrzmiewa nuta wręcz macierzyńskiej surowości, co tylko bardziej mnie irytuje. — Nie stać nas na błędy.

— Jasne — mruczę, odwracając się od jej karcącego spojrzenia. — Mądrze. Czyli czekając, aż Diana wykona kolejny ruch.

— Słuchaj — wtrąca się Garnet, próbując rozładować napięcie. — Przeszukuję wszystkie większe wydarzenia w mieście pod kątem jej ludzi. Na razie zostało ich bardzo niewielu.

— I co to niby znaczy? — syczę, a zniecierpliwienie się przelewa. — Że skończyli się pachołki? Czy może po prostu lepiej ich ukrywa?

— Artemis, proszę — Athina błaga cicho. — Robimy, co możemy. Rozgryziemy to.

— Dość — ucinam, waląc pięścią w stół. — Zbyt długo biegamy w kółko. Im dłużej czekamy, tym więcej szans ma Diana, by uderzyć.

— Artemis — mówi miękko Athina, kładąc dłoń na moim ramieniu. — Obiecuję ci, że ją dorwiemy. Po prostu... zaufaj nam.

— Zaufanie... — szepczę, a słowo brzmi mi w ustach cierpko. Ale kiwam głową, zmuszając się, by uwierzyć w swój zespół. Przynajmniej na razie.

— Dobrze — mówi łagodnie. — Teraz pozwól mi dopracować ten sygnał wyłączający. Gdy będzie gotowy, ruszymy do akcji.

— Dobra — ustępuję, a gniew wciąż kipi tuż pod skórą. — Ale jeśli to nie wypali, robimy po mojemu.

— Umowa stoi — zgadza się, a ja widzę ulgę w jej oczach. Prawdę mówiąc, sama nie palę się do starcia w cztery oczy z Dianą, ale myśl o tym, że gdzieś tam knuje kolejny ruch, sprawia, że się we mnie gotuje.

— Okej — mówię, klaszcząc w dłonie. — Garnet, kontynuuj skanowanie w poszukiwaniu kolejnych agentów. I dołączmy też Nadię i Malcolma. Każde ręce się przydadzą.

— Jasne — przytakuje Garnet, już odwracając się do wyjścia.

— Uważaj na siebie, Artemis — szepcze Athina, idąc w ślad za nią; jej dłoń na moment zatrzymuje się na moim ramieniu, nim znika.

Przewracam oczami na ich troskę, ale w głębi wiem, że mają rację. Diana jest niebezpieczna — i nie wygramy, jeśli nie będziemy o krok przed nią.

Cisza w pokoju jest dusząca, każda sekunda tyka, jakby była obciążona lękiem. Słychać tylko stukanie palców Athiny w klawisze i równy rytm mojego serca. Nie zniosę tego dłużej; muszę zrobić cokolwiek, by wytropić Dianę.

— Dobra, coś tu nam umyka — mamroczę, krążąc po pokoju jak osaczony drapieżnik. — Jakiś trop, który doprowadzi nas do jej kryjówki. — Wyciągam telefon i przewijam serwisy informacyjne oraz media społecznościowe w poszukiwaniu śladów jej roboty.

— Artemis, przecież już to wszystko przerobiliśmy — mówi Declan spokojnym, choć stanowczym tonem. — Musimy po prostu uzbroić się w cierpliwość i poczekać, aż sygnał Athiny będzie gotowy.

— Cierpliwość to nie moja mocna strona, jeśli jeszcze nie zauważyłeś — parskam, a frustracja się przelewa. — A każda minuta zmarnowana tutaj to kolejne niewinne życie w niebezpieczeństwie!

— Albo więcej czasu na to, byśmy wpadli w pułapkę — ripostuje Declan, podchodząc bliżej. — Diana chce, żebyś była brawurowa, Artemis. Nie dawaj jej tego, czego chce.

— Dobra — zaciskam zęby i zmuszam się do głębokiego oddechu. — Ale nie mogę tu siedzieć z założonymi rękami. Musi być coś jeszcze, co możemy spróbować.

— A może zamiast szukać tego, co jest, poszukamy tego, czego nagle brakuje? — podsuwa Declan, a na twarzy pojawia mu się zamyślony wyraz. — Jak rejon, gdzie nagle spadła aktywność paranormalna albo gwałtownie zmalała przestępczość?

— Czekaj, to wcale niegłupi pomysł — mówię, a oczy rozbłyskują mi nagłą iskrą. — Jeśli Diana planuje coś dużego, mogłaby zaniżać wszelkie wskaźniki w okolicy, żeby nie ściągać uwagi.

— Dokładnie — kiwa głową, w oczach miga ulga, że wreszcie przemawia do mnie rozsądek. — To przekopmy dane jeszcze raz, ale tym razem wypatrujmy czegoś... nietypowego.

— Dobra — przyznaję, wciąż nie do końca przekonana, że to nas gdzieś zaprowadzi. Ale przynajmniej to coś do roboty, sposób, by ukierunkować tę drapiącą mnie energię.

Przez godziny przewalamy dane, szukając nietypowych wzorców i anomalii. Oczy pieką mnie od wpatrywania się w ekran, ale nie odpuszczam. Coś tu musi być, jakiś trop, który zaprowadzi nas do Diany.

— Artemis, musisz zrobić przerwę — nalega Declan z troską w głosie. — Siedzisz nad tym godzinami.

— Nie mogę — mamroczę, przecierając zmęczone oczy. — Muszę ją znaleźć.

— Hej — mówi łagodnie, kładąc dłoń na moim ramieniu. — Znajdziemy ją, obiecuję. Ale jeśli zajedziesz się na amen, nikomu nie pomożesz.

Chcę się spierać, powiedzieć mu, że nie mogę pozwolić sobie na odpoczynek, gdy tyle istnień wisi na włosku. Ale w głębi wiem, że ma rację. Muszę zaufać zespołowi — i sobie — jeśli mamy mieć szansę zatrzymać Dianę.

— Dobra — mruczę, zaciskając pięści. — Zejdę z radarów... na razie.

— Świetnie — mówi Declan, a na jego twarzy maluje się ulga. — Wszyscy musimy być gotowi, kiedy nadejdzie moment.

— Skoro o gotowości mowa — wtrąca Garnet ponurym, poważnym tonem. — Będę dalej skanować duże wydarzenia pod kątem sterowanych uczestników. Nie możemy pozwolić, by którykolwiek z uśpionych agentów Diany przemknął nam przez palce.

— Dzięki, Garnet — mówię szczerze wdzięczna za jej pomoc. To nie tak, że lubię siedzieć bezczynnie, gdy wróg knuje kolejny ruch. Ale przynajmniej dzięki Garnet będziemy mieć pojęcie, z czym się mierzymy.

— Artemis — dodaje, wbijając we mnie intensywne spojrzenie, które sprawia, że czuję się jednocześnie dostrzeżona i nieswoja. — Wiesz, że mam twoje plecy, prawda? Niezależnie od tego, co się wydarzy.

— Jasne — odpowiadam, wymuszając uśmiech, który bardziej przypomina grymas. — I ja twoje.

— No to do roboty — mówi Declan, klaszcząc w dłonie. — Athina powinna niedługo skończyć ten sygnał, a my musimy być gotowi na wszystko, co Diana nam rzuci pod nogi.

— Zgoda — kiwam głową, próbując strząsnąć gryzącą mnie niecierpliwość. Muszę zaufać zespołowi — jeszcze nigdy mnie nie zawiódł i wiem, że teraz też nie zawiedzie. Ale to nie czyni czekania łatwiejszym.

Gdy pozostali rozchodzą się, by przygotować się do nadchodzącego starcia, biorę głęboki oddech, skupiając się na tu i teraz. Zapach benzyny z mojego motocykla unosi się w powietrzu, mieszając się z cichym pomrukiem miasta tuż za naszą kryjówką. To niemal kojące — przypomnienie, że świat kręci się dalej, nawet gdy my szykujemy się do bitwy.

— Hej — woła Declan, wyrywając mnie z zadumy. — Dasz radę, Artemis.

Zerkam na niego i niespodziewanie znajduję ukojenie w ciepłej determinacji błyszczącej w jego piwnych oczach. — Ta — odpowiadam, przepychając słowa przez twardy supeł niepokoju w gardle. — Damy radę.

I z tym rzucam się w wir przygotowań, robiąc wszystko, by ze stalić się na nadchodzącą walkę. Choć nienawidzę tej gry w czekanie, jedno wiem na pewno: kiedy Diana wykona ruch, będę gotowa odpowiedzieć — i tym razem nie ujdzie cało.

——◦——

Równomierne łupnięcia worka treningowego w naszej prowizorycznej siłowni zgrywają się z dudnieniem w mojej głowie. Dziergam ciosy i kopnięcia w zjełczałą skórę, a frustracja i niecierpliwość krążą mi w żyłach jak jad. Czekanie, ciągle czekanie, aż ta przebiegła wiedźma wykona swój ruch.

— Artemis — głos Declana przerywa trening; jego cień pada na mnie, gdy podchodzi. — Tłuczesz ten worek od godzin. Zrób przerwę.

Mruknę tylko i zdzielę worek ostatni raz, po czym cofam się, pot spływa mi po skroniach. — Kiedy Diana się wynurzy — przyrzekam, aż kłykcie bieleją mi od ściskania — zakończę to raz na zawsze. Koniec gierek.

— Hej, jestem z tobą w tym — odpowiada. Opiera się o ścianę, krzyżuje ramiona, a jego piwne oczy lśnią determinacją. — Tylko pamiętaj, nie musimy tego robić sami. Jesteśmy zespołem, Artemis.

„Zespół" to małe słowo, a dźwiga tyle — zaufanie, lojalność, wspólną walkę. Wzdycham, odgarniając z twarzy wilgotne, srebrne kosmyki. — Wiem. Dzięki, Declan.

— Obiecaj mi jedno — mówi, zatrzaskując wzrok w moim, spokojny i niewzruszony. — Obiecaj, że kiedy ruszymy na Dianę, zrobimy to razem.

— Dobra — ustępuję chłodno. Jakbym w ogóle chciała stawić czoła temu koszmarowi bez swojej ekipy. — Obiecuję.

— Świetnie. — Kiwna głową zadowolony i odrywa się od ściany. — A teraz odpocznij. Na oparach nikomu nie pomożesz.

„Odpoczynek" to może obce słowo w tej chwili, ale z niechęcią przyznaję, że ma rację. Jeśli się nie doładuję, będę bezużyteczna, gdy przyjdzie wreszcie stanąć z Dianą twarzą w twarz.

Rozdział dziewiętnasty

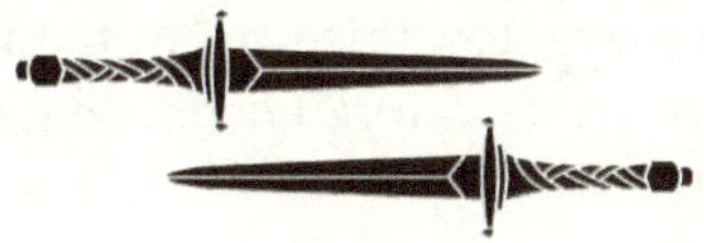

Deszcz smaga mi twarz niczym tysiąc lodowatych igieł, gdy krążę tam i z powrotem przed opuszczonym magazynem. Zespół jest w środku, skulony wokół prowizorycznego stanowiska Athiny, podczas gdy ona dłubie przy swoim najnowszym gadżecie. Ma nam pomóc zlokalizować Dianę, ale jak dotąd pożytek z niego taki, jak z czekoladowego imbryka.

— Artemis, zedrzesz chodnik na wylot — mówi Declan, wychodząc ze mną na deszcz. Jego głos jest spokojny, ale widzę, że też go nosi.

— Do cholery, Declan, marnujemy czas! — syczę, a frustracja kipi ze mnie jak z przegrzanego kotła. — Diana jest tam gdzieś, knuje Bóg wie co, a my siedzimy na dupach i czekamy na cud.

— Artemis, wiesz tak dobrze jak ja, że musimy być przygotowani — odpowiada, próbując trzymać w ryzach własną niecierpliwość. — Athina pracuje najszybciej, jak potrafi.

— Przygotowani? — parskam. — Szykujemy się od tygodni! A kiedy tkwimy tu zabarykadowani, kto wie, ile niewinnych osób Diana skrzywdziła albo zabiła? Musimy przenieść walkę do niej!

— Artemis, rozumiem twoją złość, ale nie możemy rzucać się na oślep — upiera się, chwytając mnie za ramię, żeby zatrzymać moje krążenie. Wyrywam się, marszcząc na niego brwi.

— Czas nie jest po naszej stronie — warczę, wskazując na magazyn. — Ufam Athinie, ale każda sekunda, którą marnujemy na przygotowanie tego sygnałowego ustrojstwa, to kolejna sekunda, którą Diana ma na planowanie i przygotowania.

Declan wzdycha, przeczesując dłonią mokre włosy. — Masz rację. Ale nie stać nas na błędy. Jeśli to spieprzymy, możemy stracić wszystko.

Nie myli się, ale to wcale nie czyni tej gry w czekanie łatwiejszą. Mam dość gry w obronie. Diana to zagrożenie, które trzeba wyeliminować, i nie spocznę, dopóki nie zniknie.

— Dobrze — ustępuję, krzyżując ramiona na piersi. — Ale w chwili, gdy Athina będzie miała ten sygnał gotowy, ruszamy za nią. Koniec z siedzeniem jak wystraszone króliki.

— Zgoda — mówi Declan, kładąc dłoń na moim ramieniu i lekko je ściskając. Mięknę odrobinę, opierając się o jego dotyk.

— Obiecaj mi, Declan — szepczę, patrząc mu w oczy. — Obiecaj, że kiedy przyjdzie pora, zakończymy to razem.

— Obiecuję, Artemis — odpowiada, a jego głos wypełnia determinacja. — Powstrzymamy Dianę, bez względu na cenę.

Miarkowany stukot deszczu o dach magazynu niesie się po pustej przestrzeni, jakby ktoś specjalnie dobrał ścieżkę dźwiękową do mojej narastającej frustracji. Nie mogę tu już siedzieć i czekać na sygnał Athiny. Diana jest tam, knuje i planuje nasz upadek, a każda chwila spędzona w defensywie daje jej przewagę. Nie, pora przejść do ataku.

— Hej, Artemis — woła Declan, jego głos ledwo przebija się przez łomot kropel. — Wszystko w porządku?

— W porządku — kłamię, odwracając do niego plecy. Wiem, że jeśli spojrzę w te ciepłe, ufne oczy, pęknę. A na to nie mogę sobie teraz pozwolić. To większe niż my; chodzi o powstrzymanie potwora.

Przewijam ekran telefonu, udając, że pochłonęła mnie jakaś błahostka. W rzeczywistości śledzę cyfrowy okruszkowy trop — taki, który prowadzi do możliwej kryjówki Diany. Wpadłam na niego podczas jednej z nocnych sesji badawczych, to ryzykowny trop, o którym nikt inny nie wie. Serce przyspiesza, gdy elementy układanki wskakują na miejsce.

— Artemis? — pyta ponownie Declan, wyczuwając, że coś jest nie tak.

— Słuchaj, muszę się przewietrzyć — warczę, wsuwając telefon do kieszeni. — Nie będzie mnie długo.

— Czekaj... — zaczyna, ale ja już oddalam się szybkim krokiem, zostawiając go za sobą.

Moja krucza postać smakuje wolnością. Ulewnymi ulicami miasta mknę ponad betonowymi kanionami, lecąc w ślad za tym niebezpiecznym tropem. To szaleńcze, impulsywne nawet, ale właśnie tego Diana spodziewa się najmniej. I może, tylko może, to dokładnie to, czego nam trzeba, by ją powalić.

Wracam do własnej postaci przed opuszczonym budynkiem, którego kruszejącą fasadę kryją cienie. Jeśli mam rację, Diana może się tu ukrywać. Na samą myśl przechodzi mnie dreszcz, po którym następuje uderzenie adrenaliny.

— No dobra, ty podła suko — szepczę. — Czas to skończyć.

Przesuwam się wśród cieni, każdy krok jest celowy i przemyślany. Wszystkie zmysły mam wyostrzone, poluję na najmniejszy ślad obecności Diany. Ale im bliżej podchodzę, tym bardziej zakrada się zwątpienie. A jeśli Declan miał rację? A jeśli idę prosto w pułapkę?

— Pieprzyć to — mamroczę pod nosem, strząsając z siebie niepewność. To jedyny sposób, żeby ją zatrzymać raz na zawsze. Nie pozwolę, by strach stanął mi na drodze.

Dłoń zaciska mi się na zimnej od nieustannego deszczu klamce. Biorę głęboki oddech, popycham drzwi i wchodzę do środka, gotowa stawić czoła temu, co mnie czeka. I niech Bóg pomoże Dianie, jeśli naprawdę tu jest, bo litości jej nie okażę.

Już mam wejść głębiej w mrok, gdy głos Declana tnie powietrze jak sztylet. — Artemis, co ty do cholery robisz?

— Kurwa — syczę, odwracając się gwałtownie i widząc go w progu, przemokniętego do suchej nitki i wściekłego jak diabli. Jak on mnie w ogóle znalazł?

— Declan, to nie twoja walka — warczę. — Wróć do reszty.

— Artemis, posłuchaj siebie — mówi, robiąc krok naprzód, z oczami zwężonymi z troski. — Wchodzisz prosto w ręce Diany. Chce cię odizolować, odciąć od naszego wsparcia.

— Jakbym potrzebowała niańki — prychnę.

— Do cholery, Artemis! — wybucha, a frustracja aż od niego bije. — To nie chodzi tylko o ciebie. Jesteśmy drużyną, pamiętasz?

— Naprawdę? — warczę, a gniew we mnie bulgocze. — Bo mam wrażenie, że za każdym razem, gdy się odwracam, ktoś próbuje mnie trzymać na uwięzi. Powiedz mi, Declan, co nam daje czekanie, gdy niewinni ludzie giną?

— Twoja brawura nikogo nie ocali, Artemis — mówi miękko, podchodząc bliżej. — Jeśli już, to sprowadzi na nas jeszcze większe niebezpieczeństwo. Nie chcę cię stracić dlatego, że sądzisz, iż musisz coś udowodnić.

— Udowodnić? — Słowo piecze jak policzek. — Tu nie ma czego udowadniać, Declan. Chodzi o to, by zatrzymać potwora, zanim skrzywdzi kogoś jeszcze.

— To pozwól nam ci pomóc — błaga, rozpacz pobrzmiewa w jego głosie. — Nie rób tego sama.

Zerkam na drzwi prowadzące głębiej w opuszczony budynek, rozrywana między potrzebą zemsty a mężczyzną, który zawsze stał u mojego boku. Serce mi wali, a przez moment czuję ciężar własnych wyborów, jakby osiadał mi na barkach.

— Dobrze — mruczę. — Zrobimy to po twojemu.

— Umowa stoi — odpowiada, a przez jego twarz przemyka ulga. — A teraz wynośmy się stąd, zanim złapiemy zapalenie płuc.

Chwyta mnie za rękę i krokami przez cienie przenosi nas z powrotem do kryjówki, a gdy pozwalam mu się prowadzić, nie mogę przestać się zastanawiać: czy naprawdę jestem dość silna, by stanąć z Dianą twarzą w twarz i wygrać? A może tylko wciągam Declana razem ze sobą w otchłań mroku i rozpaczy?

— Artemis — mówi Declan, jego głos ledwie słyszalny przez ryk deszczu bębniącego o dach naszej kryjówki. — Rozumiem. Chcesz zakończyć rządy terroru Diany, ale musimy zrobić to z planem i razem, jako zespół.

— Plany? — prychnę, mierząc go wzrokiem. — Nasze tak zwane plany tylko trzymają nas w defensywie. Ilu ludzi cierpiało, bo boimy się ruszyć na nią z otwartą przyłbicą?

— Artemis — zaczyna znowu, błagalnie patrząc mi w oczy — Diana chce cię od nas odseparować. Nie dawaj jej tego, czego pragnie.

— Declan, trzeba ją zatrzymać — odcinam się, zaciskając dłonie w pięści. — Na zawsze.

— To poczekajmy na urządzenie obezwładniające Athiny — nalega, a desperacja rysuje mu się w każdej zmarszczce twarzy. — Zaszliśmy za daleko, by ryzykować wszystko szaleńczą solową akcją.

— Czekać? — Mój głos grzmi jak piorun, odbijając się echem od ścian. — Ile jeszcze istnień stracimy, siedząc i kręcąc kciukami? Diana nie będzie przecież grzecznie czekać, aż łaskawie ruszymy!

— Posłuchaj siebie, Artemis — warczy Declan, a frustracja buzuje pod jego słowami. — Nie myślisz trzeźwo. Potrzebujemy strategii, nie tylko czystej siły.

— Zabić ją — to jedyna droga — upieram się, a palce mimowolnie mi drgają, jakby świerzbiły, by zacisnąć się na broni. — Tylko to daje gwarancję, że nikt więcej nie zginie przez jej pokręcone gierki.

— Artemis, rozumiem, co czujesz — mówi Declan, a jego głos odrobinę łagodnieje. — Ale nie możemy pozwolić, by emocje dyktowały nam działania. Sama wiesz.

— Oczywiście, że wiem — odszczekuję, a we mnie kotłują się gniew i frustracja niczym bliźniacze burze. — Ale tu nie chodzi o emocje. Tu chodzi o przetrwanie.

— Dobrze — ustępuje Declan, z zaciśniętą szczęką. — Ale jeśli mamy to zrobić, to zrobimy to porządnie. Nie wchodzimy z hukiem na ślepo. Potrzebujemy planu.

— Od kiedy to plany nam wychodzą? — prychnę, krążąc po ciasnym wnętrzu naszej prowizorycznej centrali. W powietrzu wisi zapach kurzu i stęchlizny, niemiłe przypomnienie, że to tylko tymczasowa kryjówka przed zagrożeniami miasta.

— Słuchaj — przerywa moje myśli Declan, a w jego piwnych oczach płonie determinacja. — Jeśli jesteś zdeterminowana, by zdjąć Dianę, to jestem z tobą. Ale nie pozwolę ci stanąć z nią twarzą w twarz samotnie i bez przygotowania. Jesteśmy zespołem, pamiętasz?

— Dobra — mamroczę, przystając i piorunując go spojrzeniem. — Wchodzisz w to.

— Świetnie — odpowiada, a po twarzy miga mu cień ulgi. — To teraz wymyślmy, jak zdjąć tę sukę raz na zawsze.

— Masz jakiś genialny pomysł? — pytam z przekąsem, unosząc brew.

— Najpierw najważniejsze — mówi, ignorując kąśliwość. — Musimy ją znaleźć, a to znaczy iść tropem wskazówek, które po sobie zostawiła.

— Cudownie — jęczę, przewracając oczami. — Kolejna gonitwa za widmem po mieście. Tego mi teraz trzeba.

— Hej, to lepsze niż władowanie się na ślepo — zauważa, a na kącikach ust błąka mu się uśmiech. — No to co, gotowa?

— Gotowa, jak tylko mogę być — wzdycham, hartując się na to, co nadejdzie. Czuję, jak ciężar misji zaciska się na mnie jak imadło, ale z Declanem u boku wiem, że damy radę wszystkiemu.

— To do roboty — mówi Declan, a w jego oczach płonie determinacja niczym pochodnia w mroku.

Kiedy zabieramy się do przygotowań do nadchodzącej bitwy, nie mogę przestać mieć nadziei, że razem zdołamy położyć kres rządom terroru Diany raz na zawsze.

— Czekaj! — głos Declana rozcina powietrze, gdy właśnie mam wsiąść na motocykl. Obracam się, mierząc go ostrym spojrzeniem. — Co znowu?

— Artemis, musimy zaczekać na wsparcie zespołu.

— Patrzy na mnie tymi idiotycznie szczerymi piwnymi

oczami i tylko ogromnym wysiłkiem woli powstrzymuję przewrócenie własnymi.

— Chyba żartujesz? — prychnę, krzyżując ramiona na piersi. — Nie mamy na to czasu, Declan.

— Posłuchaj mnie — mówi, podchodząc bliżej, a jego ton staje się naglący. — Wiem, że chcesz dopaść Dianę, ale wchodzić tam samej...

— Kto mówił, że samej? — ucinam, kiwając między nami. — Idziesz ze mną.

— To za mało, Artemis. Potrzebujemy całej ekipy za plecami i urządzenia obezwładniającego Athiny.

— Dobra — parskam, zirytowana tym, jak rozsądnie to brzmi. — Ociąga się z tym niemiłosiernie. Nie znaczy, że nie możemy zrobić rozpoznania w międzyczasie.

— Zwiad to jedno — ripostuje Declan — ale ty mówisz o włamaniu się do jej legowiska i zabiciu jej, bez wsparcia i bez planu.

— Declan... — zaczynam, ale on podnosi dłoń, by mnie uciszyć.

— Artemis, czemu tak uparcie chcesz zrobić to sama? — Pytanie wybija mnie z rytmu i nie potrafię od razu zebrać odpowiedzi. Jego oczy się zwężają i czuję, jak bada moje emocjonalne blokady jak złodziej sprawdzający zamek. Niech go diabli z tą nagłą przenikliwością.

— Czy tu naprawdę chodzi o ochronę ludzi przed Dianą? — pyta miękko, a słowa tną głęboko. — Czy o zemstę? O wyrównanie rachunków, które dręczą cię od chwili, gdy po raz pierwszy cię skrzywdziła?

Jeżę się, a gniew bulgoce pod skórą jak roztopiona lava. — Nie wiesz, o czym mówisz — syczę.

— Może i nie — przyznaje — ale wiem, że jeśli wpadniemy w to bez pełnego przygotowania, gramy jej na rękę. A ja nie chcę cię stracić.

— Declan... — Głos mi się łamie i przełykam ślinę, próbując odzyskać panowanie. — Nie mogę sobie pozwolić na dalsze czekanie. Dianę trzeba zatrzymać. Teraz.

— Artemis — mówi miękko, unosząc dłoń do mojego policzka i zmuszając mnie, bym na niego spojrzała. — Kocham cię. Zatrzymamy ją razem, ale dopiero, gdy będziemy mieli każdą możliwą przewagę. Na razie wróćmy do zespołu i opracujmy solidny plan.

Serce tłucze mi się w piersi, jakby miało ją rozerwać, rozdarte przez burzę wewnątrz mnie. Słowa Declana dźwięczą w głowie, zmuszając mnie do konfrontacji z własnymi motywacjami. Zaciskam szczękę, czując na języku gorzki smak prawdy.

— Może masz rację — przyznaję cicho, mój głos ledwo przebija się przez wycie wiatru. — Tak skupiłam się na zemście na Dianie, że straciłam z oczu to, co naprawdę ważne.

Oczy Declana się rozszerzają i waha się przez moment, nim przyciąga mnie do ciasnego uścisku. Pozwalam sobie na chwilę słabości, chłonąc ciepło, które wsiąka mi aż w kości.

— Dziękuję, że przywróciłeś mi rozsądek — szepczę, a oddech mi drży, gdy walczę ze łzami. — Nie pozwolę już, by potrzeba zemsty zaciemniała mi osąd.

— Artemis, obiecuję ci — mówi Declan, ściskając mocno moją dłoń. — Położymy kres rządom terroru Diany, ale zrobimy to razem, bez niepotrzebnego ryzyka.

Kiwnięciem głowy przełykam gulę w gardle. Ciężar naszej decyzji, stawka życia i śmierci tego, co nas czeka — wszystko to grozi zmiażdżeniem mnie jak tsunami. Zamiast jednak utonąć, chwytam się Declana jak liny ratunkowej.

— Spójrz tylko na nas — mówię z gorzkim śmiechem, wtulając się w niego, a mój głos to ledwie szept. — Dwie potłuczone dusze, związane losem albo jakąś kosmiczną siłą, która grzebie nam w życiu. A mimo wszystko, po tym wszystkim... ufam ci bardziej niż komukolwiek na świecie.

— Artemis... — mruczy, a jego piwne oczy błyszczą nagim uczuciem. Przyciąga mnie bliżej, jego ciepły oddech muska moje usta. — Kocham cię. Bardziej niż cokolwiek. I przysięgam, że ją powstrzymamy. Za wszystkich, których skrzywdziła, za każde zniszczone życie — wliczając nasze.

— A jakże, że tak — mówię, a głos mi się łamie. Łzy kłują w kącikach oczu, ale nie pozwalam im spłynąć. — Ale najpierw...

— Najpierw? — podpowiada łagodnie, odgarniając mi z twarzy pasmo srebrnych włosów.

— Najpierw przypomnijmy sobie, o co walczymy — mówię i zanim zdążę się rozmyślić, przywieram do jego ust ogniście.

Nasze usta poruszają się razem, desperackie i głodne, jakbyśmy próbowali pożreć ból i strach tej drugiej osoby. Tańczymy ten taniec niezliczoną ilość razy, ale tej nocy jest inaczej — bardziej nagląco, bardziej żywotnie. Jakby w tej chwili istnieli tylko my i elektryczne połączenie, które spaja nas sercem i duszą.

— Declan — wzdycham, gdy jego pocałunki suną w dół mojej szyi, a dłonie wędrują po ciele, jakby chciał zapamiętać każdy łuk i kąt. — Też cię kocham. Tak cholernie mocno.

— Nigdy o tym nie zapominaj — mruczy w moją skórę, jego głos chropawieje od pragnienia. — Cokolwiek się stanie, jak bardzo zrobi się ciemno... pamiętaj, że mamy siebie, a razem stawimy czoła wszystkiemu.

— Wszystkiemu — powtarzam, oddając się burzy emocji, która grozi pochłonięciem nas obojga. Na razie puszczamy lęki i wątpliwości, gubiąc się w ramionach drugiego — dwoje złamanych ludzi znajdujących ukojenie w świadomości, że nie są sami w swoim mroku.

Ciepło ciała Declana przy moim jest jak kotwica na wzburzonym morzu, przytwierdzająca mnie do tu i teraz. Jego miarowy puls przypomina, że żyję — i on też. A razem mamy szansę.

— Artemis — szepcze Declan we włosy, a jego oddech łaskocze mi ucho — daliśmy radę. Zmierzyliśmy się z naszymi demonami razem i wygraliśmy.

Nie mogę powstrzymać drżącego śmiechu, a ulga zalewa mnie jak fala przypływu. — Taa, chyba tak. — Palcami wodzę po poszarpanych bliznach na jego ramieniu — pamiątkach dawnych bitew, które przypominają, jak daleko zaszliśmy.

— Obiecasz mi coś? — pytam cicho, potrzebując usłyszeć to, co i tak wiem, że powie.

— Cokolwiek, kochanie — odpowiada bez wahania.

— Obiecaj mi, że niezależnie od tego, jak brzydko się zrobi, zawsze będziesz mnie krył. Że się mnie nie wyprzesz, nawet gdy będę najgorszą wersją siebie.

— Zawsze — przysięga, a ciężar jego słów osiada wokół nas jak tarcza ochronna. — Wiesz, że poszedłbym za tobą do piekła i z powrotem, Artemis. Nie ma na tym świecie ani w żadnym innym niczego, co by to zmieniło.

— Dobrze — mruczę, tuląc się do niego jeszcze bliżej i pozwalając sobie wygrzać się w rzadkiej chwili pokoju, jaka nam przypadła. Cisza przed burzą, jak to mówią. Ironia losu, skoro Diana jest ucieleśnieniem chaosu.

— Artemis? — głos Declana wyrwa mnie z zamyślenia i widzę, że z czymś się zmaga — z jakimś upiorem wątpliwości, który nie daje się uciszyć.

— Wypluwaj to, wielkoludzie — droczę się, szturchając go w żebra. — Umawialiśmy się: żadnych sekretów.

— Tylko... jesteś pewna, że jesteś na to gotowa? — pyta, a jego piwne oczy badają moje, szukając choćby cienia wahania. — Oboje wiemy, do czego Diana jest zdolna, a czasu nie mamy w nadmiarze.

— Declan — mówię, a mój głos jest stabilny mimo kłębiących się we mnie emocji — nigdy w życiu nie byłam czegoś bardziej pewna. Dianę trzeba zatrzymać, a my jesteśmy tymi, którzy mogą to zrobić — razem. Mamy się nawzajem, pamiętasz?

Kiwnięciem głowy potwierdza, a na ustach igra mu drobny uśmiech, gdy przyciąga mnie jeszcze bliżej, otulając mocnym uściskiem. — Razem — powtarza, a moc tego słowa rezonuje we mnie aż po ostatnie włókno.

W tej cichej chwili, z ramionami Declana wokół mnie i świadomością, że właśnie pokonałam najczarniejsze lęki, odnajduję wewnętrzną siłę, o której istnieniu nie miałam pojęcia. To siła, której będę potrzebować, gdy staniemy naprzeciw Diany — gdy zakończymy ten koszmar raz na zawsze.

Ale teraz, gdy opieram głowę o pierś Declana i wsłuchuję się w równy bęben jego serca, pozwalam sobie na krótką przerwę od nadchodzącej bitwy. Zaledwie przelotną chwilę spokoju, zanim zanurzymy się głową w pierwszą linię burzy.

ROZDZIAŁ DWUDZIESTY

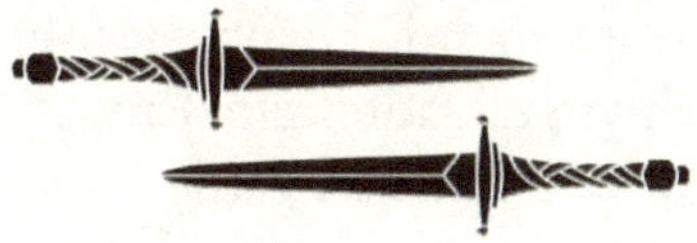

MAGAZYN MAJACZY TUŻ PRZED nami, jego cień wydłużony przez zachodzące słońce i złowrogi. Zardzewiała, butwiejąca elewacja nie zdradza niebezpieczeństwa czającego się w środku. Serce mi wali, adrenalina śpiewa w żyłach. To jest to—nasza szansa, by wreszcie zapędzić Dianę w kozi róg. Dni roboty, gdy Athina i ja przekopywałyśmy się przez skradzione pliki z komputerów, aż oczy miałyśmy czerwone i obolałe, doprowadziły nas tutaj—ale musimy działać szybko. Na jutro zamówiono ciężarówki do wywozu, co znaczy, że Diana znów ruszy w drogę. Mamy tylko jedną okazję, żeby ją złapać.

— Dobra, ekipo — zwracam się do nich, mój głos pewny mimo kotłowaniny wewnątrz. — Musimy zaskoczyć Dianę. Skrytość i element zaskoczenia to nasze najlepsze bronie.

— Zgoda — kiwa głową Declan, a w jego oczach błyszczy determinacja. — Athino, dasz radę zhakować system zabezpieczeń? Nie chcemy, żeby wiedziała, że nadchodzimy.

— Bułka z masłem — uśmiecha się Athina, już stukając w tablet. — Wyłączę kamery i alarmy.

— Dobrze — mówię, zwracając się do reszty. — Garnet, chcę cię na czujce. Obserwuj otoczenie i od razu dawaj znać o każdym nieproszonym gościu.

— Załatwione — odpowiada Garnet, jej ciemne oczy skupione, wyraz twarzy stalowy.

— Declan i ja poprowadzimy natarcie — ciągnę. — Najważniejsze, by obezwładnić Dianę, nie robiąc krzywdy sobie ani ewentualnym zakładnikom. Pamiętajcie, jest cwana i bezwzględna, więc trzymajcie gardę.

— Zrozumiano — powtarza Declan, zaciskając pięści; iskry elektryczności tańczą mu między palcami.

— Gdy już ją unieruchomimy — dodaję — ocenimy sytuację i zdecydujemy o dalszym ruchu.

— Brzmi solidnie — przytakuje Garnet, ładując świeży magazynek do pistoletu.

— Do dzieła — mówi Declan, wbijając we mnie wzrok. — Za wszystkich, którym zrobiła krzywdę, za wszystko, co zrobiła — sprawmy, by zapłaciła.

— A jakże — potwierdzam, dociągając paski na rękawicach. Moje moce parapsychiczne szumią pod skórą, rwąc się do uwolnienia. — Czas zakończyć jej rządy terroru.

Kiedy zajmujemy pozycje, nie mogę przestać myśleć o niezliczonych życiach dotkniętych przez pokrętne machinacje Diany. O niewinnych, którzy cierpieli z jej rąk. O przyjaciołach, których straciliśmy.

— Pozostajemy w stałym kontakcie — przypominam im cicho, pilnym tonem. — Pilnujemy sobie nawzajem pleców. Jesteśmy drużyną i razem przez to przejdziemy.

— Zawsze — mruczy Declan, jego ciepły oddech muska mi policzek, gdy przysuwa się bliżej. W tej chwili znajduję siłę w jego niewzruszonym wsparciu.

— Dobra, Athino — mówię, a moja determinacja twardnieje jak stal. — Daj nam zielone światło.

— Kamery wyłączone, alarmy uciszone — melduje Athina, nie odrywając wzroku od tabletu. — Macie element zaskoczenia.

— To go nie zmarnujmy — stwierdzam ponuro.

Odgłos naszych kroków pochłania ciemność, gdy wślizgujemy się do opuszczonego magazynu. Powietrze jest ciężkie zapachem zgnilizny i stęchlizny; zastanawiam się, od jak dawna to miejsce stoi puste.

— Widzisz coś? — szepczę do Declana, niemal bezgłośnie.

— Jeszcze nic — odpowiada, lustrując cienie w poszukiwaniu Diany lub jej popleczników. — Ale coś tu nie gra.

— Mi też — mamroczę pod nosem, a moje zmysły psychiczne nieprzyjemnie mrowią. Plan był prosty — wniknąć do jej kryjówki po cichu i precyzyjnie, zaskoczyć ją i powalić. Tymczasem natykamy się tylko na zakurzone skrzynie i złowieszczą ciszę.

— Athino — szepczę do słuchawki — na pewno to dobre miejsce?

— Na sto procent — odzywa się przerywanym trzaskiem głos Athiny. — Cały wywiad prowadził właśnie tutaj.

— Szukajcie dalej — dodaje Garnet, a napięcie osiada jej na głosie. — Musi tu gdzieś być.

Kiwnęłam głową, choć nie może mnie zobaczyć. Parliśmy naprzód, z bronią gotową, przygotowani do uderzenia przy najmniejszym znaku zagrożenia. A jednak im głębiej brnęliśmy w kryjówkę, tym bardziej niepokojąca cisza trwała.

— Artemis — mamrocze Declan, a w jego tonie pobrzmiewa troska. — A jeśli to pułapka?

— To ją zastawimy — odpowiadam, mocniej zaciskając dłoń na pistolecie. — Teraz już nie odpuścimy.

— Zgoda — wtrąca Garnet. — Tym razem Diana nie ucieknie.

Kontynuujemy poszukiwania, lawirując po labiryntowych korytarzach i pomieszczeniach. Czuję postrzępione nerwy moich towarzyszy, ciężar niepewności i niepokoju przygniata nas wszystkich. Ale idziemy dalej, pchani wspólną determinacją, by oddać Dianę w ręce sprawiedliwości.

— Czekajcie — przerywa nagle Athina, a nagłość w jej głosie zatrzymuje nam kroki. — Coś łapię na kamerach — ruch.

— Gdzie? — pytam, a serce tłucze mi się z napięcia.

— Dwa pomieszczenia dalej — odpowiada. — Uważajcie.

Wymieniamy spięte skinienia i ruszamy, każdy krok odważony i rozmyślny. Powietrze iskrzy obietnicą starcia, zmysły wyostrzone, gdy zbliżamy się do źródła niepokoju.

— Gotowa? — pyta Declan, spotykając moje spojrzenie cichą stanowczością.

— Zawsze — odpowiadam, szykując się na czekające nas starcie.

Na znak wpadamy do środka, z bronią uniesioną, tylko po to, by znaleźć... nic. Pomieszczenie jest tak puste jak reszta tej przeklętej nory—nawet zabłąkanego szczura brak, by usprawiedliwić rzekomy ruch.

— Athino — syczę, a frustracja sięga zenitu. — Co do cholery?

— Musiała to być usterka — przyznaje zawstydzona. — Przepraszam.

— Świetnie — warczę, gniew na moment przyćmiewa strach. — Tego nam brakowało—kolejnych fałszywych alarmów.

— Ruszajmy dalej — proponuje Garnet napiętym głosem. — W końcu ją znajdziemy.

— A jakże, że znajdziemy — cedzę, a każdy nerw dźwięczy wybuchową mieszanką determinacji i trwogi. Jakie by gry Diana nie prowadziła, nie dam jej wygrać.

— Chodźcie — mówię, gestem przywołując ich za sobą. — Im szybciej ją znajdziemy, tym lepiej.

I tak brniemy naprzód, w duszącą ciemność i nieznane koszmary, które na nas czekają.

Dreszcz przebiega mi po kręgosłupie, gdy nadal przedzieramy się przez pozornie opuszczoną kryjówkę. Cisza dusi, przerywana tylko odliczonymi krokami i sporadycznym skrzypieniem desek pod stopami. Nie potrafię otrząsnąć się z uporczywego wrażenia, że coś tu nie gra.

— Hej — mamrocze Declan, z troską marszcząc brwi, gdy przyłapuje mnie na pocieraniu ramion w daremnej próbie odpędzenia chłodu. — Wszystko w porządku?

— W porządku — warknę, usiłując powstrzymać nerwowe tiki. — Po prostu nie znoszę tego miejsca. Przyprawia mnie o ciarki.

— Nie dziwię ci się — krzywi się. — Jak wymarłe miasteczko.

— A skoro już o tym mowa... — urywam, gdy skręcamy za róg i stajemy twarzą w twarz z prymitywnie namalowanym napisem na ścianie. Serce mi siada, gdy czytam słowa, z których każde jest jak nóż obracany w piersi.

— Koniec gry, Artemis. Przegrałaś.

— Skurwysyn — przeklinam pod nosem, aż bieleją mi knykcie, kiedy mocniej ściskam broń. — Wiedziała, że przyjdziemy.

— Na to wygląda — zgadza się Garnet, mrużąc oczy, gdy przygląda się szyderczemu komunikatowi. — I co teraz?

— Szukajmy dalej — proponuje Declan, a w jego głosie słychać ledwie tłumioną furię. — Może zostawiła coś, co nas do niej doprowadzi.

— Lepsze to niż nic — przyznaję, a myśli pędzą po wszystkich sposobach, na jakie chciałabym sprawić, by Diana zapłaciła za to upokorzenie. Ale najpierw musimy ją znaleźć—znowu.

— Dobra. Rozdzielimy się — decyduję, a mój głos drży mieszanką frustracji i trwogi. — Tak obejmiemy większy teren. Ale bądźcie czujni—jeśli to zasłona dymna, nie wiadomo, jakie jeszcze pułapki zastawiła.

— Zrozumiano — kiwają głowami, determinacja wyryta im na twarzach. — Znajdziemy ją, Artemis. A kiedy już to zrobimy...

— Sprawiedliwości stanie się zadość — kończę, słowa brzmią jednak pusto w tej pustce. Ale to obietnica, której zamierzam dotrzymać—bez względu na wszystko.

— Powodzenia — mówi Garnet, jej dłoń na moim ramieniu daje mi moment ukojenia, zanim ona i Declan ruszają w przeciwnych kierunkach, zostawiając mnie sam na sam z myślami i posępnym echem naszych kroków.

— Do diabła z tobą, Diano — syczę, serce wali, gdy przemierzam opuszczoną kryjówkę, szukając choćby śladu, który poprowadzi nas z powrotem do niej. — Nie ujdzie ci to na sucho.

Ale gdzieś głęboko w środku cichy głosik szepcze, że może już uszło.

⸺◆⸺

Gęsty deszcz siecze nas, gdy wycofujemy się z opustoszałego obiektu, a moje buty chlupoczą w błocie pod stopami. Zimne krople kłują skórę jak tysiąc lodowatych igieł, lustrzane odbicie gorzkiego zawodu gryzącego mnie od środka. Byliśmy tak cholernie blisko—albo tak mi się wydawało.

— Artemis — woła Declan przez ulewę, zgarbiony pod naporem wichury. — Zbierzemy się w naszej kryjówce i coś wymyślimy.

— Tak, masz rację. — Wymuszam skąpy uśmiech, próbując dodać otuchy jemu i sobie, że to jeszcze nie koniec. Ale w środku czuję, jak pełzną macki zwątpienia.

Droga powrotna do kryjówki mija w milczeniu, każde z nas pogrążone w swoich myślach i frustracjach. Do suchej nitki przemokliśmy, nim dotarliśmy do drzwi, lecz chłód, który czuję, ma więcej wspólnego z porażką misji niż z przemoczoną garderobą.

— Wejdźmy, ogrzejmy się i wysuszmy — proponuje Garnet, a jej zwykle żywe oczy pociemniały od poczucia klęski. — Może wtedy wpadniemy na nowy plan.

— Brzmi dobrze — zgadza się Declan, popychając drzwi.

Ale gdy tylko przekraczamy próg, nadzieja na zebranie się i obmyślanie strategii pęka przy okropnym widoku. Bez życia leży Malcolm, rozciągnięty na ziemi, we krwi zbierającej się wokół. Odbiera mi dech, gdy chłonę tę makabrę, serce łomocze boleśnie.

— Malcolm... — wykrztuszam, opadając na kolana przy nim. Jego fiołkowe oczy, kiedyś pełne ciekawości i błysku inteligencji, teraz patrzą pusto w dal, już nigdy nie rozbłysną.

— Skurwysyn! — ryczy Declan, waląc pięścią w ścianę aż zostaje wgłębienie. — Diana. To jej robota.

— Malcolm był pionkiem w jej chorych rozgrywkach — szepczę, ledwie przebijając się ponad własny, poszarpany oddech. — Musimy sprawić, żeby za to zapłaciła.

— Artemis ma rację — mówi Declan z zaciśniętą ze złości szczęką. — Diana nie może ujść od tego. Nie pozwolimy na to.

— Zgadzam się — przytakuje Garnet, łzy płyną jej po policzkach, gdy osuwa się na podłogę obok nieruchomej sylwetki Malcolma. — Ale najpierw musimy zająć się Malcolmem.

— Oczywiście. — Serce mi się ściska, gdy sięgam dłonią i zamykam jego niewidzące oczy, przełykając gulę w gardle. — Uczcimy go, doprowadzając Dianę przed sąd.

Wpatruję się w bezwładne ciało Malcolma, rozciągnięte na zimnej posadzce naszej kryjówki. Jego fiołkowe oczy, kiedyś tak pełne ciekawości i intelektu, są teraz puste i matowe. Brutalna prawda uderza mnie jak cios w brzuch—Malcolm nie żyje i nic z tym nie zrobimy.

— Artemis — mamrocze przy mnie Declan, głos ciężki od smutku. — Musimy się trzymać.

— Trzymać? — syczę, odwracając się do niego. — Jeśli nie zauważyłeś, ktoś z nas właśnie zginął! I to przez tę pieprzoną sukę Dianę!

— Uwierz, wiem — odpowiada przez zaciśnięte zęby. — Ale musimy zachować jasność umysłu, jeśli mamy choć cień szansy ją złożyć.

Garnet spogląda na nas, łzy spływają po jej twarzy. — Jak ona mogła to zrobić? Jak można być tak okrutnym?

— Bo jest potworem — mówię z goryczą, zaciskając pięści wzdłuż ciała. — I nie przestanie, dopóki nie zniszczy i nas.

Cisza osiada na pokoju, gdy próbujemy pojąć ogrom straty. Wina gryzie mnie od środka, grożąc, że mnie pochłonie. Gdybym tylko była ostrożniejsza, zadbała o lepsze zabezpieczenia, zostawiła kogoś, by pilnował Malcolma...

— Artemis — szepcze Garnet i czuję, że próbuje powstrzymać szloch. — Co teraz?

— Najpierw opłaczemy — odpowiadam, a głos mi się łamie. — Potem dopilnujemy, by Diana zapłaciła za to, co zrobiła.

— Zgoda — mówi Declan, obejmując Garnet, by ją wesprzeć. — Ale nie możemy pozwolić, by emocje przyćmiły osąd. Musimy podejść do tego z głową.

— Racja — mruczę, ocierając zbłąkaną łzę wierzchem dłoni. — Zbierzemy się, ułożymy plan i uderzymy tam, gdzie zaboli najbardziej.

— Malcolm chciałby, żebyśmy kontynuowali — mówi Garnet, próbując brzmieć dzielnie, mimo że łzy wciąż spływają jej po policzkach. — Wierzył w naszą sprawę i jesteśmy mu winni doprowadzenie jej do końca.

— A jakże — odpowiadam, zmuszając się, by wyprostować plecy mimo miażdżącego ciężaru żałoby. — Diana może myśleć, że wygrała, ale jeszcze się zdziwi. Pomścimy Malcolma i nic—nawet śmierć—nie stanie nam na drodze.

◆

W trzewiach kipi mi żądza zemsty, wściekła burza emocji grożąca, że mnie pochłonie. Nie mogę pozwolić, by Diana uszła z tym. Malcolm zasługuje na więcej.

— Uważajcie — ostrzegam pozostałych, gdy przyzywam energię psychiczną w wirującą wokół mnie spiralę. — Idę po Dianę.

— Artemis, najpierw musisz się przygotować! — krzyczy Declan, ale go nie słucham. Gniew, który przeze mnie płynie, to cała potrzebna mi gotowość. A przynajmniej tak mi się wydaje.

Mój atak mentalny rozbija się o niewidzialną ścianę—obrona Diany jest silna, silniejsza, niż przewidywałam. To jak próbować przebić mur cegieł wykałaczką. W mojej głowie rozlega się zimny, szyderczy głos: —Och, Artemis, naprawdę myślałaś, że to będzie takie łatwe?

— Wynoś się z mojej głowy, suko! — puls mi przyspiesza, wzrok zamazuje gniew.

— Jakiż ogień w języku jak na osobę, która nie potrafiła nawet ochronić własnego przyjaciela. — Jej słowa tną jak noże, zaciskam zęby. — Wiesz, Malcolm robił się zbyt wielkim zagrożeniem dla dziedzictwa mojego ojca. Jego zdolności naukowe rosły zdecydowanie zbyt mocno. Nie możemy przecież do tego dopuścić, prawda?

— Dziedzictwo twojego ojca to plama na ludzkości — syczę, zaciskając pięści tak mocno, że knykcie bieleją.

— Może i tak — przyznaje Diana, a jej głos ocieka pogardą. — Ale było konieczne. Widzisz, jestem zwieńczeniem jego życiowego dzieła, ostateczną istotą paranormalną. A z takimi jak Malcolm w pobliżu, cóż, ten status mógłby zostać zagrożony.

— Malcolm co do jednego miał rację — warczę. — Etyka nie znaczy dla was nic, dla ciebie ani twojej rodziny.

— Etyka jest dla słabych — prycha. — I na pewno nie wskrzesi biednego Malcolma.

— Artemis, przestań! — rozpaczliwy krzyk Garnet przebija się przez mgłę wściekłości i zmuszam się, by zerwać połączenie mentalne.

— Powiedziała coś użytecznego? — pyta Declan, głos napięty od troski.

— Tylko to, że jest bezduszna i zabiła Malcolma, bo był zbyt wielkim zagrożeniem — odpowiadam z goryczą. — Ale to już wiedzieliśmy.

— Skupmy się na tym, co możemy zrobić teraz — nalega Garnet, kładąc mi dłoń na ramieniu. — Musimy podejść do tego z głową.

— Dobra. — Biorę głęboki oddech, spychając gniew na bok, choćby na chwilę. — Ale zapamiętajcie moje słowa: Diana pójdzie na dno, choćby to była ostatnia rzecz, którą zrobię.

Poczucie winy rozszarpuje mnie od środka jak wściekłe zwierzę, gdy wpatruję się w miejsce, gdzie leżało ciało Malcolma. Powietrze w naszej kryjówce jest gęste od rozpaczy, dusi mnie z każdym oddechem. Próbuję się skupić, ale myśli wirują huraganem gniewu i żalu.

— Artemis — odzywa się Declan, głos napięty. — Musimy pogadać o strategii.

— Racja — mruczę, zmuszając się, by oderwać wzrok od upiornego przypomnienia naszej straty. Oglądam pokój i zatrzymuję spojrzenie na każdym członku naszej rozbitej drużyny. Każde z nich tkwi teraz w swoim prywatnym piekle, spętane żałobą i walczące o to, by się nie rozpaść.

— Skupmy się... na tym, co dalej — mówię cicho, wbijając wzrok w zaciśnięte pięści. — Diana nie przestanie, dopóki nas wszystkich nie zniszczy. Więc dopilnujmy, by do tego nie doszło.

— Dobrze — mówi lodowato Garnet. — Ale nie udawaj, że to nie ty wprowadziłaś Malcolma pod lufy, Artemis.

— Uwierz — odpowiadam ledwie szeptem. — Nie potrzebuję, żeby mi to ktoś przypominał.

Zapada niezręczna cisza, a my usiłujemy pozostać zjednoczeni w żałobie i gniewie. Napięcie da się kroić, jak burzową chmurę wiszącą nad nami.

— Artemis — mówi łagodnie Declan, kładąc mi dłoń na ramieniu. — Nie możesz się za to obwiniać. Wszyscy znaliśmy ryzyko, gdy weszliśmy na tę ścieżkę. Malcolm był tym, który najpierw nas zwerbował, pamiętasz? Gdy zgłosił się, żeby cię zatrudnić? On wiedział, w co się pakuje.

— Cholera, Declan — krztuszę się, a kąciki oczu pieką od łez. — Jak to naprawić? Jak to wszystko odwrócić?

— Znajdziemy Dianę — odpowiada determinacją. — I sprawimy, że zapłaci.

*

Dreszcz przebiega mi po plecach, gdy patrzę na drobny krąg świec migoczących i rzucających upiorne cienie na nasz prowizoryczny ołtarzyk dla Malcolma. Każdy płomyk to przypomnienie światła, jakie wniósł do naszego życia, teraz zgasłego na zawsze. Przełykam twardą gulę w gardle.

— Dobrze — mówi cicho Garnet, a jej głos się łamie. — Zacznijmy.

Po kolei dzielimy się wspomnieniami o Malcolmie, ściskając drobiazgi i pamiątki rozłożone wokół świec. To żałosna namiastka pożegnania, ale w tych warunkach to wszystko, na co nas stać.

— Malcolm był... genialny — mówię niepewnie, miętoląc dłonie. — Pamiętam, jak pierwszy raz pokazał mi swój lab. Był taki podekscytowany przełomami, które robił, życiami, które ratował. I miał... diabelskie poczucie humoru. — Wydobywa mi się gorzki śmiech. — Potrafił sprawić, że nawet najgorsze sytuacje były do zniesienia.

— Jego inteligencję dorównywała tylko dobroć — dodaje Declan napiętym głosem. — Nie obchodziło go uznanie ani laury. Liczyła się dla niego pomoc innym, zmienianie świata na lepsze.

— Malcolm widział w nas wszystkich potencjał — szepcze Garnet, ocierając łzy wierzchem dłoni. — Wierzył w nas, nawet gdy my nie wierzyliśmy w siebie.

Zapada cisza jak dusząca płachta. Ciężar żałoby przygniata nam ramiona. Nie mogę przestać myśleć, że gdybyśmy byli silniejsi, mądrzejsi, szybsi... może Malcolm wciąż by tu był.

— Cholera — mamroczę pod nosem, zaciskając pięści. — Musimy coś zrobić. Nie możemy pozwolić, by jego śmierć poszła na marne.

— Artemis — mówi łagodnie Garnet, dotykając mojego ramienia. — Wszyscy wiemy, że ciebie też boli. Ale teraz musimy trzymać się razem jak nigdy. Dla Malcolma.

— Racja — mówię przez zaciśnięte zęby, zmuszając się, by rozluźnić dłonie. — Dla Malcolma.

W jednym geście zdmuchujemy świece, pogrążając pokój w ciemności. Cienie zdają się nas połykać, dobitnie przypominając o bitwie, która przed nami. Możemy być rozbici i pogrążeni w żałobie, ale nasza determinacja jeszcze nigdy nie była tak silna. Jeśli już, śmierć Malcolma tylko podsyciła naszą wolę, by oddać Dianę w ręce sprawiedliwości i położyć kres jej chorym rządom terroru.

— Odpocznijcie — mówię do pozostałych ledwie słyszalnie. — Jutro zaczynamy planować następny ruch.

Cisza, która zapada, jest ogłuszająca, pełna niewypowiedzianych żalów i obietnic. A kiedy zamykam oczy, składam sobie niemą przysięgę.

Naprawię to, Malcolm. Przysięgam.

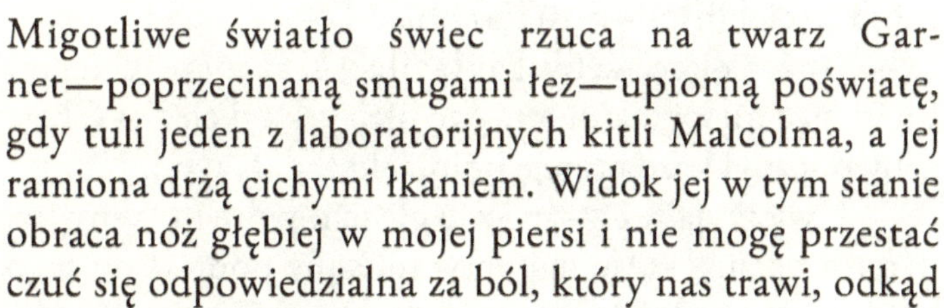

Migotliwe światło świec rzuca na twarz Garnet—poprzecinaną smugami łez—upiorną poświatę, gdy tuli jeden z laboratorijnych kitli Malcolma, a jej ramiona drżą cichymi łkaniem. Widok jej w tym stanie obraca nóż głębiej w mojej piersi i nie mogę przestać czuć się odpowiedzialna za ból, który nas trawi, odkąd znaleźliśmy jego ciało.

— Hej — mówię łagodnie, siadając obok niej na zimnym betonie naszej kryjówki. — Garnet, spójrz na mnie.

Powoli podnosi głowę, przekrwionymi oczami szuka moich i kosztuje mnie to wszystko, by nie rozsypać się pod ciężarem jej rozpaczy. Ale ostatnio za często się rozsypywałam—dokładnie wtedy, gdy inni najbardziej mnie potrzebowali.

— Malcolm nie chciałby, żebyś się obwiniała — mówię, choć wiem, jak to brzmi z moich ust. — Kochał cię, Garnet. I wiedział, jak bardzo ty kochasz jego.

— Kocham — poprawia mnie, a głos jej się łamie. — Nadal go kocham, Artemis. I czuję się, jakbym tonęła w tym bólu i nie mogła nic zrobić, by to powstrzymać.

— Słuchaj, rozumiem — mówię, przełykając narastającą gulę w gardle. — Ale nie możemy pozwolić, żeby Diana wygrała, rozdzierając nas od środka. Razem jesteśmy silniejsze i Malcolm chciałby, żebyśmy walczyły dalej.

— Artemis — mówi, mrużąc spojrzenie. — Skąd możesz mieć taką pewność?

— Bo ja też go znałam — odpowiadam, a głos mi drży. — Może nie tak dobrze jak ty, ale dość, żeby wiedzieć, że w nas wierzył. Wierzył w naszą sprawę. A teraz od nas zależy, by jego poświęcenie nie poszło na marne.

Między nami osiada ciężka cisza, przerywana tylko odległym wyciem wiatru za oknem. Powietrze gęste od niewypowiedzianych myśli—trującej mieszanki winy, żalu i wściekłości—dusi nas obie.

— Boże, chcę, żeby zapłaciła — szepcze Garnet, zaciskając pięści tak mocno, że bieleją knykcie. — Chcę, żeby poczuła każdą uncję bólu, jaki zadała nam. Jemu.

— Uwierz, ja też — mówię głosem pełnym jadowitej determinacji. — Ale najpierw musimy podejść do tego mądrze. Już raz zlekceważyłyśmy Dianę i widzisz, gdzie nas to zaprowadziło.

— Artemis — szepcze Garnet, wbijając we mnie wzrok. — Obiecaj mi coś.

— Cokolwiek.

— Obiecaj, że nie pójdziesz za nią sama. — Zawiesza głos na ułamek sekundy, po czym dodaje: — Jesteśmy w tym razem, pamiętasz?

— Oczywiście — mówię, zmuszając się do uśmiechu mimo burzy szalejącej we mnie. — Razem.

Gdy wstaję i odchodzę, z sercem ciężkim od brzemienia śmierci Malcolma, nie mogę nie myśleć o obietnicy, którą właśnie złożyłam—i o tym, czy zdołam jej dotrzymać.

Diana zabrała nam tak wiele: bezpieczeństwo, spokój, a teraz i jednego z nas. I choć chcę walczyć ramię w ramię z drużyną, część mnie wie, że być może będę musiała stawić jej czoła sama, choćby miało mnie to drogo kosztować.

— Sprawiedliwości stanie się zadość, Malcolm — szepczę w ciemność, a determinacja żarzy mi się w piersi jak ogień. — Dopilnuję tego, choćby nie wiem co.

Rozdział dwudziesty pierwszy

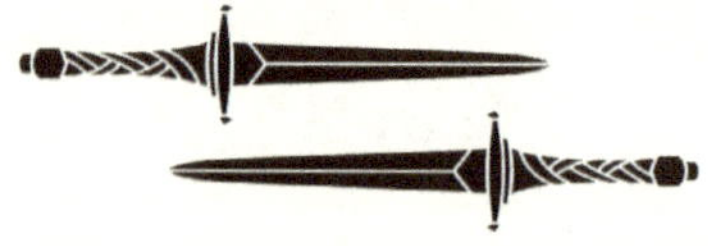

— Dość tego — mruczę do siebie, krążąc po mojej prowizorycznej kryjówce, a gniew buzuje pod skórą. Pragnienie, by powstrzymać Dianę Foxberry, przejmuje nade mną kontrolę, a w głowie kłębią się możliwości. Adrenalina huczy w żyłach, gdy w mojej głowie kształtuje się nowy plan.

— Declan — wołam, głosem pewnym mimo kotłowaniny we mnie. — Chyba wiem, gdzie Diana może pojawić się następna.

— Gdzie? — pyta, zaciekawiony.

— Wieść niesie, że w ten weekend odbywa się głośna impreza — mówię, nerwowo stukając palcami w blat. — Podobno to aukcja rzadkich artefaktów paranormalnych. Założę się, że się tam pojawi. Chce więcej mocy, prawda? Te rzeczy jej ją dadzą, bez konieczności polowania na kolejne istoty paranormalne, które już doskonale wiedzą, że ktoś na nie urządził nagonkę.

— Artemis, to... — waha się Declan, pewnie rozważając, czy w ogóle się ze mną spierać. Wie lepiej, niż próbować odwodzić mnie, kiedy jestem w takim stanie.

— Idealne, wiem. — Ucinam mu, zanim zdąży powiedzieć coś więcej. — Więc tak to widzę: wniknę na wydarzenie, będę wypatrywać Diany i sprzątnę ją raz na zawsze.

— Brzmi ryzykownie — mruczy, ale widzę, że już jest na to gotów.

— A kiedy nie? — rzucam z przekąsem, uśmiechając się na myśl o wyzwaniu. Ale w środku wiem, że to coś więcej niż gra — to osobiste.

Spędzam następne kilka dni na przygotowaniach, dopracowując legendę. Wystąpię jako bogata kolekcjonerka zainteresowana zakupem jednego z rzadkich artefaktów. Kto by nie chciał otrzeć się o kogoś takiego?

— Artemis Blackwell, miliarderka-dziedziczka — chichoczę, ćwicząc kwestie przed zakurzonym lustrem. To absurdalne, ale zadziała. Musi.

Podczas gdy szlifuję przykrywkę, zbieram tyle informacji o wydarzeniu, ile się da. Lista gości to prawdziwa śmietanka nadnaturalnych elit — co tylko zwiększa szansę, że pojawi się tam Diana. Będzie się paliła, by przyczaić się i ukraść zdolności każdemu, kogo uzna za łatwy cel.

— Artemis, jesteś tego pewna? — pyta Declan, a w jego piwnych oczach widać troskę. Opiera się o framugę drzwi naszej kryjówki, ręce skrzyżowane na piersi.

— Oczywiście, że jestem — odcinam się, nakładając ostatnią warstwę szminki przed lustrem. — Przygotowywałam się do tego od tygodni. Jeśli Diana tam będzie, ja też muszę.

— Posługiwanie się fałszywą tożsamością i przeniknięcie na taką imprezę to ryzyko — ostrzega, głos ma napięty. — Tyle rzeczy może pójść nie tak. A jeśli Diana w ogóle się nie pojawi?

— Słuchaj, Declan — mówię, przewracając oczami i odwracając się do niego — robię to, bo to najlepszy sposób, żeby zaskoczyć ją znienacka. Doskonale sobie poradzę, bardzo dziękuję. Mój ton ocieka sarkazmem, ale nic na to nie poradzę. Ostatnie, czego teraz potrzebuję, to jego wątpliwości.

— Artemis, nie pozwól, żeby obsesja odwetu na Dianie przysłoniła ci rozsądek — ripostuje ostro. — Jesteś mądrą kobietą, ale potrafisz działać impulsywnie. Musimy działać razem, a nie brawurowo.

— Dobrze — parskam, odwracając się od niego. — Ale wiem, co robię, Declan. Po prostu mi zaufaj.

Declan ciężko wzdycha, wyraźnie nieprzekonany. Nie drąży jednak tematu. Tylko patrzy, jak wsuwam stopy w czarne szpilki, domykając strój. — Tylko... uważaj, dobrze? — mówi cicho, a w jego słowach słychać szczerą troskę.

— Zawsze — rzucam niedbale, choć serce wali mi w piersi jak młot pneumatyczny. Mogę sprawiać wrażenie pewnej siebie, ale prawda jest taka, że jestem przerażona. Nie ma żadnej gwarancji, że ten plan zadziała. Ale muszę spróbować.

— Powodzenia, Artemis — szepcze Declan, gdy mijam go i wychodzę.

— Dzięki — mruczę, a oddech więźnie mi w gardle. — Przyda się.

Gdy wchodzę w noc, neony miasta odbijają się od mojej bladej skóry i dreszcz oczekiwania przebiega mi po kręgosłupie. To właśnie to. Chwila, na którą czekałam — moja szansa, by raz na zawsze powstrzymać Dianę.

Serce galopuje, gdy wchodzę na wydarzenie pod fałszywą tożsamością, w myślach przygotowując się na wszystko. Mimo obaw Declana wiem, że muszę iść naprzód. Nie pozwolę, by strach — ani ktokolwiek inny — stanął mi na drodze.

— Za kolejny wieczór udawania kogoś, kim nie jestem — mruczę pod nosem, stukając kieliszkiem szampana o niewidzialnego partnera. Wystawna sala balowa aż kipi od gości wystrojonych pod korek, a ja w sukni od projektanta i z misterną legendą na ustach czuję się jak wilk w owczej skórze.

— Przynieść pani coś jeszcze do picia? — pyta kelner, niosąc tacę uginającą się od różnych alkoholi.

— Jeszcze jeden taki, poproszę — odpowiadam, podając mu pusty kieliszek. Kiwa głową i odchodzi, a ja dalej omiataję salę wzrokiem, szukając jakichkolwiek śladów Diany. Mój wzrok przeskakuje z twarzy na twarz, wypatrując charakterystycznych, krótkich rudych włosów, tych zimnych zielonych oczu, które potrafią zajrzeć w duszę.

— Przepraszam — mężczyzna wyrywa mnie z zamyślenia, stukając mnie w ramię. — Czy my się już nie spotkaliśmy?

— Mało prawdopodobne — rzucam oschle, wracając spojrzeniem do tłumu. To nie tak, że nie doceniam odrobiny flirtu, ale dzisiaj to ani czas, ani miejsce.

— Jasne, przepraszam — mamrocze, najwyraźniej wyczuwając moje znużenie. Oddala się, a ja wypuszczam zirytowane westchnienie, znów skupiając się na misji. Gdzie, do diabła, ona jest?

Gdy zaczynam się już zastanawiać, czy nie gonię widma, oto ona — sama Diana, wkracza do sali z pewnością siebie, od której krew mi stygnie. Gorzki koktajl strachu i wściekłości wiruje we mnie, gdy patrzę, jak bez wysiłku miesza się z tłumem.

— Oczywiście, że się zjawisz — burczę, a palce drgają mi u boku, świerzbiąc po pistolet albo nóż. Ale wiem, że nie mogę robić tu scen. Muszę to rozegrać ostrożnie, zaczekać na właściwy moment.

— Coś pani powiedziała? — odzywa się głos za mną, a gdy się odwracam, widzę elegancką kobietę, która mierzy mnie podejrzliwym spojrzeniem.

— Mówię sama do siebie — przyznaję z wymuszonym uśmiechem. — Zły nawyk.

— Ach, rozumiem — mówi, zatrzymując na mnie wzrok jeszcze na moment, po czym odpływa w tłum.

Nie mogę się pozbyć wrażenia, że ktoś mnie obserwuje, gdy podążam za Dianą przez tłum, a obcasy stukają o marmur. Jeszcze mnie nie zauważyła, ale wiem, że to tylko kwestia czasu. A kiedy ta chwila nadejdzie, będę gotowa.

Biorę głęboki oddech, hartując nerwy przed starciem. Diana stoi tyłem, ale wiem, że czuje moją obecność równie intensywnie, jak ja czuję jej. Teraz albo nigdy.

— Dawno się nie widziałyśmy, Diano — mówię jadowicie, podchodząc do niej od tyłu. Ona odwraca się gwałtownie, jej zielone oczy najpierw rozszerzają się ze zdziwienia, by zaraz zwęzić się w mrużkę.

— Artemis, cóż za... miła niespodzianka — syczy, usta wyginają jej się w pokraczny uśmiech. — Nie sądziłam, że będę miała dzisiaj przyjemność twojego towarzystwa.

— Uwierz, cała przyjemność po mojej stronie — odcinam się, z trudem trzymając w ryzach wściekłość. — A teraz może powiesz, co tu robisz? Chyba nie przyszłaś wyłącznie na przystawki.

Diana śmieje się — zimny, pusty dźwięk przebiega mi po kręgosłupie dreszczem. — Zawsze byłaś uparta, Artemis. Ale obawiam się, że tym razem nie podzielę się z tobą moimi planami.

— Szkoda — mówię, napinając palce u boków. — Bo nie wyjdę stąd, dopóki nie dostanę odpowiedzi.

— Doprawdy? — unosi brew. — W takim razie chyba zrobimy to po trudniejszej linii oporu.

W mgnieniu oka Diana rzuca się na mnie, a jej pięść trafia mnie w szczękę, zanim zdążę mrugnąć. Siła ciosu spycha mnie do tyłu, w ustach czuję smak żelaza. Ból rozbłyska w policzku, ale zaciskam zęby i rzucam się naprzód, oddając własnym ciosem.

— Artemis, co ty, do cholery, wyprawiasz?! — trzaska w mojej słuchawce głos Declana, ale ignoruję go, zbyt skupiona na walce, by odpowiedzieć.

Dźwięk tłuczonego szkła i panikarskie krzyki wypełniają powietrze, a Diana zręcznie wykorzystuje powstały chaos na swoją korzyść. Kryje się za wywróconą gablotą, tuż poza moim zasięgiem, a uśmieszek na jej ustach sprawia, że mam dreszcze.

— Naprawdę, Artemis? — droczy się, jej głos ledwie przebija się przez kakofonię przerażonych głosów. — Wynosisz naszą małą wojnę na salony? Jakież to... dramatyczne.

— Zamknij się — syczę przez zaciśnięte zęby, wypatrując jej kolejnego ruchu. Goście rozbiegają się jak spłoszone myszy, pędząc w panice we wszystkie strony, byle dalej od rzezi.

— Artemis! — odzywa się w słuchawce głos Declana, mieszanka troski i frustracji. — Mówiłem ci, że to zły pomysł! Musisz się stamtąd wynosić!

— Nie bardzo mogę się ulotnić akurat teraz, co? — odbijam, ani na moment nie spuszczając jej z oczu, gdy przeciska się przez spanikowany tłum, używając ludzi jako zasłony i dywersji. Cwana suka.

— Uważaj na plecy — ostrzega, a ja wiem, że monitoruje sytuację z daleka, pewnie klnąc, że go nie posłuchałam.

— Zawsze — parskam, rzucając się za Dianą, gdy przemyka między starszym małżeństwem próbującym uciec. Krzyczą i tulą się do siebie, ale nie mam czasu na przeprosiny ani zapewnienia. Na to będzie pora później — o ile jakieś później będzie.

— Artemis, do cholery, słuchaj mnie! — głos Declana staje się coraz bardziej naglący. — Narażasz wszystkich!

— Powiedz to jej — prychnę, zgrzytając zębami, gdy o włos unikam zderzenia z kelnerem niosącym tacę z kieliszkami szampana. Szkło roztrzaskuje się o posadzkę na milion kawałków.

— Dość! — gardłowy ryk rozbrzmiewa po sali, a ja zatrzymuję się w miejscu, oddech staje mi w gardle, gdy widzę, jak Declan rzuca się w sam środek zamieszania. W pół skoku przemienia się w jaguara, rozmazana smuga płowego futra i falujących mięśni.

— Declan, nie! — krzyczę, ale za późno — pędzi już na Dianę z zajadłością, jakiej u niego nie widziałam. Tłum wrzeszczy jeszcze głośniej, ich przerażenie sięga zenitu na widok wielkiego kota rozszarpującego przestrzeń sali.

— Artemis! — jego głos warczy w mojej głowie, wyrywając mnie z osłupienia. — Zabieram cię stąd. Teraz!

— Czekaj, nie możemy po prostu— Ale mój protest trafia w próżnię, bo potężne szczęki Declana zaciskają się na moim przedramieniu, wciągając mnie z powrotem z chaosu. Mimo pośpiechu jego uścisk jest zaskakująco delikatny.

— Zaufaj mi — jego głos w głowie jest spięty. — Musimy się stąd zwijać.

Gdy znikamy w cieniach, zostawiając za sobą pobojowisko potłuczonego szkła, rozlanej krwi i przerażonych ludzi, w żołądku zawiązuje mi się zimny węzeł. Diana znów wymknęła się nam z rąk — i tym razem wie, że po nią idziemy.

*

Z ostatnim szarpnięciem wypadamy z budynku prosto w nocne powietrze. Płuca łapczywie chwytają zimny tlen, gdy zataczamy się w alejkę, a zgiełk ze środka tłumi teraz cegła. — Cholera jasna, Artemis! — warczy Declan, puszczając moje ramię i wracając do ludzkiej postaci; ubranie ma podarte i splamione krwią. — Co, do diabła, sobie myślałaś?

— Miło cię też widzieć — odcinam się, rozcierając obolałe przedramię, w które wgryzł się jaguar. — Nie wiedziałam, że potrzebuję twojego pozwolenia, żeby ścigać naszego wspólnego wroga.

— Pozwolenia? — prycha. — Tu nie chodzi o pozwolenie — tylko o to, żeby nie pchać się głową naprzód w niebezpieczeństwo bez planu!

— Wierz lub nie, miałam plan — odbijam piłeczkę, ton aż ocieka sarkazmem. — Przykro mi, jeśli moja osobista vendetta przeciwko Dianie pokrzyżowała twój grafik.

— Artemis, tu nie chodzi o grafiki ani vendetty — jego głos łagodnieje, ale w oczach wciąż płonie gniew. — Chodzi o to, żebyś żyła.

— Nowość, Declan: nie potrzebuję, żebyś mnie chronił — warczę, stawiając barykadę z dumy. — Sama dotąd sobie radziłam.

— Serio? Bo z mojego miejsca wyglądało, jakbyś miała za chwilę zostać rozszarpana. — Przeciąga dłonią po potarganych włosach, frustracja wyżłobiła mu twarz. — Nie możesz pozwalać, by emocje tobą rządziły, Artemis. Zamazują ci osąd.

— Dobra. — Zaciskam zęby i na moment przełykam dumę. — Masz rację, dobra? Dałam ciała. Ale stało się. Musimy skupić się na znalezieniu Diany.

— Najpierw cię opatrzmy. — Skinieniem wskazuje krew przesiąkającą przez ubranie, a ja uświadamiam sobie, że w ferworze nawet nie czułam bólu. — Diana poczeka.

Szczypanie po słowach Declana wciąż nie mija, gdy wracamy do kryjówki, a serce dudni mi w uszach. Wiem, że ma rację, ale powiedzieć to na głos to gorzka pigułka.

— Artemis — zaczyna, napięty głos. — Musisz przyznać, że twoja obsesja na punkcie Diany przysłoniła ci dziś rozsądek.

— Przysłoniła rozsądek? — mój ton jest ostry, obronny. — Próbowałam ochronić wszystkich przed nią!

— Wystawiając siebie i innych na niebezpieczeństwo? To nie jest ochrona. — Krzyżuje ramiona, jego piwne oczy wwiercają się we mnie. — Nie możesz tak dalej działać, Artemis. To brawura.

— Brawura? — parskam, ale wtedy ciężar jego słów mnie dopada. Chaos z sali odtwarza mi się w głowie, razem ze strachem wykutym na twarzach niewinnych. Klatka piersiowa mi się ściska. — Może masz rację — przyznaję cicho, a cała spinka ze mnie uchodzi.

— Słuchaj, rozumiem chęć sprawiedliwości za to, co zrobiła — za Malcolma. Ale nie możemy dać emocjom wziąć góry. Musimy podejść do tego z głową.

Gula staje mi w gardle, przełykam twardo, walcząc z łzami. — Po prostu... nie mogę pozwolić, żeby jej to uszło na sucho, Declan.

— Nie pozwolimy — zapewnia, oczy twardnieją mu determinacją. — Ale musimy być ostrożni. Nie możemy pozwalać jej tak nami grać.

Kiwnę głową, dłonie mi drżą, biorę głęboki oddech, żeby poskromić emocje. — Masz rację — szepczę. — To, co dziś się stało... już się nie powtórzy.

— Obiecaj mi — mówi Declan, szukając w moich oczach cienia wahania.

— Obiecuję. — Słowa ciążą mi na języku, ale wypycham je z siebie i staram się w nie uwierzyć.

— Dobrze — odpowiada, ściska pokrzepiająco moje ramię i puszcza. — A teraz cię opatrzymy i wymyślimy następny ruch — razem.

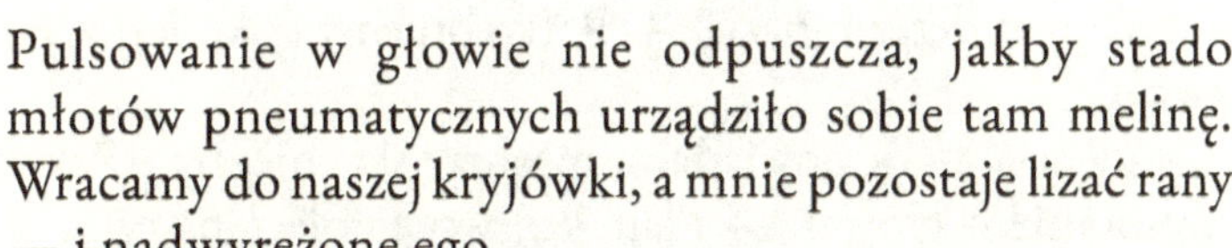

Pulsowanie w głowie nie odpuszcza, jakby stado młotów pneumatycznych urządziło sobie tam melinę. Wracamy do naszej kryjówki, a mnie pozostaje lizać rany — i nadwyrężone ego.

— Siadaj — rozkazuje Declan, wskazując chwiejące się krzesło przy prowizorycznym stole. Burczę coś pod nosem, ale posłusznie siadam, krzywiąc się przy każdym ruchu.

— Daj, zobaczę to rozcięcie. — Głos ma teraz łagodniejszy, a w piwnych oczach błyszczy troska. Odchylam głowę, odsłaniając szramę na policzku. Nie jest głęboka, ale piecze jak diabli. Pożegnalny prezent od Diany, jak mniemam.

— Skurwysyn — mamroczę, gdy Declan przemywa ranę wilgotną ściereczką. Pracuje w milczeniu, szczęka porośnięta zarostem zaciśnięta w skupieniu.

— Artemis, musimy być ostrożniejsi — mówi cicho. — Nie stać nas na kolejne wpadki jak dzisiejsza.

— Dzięki za przypomnienie — warknę, odsuwając się od jego dłoni.

— Hej, ja tylko... — urywa, unosząc dłonie w geście poddania. — Jesteśmy w tym razem, pamiętasz?

— Ta. Razem. — W głosie mam ciężki sarkazm, ale w środku wiem, że ma rację. Musimy działać mądrzej, nie mocniej.

— Pozwól, że to zabandażuję — proponuje, sięgając po rolkę bandaża na stole. Kiwnę głową, pozwalając mu zająć się raną. Ciepło jego palców przy mojej skórze wywołuje dreszcz, mimo chłodu w magazynie.

— Dzięki — mruczę, nie potrafiąc spotkać jego spojrzenia. On kiwa głową, rozumiejąc niewypowiedziane przeprosiny zawarte w moich słowach.

— Artemis, damy radę to rozgryźć — zapewnia, tonem nasyconym determinacją. — Potrzebujemy tylko lepszego planu.

— Racja — odpowiadam, masując skronie, by uciszyć łomotanie w głowie. — Plan, który nie polega na tym, że wpadam jak słoń do składu porcelany.

— Dokładnie. — Uśmiecha się krzywo, doskonale wiedząc, jak nie znoszę przyznawać się do błędu.

— Dobra, do roboty. — Dźwignę się na nogi, ignorując protesty poturbowanego ciała. Może i jesteśmy poobijani i zakrwawieni, ale daleko nam do złamanych — i razem dopilnujemy, żeby Diana zapłaciła za swoje zbrodnie.

Kiedy Declan kończy bandażowanie, wstaje i zostawia mnie samą w słabo oświetlonym kącie kryjówki. Wpatruję się w migotliwe cienie na ścianie, jak tańczą w rytm, który słyszą tylko one. Umysł pędzi przez tysiąc myśli, jedna bardziej zdradliwa od drugiej.

— Do diabła z tobą, Diano — mamroczę, zaciskając dłonie w pięści. Jej twarz nawiedza każdy zakamarek mojej głowy, stałe, szydercze przypomnienie spustoszenia, jakie po sobie zostawia. Żądza zemsty pali jak kwas w żyłach, ale tym razem spycham ją na bok. Koniec z brawurą. Koniec z graniem pod jej dyktando.

— Myśl, Artemis, myśl — mruczę, zlustrowawszy wzrokiem zagracone pomieszczenie w poszukiwaniu natchnienia. Wzrok zatrzymuje się na mapie miasta, ulicach poznaczonych symbolami — potencjalnymi kryjówkami Diany, obszarami, gdzie ją widziano, miejscami, które już przeszukaliśmy. To przytłaczająca układanka, a wciąż brakuje nam tylu elementów.

— Dobra — mówię do siebie, odpychając gorycz, która chce mnie udławić. — Czas zagrać z głową. — Podnoszę się z miejsca, mięśnie protestują przy każdym ruchu, i podchodzę do mapy. Przesuwam po oznaczeniach palcem, próbując dostrzec wzór albo powiązania, które nam umknęły.

— Artemis — odzywa się Declan z drugiego końca pomieszczenia, wyrywając mnie z zamyślenia. Stoi przy naszej prowizorycznej stojce na broń, a w piwnych oczach ma niepokój. — Obiecaj mi coś.

— Co? — odburkuję, podirytowana przerwaniem, ale w głosie nie ma prawdziwej jadu. Declan przejrzał już mój sarkazm i złość na wylot.

— Obiecaj mi, że osobiste uczucia względem Diany nie zamącą ci już osądu — mówi stanowczo, ale łagodnie. — Musimy podejść do tego mądrzej.

— Dobrze — burczę, wiedząc, że ma rację. Pragnienie zemsty mnie oślepiło i wystawiło nas oboje. — Obiecuję. Koniec głupich decyzji napędzanych moją nienawiścią do niej.

— Dobrze — kiwa głową z aprobatą.

— Hej, ciebie też to nie zwalnia z odpowiedzialności — rzucam zaczepnie, kącik ust drga mi w uśmiechu. — Koniec z ratowaniem mi tyłka, kiedy nawalę.

— Tego nie obiecuję — uśmiecha się. — To trochę moja specjalność.

— Uch, dobra — przewracam oczami, ale w środku jestem mu wdzięczna za jego niezachwiane wsparcie. Możemy się sprzeczać i warczeć, ale koniec końców jesteśmy drużyną — połączoną wspólną misją i czymś, czego nie da się między nami zaprzeczyć.

— Dobra — mówię, wracając do mapy, ze stwardniałą determinacją. — Wymyślmy nasz następny ruch. Razem.

— Umowa — zgadza się Declan, stając obok mnie przy mapie. Pochylamy się nad nią, szukając przeoczonych tropów, zdeterminowani, by raz na zawsze zdjąć Dianę —

ale tym razem z głową, ostrożnie i z wyliczeniem. Koniec z szarżami. Koniec z tańczeniem, jak nam zagra.

— Gotowy? — pytam, zerkając na Declana. Kiwa głową z błyskiem determinacji w oczach.

— Gotowy.

— Zróbmy to.

ROZDZIAŁ DWUDZIESTY DRUGI

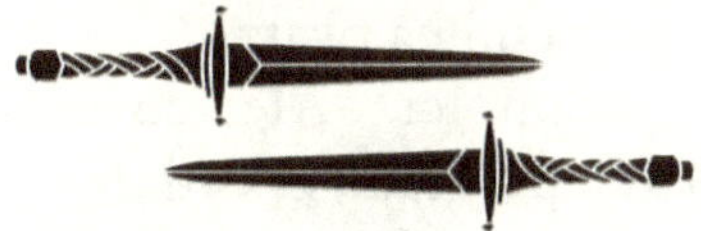

AATHINY PALCE ŚMIGAJĄ PO klawiaturze, a jej brwi marszczą się w skupieniu. Poświata ekranu rozświetla jej białe włosy, jakby nosiła aureolę. Opieram się o ścianę, krzyżuję ramiona i patrzę, jak działa swoje czary.

— Mam to — mówi triumfalnie, w oczach błysk ekscytacji. — Udało mi się opracować sposób na unieszkodliwienie chipów kontrolnych, których Diana używała na hybrydach.

— Serio? — nie potrafię ukryć niedowierzania w głosie. Minęły tygodnie, odkąd zaczęłyśmy szukać rozwiązania — czegokolwiek, co da nam przewagę w tej niekończącej się zabawie w kotka i myszkę. Athina mierzy mnie groźnym spojrzeniem, wyraźnie urażona brakiem wiary.

— A jak myślisz? — odcina się; sarkazm kapie z każdego słowa. — Wystarczyło mi tylko nieskończenie wiele nieprzespanych nocy i tyle kofeiny, że zabiłaby małą wioskę, ale tak, serio.

— Dobra, dobra. — Unoszę ręce w geście poddania. — Nie chciałam w ciebie wątpić. Jak to działa?

— Prosto — wyjaśnia Athina, odwracając krzesło, by stanąć twarzą do mnie. — Stworzyłam program, który wysyła sygnał do chipów i skutecznie je wyłącza. Koniec z kontrolą umysłu, koniec z Dianą pociągającą za sznurki.

Unoszę brew. — I jesteś pewna, że to zadziała?

— Artemis, zawiodłam cię kiedyś? — pyta, udając urażoną. Przewracam oczami na jej teatralność, ale uśmiech sam wpełza mi na twarz.

— Dobrze, ufam ci. Ale co dalej? Musimy rozprzestrzenić ten program, prawda?

— Dokładnie — przytakuje Athina, a jej wyraz twarzy znów poważnieje. — Musimy wgrać go do miejskich sterowni. Gdy trafi do ich systemu, rozejdzie się jak pożar, po drodze neutralizując każdy jeden chip.

— Brzmi jak plan — zgadzam się, a serce tłucze mi się z ekscytacji. To może być przełom, na który czekałyśmy — klucz do położenia kresu rządom terroru Diany i do tego, by jej próba przewrotu nie miała szans się powieść.

— To do roboty — mówi Athina, w jej ciepłych brązowych oczach błyszczy determinacja. — Nie mamy ani chwili do stracenia.

— Racja. — Biorę głęboki oddech, hartując się przed misją. Jeśli czegoś się nauczyłam, to tego, że zwycięstwo nigdy nie przychodzi łatwo. Ale z geniuszem Athiny po naszej stronie i ogniem buntu rozpalonym w sercach mamy szansę stawić czoła ciemności czającej się w mroku.

*

— Dobra, drużyno. Zbiórka — wołam, gestem przywołując wszystkich do półmrocznego pomieszczenia, które służy nam za prowizoryczny sztab.

— Przejdźmy do sedna — oznajmia Athina, wchodząc na środek, wzrok ma wlepiony w wielki ekran za sobą.

— Znalazłam sposób, by unieszkodliwić chipy kontrolne, którymi Diana manipulowała hybrydami.

— Mówisz poważnie? — wzdycha Nadia, a jej oczy rozszerzają się od mieszaniny nadziei i niedowierzania.

— Śmiertelnie poważnie — odpowiada Athina twardo. Stuka kilka klawiszy i na ekranie migają szczegóły jej odkryć. Powietrze aż iskrzy, a podekscytowanie rozlewa się po całym pokoju.

— Chwileczkę — wtrąca się Declan, marszcząc podejrzliwie brwi. — Mówisz, że możemy zatrzymać Dianę bez uciekania się do przemocy?

— Dokładnie — potwierdza Athina, a w jej głos wkrada się cień dumy. — Mój program uczyni chipy kontrolne bezużytecznymi, uwalniając hybrydy spod jej kontroli.

— Brzmi zbyt pięknie, żeby było prawdziwe — mruczę, krzyżując ramiona na piersi. Nie chcę się nakręcać, by potem przeżyć rozczarowanie.

— Zaufaj mi, Artemis — nalega Athina, wbijając we mnie spojrzenie. — To jest ten przełom, na który czekaliśmy.

Reszta zaczyna pomrukiwać z aprobatą, entuzjazm jest niemal namacalny. A jednak coś mnie uwiera, niepokój, który nie chce odpuścić.

— Dobrze — ulegam w końcu. — Ale musimy skupić się na równoczesnym, szerokim wdrożeniu, zanim Diana zorientuje się, co robimy, i zacznie aktywować wirusa. Nie możemy pozwolić sobie na potknięcia.

— Zgoda — kiwa głową Athina, a determinacja rysuje się wyraźnie na jej twarzy. — Musimy współpracować i wykorzystać nasze unikalne zdolności oraz mocne strony, żeby plan się powiódł.

— No dobrze — mówię, czując, jak ciężar odpowiedzialności osiada mi na barkach. — Do dzieła.

Gdy zagłębiamy się w szczegóły planu Athiny, nie mogę nie podziwiać jej błyskotliwości. Wiem jednak, że zwycięstwo daleko nie jest pewne. Przed nami zdradliwa droga, pełna niebezpieczeństw i niepewności.

Ale kiedy rozglądam się po pomieszczeniu i widzę zaciętą determinację wyrytą na twarzach moich przyjaciół i sojuszników, nie mogę powstrzymać iskry nadziei. Razem jesteśmy silniejsi niż każdy wróg — nawet tak potężny jak Diana.

I z każdym krokiem, który zbliża nas do uwolnienia hybryd spod jej jarzma, ta iskra rośnie, podsycając naszą wolę walki aż do gorzkiego końca.

— Dobra, wymyślmy, jak wprowadzić ten program do miejskich sterowni — mówię, trzymając dłonie na biodrach i ogarniając wzrokiem nasz prowizoryczny ośrodek operacyjny. Na stole leżą rozrzucone mapy i plany różnych budynków — dowód naszych nocnych sesji planowania.

— Każda sterownia jest mocno strzeżona, więc potrzebujemy skoordynowanego podejścia — wyjaśnia Athina spokojnym, ale stanowczym tonem. — Podzielimy się na zespoły. Jedni będą robić dywersję, a reszta przeniknie do sterowni i zainstaluje program.

— Brzmi prosto — odzywa się Nadia, mrużąc oczy w skupieniu. — Ale nigdy nie jest tak łatwo, co?

— No jasne, że nie — odpowiada Declan, przewracając oczami. — Z nami nic nie bywa proste.

— Skupmy się na zadaniu — ucinam ich przekomarzanie. — Athina, jakich zabezpieczeń możemy się spodziewać?

— Poza zwykłą ochroną i kamerami monitoringu mogą być postawione bariery magiczne — odpowiada, stukając palcami w blat. — Musimy być gotowi na wszystko.

— Świetnie, właśnie to chciałam usłyszeć — mamroczę pod nosem. Serce mi przyspiesza, ale odsuwam na bok lęk. Nie ma na niego czasu — stawką są ludzkie życia.

— Declan, infiltrację bierzemy na siebie — oznajmiam, hartując się na wyzwanie. — Nasze zdolności dają nam największą szansę wejścia niezauważenie.

— Mi pasuje — zgadza się, strzelając kostkami. — Aż mnie świerzbi, żeby przetestować skakanie przez cienie na czymś trudniejszym.

— Tymczasem Nadia i reszta będą nas wspierać — kontynuuje Athina. — Użyją swoich zdolności, by odciągnąć uwagę strażników i wyłączyć ewentualne magiczne zabezpieczenia.

— Jasne — kiwa głową Nadia, z poważną miną. — Zrobimy wszystko, żeby to się udało.

— Dobra, drużyno — mówię, klaszcząc w dłonie. — Przygotować się.

Przez następne kilka godzin szlifujemy umiejętności i zapoznajemy się ze swoimi rolami w planie. Athina przeprowadza mnie i Declana przez proces infiltracji, a Nadia ćwiczy telekinezę, z łatwością przesuwając przedmioty po pokoju.

Gdy patrzę, jak moi przyjaciele się przygotowują, ogarnia mnie mieszanka dumy i niepokoju. Zaszliśmy daleko, tyle przeszliśmy — ale do końca wciąż daleko. Diana nie padnie bez walki, a świadomość, że gdzieś tam jest i czeka, przechodzi mnie dreszczem.

— Skup się, Artemis — szepczę do siebie, otrząsając się z niepokoju. — Dasz radę.

— Wszystko w porządku? — pyta Declan, na twarzy maluje mu się troska.

— W porządku — odpowiadam, zmuszając usta do bladego uśmiechu. — Po prostu... chcę mieć to z głowy.

— To samo — mówi, klepiąc mnie po ramieniu. — Damy radę. Jesteśmy cholernie zgraną ekipą.

— Cholera jasna, że tak — zgadzam się, a jego słowa utwardzają moją determinację. — Zakończmy to raz na zawsze.

Z wyostrzonymi zdolnościami i jasno określonymi rolami zbieramy się przy stole po raz ostatni, a w oczach płonie nam determinacja. Odwrotu już nie ma — los niezliczonych istnień spoczywa w naszych rękach.

— Gotowi? — pytam, głos mam napięty od oczekiwania.

— Urodzony gotowy — uśmiecha się zuchwale Declan, w oczach błyszczy mu pewność. Nadia kiwa głową, a na jej twarzy nie ma już ani śladu dawnej przedmiejskiej mamusi od dowożenia dzieci na treningi.

— No to jedziemy — mówię i rzucamy się do działania. Declan przejmuje prowadzenie, a jego skakanie przez cienie pozwala mu przemykać przez szczeliny miejskich zabezpieczeń niczym szept w mroku. Porusza się tak płynnie, że aż to niepokojące. Ale nie da się zaprzeczyć skuteczności.

— Czysto — szepcze do nas przez słuchawki, a ja czuję, jak napięcie choć odrobinę odpuszcza. — Artemis, twoja kolej.

— Najwyższa pora — mamroczę, zbliżając się do pierwszej przeszkody — grupy strażników, których umysły aż proszą się o przejęcie. Wbijam spojrzenie w każdego z nich, a moja kontrola umysłu oplata ich myśli niczym dymne macki, dławiąc wszelki cień podejrzenia czy oporu.

— Proszę się rozejść — rozkazuję chłodno i stanowczo. — Tu nie ma nic do oglądania. Ich puste spojrzenia mówią mi, że połknęli haczyk.

— Świetna robota — mruczy Nadia, po czym skupia telekinezę na ciężkich drzwiach blokujących przejście. Marszczy brwi w koncentracji, a drzwi jęczą w proteście, zanim powoli się uchylą.

— Popisówa — droczę się, ale w moich słowach nie ma jadu. Bez jej zdolności nie byłoby nas tutaj i jestem za jej pomoc więcej niż wdzięczna.

— Dobra, drużyno — mówię, serce wali mi jak młot, gdy wchodzimy do pierwszej sterowni. — Zróbmy Athinie powód do dumy.

Dzielimy się i w ciszy, szybko wgrywamy program Athiny.

— Gotowe — szepcze Declan, a ja tłumię westchnienie ulgi, kończąc własną instalację. — Żadne alarmy nie ruszyły. Jest dobrze.

— Trzymajmy tempo — ponaglam ich, wiedząc, że przed nami jeszcze długa droga. Ale to małe zwycięstwo roznieca we mnie ogień, który napędza determinację, by raz na zawsze położyć kres rządom terroru Diany.

— Ruszamy — mówię, wyprowadzając ich ze sterowni z powrotem w cienie. Bitwa daleka jest od końca, ale dopóki trzymamy się razem, nie ma rzeczy, której nie pokonamy. A z każdym krokiem kontrola Diany coraz bardziej wymyka się z jej rąk.

*

— Dobra, drużyno — mówię, lustrując półmroczny tunel prowadzący do następnej sterowni. — Jedna z głowy, jeszcze kilka. Trzymajmy tempo.

— Bułka z masłem — uśmiecha się krzywo Declan, a jego pewność udziela się reszcie.

— Cicho — syczy Nadia, instynkty ma wyostrzone na każdy potencjalny ruch. Nasze cienie tańczą po ścianach, złowrogo przypominając, że mimo pierwszych sukcesów, za każdym rogiem może czaić się niebezpieczeństwo.

— Następna sterownia powinna być tuż za tym zakrętem — szepcze Nadia, wpatrzona w mapę od Athiny.

— To do roboty — mówię, czując, jak rośnie we mnie determinacja. Możemy być poobijani i zmęczeni, ale zaszliśmy zbyt daleko, by odpuścić. Pokażemy Dianie, z czego jesteśmy zrobieni.

— Chcesz czy nie — mamroczę — nadchodzimy.

Blady blask rzuca upiorne cienie na ściany, gdy wchodzimy do kolejnej sterowni. Dopadam do pierwszego serwera i wciskam pendrive do gniazda; nic więcej nie muszę robić. Ekrany zasypują się liniami kodu, a program Athiny wpełza do systemu jak robak. Nadia czuwa przy drzwiach, oczy ma zwężone w skupieniu, telekinezą trzyma skrzydła mocno zamknięte.

— Prawie — mruczy Declan, krople potu perlą mu się na czole, gdy instaluje własny nośnik. Napięcie w pokoju mogłoby ciąć stal, ale nie pozostaje nam nic innego, jak zaufać swoim zdolnościom — i sobie nawzajem.

— Gotowe — oznajmia Declan, a na jego twarzy rozkwita triumfalny uśmiech.

— Dobra robota — mówię, klepiąc go po ramieniu. — Nadia, wszystko gra?

— Ta — odpowiada, z ulgą puszczając drzwi. — Kolejna z głowy.

— To ruszajmy dalej — mówię, a determinacja aż we mnie bulgocze. Możemy być zmęczeni, ale każdy zdezaktywowany chip przybliża nas o krok do zwycięstwa.

Przemieszczamy się po mieście, wślizgując do każdej sterowni jak duchy. Program Athiny działa jak marzenie, a niegdyś groźne chipy mózgowe zamieniają się w nieszkodliwe, gdy tylko znajdą się w zasięgu sterowni i zostają trwale dezaktywowane. Świadomość, że przechytrzamy Dianę, podsyca naszą wolę, a zmęczenie oddala się w niepamięć.

— Ostatnia — mówi Declan, w jego głosie pobrzmiewa duma i niedowierzanie. Kiwnięciem głowy powstrzymuję uśmiech, który już pcha się na usta.

— Dokończmy to — mówię i razem wpadamy do finałowej sterowni, gotowi zadać decydujący cios.

— Artemis — woła Nadia cicho, z zachwytem. — Spójrz na to. Wskazuje ekran z liczbą chipów objętych programem Athiny. Licznik pnie się w górę z każdą sekundą, a nasze działania rozchodzą się po mieście jak niepowstrzymana fala.

— Wow — wydycham, serce pęka mi z nadziei. — Naprawdę nam się udaje.

— Cholera jasna, że tak — deklaruje Declan, w oczach płonie mu determinacja. — Kończmy to i zmywajmy się stąd.

Działamy w idealnej harmonii, instalując program Athiny po raz ostatni i patrząc, jak resztki chipów mózgowych padają łupem naszego kodu. Gdy wychodzimy z powrotem w półmrok korytarza, euforia aż szumi mi w żyłach.

— Udało się — szepcze Nadia, promiennie się uśmiechając. — Naprawdę się udało.

— No pewnie — zgadzam się, duma i ulga ściskają mi pierś. — Wracajmy do Athiny i obmyślmy kolejny ruch.

— Brzmi dobrze — mówi Declan, kładąc dłoń na moim ramieniu. W tej chwili jesteśmy czymś więcej niż ekipą — jesteśmy rodziną zjednoczoną przeciw ciemności.

I nic nas nie zatrzyma.

*

Gdy tylko wracamy do bazy, napięcie można niemal kroić nożem. Zbieramy się wokół stanowiska Athiny, gdzie odpaliła podgląd na żywo kryjówki Diany. Czuję, jak oczekiwanie żre mnie od środka niczym wygłodniała bestia, spragniona jakiegokolwiek znaku, że nasz plan zadziałał.

— Działa? — pyta Nadia, ledwo słyszalnym szeptem.

— Daj mu chwilę — odpowiada Athina, jej palce śmigają po klawiaturze, gdy przeskakuje między kolejnymi strumieniami z kamer.

— Czuję, jakby to trwało wieczność, do diabła — mruczy pod nosem Declan, krzyżując ramiona na piersi.

— Cierpliwości, przyjacielu — mówię, nie mogąc się powstrzymać przed drobną uszczypliwością. — Wiem, że to nie twoja mocna strona.

— Ha, ha, bardzo śmieszne — burczy, ale w słowach nie ma prawdziwej złości. Wszyscy jesteśmy zbyt spięci na żarty.

I nagle jest — sama Diana Foxberry, miota się po swojej norze jak dzikie zwierzę w klatce. Zielone oczy ma rozszalałe, a krótkie rude włosy zdają się iskrzyć od jej wściekłości. Przerażające i ekscytujące zarazem widzieć ją tak rozstrojoną.

— Ktoś tu wygląda na niezadowoloną — zauważam, a na twarzy rozlewa mi się szelmowski uśmiech.

— Zobacz sama — mówi Athina, powiększając obraz, by było słychać, co się dzieje. Głos Diany wylewa się z głośników — piskliwy i wściekły.

— Ktoś majstruje przy moich chipach mózgowych! — warczy Diana, waląc pięścią w pobliski stół. Dźwięk dudni po pokoju i wszyscy aż się wzdrygamy. — Dowiedzcie się, kto to robi, i przyprowadźcie mi ich!

— Rozkaz, paniusiu — mamroczę sarkastycznie, patrząc, jak jej poplecznicy miotają się, by spełnić rozkazy.

— Wygląda na to, że nasza mała operacja się powiodła — mówi Athina z satysfakcją. — Traci kontrolę.

— A jakże — przytakuję, a we mnie rozpala się jeszcze jaśniejsza determinacja. — I jeszcze nie skończyliśmy.

— Miejcie na nią oko — radzi Declan, dołączając do nas przy stanowisku. — Chcę znać każdy jej ruch.

— Jasne — odpowiada Athina, a jej palce znów tańczą po klawiaturze.

— Zobaczmy, jak jej się spodoba bycie po drugiej stronie barykady — mówię, rozkoszując się myślą, że wreszcie odwracamy role z Dianą Foxberry.

— Lepiej trafić nie mogło — dodaje złośliwie uśmiechnięta Nadia i dzielimy moment triumfalnej więzi.

Ale nawet gdy świętujemy to małe zwycięstwo, nie potrafię otrząsnąć się z przeczucia, że Diana nie padnie bez walki. Jest przebiegła, zaradna i absolutnie bezwzględna. To dopiero początek, ale przynajmniej teraz mamy realną szansę.

Na ekranie migocze furia Diany, jej wściekłość jest wyczuwalna nawet przez cyfrową barierę. Dreszcz przebiega mi po kręgosłupie na myśl o kolejnym starciu twarzą w twarz, ale wiem, że to nieuniknione. Zadałyśmy jej poważny cios i nie daruje. Przyjdzie po nas z pełnym impetem.

— Artemis — mówi Declan, głosem niskim i pewnym. — Bądź czujna. Będzie chciała krwi.

— Czyż to nie cudnie? — odpowiadam, ociekając sarkazmem. — Zawsze marzyłam o rudzielcu na ogonie.

— Ależ śmieszne — wtrąca Athina, przewracając oczami. — Ale musimy uważać. Tak łatwo tego nie odpuści.

— Racja — mówię z westchnieniem. — Jest jak karaluch — uparcie nie do zdarcia.

— Trzymajmy gardę — sugeruje Nadia, a wokół jej palców iskrzy telekinetyczna energia. — Teraz nie stać nas na niespodzianki.

— Zgoda — kiwam głową, omiatając wzrokiem twarze mojego zespołu — mojej rodziny. Każde z nich ma własne, wyjątkowe zdolności i własne blizny po dawnych bitwach. Ale każde jest też silne, odporne i gotowe stawić czoła każdemu piekłu, jakie Diana na nas spuści.

— Cokolwiek knuje — mówię im stanowczo i pewnie — będziemy na to gotowi.

— A jakże — dodaje Declan, a jego skakanie przez cienie rzuca po podłodze mroczne, wijące się macki.

— Dajmy sobie chwilę, by docenić to, co zrobiliśmy — proponuje Athina, stukając w klawiaturę. — A potem wracamy do koncentracji. Ona do nas przyjdzie.

— Umiesz popsuć zabawę — burczę w duchu, ale wiem, że ma rację. W naturze Diany nie leży odpuszczanie i uznanie porażki. Będzie żądna krwi, a my musimy być gotowi.

— Dobra, ludzie — mówię, klaszcząc w dłonie i zmuszając się do uśmiechu. — Oficjalnie wkurzyliśmy Dianę Foxberry, więc wymyślmy, jaki będzie jej następny ruch.

— Nie możemy nacieszyć się zwycięstwem choć przez minutę? — pyta Declan, a w kąciku ust igra mu uśmieszek.

— No dobrze — odpowiadam, przewracając oczami, ale w duchu wdzięczna za chwilę wytchnienia. — Athina, wyciągnij tę butelkę szampana, którą chomikujesz.

— Tylko dlatego, że to wyjątkowa okazja — zgadza się Athina, grzebie w szafce i z rozmachem wyciąga zakurzoną butelkę.

— Świetnie — mówię, zacierając ręce. — Otwórz to cacko i wznieśmy toast za to, że przycięliśmy Dianę do żywego.

— Za odebranie Diany kontroli i ochronę hybryd — dodaje Declan, gdy Athina z wprawą strzela korkiem, a po pokoju pryska musujący napój. — Oby to był początek końca jej spaczonego panowania.

— Na zdrowie! — przytakuje Nadia, lewitując prowizoryczne kieliszki w naszą stronę, po czym wszyscy bierzemy łyk zaskakująco niezłego szampana.

— Dobra — mówię, odstawiając kieliszek i wycierając usta grzbietem dłoni. — Skoro się już zabawiliśmy, wracamy do powagi. Wiemy, że Diana się odwinie — jakieś pomysły, co spróbuje następnym razem?

— Znając ją, uderzy osobiście — zamyśla się Declan. — Może w kogoś nam bliskiego.

— Albo spróbuje odzyskać kontrolę nad hybrydami — sugeruje Nadia, marszcząc brwi w zadumie.

— Cokolwiek to będzie — włącza się Athina — trzeba założyć, że będzie grubo. Nie przestanie, dopóki nie odbierze nam wszystkiego.

— To będziemy kontrować każdy jej ruch — mówię twardo. — Zostaniemy o krok przed nią i nie oddamy przewagi.

— Zgoda — mówi Declan, a w jego oczach ciemnieje zdecydowanie.

— Za wszelką cenę — dodaje Nadia, a puste kieliszki tańczą w powietrzu od jej telekinezy.

— No pewnie — myślę, hartując się w duchu na bitwy, które nadejdą. Walka daleka jest od końca, ale to małe zwycięstwo dało nam przedsmak tego, co możliwe. Jesteśmy silniejsi niż kiedykolwiek i cokolwiek Diana w nas rzuci, będziemy gotowi ją powalić — raz na zawsze.

ROZDZIAŁ DWUDZIESTY TRZECI

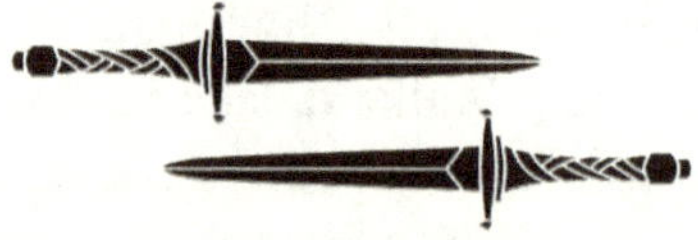

TĘGI LODOWATY WIATR SMAGA mi twarz, gdy oglądam podgląd z kamer i patrzę, jak nieudana próba Diany Foxberry zapanowania nad światem rozpada się jak tani sweter. Jej kontrola nad chipami przepadła — kaput. I, cholera, ale jest wściekła.

— Do diabła! — warknie; jej głos jest tak piskliwy i wściekły, że nawet z mojego punktu obserwacyjnego ponad nią słyszę, jak niesie się w noc. — Czemu jeszcze nie zdechniesz?!

Rude włosy w nieładzie, zielone oczy rozszalałe z frustracji — Diana to obraz czystej niepoczytalności. Ale to już nie ta sama kobieta, która była jedną z czołowych agentek Bureau for Paranormal Affairs. Nie, to potwór, zrodzony z goryczy i dzieciństwa splamionego chorymi eksperymentami.

Obserwując jej chaotyczne ruchy, nie mogę powstrzymać dreszczu — pamiętam, jak blisko byliśmy, by zostać pionkami w jej chorej grze. Teraz, gdy jej ojciec nie żyje, a plany legły w gruzach, nie sposób przewidzieć, co zrobi dalej.

— Spójrz na nią — mruczę do siebie. — Jak osaczone zwierzę.

I wtedy to widzę: desperację w jej działaniach, gdy dostrzega dwoje przechodniów poniżej. Bez wahania zeskakuje, a jej niegdyś pełne gracji ruchy są teraz szarpane i nieskoordynowane.

— Hej! — krzyczy mężczyzna; jego brawura szybko gaśnie, gdy Diana chwyta go za ramię, a jej paznokcie wbijają się w ciało. — Puść mnie!

— Zamknij się! — syczy, szarpiąc go do siebie z zaskakującą siłą.

— Zostaw go! — błaga kobieta, łzy płyną jej po policzkach.

— Wybacz, skarbie — prycha Diana. — Potrzebuję zastrzyku energii.

Po czym wlecze mężczyznę, zostawiając kobietę szlochającą na chodniku. Klnę pod nosem, serce wali mi jak młot. Muszę coś zrobić, i to szybko.

— Artemis — szepczę do siebie. — Skup się.

Ale jak powstrzymać potwora, skoro nie wiadomo, jakie bronie wciąż ma w arsenale? Diana jest nieprzewidywalna, zdesperowana, a gdy patrzę, jak porywa kolejnego bezbronnego przechodnia, nie mogę pozbyć się wrażenia, że to dopiero początek jej pokręconej końcowej rozgrywki.

— Ugh, następny — mamroczę, widząc na monitorze, jak Diana rzuca się na biednego frajera, który po prostu znalazł się w złym miejscu o złym czasie. — Serio? To się już robi nudne.

— Artemis — ostrzega Declan, jego głos jest napięty. — Skup się. Musimy znaleźć jakiś schemat.

— Schemat? — parskam. — Odbiło jej, Dec. Łapie każdego, kogo tylko dorwie w szpony. Zwykłych ludzi. Nie może im kraść mocy; przecież ich nie mają.

— Może — przyznaje, marszcząc zamyślenie czoło. — Ale musi być w tym jakiś powód. Trochę metody w tym szaleństwie.

— Dobra — wzdycham, zmieniam pozycję i wbijam wzrok w ekran. — Zobaczmy, co knuje nasza szalona pani naukowiec.

Patrzymy w milczeniu, jak Diana przeskakuje od ofiary do ofiary, porusza się chaotycznie i desperacko. Za każdym razem, gdy kogoś zgarnia, jej oczy jakby jaśnieją, a wyraz twarzy staje się coraz bardziej obłąkańczy.

— Czekaj — mówię nagle, myśli pędzą mi w głowie. — Chyba to rozgryzłam.

— Co takiego? — pyta Declan, pochylając się bliżej ekranu.

— Spójrz na jej oczy — instruuję, wskazując nienaturalny blask w spojrzeniu Diany. — Za każdym razem, gdy kogoś bierze, rozświetlają się jak cholerna choinka. A jeśli ona nie porywa ludzi dla zabawy? Jeśli wysysa z nich siłę życiową?

Declan marszczy brwi, przenosząc wzrok ze mnie na ekran. — To możliwe. Ale po co?

— Twoje zgadywanie jest tak dobre jak moje, stary — mówię, przeczesując włosy dłonią. — Ale musimy ją powstrzymać, zanim osuszy to miasto do cna.

Declan drapie się po kilkudniowym zaroście, na jego twarzy rośnie grymas. — Choć mam ochotę wpaść tam i to skończyć, powinniśmy poczekać i zobaczyć, jaki będzie jej następny ruch.

Ściskam pięści, czując znajome swędzenie, by coś zrobić — byle nie siedzieć i czekać. — Declan, chyba nie mówisz serio. To nie w twoim stylu. Poza tym mamy idealną okazję, żeby uderzyć teraz.

— Artemis — wzdycha, pocierając skronie, jakbym przyprawiała go o migrenę. — Nie mamy pojęcia, co planuje ani jak potężna się stała. Potrzebujemy więcej informacji, zanim ruszymy. To jedyne logiczne wyjście.

— Logiczne? — prychnę, krążąc po pokoju jak w klatce. — Diana wysysa niewinnym ludziom siłę życiową, Declan. Za chwilę może wysadzić pół miasta, skąd mamy wiedzieć. Nie możemy czekać.

— Artemis ma rację — odzywa się Athina, nerwowo ściskając dłonie. — Im dłużej zwlekamy, tym bardziej niebezpieczna się staje.

— Dokładnie — mówię, waląc dłonią w stół. — Nie mamy czasu na ostrożność, kiedy w grę wchodzi ludzkie życie. Musimy działać i to teraz.

Wisi nad nami ciężka cisza, a każde z nas nosi swoje zdanie jak zbroję. Niemal czuję nieufność sączącą się z każdego pora skóry Declana, gdy mierzy mnie spojrzeniem, niechętny porzucić ostrożność.

— Artemis, musimy to przemyśleć — mówi, głosem spiętym i kontrolowanym. — Nie możemy tak po prostu wpaść do walki bez planu.

— Każda sekunda stracona na planowanie to kolejna sekunda, w której Diana drenuje niewinnych — odwarkuję, zaciskając pięści przy bokach. Gniew bulgoce pod skórą, gorący i gotów wybuchnąć.

— Posłuchaj siebie! — prycha Declan, uderzając dłonią w blat. — Pozwalasz, żeby emocje przysłoniły ci osąd!

— Oboje się uspokójcie — wtrąca Athina, wchodząc między nas. Jej oczy nerwowo biegają, próbując załagodzić sytuację. — Kłótnia niczego nie rozwiąże. Musimy znaleźć wspólny grunt.

— Wspólny grunt? — parskam, a pierś ściska mi frustracja. Metaliczny posmak żółci zalega w gardle, gdy wyobrażam sobie Dianę wysysającą ofiarom życie. — Nie ma wspólnego gruntu, kiedy ludzie umierają, Athina.

— To złóżmy głowy i wymyślmy lepszy plan — proponuje Nadia, a jej łagodne słowa przecinają napięcie. — Taki, który uwzględni i ostrożność, i pilność.

— Dobra — cedzi przez zęby Declan, niechętnie się zgadzając. — Ale robimy to razem. Żadnych tajemnic, żadnej samowolki.

— Umowa stoi — mówię, łapiąc go wzrokiem. Obietnica smakuje gorzko, ale przełykam ją dla dobra zespołu.

Gdy zbieramy się wokół stołu, łącząc zasoby i wiedzę, coś mnie uwiera na skraju świadomości. Przeczucie, szept intuicji. Wpatruję się w mapę rozłożoną na blacie, a mój wzrok przyciąga konkretny obszar na obrzeżach miasta.

— Chwileczkę — mamroczę, wodząc palcem po konturach opuszczonego magazynu. — A jeśli to tutaj? Jeśli tu się ukrywa?

— Jesteś pewna? — pyta Garnet, marszcząc brwi, gdy przygląda się mapie.

— Na sto procent — odpowiadam, a pewność przepływa przeze mnie jak prąd. — Nazwij to przeczuciem.

— Artemis może mieć rację — przytakuje Athina, wpatrzona w magazyn. — Jest odludny, poza radarem, i wystarczająco duży, by pomieścić cały potrzebny sprzęt.

— W porządku — ustępuje niechętnie Declan. — Sprawdzimy to. Ale działamy ostrożnie, jasne?

— Jasne — mówię, kiwając głową. Napięcie między nami jest wciąż wyczuwalne, ale mamy wspólny cel: znaleźć Dianę i zakończyć jej terror.

Plan ustalony, zapinamy oporządzenie i szykujemy się na to, co przed nami. Gdy stoimy razem, zjednoczeni mimo sporów, wiem jedno na pewno — dopadniemy Dianę, bez względu na cenę.

— Dobra, słuchajcie — mówię nisko i pospiesznie, przemierzając krokami przestrzeń przed małą grupą zebraną przede mną. Migoczący blask pobliskiej latarni rzuca upiorne cienie na ich twarze, ale w oczach widzę determinację. — Wchodzimy i wchodzimy ostro. Dianę trzeba zatrzymać, a ona nie będzie czekać, aż się ogarniemy.

— Artemis, jesteś tego pewna? — pyta Declan, a jego piwne oczy pełne są niepokoju. — Umówiliśmy się, że będziemy ostrożni.

— Ostrożność nie zaprowadziła nas daleko, prawda? — ripostuję, a dłoń odruchowo wędruje do blizny na lewym policzku. To nieustanne przypomnienie, co jest stawką. — Nie mamy czasu się cackać, Declan. Musimy działać — teraz.

— Artemis ma rację — odzywa się Nadia, jej spojrzenie twarde i zdecydowane. — Jeśli szybko czegoś nie zrobimy, stracimy szansę, by zatrzymać Dianę na dobre.

— Dobrze — wzdycha Declan, pocierając skronie jakby odpędzał nadciągający ból głowy. — Tylko obiecaj mi, że nie będziesz podejmować niepotrzebnego ryzyka, dobrze?

— Słowo harcerza — odpowiadam tonem ociekającym sarkazmem, unosząc trzy palce w parodii salutu.

— I którzy to byli harcerze? — uśmiecha się krzywo Garnet, rozbawiona moimi wygłupami.

— Zamknij się, Garnet — ucinam, choć czuję ukłucie wdzięczności za rozładowanie napięcia. — Dobra, ruszamy. I pamiętajcie — to jest ściśle poza papierami.

Prowadzę naszą zbieraninę przez zaciemnione ulice, nasze kroki tłumi mokry asfalt. Każdy członek ekipy porusza się po cichu i precyzyjnie, wyćwiczony niezliczonymi misjami i bitwami. Choć w moich żyłach krąży paranormalne serum, to właśnie ta drużyna daje mi prawdziwą siłę.

— Artemis — szepcze Declan; jego głos to niski pomruk, gdy zjawia się obok mnie w postaci jaguara. — To szaleństwo, nawet jak na ciebie.

— Wiem, że się martwisz — przyznaję, a serce ciąży mi od podjętej decyzji. — Ale nie mogę siedzieć bezczynnie i pozwalać Dianie porywać niewinnych. Poza tym mamy szansę zakończyć jej rządy terroru na dobre. Jesteśmy to winni ludziom, których skrzywdziła, i sobie.

Declan przybiera znów ludzką postać, a troska rysuje się na jego twarzy. — Rozumiem, Artemis, naprawdę rozumiem. Ale jeśli coś pójdzie nie tak—

— Wezmę pełną odpowiedzialność — przerywam twardo. — Ale musimy spróbować, Declan. To może być nasza jedyna szansa.

Wzdycha, przeczesując palcami potargane brązowe włosy. — Dobrze — ustępuje niechętnie. — Tylko... uważaj na siebie, okej?

— Zawsze — odpowiadam z półuśmiechem, próbując go uspokoić.

Idziemy dalej, determinacja pulsuje nam w żyłach, gdy zbliżamy się do opuszczonego magazynu, który służy Dianie za bazę. Powietrze gęste od napięcia, każdy z nas boleśnie świadomy możliwych konsekwencji.

— Pamiętajcie wszyscy — szepczę. — Nikt nie wchodzi sam. Trzymamy się razem i pilnujemy nawzajem pleców.

— Jasne, szefowo — odpowiada Garnet, kiwając głową.

Gdy szykujemy się do infiltracji legowiska Diany, czuję mieszankę strachu i ekscytacji. Wyruszamy na misję, która może zmienić wszystko — ale jakim kosztem? Czy nasz nieautoryzowany szturm zakończy wreszcie potworne czyny Diany, czy tylko wywoła jeszcze większą katastrofę?

Blask księżyca rzuca upiorne cienie na kruszejące ceglane ściany magazynu, gdy przeciskamy się przez zardzewiałe boczne drzwi. Do nozdrzy uderza mnie smród wilgoci i zgnilizny, a ja powstrzymuję odruch obrzydzenia. Cudownie.

— Pamiętajcie plan — szepczę, krzywiąc się na echo w ciemności. — Szybko i cicho. Wchodzimy i wychodzimy.

Przemierzamy labirynt zakurzonych skrzyń i maszyn w milczeniu, każdy krok odliczony i precyzyjny. Czuję się jak pantera skradająca się do ofiary — albo raczej jak mysz, która stąpa przy kocie. Tak czy siak, zdecydowanie za mało sera w tym scenariuszu.

— Artemis, tędy — daje znak Garnet, wskazując na otwarte drzwi; jej głos ledwie słyszalny. Kiwam i ruszam za nią, serce wali mi o żebra.

Gdy wchodzimy do słabo oświetlonego pomieszczenia, widzę sylwetkę Diany zgarbioną nad stołem pośrodku. Serce przyspiesza — to jest to, chwila prawdy.

— Stój, Diana — krzyczę, a mój głos odbija się od ścian. — Jesteś aresztowana.

Odwraca się powoli, a na jej ustach zakwita chytry uśmiech. — Och, Artemis. Czekałam na ciebie.

Adrenalina pompuje mi w żyłach, gdy staje, a jej oczy błyskają nienaturalną mocą. Wiem, że powinnam się bać, ale myślę tylko o niewinnych, którym odebrała życie.

— Zapłacisz za to, co zrobiłaś — mówię nisko i pewnie, mimo że strach ściska mi klatkę piersiową.

Diana tylko się śmieje, a jej oczy błyszczą złowrogim światłem. — Myślisz, że mnie powstrzymasz? Jestem ponad wasze marne, śmiertelne troski.

Biorę głęboki oddech i gestem każę pozostałym się cofnąć. Ta walka jest między mną a Dianą; nie chcę, żeby ktokolwiek z nich ucierpiał.

Odruchem sięgam po broń, ale go tłumię. Teraz to ja jestem bronią. Nie potrzebuję już pistoletów ani noży.

Unoszę dłonie przed sobą i rozpalam mój błękitny ogień.

— To ty mnie stworzyłaś, Diana — ty i twój chory sukinsyn ojciec. I to był wasz największy błąd, bo zakończę cię tu i teraz.

Jej twarz się wykrzywia, szczęka się rozchyla, a wampirze kły wydłużają się, wystając poza dolną wargę.

— Byłaś obsesją mojego ojca — syczy. — Fascynował go ten twój przeklęty błękitny ogień, jego wyjątkowość. To, że zyskałaś wiele mocy zamiast jednej czy dwóch.

— Czekaj — wpatruję się w nią osłupiała. — Ty serio... zazdrościsz, że wolał eksperymentować na mnie niż na tobie?

— To nie ma znaczenia! — tupie nogą niczym rozwydrzone dziecko. — W końcu dał mi największy dar — a teraz wezmę twój cenny błękitny ogień i wszystko inne, co masz!

Rzuca się z przerażającą szybkością, a ja ledwie unikam pierwszego ataku.

Uskakuję w bok, uśmiechając się krzywo, gdy dłoń Diany z hukiem roztrzaskuje posadzkę. Obracam się i walę ją pięścią w twarz, odrzucając o kilka metrów. — To masz za to, że się ze mną pieprzysz, suko.

— O, za to zapłacisz — warczy, a jej oczy płoną wściekłością. — Zapłacisz za każdą sekundę mojego bólu i cierpienia.

— Serio? — unoszę brew, podchodząc. — Bo z mojego miejsca to ty zaraz zapłacisz.

Rzuca się na mnie, ale jestem gotowa. Chwytam ją za nadgarstek i wykręcam, ciskając o ziemię. Turla się w ostatniej chwili, a ja przeskakuję nad nią. Zanim odzyskam równowagę, ona już stoi. Kopie mnie mocno w plecy i lecę do przodu z mimowolnym jękiem.

— Ty mała suko! — przewracam się na bok, by ją widzieć, i podnoszę się.

Atakuje znowu, jej pięści trafiają mnie w żebra raz za razem. Cofam się, dysząc, gdy we mnie taranuje. Kolejne chwile rozmywają się w zamazanym starciu — siłujemy się, zmagamy, każde próbuje zyskać przewagę.

Przelatujemy przez stertę skrzyń, a ona zyskuje górę, przygważdżając mi dłonie nad głową, gdy przyklęka na mnie.

— W jednym masz rację — syczy mi prosto w twarz. — Nigdy nie powinnam była dawać ci tego pierwszego zastrzyku. Powinnam cię była wtedy zabić.

— Ja też — zawarcza niski głos i ogromna, kudłata sylwetka taranuje Dianę z boku, zrzucając ją ze mnie.

Declan.

Jasne, że nie zamierzał trzymać się z dala od walki.

Jaguar prycha i warczy, rozorując jej twarz długimi pazurami, ale zakrwawione szramy niemal natychmiast się zasklepiają i kręcę głową. Tak wampira nie zabijemy.

— Głowa albo serce, Dec! — wrzeszczę, gdy Diana miota jaguarem z nadludzką siłą. Wielki kot zawyje, roztrzaskując kolejne skrzynie.

Ciskam błękitnym ogniem, żeby odciągnąć Dianę, gdy szarżuje na Declana; odwraca się na mnie z sykiem — po czym przygina głowę, bo ostry kawał metalu śmiga tuż obok niej torem, który mógłby ściąć jej głowę, gdyby nie uskoczyła.

Do walki dołączyła Nadia.

Potężna telekinetyczka wchodzi do pomieszczenia, ręce ma w kieszeniach rybaczek.

— Ty — syczy Diana, a widzę, że jej oczy nie są już zielone, tylko świecą krwistą czerwienią. — To miała być moja moc!

— Próbowałaś ją zabrać, ale nie zawsze dostajemy to, czego chcemy — odpowiada Nadia, kręcąc głową jak do krnąbrnego dziecka. — Zwłaszcza gdy nie mówimy proszę.

Chciałabym się uśmiechnąć, ale przypominam sobie, że jest jeden temat, o którym Nadia nigdy nie mówi: co stało się z jej dziećmi.

— Artemis — szepcze głos za mną i, póki Diana odpiera grad przeszkód, którymi obrzuca ją Nadia, zerkam za siebie i widzę, że Garnet przycupnęła tuż przy mnie.

— Wynoś się — syczę do niej. — Jest tu dla ciebie za niebezpiecznie! Garnet jest w pełni człowiekiem, bez ulepszeń. Powinna być na zewnątrz z Athiną i innymi ludźmi z Obsidian Circle. Nie mają z Dianą szans.

— Proszę — Garnet wyciąga coś w moją stronę. Kawałek skrzyni, drewniana listwa złamana tak, że tworzy zębaty odłamek długi jak moje przedramię.

Kołek.

— Za Malcolma — szepcze Garnet, a jej oczy płoną żarliwą żądzą zemsty za zamordowanego ukochanego, i kiwam głową.

— Mam to — mówię, sięgając po kołek.

Wiem, że to fizycznie niemożliwe, ale przysięgłabym, że kołek robi się ciepły w mojej dłoni; wiem, że jest naładowany potworną, krwawą żądzą rewanżu Garnet. I wtedy wiem, że trzymam broń wykutą w ogniu najgorszego rodzaju żałoby i wściekłości.

— No dalej, Artemis — warczy Diana i wiem, że tak jak mnie, zaskoczyła ją obecność Obsidian Circle i kołek Garnet. — Będziesz walczyć, czy będziecie tak stać i się gapić?

— Och, chcesz walki, suko? — Garnet występuje naprzód, dłonie ma zaciśnięte w pięści. — To masz.

Szkarłatne oczy Diany rozszerzają się, a ona się śmieje.

— Och, człowiek chce zatańczyć? To zatańczysz, moja droga.

Rzuca się na Garnet, ale Declan znów przechwytuje, jaguar taranuje Dianę i oboje koziołkują na bok. Nadia dopada i chwyta Garnet za rękę, ciągnąc ją w stronę drzwi.

— Wyprowadź ją stąd! — wrzeszczę i widzę, jak Nadia kiwa głową. Dopilnuje, by ludzie byli bezpiecznie z dala od tej jatki.

Bo zaraz będzie krwawo.

Rozdział dwudziesty czwarty

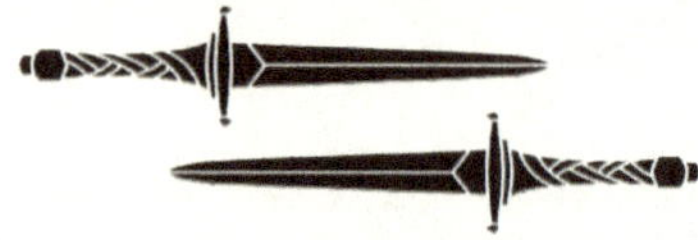

Ś ŚCISKAM KOŁEK w jednej dłoni, a drugą przywołuję mój niebieski ogień, krążąc czujnie, podczas gdy Diana i jaguar Declana kotłują się po podłodze.

— Daj sobie spokój, Diano! — wrzeszczę. — Nie wygrasz! Twoje chipy zombie zostały unieszkodliwione, a paranormalni są na ciebie gotowi. Twój zamach stanu nie ma żadnych szans!

Wrzeszczy z wściekłością i ciska Declanem w dal. On zmienia się w locie i z trzaskiem uderza o podłogę już jako człowiek, oszołomiony, ale natychmiast próbuje się podnieść.

— Nie masz pojęcia, do czego jestem zdolna — warczy Diana, sunąc ku mnie z sadystycznym uśmiechem na twarzy. — Myślisz, że wygrałaś swoją małą hakerską sztuczką, co zjada wirusy? Byłam pięć kroków przed tobą przez cały czas. Rozmieściłam w całym mieście psychiczne bomby.

Zastygam. *Bomby?*

Diana śmieje się, a ten chichot mrozi krew. — Może nie zdołam już zamienić tych wszystkich ludzi w potulne zombie wirusem w chipach, ale miałam plan awaryjny. Chipy wciąż tkwią w ich mózgach... i mają bezpiecznik. Bomby psychiczne wybuchną, a każdy z tych chipów po prostu — pstryka palcami — zdetonuje.

— Zabijesz ich wszystkich! — wyduszam z przerażeniem.

— Ależ skąd. — Uśmiech Diany to czyste zło. — To byłoby marnotrawstwo. Nie, detonacja ma małą skalę. Ale chipy są wszczepione w tę część mózgu, która odpowiada za kontrolę impulsów. Każdy, kto ma taki chip, nagle zechce ulec każdej mrocznej zachciance, jaką kiedykolwiek nosił w sobie. Gwałt. Morderstwo. Chaos.

Wpatruję się w nią, nie mogąc uwierzyć w to, co słyszę. — Widziałam już u ciebie i twojego pokręconego, psychopatycznego ojca różne chore rzeczy, ale to naprawdę przechodzi samo siebie. Co ci zrobili ci wszyscy niewinni ludzie? — Zło na taką skalę jest po prostu nie do pojęcia.

— Co mi zrobili? — Diana znów się śmieje, a to okropny dźwięk. — Co mi zrobili? Nic. Po prostu byli. Patrzyłam, jak żyją: tak źle, tak słabo, tak absolutnie bez sensu. Ich życia mają znaczenie tylko dlatego, że je nim nasyciłam.

— Masz totalnie nie po kolei w głowie — szepczę, a ona tylko znowu się śmieje.

— Pytanie brzmi, Artemis: a ty? Bo ludzkości zaraz kompletnie odwali, a ty będziesz stała w samym środku. — Unosi coś w dłoni. Detonator, a jej kciuk wisi nad przełącznikiem. — Kabum.

— Nie! — Rzucam się do przodu instynktownie, wiedząc, że będę za wolna. Jej kciuk już opada...

... a detonator leci przez pokój i ląduje bezpiecznie w wyciągniętej dłoni Nadii.

— Wynoś to stąd! — wrzeszczę, ciskając w Dianę niebieski ogień. Nie możemy ryzykować, że znowu dorwie detonator.

Declan chwyta Nadię i wchodzi w cień, a we dwoje znikają. Zostaję tylko ja i Diana, i nie dam jej szansy przejąć inicjatywy. Wpadam na nią jednocześnie ciałem i umysłem, telepatycznym jednym-dwoma, podczas gdy garść niebieskiego ognia wbijam jej w twarz.

Diana wrzeszczy, gdy płomień niczym napalm pali jej skórę — nawet wampir to poczuje — i zatacza się w tył, próbując uciec.

Prosto na kołek w dłoniach Garnet.

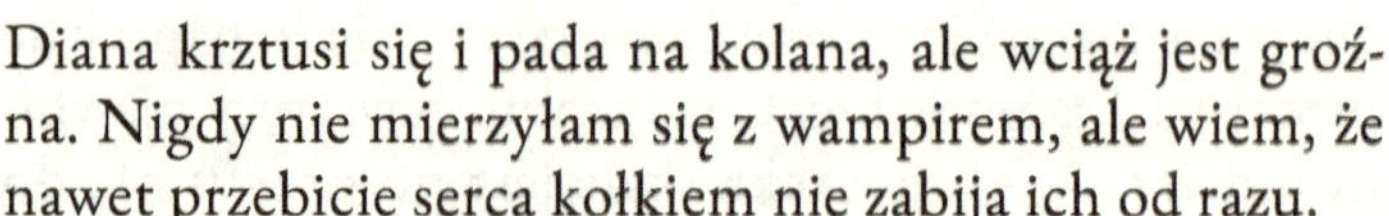

Diana krztusi się i pada na kolana, ale wciąż jest groźna. Nigdy nie mierzyłam się z wampirem, ale wiem, że nawet przebicie serca kołkiem nie zabija ich od razu.

— Odskocz! — krzyczę do Garnet, która puszcza kołek i odpełza, znikając z zasięgu wymachujących ramion Diany.

Declan wychodzi z cieni i staje u mojego boku. Stoimy, patrząc, jak Diana osuwa się na podłogę, a z ust wylewa jej się krew.

— To jeszcze nie koniec — sapie, obnażone kły układają się w krwawy, skurczony grymas, gdy wypluwa słowa. — Głupcy.

— To *naprawdę* koniec, Diano — sprzeciwiam się. — Wreszcie.

Śmieje się, a pełzające przeczucie grozy stawia mi włosy na karku dęba.

— Artemis — mówi Declan, a w jego głosie słychać wątpliwość. — A jeśli...

— Żadnego „a jeśli"! — kaszle Diana, po czym znów się śmieje. — Bomby i tak wybuchną. O północy!

Wpatruję się w nią. Północ? To... ale to niemożliwe. Prawda?

— Co, do diabła, ona wygaduje? — żąda wyjaśnień Declan. — Do północy zostało sześć godzin!

— Powiesz nam wszystko o tych bombach psychicznych — warczę, nisko i niebezpiecznie. — Ile ich jest? Co je uruchamia? Jak je rozbroić?

— Chciałabyś wiedzieć, co? — prycha, a krew spływa jej brodą strumieniem. Z obrzydliwym wstrząsem uświadamiam sobie, że sprawia jej to przyjemność — chaos, strach, władza nad nami nawet w chwili umierania.

— Dość gierek, Diano — warczę, a moja cierpliwość się kończy. — Tu chodzi o ludzkie życie.

— Czyż nie o to chodzi? — szydzi, zerkając na Declana. — Im więcej zniszczenia, tym lepiej, prawda? W końcu nie ma porządnego finału bez strat ubocznych.

Surowa nienawiść w jej głosie mrozi mnie do kości, a widzę, jak Declan drży przy jej słowach. Ale nie ma czasu, by się nad tym rozwodzić — musimy ratować miasto.

Konająca śmiechawa Diany niesie się po magazynie, drażniąc uszy jak paznokcie po tablicy. — Och, kochanie — szydzi, jadowicie przeciągając sylaby — naprawdę myślisz, że uratujesz to żałosne miasto? Bomby wkrótce mają wybuchnąć, a ty i twoja banda odszczepieńców nic z tym nie zrobicie.

Muszę wiedzieć, gdzie są te bomby, a jest tylko jeden sposób, by zdobyć te informacje. Biorę głęboki oddech i spuszczam ze smyczy swoją telepatię, nurkując głęboko w umysł Diany, nawet gdy jej żywotność odpływa. Jej psychiczny uścisk słabnie, co pozwala mi wejść naprawdę daleko. By znaleźć lokalizacje bomb. Zapamiętać wszystkie, w desperackiej próbie ocalenia tylu, ilu się da. Walczy do gorzkiego końca, ale jestem zbyt silna. Schodzę jeszcze głębiej, szukając sposobu, by zatrzymać odliczanie, i z obrzydliwym szarpnięciem uświadamiam sobie, że go nie ma. Zaprojektowała to celowo jako ostatecznie pokazany wszystkim środkowy palec, miażdżący, nieodwracalny cios w znienawidzoną przez nią ludzkość.

A potem już jej nie ma.

Oczy ma wciąż otwarte, ale nie ma w nich światła, życia. Powinnam czuć ulgę, a czuję tylko grozę.

Klęczę, choć nie pamiętam, kiedy upadłam. Obejmuję głowę, a z moich ust wyrywa się krzyk. Poczułam, jak umiera, jak światła gasną z obrzydliwą ostatecznością — to był rozdzierający cios psychiczny. I wchłonęłam zbyt dużo informacji, zbyt szybko, aż mam wrażenie, że głowa pęknie mi na pół.

— Artemis! — Declan chwyta mnie za ramię, a ja znów krzyczę, bo jego głos boli mnie w uszy.

— To—jest—o wiele—za głośno! — udaje mi się wysapać. Ból słabnie, ale powoli, a w głowie wciąż dudni miażdżące ciśnienie.

— Przepraszam. — Głos Declana jest przyciszony, ledwie słyszalny, a gdy na niego spoglądam, widzę w jego oczach żal i rozpacz. — Tak mi przykro.

Kiwnię głową, po czym odwracam wzrok. Nie zniosę tego poczucia winy w jego oczach.

— Musimy stąd wyjść — mówię prawie szeptem. Dźwigam się na nogi, a świat faluje mi przed oczami. *Nie zemdleję*, powtarzam sobie. *Nie zemdleję. Muszę ich wszystkich ocalić.*

Garnet podchodzi z drugiej strony, wsuwając swój bark pod moje ramię. Nadia spotyka nas przy drzwiach, blada, z detonatorem ostrożnie przytulonym w dłoniach.

— Już po wszystkim? — Zerka za nas, na ciało Diany leżące w kałuży krwi.

— Tak i nie — odpowiada cicho Declan. — Musimy dostać się do Athiny i komputerów. Teraz.

Nadia już nic nie mówi, tylko chwyta Declana pod drugie ramię, a on wprowadza nas wszystkich w cień i wyprowadza z niego znów w naszej kryjówce.

— Artemis! — Athina podrywa się na równe nogi. — Wasze łącza zamilkły... co się stało?

Muszę usiąść, od razu na podłodze, gdzie stoję, bo nogi nie chcą mnie już dłużej utrzymać. Garnet szybko streszcza Athinie sytuację, podczas gdy Declan przykuca przy mnie i owija mnie kocem.

— Lokalizacje bomb — chrypię. — Ja tylko... potrzebuję chwili. Jest ich dużo. Muszę to sobie poukładać w głowie.

— Dobrze. — Kładzie mi dłoń na ramieniu, a ja chwytam ją jak linę ratunkową, używając jego dotyku, by zakotwiczyć się w rzeczywistości, gdy próbuję przesiać przez bałagan w swojej głowie, który do mnie nie należy.

Myśli pędzą mi jak szalone, gorączkowo rozważam każdą strategię i podejście, jakie przychodzą mi do głowy, desperacko szukając sposobu, by uratować miasto. Ciężar odpowiedzialności osiada na moich barkach jak ołowiany płaszcz — dusi, ale nie da się go zrzucić.

— Dobra — mówię wreszcie, gdy hałas w mojej głowie wreszcie cichnie do poziomu, który nie jest aż tak eksplodująco bolesny. — Wiem, gdzie są bomby, ale nie wiem, jak je rozbroić, nie uruchamiając ich.

— Ile ich? — pyta rzeczowo Athina. — Może skorzystamy z wiedzy saperów... naprowadzimy ich na bomby i niech oni je rozbroją.

Kręcę głową i od razu tego żałuję. — Za dużo. Ponad sto.

Nadia gwałtownie nabiera powietrza. — Sto! A mają wybuchnąć o północy!

— Nie damy rady — szepcze Garnet, niemal się zapadając w sobie. — Nie zdołamy dotrzeć nawet do kilku. Jesteśmy skończeni.

— Dość — ucina ostro Declan. — Jeszcze nie przegraliśmy. Mogę przechodzić cieniem do lokalizacji, jeśli Artemis mi je precyzyjnie wskaże.

Nagle kiełkuje nadzieja. — A potem? — Wciąż zmagam się, by myśleć jasno, ale wiem, że mój zespół to rozwiąże. Musimy to po prostu rozpracować. Razem.

— Mogę je powstrzymać, telekinetycznie — mówi niepewnie Nadia. — Nawet jeśli wybuchną, w czymś w rodzaju bańki siłowej. Jak wtedy, gdy tej nocy wysadziło samochód Diany.

— Tak! — Declan podrywa się i zaczyna chodzić tam i z powrotem. — A wtedy mogę przenieść te bomby cieniem w bezpieczne miejsce. Na przykład... zrzucić je do oceanu. Wystarczy mi cień chmury...

To chwiejny plan, ale jedyny, jaki mamy.

— Od czego zaczynamy, Artemis? — Głos Athiny jest miękki, gdy przykuca przede mną z laptopem, wyświetlając mapę miasta. — Gdzie jest bomba, która wyrządziłaby najwięcej szkód, skrzywdziła najwięcej osób?

Mrużę z bólem oczy na oślepiający ekran, po czym wskazuję drżącym palcem. — Tam.

Jest w mieszkalnym wieżowcu, otoczonym innymi. Tysiące ludzi w promieniu rażenia. I choć sama bomba może nie zdołać wyrządzić wszystkim fizycznych obrażeń, setki będą miały chipy — dość, by rozpętać absolutne piekło, zanim da się ich powstrzymać.

Jeśli w ogóle dałoby się ich powstrzymać.

— Musimy iść, Artemis. — Silne dłonie Declana pomagają mi wstać. — Wiem, że boli. — Muska delikatnym pocałunkiem mój skroń.

— Dam radę — cedzę przez zaciśnięte zęby. — Garnet, Athina — zaczynajcie alarmować władze, na wypadek gdybyśmy nie zdążyli z wszystkimi bombami. Muszą być przygotowani na ludzi wpadających w szał.

— Mamy to ogarnięte. — Garnet ściska krótko moją dłoń. — Wy troje idźcie. Nie traćcie czasu.

— Uda nam się. — Spokojna pewność Nadii, jej matczyna energia, dodaje mi otuchy, gdy chwyta drugie ramię Declana. — Dobra, Artemis. Daj mu pierwszą lokalizację.

Już tej nocy nadwyrężyłam moją telepatię do granic, więc włożenie pierwszej lokalizacji do umysłu Declana wyrywa ze mnie stłumiony jęk wysiłku. Ściska moją dłoń, wchodzi w cień i nagle stoimy wewnątrz ogromnego apartamentowca.

Diana osobiście podłożyła każdą z tych bomb. U niej wszystko było osobiste, jeden wielki, przeklęty przez bogów osobisty kompleks. Nie ufała nikomu poza ojcem, a gdy jego zabrakło, nie chciała ryzykować, że którykolwiek z jej popleczników zmieni zdanie. Więc znam dokładną lokalizację każdej pojedynczej bomby, a z Nadią u boku zamknięte drzwi i zaspawane panele nie spowalniają nas ani odrobinę. Po chwili wpatrujemy się w kłębowisko kabli wokół niepozornej, szarej skrzynki.

— Jakoś myślałam, że będzie tu jakaś migająca czerwona lampka albo licznik odliczający czas — mruczy Nadia, ale wyciąga dłonie i między nimi zapala się jakby migotliwe pole siłowe. Pole o ostrych krawędziach, które tnie przewody jak nóż w rozgrzane masło.

— Opuść je, jak tylko zaczniemy spadać — mówi Declan i nagle *spadamy*, a pod nami powoli kołyszą się fale oceanu.

Chwilę później znów stoimy w kryjówce, Athina i Garnet odwracają się do nas, usta im się rozchylają, by zadać pytania, na które nie ma czasu. Biorę szybki wdech i wkładam kolejną lokalizację prosto do umysłu Declana.

— Jedna za nami! — woła Nadia tuż przed tym, jak przeskakujemy przez kolejny cień i lądujemy w następnym apartamentowcu.

Ten jest inny, mniejszy i starszy. W powietrzu czuć stęchliznę, a ściany znaczą zacieki. Bomba jest ukryta za ścianą i znalezienie jej kosztuje nas cenne minuty. Pole siłowe Nadii świeci jasno i stabilnie, gdy pracuje nad jej unieszkodliwieniem, a ja w głowie odliczam sekundy.

— Gotowe — mówi, i tym razem nie marnujemy słów. Znów idziemy przez cienie, a ja gorączkowo szukam następnej lokalizacji.

I tak jest przez godziny. Działamy jak dobrze naoliwiona maszyna, precyzyjnie i celowo, ale czuję, jak czas przecieka nam przez palce jak piasek. Nie zatrzymujemy się na przerwy, jedzenie, wodę ani nawet, by zameldować się u Athiny i Garnet. Nie mamy luksusu czasu.

— Ile jeszcze? — pyta przez zaciśnięte zęby Declan. Ociekający potem po tych wszystkich skokach przez cienie, wygląda na niemal tak zmęczonego jak ja. Nadia też więdnie, ale nikt z nas się nie zatrzyma. Nie możemy.

— Potrzebuję mapy — mamroczę. Musimy mieć kilka minut, musimy odhaczyć to, co już zrobiliśmy.

— OK — mówi Declan i wracamy do kryjówki.

Athina i Garnet mają na dużym ekranie mapę miasta, usianą czerwonymi kropkami wskazującymi wszystkie miejsca, w których już byliśmy.

Kropla potu spływa mi po czole, gdy wpatruję się w oszałamiającą mapę. Neonowe pinezki kłują ją jak rój wściekłych świetlików, każda to bomba psychiczna, której zapobiegliśmy, ale w mapie w mojej głowie jest jeszcze zbyt wiele takich, do których nie dotarliśmy. Serce wali mi w piersi, a ciężar odpowiedzialności przygniata mnie jak tona cegieł.

— Artemis — woła Athina, jej głos jest spięty i zmartwiony, gdy podbiega, by stanąć obok mnie. — Musisz zrobić przerwę.

— Przerwę? — prychnę, piorunując ją wzrokiem. — Nie ma czasu na przerwy, kiedy gramy w gorącego ziemniaka z miastem pełnym bomb. — Zaciskam pięści wzdłuż ciała, paznokcie wbijają mi się w dłonie, presja narasta.

— Hej, wszyscy robimy, co możemy — wtrąca Nadia, a w jej głosie pobrzmiewa własne zmęczenie. — Znajdziemy je. Musimy.

— „Co możemy" to za mało! — syczę, a mój głos podnosi się o ton. — Ile jeszcze osób zginie, bo nie zdążymy na czas?

— Artemis — odzywa się miękko Declan, patrzy mi prosto w oczy z troską. — Nie uratujemy wszystkich, ale robimy wszystko, co się da.

— „Wszystko" to wciąż za mało — warczę, a w ustach czuję gorzki smak porażki. Do serca wpełza wątpliwość, oplatając je zimnymi mackami. Czy tak to się skończy? Zrujnowanym miastem i naszą bezsilnością?

— Artemis, no dalej — prosi Garnet. — Jesteś nam potrzebna.

— Potrzebna? — prychnę, a obraz zamazuje mi się od wściekłych łez. — Co ze mnie za pożytek, skoro nie potrafię znaleźć tych cholernych rzeczy na czas? — Macha ręką, szybko wycierając oczy, nie pozwalając łzom upaść.

— Gdyby nie ty, nawet byśmy nie wiedzieli o tych bombach, Artemis — przypomina Declan, głosem stanowczym, lecz łagodnym. — To dzięki tobie mamy jeszcze szansę walczyć.

— To czemu czuję, jakbyśmy przegrywali? — szepczę, ramiona mi opadają w geście rezygnacji. Czuję się połamana jak ulice na zewnątrz będą, jeśli nie powstrzymamy tych bomb.

— Bo jesteś tylko człowiekiem — odpowiada cicho, kładąc mi dłoń na ramieniu. — My też. Ale będziemy walczyć do ostatniego tchu, jeśli trzeba.

— Do ostatniego tchu... — mamroczę, a słowa wpijają się we mnie jak lina ratunkowa rzucona na wzburzone morze. Może to jeszcze nie koniec. Może wciąż jest nadzieja.

Garnet wciska mi w dłoń butelkę wody, a do kieszeni baton proteinowy. Udaje mi się posłać jej wdzięczny uśmiech, gdy odkręcam wodę i biorę duży łyk, nie odrywając oczu od mapy.

— Ile nam zostało? — pytam, w myślach przeliczając liczbę ładunków, które jeszcze trzeba znaleźć.

— Pięćdziesiąt minut — mówi niepewnie Athina. — Służby są w stanie najwyższej gotowości na kłopoty od północy.

— Obyśmy nie musieli ich wzywać. — Biorę kolejny łyk wody. — Zostało szesnaście bomb. Może zdążymy.

— Zdążymy. — Głos Declana brzmi pewniej, a ja zerkam, jak wychyla resztkę swojej wody.

— Trzymaj skupienie, Artemis — mówi Athina, jej głos jest równy i uspokajający. — Dasz radę.

— Tak. — Zerkam na inny ekran, na serwis informacyjny z paskiem na dole, który przewija szczegóły zagrożenia bombowego. Poważne twarze prezenterów, ujęcia ludzi wylewających się na Central Square, z twarzami zwróconymi ku nocnemu niebu, niepewnych, skąd dokładnie nadejdzie zagrożenie.

— Niech przychodzą — szepczę, a w moich oczach płonie determinacja. — Rozbiorę to miasto cegła po cegle, jeśli trzeba, by ocalić tych ludzi.

Bo zasługują na coś więcej niż na to, by ich życie zgasło z woli psychopatki bawiącej się w boga. I dopilnuję, do cholery, żeby tak było.

Rozdział dwudziesty piąty

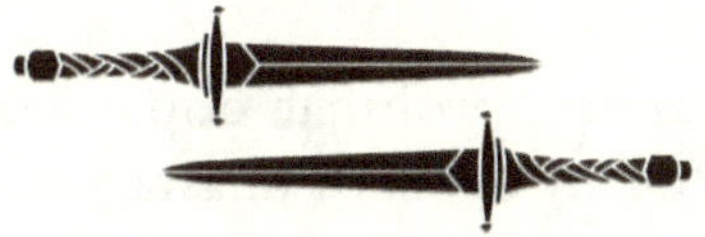

Liczba bomb zdaje się nie mieć końca, a ja jestem tylko jedną osobą o ograniczonych mocach. Jak mam zdołać uratować wszystkich na czas?

— Ludzie, kończy nam się czas — mówię nerwowo, gdy strach i frustracja kotłują się we mnie. — Musimy działać szybciej!

— Artemis, świetnie ci idzie — mówi łagodnie Declan. — Po prostu rób swoje, urządzenie po urządzeniu.

Udaje mi się wykrzywić uśmiech, zmuszam się, by skupić się wyłącznie na zadaniu. Mieszkańcy miasta na mnie liczą — nie mogę ich zawieść.

— Artemis Blackwell znów ratuje dzień — szepczę z determinacją, ścigając się z bezwzględnie tykającym zegarem. Miasto stało się labiryntem zagrożeń i potencjalnej śmierci, ale z każdym drobnym zwycięstwem ogromny ciężar na moich barkach odrobinę maleje.

Z każdą bombą, którą bezpiecznie zsyłamy w morskie głębiny, setki niewinnych istnień unikają koszmarnego losu. Każde udane rozbrojenie jest jak ocalenie czyjejś duszy od potępienia. A z każdym uratowanym życiem moja żelazna determinacja tylko rośnie. To miasto całkowicie na nas polega i ja się nie ugnę.

Czas zlewa się w jedno, kiedy pędzimy przez rozległe miasto. W moim wycieńczonym umyśle granica między sukcesem a katastrofalną porażką coraz bardziej się rozmywa z każdą minutą.

— Ile jeszcze? — krzyczy Nadia przez ryk wiatru, posyłając kolejne śmiercionośne urządzenie na dno spienionych fal.

Wytężam pamięć, próbując dopasować skradzione wspomnienia Diany do mapy miasta, usianej neonowymi znacznikami.

— Chyba... została już tylko jedna — uświadamiam sobie z zawrotną ulgą. Jest w zatłoczonym klubie nocnym, który co noc pulsuje frenetyczną energią. Setki nieświadomych ludzi tańczących i pijących — każdy z nich może za chwilę zmienić się w psychopatę, jeśli zawiedziemy.

— Zostały trzy minuty — potwierdza ponuro Nadia, gdy zbliżamy się do wejścia od zaplecza. — Nie ma czasu do stracenia.

Kiwnięciem głowy potwierdzam, a tętno wali mi jak oszalałe, gdy wchodzimy do środka. Gromowy bas bezlitośnie dudni mi w piersi, oślepiające stroboskopy przecinają tłumy ściśnięte do granic. Spocone ciała napierają ze wszystkich stron, a wilgotne powietrze gęste jest od upału i feromonów. Czysty chaos, zmysły przeciążone do bólu.

Przeciskamy się przez wrzącą ciżbę, z desperacją szukając i chcąc rozbroić ostatnią bombę, zanim skończy się czas. Ale przy ogłuszającej muzyce i dezorientujących światłach skupienie graniczy z cudem. Czuję, jak narasta panika, gdy mija każda cenna sekunda.

To nasza jedyna szansa, by zapobiec katastrofie — nie mogę zawieść tych niewinnych ludzi. Pokręcone dziedzictwo Diany kończy się teraz, jeśli trzeba — moimi rękami. Zaciskając zęby, zmuszam się, by odciąć wszystkie rozpraszacze i skupić się tylko na znalezieniu urządzenia.

Chwytam dłoń Nadii, jej smukłe palce drżą w moim uścisku, gdy zrywamy się do pilnego biegu przez gęsty tłum. Czas zdaje się zwalniać do pełzania, kiedy pędzimy ku śmiercionośnej bombie, a moje serce tłucze się jak oszalałe. Krople nerwowego potu wilżą mi czoło, oddech staje się coraz krótszy i bardziej szarpany, gdy przytłaczająca presja rośnie.

— Jest! — daleki krzyk Declana ledwie przebija się przez bezlitośnie dudniącą muzykę, która nas zalewa. Rzucam się do niego, tętno wystrzela w kosmos, gdy dostrzegam złowieszcze urządzenie — niepozornie wciśnięte w plątaninę kabli i sprzętu w podwyższonej kabinie DJ-a.

— Hej, co wy wyprawiacie? — ryczy oskarżycielsko ochrypły głos i potężnie zbudowany ochroniarz szarpie agresywnie Nadię, gdy ta desperacko sięga po bombę.

Przeszywające do kości zmęczenie mąci mi spanikowane myśli, ale z trudem skupiam każdą resztkę telepatycznych zdolności, by posłać napastnikowi słaby, lecz kluczowy psychiczny pchnięcie w tył. Jesteśmy tak boleśnie blisko — zatrzymani przez kogoś z tych, których próbujemy ocalić? To byłby gorzko ironiczny finał.

Na szczęście Declan ma jeszcze resztki siły. Gdy mięsista ręka osiłka zaciska się niczym imadło na smukłym ramieniu Nadii, powietrze rozdziera rozdzierające uszy warczenie jaguara, na moment zagłuszając nawet tę ogłuszającą muzykę. Nim zdążam w pełni zareagować, masywna, najeżona kocia sylwetka Declana przelatuje w mgnieniu oka, odsłaniając groźnie kły przed osłupiałym ochroniarzem.

— Mam ją! — wrzeszczy Nadia na całe gardło, a lśniące, iskrzące pole siłowe już migocze ochronnie między jej wyciągniętymi dłońmi. Jedną ręką ściskam mocno jej drugie ramię, drugą zanurzam głęboko w szorstkiej sierści Declana.

— Declan, natychmiast nas stąd zabierz! — krzyczę do niego rozpaczliwie. Czas nam się skończył.

Jakimś cudem nieregularne stroboskopy dają Declanowi dość migotliwych cieni, by mógł z nich skorzystać. Rusza błyskawicznie i nagle cała trójka znów spadamy na łeb na szyję ku niespokojnym, łakomym wodom oceanu.

Nadia wypuszcza tykającą bombę, ale w tej samej chwili zegar odliczający dobija do północy.

Oślepiające światło pochłania nas, gdy fala uderzeniowa z olbrzymią siłą brutalnie wgniata się w moje ciało. Ogłuszająca detonacja natychmiast posyła nas w chaotyczny, bezładny lot, gwałtownie rozdzierając jedno od drugiego. Bezmocnie przygotowuję się na uderzenie zaledwie sekundy przed tym, jak walę w spienione, lodowate fale, aż kości trzeszczą.

Uszy mi przeraźliwie dzwonią, wzrok mam potwornie zamazany, gdy desperacko miotam się, by wynurzyć się na powierzchnię. Wreszcie przebijam się, chrapliwie łapiąc i prychnąwszy wodą, rozpaczliwie przebieram nogami, wkładając w to resztki sił, by utrzymać ołowianą głowę nad falami. W otaczającej mnie smolistej czerni nie widzę żadnego śladu pozostałych.

— Nadia! — próbuję krzyknąć, ale zniszczony głos ginie bezgłośnym charkotem w ryku oceanu. Przeczesuję spienioną wodę na próżno, szukając choćby mignięcia jej sylwetki. — Declan!

Nagle prosto na mnie zwala się olbrzymia fala i znów zostaję wtrącona głęboko pod wodę, a moje sponiewierane ciało jest miotane bezlitośnie jak wiotka szmaciana lalka w szorstkim, okrutnym morzu. Ogarnia mnie czysta panika, gdy czuję, jak prądy wciągają mnie coraz głębiej, a ciężar przemoczonego ubrania nieubłaganie ściąga mnie w dół.

Nawet nie mam już pewności, czy to rzeczywiście była ostatnia bomba. Umysł mam splątany, wyczerpany — ledwo potrafię sklecić dwie logiczne myśli. Teraz po prostu desperacko chcę przeżyć. Ociężałymi nogami kopię bezsilnie, walcząc każdą cząstką sił, by wyrwać się z żelaznego uścisku wody. Mroźny chłód gryzie głęboko w zdrętwiałą skórę, ale ignoruję to i brnę dalej, skupiona na jednym.

Wreszcie dostrzegam samotną postać miotającą się w pobliżu pośród kipieli. To Nadia! Jej twarz wykrzywia się z bólu i paniki, gdy szarpie się gwałtownie, walcząc z całych sił, by utrzymać głowę nad bezlitosnymi falami. Pchana czystą adrenaliną, płynę do niej niezdarnymi ruchami, a drżące ramiona płoną mi od nadludzkiego wysiłku.

— Nadia, trzymaj się! — próbuję zawołać, ale zrujnowany głos wychodzi jako bezgłośna chrypa zagłuszona przez ryk oceanu. — Już płynę!

W końcu do niej dopadam, chwytam jej smukłe ramię śmiertelnym uściskiem i przyciągam sponiewierane ciało do siebie. Krztusi się, wypluwając kolejne strugi wody, łapie desperacko drogocenne powietrze, a ja trzymam ją kurczowo, zużywając ostatnie resztki sił.

— Już cię mam — szepczę ochryple, ledwie słyszalnie wśród furii oceanu. — Przetrwamy to.

Gdzie do cholery jest Declan? W chwili wybuchu wciąż był w jaguarzej postaci. Zdołał wrócić do ludzkiej? Czy jaguary w ogóle dobrze pływają? Nie mam pojęcia, a świadomość, że wciąż go nie ma, przeraża mnie, gdy walczę, by utrzymać na powierzchni i siebie, i Nadię.

Właśnie gdy jestem pewna, że to nasz koniec, silne ramię nagle oplata mój pas, bez wysiłku unosząc mnie wyżej. Dyszę i prycham, wypluwając gryzącą, słoną wodę, kurczowo trzymając się ręki, która mnie podtrzymuje.

— Artemis... — odzywa się błogosławienie znajomy głos, a ja unoszę wzrok na wyczerpaną, ale przepełnioną ulgą twarz Declana tuż nade mną.

— Declan... — szepczę słabo, niemal szlochając z wdzięczności.

Przez ciało przetacza mi się fala ogromnej ulgi i pozwalam sobie na dłuższą chwilę oprzeć się wdzięcznie o jego niewzruszoną siłę, bezgranicznie wdzięczna, że tu jest.

— Już was oboje mam — mówi, a jego chrapliwy głos aż tchnie ciepłem i otuchą. Czuję, jak sięga także po Nadię, przyciągając nas bliżej. — Tylko się trzymajcie.

Zamykam wreszcie zamglone oczy w absolutnym wyczerpaniu, gdy znajome szarpnięcie przejścia przez cienie przetacza się przeze mnie i nagle cała trójka słabym łomotem ląduje na podłodze naszej kryjówki w potokach lodowatej morskiej wody.

Nagle ktoś woła moje imię i mrużę oczy, patrząc na zatroskaną twarz Athiny pochylającej się nade mną. Jej ukochane rysy odcinają się jak aureola na tle jasnego światła, gdy się nachyla — wcielenie matczynej troski.

— Udało nam się? — mamroczę niewyraźnie, próbując przebić się przez umysłową mgłę. — Chyba rozbroiłam je wszystkie...

— Udało — zapewnia mnie stanowczo. — Nie ma żadnych doniesień o wybuchach ani zamieszkach. W mieście cicho i spokojnie. Wszyscy są dziś całkowicie bezpieczni dzięki wam, trojgu dzielnym bohaterom.

Wypuszczam głęboki, drżący oddech, a całe ciało wciąż trzęsie mi się niekontrolowanie od wybuchowej mieszanki adrenaliny i skrajnego wyczerpania. To wreszcie koniec. Jakoś zdołaliśmy dokonać niemożliwego. Niezliczone niewinne życia zostały ocalone dzięki naszym wysiłkom.

Powoli zerkam na Declana i Nadię obok — tak samo przemoczeni i poturbowani jak ja, ale bezsprzecznie żywi. Dokonaliśmy tego razem, dzięki współpracy i uporowi, by nigdy nie tracić nadziei.

Ale teraz, gdy adrenalina gwałtownie opada, przez moje obolałe ciało zaczynają przetaczać się fale bólu i dyskomfortu. Ociężały umysł spowija nieprzenikniona mgła przytłaczającego znużenia. Z trudem usiłuję choćby usiąść.

— Udało się — chrypi Nadia, niemal bez głosu. — Ocaliliśmy całe miasto przed zagładą.

— Naprawdę stanowimy nie do zatrzymania drużynę — szepczę ochryple, a na spękanych ustach błąka mi się drobny, wdzięczny uśmiech.

Declan odwzajemnia uśmiech ciepło, a jego oczy błyszczą tą szczególną intensywnością, która rodzi się tylko po wspólnym otarciu się o śmierć.

— No ba — potwierdza, jego głos też chropawy, ale pewny. Nadia tylko słabo kiwa głową w szczerym przytaknięciu.

Athina pomaga nam trojgu ostrożnie stanąć na niepewnych nogach, a jej wyraz twarzy łagodnieje w czyste, nieskrywane zdumienie i głęboką czułość, gdy spogląda na swoje poturbowane podopieczne i podopiecznego.

— Jesteście prawdziwymi bohaterami — mówi szczerze, a jej głos aż drży z emocji. Czuję, jak w obolałej piersi rozkwita i rozlewa się fala ciepła na jej słowa.

A jednak nasze dzisiejsze zwycięstwo jest bezsprzecznie gorzkie. Straciliśmy tak wiele na tej koszmarnej drodze — tyle niewinnych istnień przeciętych brutalnie, tyle innych nieodwracalnie okaleczonych. A my, nieliczni, którzy przetrwali, na zawsze będziemy nieść ciężar i blizny po tych stratach.

Gdy zaczynamy powoli kuśtykać w stronę prowizorycznej izby chorych, czuję, jak dogłębne wyczerpanie w końcu całkiem mnie ogarnia. Kończyny mam niewiarygodnie ciężkie, a umysł spowija nieprzenikniona mgła skrajnego znużenia.

— Hej — odzywa się łagodnie Declan, a jego szeroka dłoń spoczywa pocieszająco na moim opadającym ramieniu. — Dajesz radę?

Kręcę słabo głową, zamglone oczy zaczynają mi się przymykać, gdy ciężko opieram się o jego silną sylwetkę. — Niespecjalnie. Po prostu jestem teraz tak strasznie zmęcz ona...

Natychmiast obejmuje mnie mocnym, pewnym ramieniem, bez trudu biorąc na siebie większość mojego ciężaru, gdy podążamy dalej drobnymi kroczkami. Z drugiej strony podsuwa się Garnet, wsuwając delikatnie swoje ramię pod mój bok, by mnie dodatkowo podeprzeć i zrównoważyć.

— Dobra robota — mówi miękko. — Wszyscy.

Tylko kiwam głową, zbyt wyczerpana, by zdobyć się na odpowiedź. Athina wciąż krząta się wokół nas, sprawdzając i opatrując rany, wciskając nam do rąk lekarstwa, które mają wreszcie pozwolić odpocząć.

Kiedy w końcu kładę się na rozklekotanej pryczy, czuję, jak ciężka kołdra znużenia już wciąga mnie szybko w swoje ciemne objęcia. Ale nawet gdy odpływam w tak potrzebny sen, nie mogę nie zastanawiać się z niepokojem — jakie straszliwe próby i udręki czekają nas dalej?

To niekończący się cykl naszych dni — bez ustanku ryzykujemy własnym życiem, by ocalić niezliczonych innych, zmuszeni działać w ukryciu, niezdolni otwarcie przyjąć jakiekolwiek uznanie za nasze bezinteresowne czyny.

Chyba taka po prostu jest konieczna natura misji, którą wzięliśmy na siebie. Tylko my jesteśmy gotowi podejmować te niebezpieczne zadania, których nikt inny nie potrafi ani nie chce nawet spróbować. Stoimy jak cisi strażnicy, którzy chronią nieświadomy świat przed nadnaturalnymi zagrożeniami, nawet jeśli nikt żywy nigdy nie dowie się o naszych poświęceniach.

Rozglądam się po mojej zmęczonej, lecz wiernej ekipie — tej niejednorodnej grupie odważnych dusz, które przez próby i krew zespoliły się w coś znacznie trwalszego niż przyjaźń — są teraz moją rodziną, choć nie łączy nas krew. I wiem z absolutną pewnością, że nie chciałabym wyruszać na te nieskończone, groźne misje z nikim innym. Powierzyłabym tym ludziom własne życie — i tylko im.

— Udało się — szepczę raz jeszcze cicho, bardziej do siebie niż do innych. To spokojna, dyskretna otucha i celebracja faktu, że znów pokonaliśmy niemożliwe — choćby nasze ciężko wywalczone zwycięstwo miało się okazać ulotne.

I kiedy wreszcie pozwalam, by moje zamglone oczy całkiem się przymknęły, szybko zapadam w głęboki, bezsenny sen zupełnego wyczerpania, wiedząc bez cienia wątpliwości, że jutro nieuchronnie przyniesie nowy dzień ledwie wyobrażalnych niebezpieczeństw. Kolejny cykl bezlitosnej walki z mrokiem, zmagania o ochronę niewinnych i znajdowania sposobu na ratowanie istnień mimo często strasznych kosztów.

Bo tacy teraz jesteśmy i do tego zawsze byliśmy stworzeni. Wybieramy bycie bezimiennymi, nieświętowanymi bohaterami, o których świat nigdy się nie dowie. A choć anonimowość jest naszym brzemieniem, nie może stać się wymówką, by się zachwiać. Trwamy dla wyższego dobra, dla bezpieczeństwa i życia tych bezbronnych, którzy nie potrafią obronić się przed narastającą falą nadnaturalnych zagrożeń.

Gdy łagodnie osuwam się w słodkie nieistnienie, czuję stałe ciepło spracowanej dłoni Declana, wciąż zaciśniętej na mojej w niemej towarzyskości i otuchy. I wiem w głębi duszy, że w tym — jak i we wszystkim, co nadejdzie — naprawdę nie jestem sama. Mamy siebie nawzajem i to jedyne, co się liczy. Jutro obudzimy się i zrobimy to wszystko od nowa, bo wiem na pewno, że zawsze znajdzie się jakaś kolejna Diana Foxberry, kolejny żądny władzy maniak, który uzna innych ludzi za pionki w swojej grze o wpływy.

W zakamarkach umysłu wiem, że to była jedynie jedna, ciężko wywalczona bitwa w wojnie, która może nigdy się nie skończy. Czeka nas jeszcze wiele prób, niezliczone życia do ocalenia i trudne poświęcenia, które wciąż będą potrzebne. To przygniatający ciężar odpowiedzialności, który niosę dobrowolnie, choć nie bez ceny.

Ale na razie pozwalam, by moje zmęczone ciało i dusza w pełni zapadły się w ukojenie tak potrzebnego snu, znajdując pociechę w tym, że mój zespół niezmiennie trwa przy mnie. Razem jesteśmy o wiele silniejsi niż osobno i zjednoczeni stawimy czoła jakiejkolwiek niepewnej przyszłości. Co do tego nie mam żadnych wątpliwości.

EPILOG

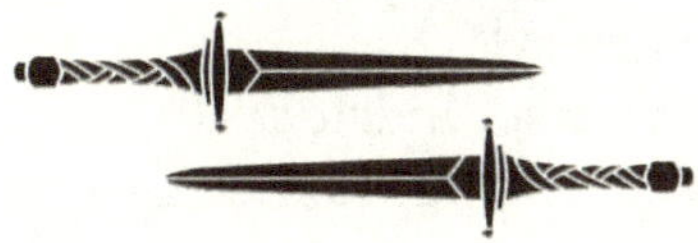

SMOGOWE PORANNE ŚWIATŁO PRZESĄCZA się przez
ruiny starego magazynu, rzucając upiorne cienie na
potłuczone szkło i powyginany metal. W wilgotnym
powietrzu mój oddech zamienia się w mgiełkę, gdy
rozglądam się po tym, co zostało z naszej ekipy.

— Nie powiem, żebym miała tęsknić za Dianą —
mruczę pod nosem, kopiąc zabłąkany kawałek gruzu.
Jesteśmy wolni od jej manipulacyjnego uścisku, ale
jakim kosztem? Co teraz?

— Artemis. — Chrapliwy głos Declana wyrywa mnie
z zamyślenia. Odwracam się i widzę niepewność w jego
oczach. — Co robimy? Foxberry Corp Labs i Biuro nie
istnieją, ale to nie znaczy, że dla paranormalnych nagle
zrobiło się różowo.

— Oczywiście, że nie — parskam, cierpliwość mi
się kończy. Zerkam na pozostałych skulonych razem
— przestraszonych, zagubionych i niepewnych. Wzdycham, pocieram skronie. — Słuchajcie, nie uratujemy
wszystkich. Ale możemy spróbować, prawda?

Declan przejeżdża dłonią przez potargane włosy, frustracja wyryta na twarzy. — Tylko jak? Tam wciąż jest tyle strachu i nienawiści.

— Dla jasności: paranormalnych nikt nie wita z otwartymi ramionami — odcinam, a sarkazm kapie z każdego słowa. — To nie tak, że ludzie słyną ze zrozumienia i miłości do rzeczy, których nie pojmują.

— Ej! — wrzeszczy Garnet, a jej oczy błyskają. — Nie wszyscy tacy jesteśmy!

— Jasne, nie wszyscy ludzie są źli — przyznaję. — Ale bądźmy szczerzy: większość nie zawahałaby się obrócić się przeciw nam, gdyby wiedzieli, kim naprawdę jesteśmy.

— Artemis ma rację — mówi Nadia, jej spojrzenie jest posępne. — Musimy znaleźć sobie miejsce w tym świecie. Łatwo nie będzie.

— Nic, co warte zachodu, nie bywa łatwe — burczę, kopiąc kolejny kawałek gruzu. — Ale mamy siebie, a to musi się do czegoś liczyć.

— Amen temu — mruczy Declan, kiwając głową. Wszyscy stoimy w milczeniu, rozważając chłodną rzeczywistość przed nami. Droga, która nas czeka, jest długa i zdradliwa, pełna trudów i bólu. Ale kiedy rozglądam się po mojej prowizorycznej rodzinie, nie mogę nie poczuć małego przebłysku nadziei.

— Dobra, świata z dnia na dzień nie zmienimy — mówię, a mój głos napina determinacja. — Ale może nadkruszymy mur. Zaczniemy od pokazania ludziom, że paranormalni to nie te straszne, niebezpieczne potwory, za jakie nas mają.

— Racja — zgadza się Declan, jego piwne oczy są poważne, ale pełne nadziei. — Musimy znaleźć sposób, by się z nimi połączyć, pokazać, że w gruncie rzeczy nie tak bardzo się różnimy.

— Współczucie i zrozumienie — wtrąca Nadia. — To klucz. Musimy sprawić, żeby widzieli w nas jednostki, a nie tylko... stwory.

— No to robimy to — oznajmiam, a serce pęcznieje mi od determinacji. — Zmieńmy komu trzeba myślenie i pokażmy im, że to nie my jesteśmy tu wrogami.

— Od czego zaczynamy? — pyta Declan, drapiąc się po zarośniętym podbródku.

— Od podróży — proponuję, widząc w wyobraźni otwartą drogę i nieskończone możliwości. — Odwiedzimy różne miasta, małe miasteczka, wszędzie tam, gdzie są paranormalni potrzebujący pomocy albo zrozumienia. Będziemy robić różnicę po jednej osobie naraz.

— Brzmi jak plan — odpowiada Declan, z cieniem uśmiechu błąkającym się na ustach. — Gotowa na to, Artemis?

— Jak najbardziej — mówię, a moje oczy płoną determinacją. — Ruszajmy w drogę i zacznijmy coś zmieniać.

— Za nową misję — mówi Athina, wznosząc wyimaginowany toast.

— Oby nasza podróż przyniosła zmianę i nadzieję — dodaje uroczyście Garnet.

— A jakże — przytakuję, czując przypływ ekscytacji na myśl o tym, co przed nami. Przyszłość jest niepewna, pełna niebezpieczeństw i nieufności, ale nas to nie zatrzyma. Jesteśmy zdeterminowani, by zmieniać świat dla paranormalnych i ludzi tak samo, rozmowa po rozmowie.

— Szykuj się, świecie — mówi Declan z uśmiechem, w oczach iskrzy mu oczekiwanie. — Artemis Blackwell i Declan Reed już wkrótce pojawią się w twojej okolicy.

— Boże, miej nas wszystkich w swojej opiece — mruczę pod nosem, nie mogąc powstrzymać własnego uśmiechu.

Nadia się śmieje. — Życzę wam dwojgu powodzenia. Wiecie, gdzie mnie znaleźć, jeśli będę potrzebna, ale na razie mam ważniejszych ludzi, o których muszę się martwić. Wracam do domu, do moich dzieciaków.

Odwracam się do niej gwałtownie, moja szczęka opada ze zdumienia. — Czekaj. Twoje dzieci? Myślałam... nigdy o nich nie mówisz...

Wpycha dłonie w kieszenie swoich spodni capri i wzrusza ramionami, potrafiąc być jednocześnie najbardziej zwyczajnie wyglądającą i najbardziej niebezpieczną kobietą, jaką znam. — Nie chcę, żeby byli w to wmieszani. Nawet nie wiedzą, że jestem... kim jestem.

Śmieję się z niedowierzaniem. — Ale odjazd. Naprawdę potrafisz zaskoczyć!

— To dopiero, z twoich ust! — wyciąga ręce, by mnie objąć, a ja odwzajemniam uścisk mocno.

— Dziękuję ci za wszystko — szepczę. — Bez ciebie absolutnie byśmy tego nie dokonali.

— Och, myślę, że i tak znaleźlibyście sposób. Ale jak mówiłam: wiecie, gdzie mnie szukać. Tylko obiecaj mi jedno.

— Tylko jeśli to rozsądne — odcinam, unosząc brew.

— Obiecaj mi, że będziesz ostrożna — mówi, a jej głos ledwie zauważalnie drży.

— Ostrożność to moje drugie imię — zapewniam, choć wszyscy wiemy, jak dalekie to od prawdy. Mimo to doceniam troskę.

— Wystarczy — mówi Nadia i wymieniamy porozumiewawcze spojrzenia. W tym świecie, w którym niebezpieczeństwo czai się za każdym rogiem, a nieufność kipi tuż pod powierzchnią, ostrożność zaprowadzi nas tylko do pewnego momentu. Ale bierzemy, co jest.

— Dobra, drużyno — oznajmia Declan, klaszcząc w dłonie. — Do roboty. Przed nami długa droga i mnóstwo umysłów do odmienienia.

— Za szerzenie empatii — mówię, wznosząc i ja niewidzialny toast. — Po jednej nadnaturalnej konfrontacji naraz.

Złote nici świtu przeplatają się przez miejską panoramę, gdy z Declanem stoimy na krawędzi dachu, wypatrując naszej następnej przygody. Świat zdaje się migotać od możliwości, kolory zlewają się jak pełen nadziei sen, tylko czekający, by go urzeczywistnić.

— Artemis — woła Declan za moimi plecami, a jego głos tchnie ciepłem i ekscytacją, gdy dołącza do mnie na skraju budynku. — Gotowa na kolejny rozdział?

— Taa — wydycham, czując prawdę jego słów aż w kościach. — Nowy rozdział, a raczej cała nowa księga.

— Dokładnie. — Declan obdarza mnie tym swoim wkurzająco czarującym uśmieszkiem. — I kto, jeśli nie my, ma ją napisać?

— Proszę cię — parskam, przewracając oczami. — Nie pompuj dalej swojego ego, bo jeszcze pęknie.

— Hej — chichocze, szturchając mnie żartobliwie. — Tobie też oddaję należne zasługi, wiesz?

— Zasługi za co? Za wyciąganie twojego żałosnego tyłka z kłopotów raz po raz? — odcinam się, nie mogąc powstrzymać uśmiechu.

— Między innymi — odpowiada, a jego spojrzenie znów poważnieje. — Gotowa na to, Artemis?

— Bardziej niż kiedykolwiek — mówię, a determinacja pulsuje mi w żyłach. — Zmieniajmy świat, po jednym paranormalnym naraz.

— Taki jest plan — zgadza się, opierając się o barierkę obok mnie. — Pomyśl tylko — wraz z końcem terroru Diany pojawia się wreszcie szansa na pokój.

— Pokój — powtarzam, tocząc to słowo w myślach jak kulkę po labiryncie. Jeszcze nie wydaje się całkiem realne, ale sama idea przynosi ukojenie. — Najwyższa pora, nie sądzisz?

— Zdecydowanie spóźniona — parska krzywo Declan. — Ale łatwo nie będzie, wiesz o tym.

— Łatwizna to nie moja bajka — odcinam, odgarniając z twarzy kosmyk srebrnych włosów. — Poza tym jeśli czegoś się nauczyłam, to tego, że kiedy działamy razem, stanowimy siłę, z którą trzeba się liczyć.

— A jakże — mówi, już całkiem poważny. — Mamy mnóstwo do zrobienia, Artemis. Leczyć stare rany, budować mosty, udowadniać, że paranormalni nie są potworami, za jakie nas mają.

— Niech spróbują nas zatrzymać — mówię, niskim, zajadłym tonem. Ogień we mnie płonie jaśniej niż kiedykolwiek, jakby wyzywał każdego, kto odważy się stanąć nam na drodze.

— Dokładnie — kiwa głową Declan, oczy ma pełne determinacji. — Razem zmienimy świat.

Kiwnę głową, czując, jak ciężar misji osiada na moich barkach. Ale to nie przygniatający ciężar; raczej płaszcz, który zawsze miał być mój. — Wiesz, nigdy nie myślałam, że znajdę się w takim miejscu. Walcząc o pokój między paranormalnymi a ludźmi, próbując pokazać światu, że nie wszyscy jesteśmy potworami.

— Ja też nie — zgadza się Declan, jego spojrzenie na moment mięknie, po czym znów się wyostrza. — I nie chciałbym robić tego z kimkolwiek innym.

— Mam tak samo — mówię, a ciepło rozlewa się po mnie, niezwiązane z tym, że słońce wreszcie wychyla się zza chmur. — Stawimy czoła każdej przeszkodzie razem, jak zawsze.

— Skoro już przy przeszkodach — dodaje Declan, unosząc brew. — Powinniśmy zacząć planować nasze małe tournée po kraju. Jest tam mnóstwo paranormalnych, którzy potrzebują naszej pomocy, a stojąc tu, niewiele zdziałamy.

— Racja — mówię, a ogień determinacji znów we mnie buchnie. — Do pracy.

Gdy razem schodzimy z dachu, serce pęcznieje mi od nadziei i przekonania. Wiatr świszcze mi koło uszu, niosąc szepty o przyszłości, w której paranormalnych się nie boi, lecz ich się przyjmuje. O świecie, w którym ludzie i paranormalni idą ramię w ramię, zjednoczeni przez zrozumienie i empatię.

To marzenie wydaje się odległe, jak migocząca gwiazda na nocnym niebie. Ale z każdym naszym krokiem staje się silniejsze, jaśniejsze, bardziej namacalne.

— Uważaj, świecie — szepczę, zaciskając pięści. — Nadchodzimy, czy jesteś gotowy, czy nie.

I gdy słońce wschodzi nad tą nową erą, nie oglądamy się za siebie. Mamy misję do wypełnienia, przeznaczenie do ukształtowania. Przyszłość jest do napisania przez nas i nie przestaniemy, dopóki harmonia i zrozumienie nie staną się normą.

Razem skaczemy w nieznane, z sercami rozpalonymi nadzieją na lepsze jutro.

KONIEC

(tym razem naprawdę)

(no, może nie dla Nadii. Mam wrażenie, że ta kozacka telekinetyczna mama odwożąca dzieci na treningi, w spodniach capri, zasługuje na własną historię, ale to opowieść na inny dzień)

Mam nadzieję, że czytanie trylogii CHIMERA sprawiło ci tyle radości, ile mnie jej pisanie!

Inne książki autorki Caryssa Cole

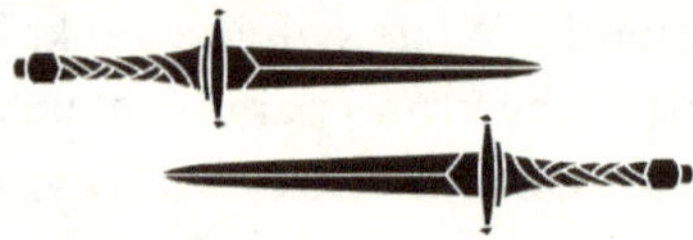

Projekt Chimera

Mroczne narodziny
Nienaturalna selekcja
Zbuntowana ewolucja

Upadła Anielica

Upadła anielica
Zbuntowana anielica

Za Dużo Magii na Jednego Faceta (tylko dla subskry-
bentów newslettera)

Poznaj wszystkie publikacje Shenanigans Press, odwiedzając naszą stronę internetową, https://www.she naniganspress.com/pl!

Możesz też obserwować nas w mediach społecznościowych – jesteśmy na Facebooku i Instagramie (@ShenanigansPressPolska)

I nie zapomnij zapisać się do naszego newslettera, aby otrzymywać informacje o nowościach, promocjach, konkursach i wiele więcej!